과천,

우리가
하지
않은 일

과천,
우리가
하지
않은 일

김종옥 소설

문학동네

차례

그녀는
거기에
있을
것이다

비행기시간이 좀 남았다며 형이 커피나 한잔하자는 걸 굳이 뿌리쳤다.

"그냥 갈게."

나는 짐을 내리고 트렁크 문을 닫았다. 형과 형수는 짐을 받아들고 잠시 차 곁에 서 있었다. 그들은 이제 막 결혼한 신혼부부였다. 내가 형수를 처음 본 것은 어머니와 함께였다. 어머니가 전화로 저녁 약속이 있으니 일찍 들어오라고 말했다. 오 개월 전의 일이다. 그들이 사귀기 시작한 건 오 년 전이라고 한다. 오 년 전이라면 내가 스물세 살, 군에 입대하던 해였다. 형수가 힘들 테니까 공항에서 뭐라도 좀 먹고 가라고 권했다. 힘들고 피곤한 건 사실이었다. 평소보다 일찍 일어났고, 하루종일 운전을 했다. 올림픽대로를 타고 공항까지 오면서 졸음을 쫓기 위해 몇 번이나 허벅지를 꼬집었다. 그러나 뭘 먹고 싶은 기분은 들지 않았다.

그들은 이제 비행기를 타고 약 다섯 시간을 날아서 동남아의 어느 휴양지에 도착할 것이다. 나는 잘 다녀오라고 말하고, 차에 올랐다.

공항에서 내려오다 길을 잘못 들었다. 어쩐지 잘못된 것 같은데, 라고 느낀 건 훨씬 전이었지만 마땅히 차를 돌릴 곳도 없고, 어쩌면 이 길로 가도 될지 모른다는 생각에 계속 달렸다. 화물여객 청사까지 다 다라서 포기했다. 차를 길 가장자리에 붙이고 비상등을 켰다. 지나가는 사람에게 길을 물어볼까 하다가 그만두었다. 창문을 열고 담배를 물었다. 급할 건 없었다. 그저 집으로 돌아가기만 하면 된다. 신혼부부의 운전기사 노릇은 이제 끝났다. 바닥에는 아직 햇빛이 남아 있었다. 늦은 오후의 햇빛은 어린 시절 동네 놀이터의 모래 빛깔처럼 샛노란색이었다. 담배 한 대를 다 피우고 차를 돌렸다.

얼이 빠져 있었던 게 분명하다. 뭔가 다른 생각을 하고 있었는지도 모른다. 나는 다시 길을 잘못 들었다. 공항은 잘 빠져나왔다. 빠져나온 뒤가 문제였다. 올림픽대로를 타야 하는데, 반대 방향인 김포 시내로 들어가버렸다. 초행길은 아니었다. 몇 번인가 직접 차를 몰고 오고 간 길이었다.

내가 공항이란 데를 처음 찾은 것은 삼 년 전, 가을의 일이었다. 그 무렵 나는 막 군대를 제대했고, 대학은 다음해 3월에 복학하기로 되어 있었다. 반년 넘게 아무 할 일이 없었다. 여러 다른 이유도 있었지만, 바로 그 때문에 나는 거의 지구 반대편에 있는 것 같은 다른 도시로 날아갈 수 있었다. 그곳에서 육 개월을 머물렀다. 돌아오던 날을 기억한다. 이상하게도 떠나던 날의 정경은 전혀 기억나지 않는데, 돌아오던 날은 선명하다. 나는 기내에서 공짜로 제공되는 맥주를 다섯 캔 정도 마셨다. 다섯 캔이라고 해도 열세 시간이나 걸리는 거리이므로 그다지 많은 양은 아니었다. 카트를 끌고 대합실 문을 나섰을 때 나를 먼저 맞은 것은 제대하고 두 달 뒤 사귀게 된 여자친구였다. 곧이어 어머니를 만나고, 조금 어색한 분위기에서 여자친구를 소개했다. 우리는 차를 타고 공항을 빠져나왔다. 나는 앞자리에 탔고, 어머니와 여자친구는 나란히 뒷자리에 탔다. 도로는 텅 비어 있다 싶을 정도로 한산했다. 육 개월 만에 다시 보게 되는 서울은 당연하게도 아주 낯선 도시처럼 보였다. 올림픽대로에 진입하고 얼마 지나지 않아서, 오른편 야트막한 언덕 위의 대형 입간판을 발견했다. 거기에는 유명한 여자 탤런트가 환하게 웃고 있는 얼굴 사진과 'Welcome to Korea'라는 문구가 새겨져 있었다. 여자친구가 육 개월 동안 한 번도 깎지 않아 길게 자란 내 머리를 두고 농담을 했다. 나는 앞자리의 백미러를 통해 그녀의 웃는 얼굴을 바라보았다. 그녀와는 그해 여름이 되기 전에 헤어졌다. 헤어질 때 그녀의 머리는 남자처럼 아주 짧게 자른 단발이었다.

간신히 김포 시내를 벗어나 올림픽대로에 올랐을 때는 벌써 주위가 어둑어둑해지고 있었다. 도로 위는 차들로 가득했다. 어둠이 내리면서, 길게 꼬리를 잇고 늘어선 차들의 후미등 불빛이 선명해져갔다. 믿지 못할 시간이다. 놀이터에서 놀고 있는 아이들을 향해 저녁 먹으라고 소리치는 엄마들의 목소리가 들릴 것만 같다. 아직 놀이를 할 수 있을 만큼 환하다고 생각했는데 금세 맞은편 아이의 얼굴조차 분간할 수 없을 정도로 어두워진다.

라디오에서는 계속해서 옛날 노래를 틀어주고 있었다. 여자 디제이는 유난히 음의 높낮이가 없는 밋밋한 목소리로 말하고 있었다. 특별히 매력적인 목소리는 아니었는데 듣기에 좋았다. 나는 액셀과 브레이크를 기계적으로 밟으며 주위를 둘러보았다. 강 건너편의 건물은, 밤의 푸름이 스미는 하늘을 배경으로 뚜렷한 윤곽을 드러내고 있었다. 더러 성급히 불을 밝힌 창문들이 눈에 띄었지만, 그 불빛들은 아직 남아 있는 낮의 빛에 섞여 희미했고, 조금 애처롭게 보였다. 도로의 양옆에는 아직 불을 켜지 않은 가로등들이 길게 늘어서 있었다. 가로등들은 고개를 숙이고 마치 깊은 잠에 빠져 있는 것처럼 보였다.

예전에 한번 가로등이 켜지는 순간을 본 적이 있었다. 그것은 마치 우주의 비밀을 우연히 보게 된 것처럼 퍽 놀라운 경험이었다. 무슨 소리에 깜짝 놀란 것처럼 수많은 가로등에 일제히 불이 들어온다. 처음에는 아주 약한 불빛이다. 그러다 고개를 쳐들듯 서서히 불빛은 밝아진다. 나는 가로등이 어떤 방식으로 켜지는지 알지 못했다. 주위의 밝기를 감지하는 첨단 센서가 장착되어 있어서 자동으로 작동되는지, 아니면 중앙통제실 같은 게 있어서 그날그날의 일몰시간과 날씨를 살펴 통제하는지 알 수 없었다.

어느 구간을 넘어서면서 차들은 속도를 내기 시작했다. 나는 운전대를 두 손으로 꽉 붙들고, 전방을 주시했다. 어둠은 눈을 깜박일 때마다 조금씩 깊어져갔다. 마치 누군가 얇은 셀로판지를 한 겹씩 덧씌우는 것 같았다. 커브를 돌자 멀리 한강다리가 보였다. 마침 다리 위로 전철이 지나가고 있었고 마치 그것을 굽어보듯 그 옆에 일렬로 늘어선 가로등들이 보였다. 어느새 노랗게 불이 밝혀져 있었다.

그날 나는 아침부터 두들겨지듯이 억지로 깨워져서 형의 운전기사 노릇을 해야만 했다. "내일은 일찍 일어나야 해. 미용실도 들러야 하고 결혼사진도 찍어야 하거든" 하고 형이 전날 밤 말했다. 먼저 들른 곳은 형수네 집 앞이었다. 그곳에서 형수를 태워 곧장 미리 예약해둔 미용실로 갔다. 그들이 머리를 손질하고 화장을 하는 동안 근처에 차를 세워둔 채 아침의 거리를 돌아다녔다. 담배를 한 갑 사고, 자판기 커피를 마셨다. 그래도 시간이 남아 피시방에 들어가 하릴없이 인터넷을 했다. 메일이 한 통 와 있었다. 언젠가 등록한 동창 찾기 사이트를 통해 국민학교 동창 녀석이 메일을 보내왔다. 이름을 보자, 그 이름이 기억났고, 자연스럽게 그 얼굴도 떠올랐다. 육학년 때 반장 녀석이었다. 동창 모임을 만들었으니 가입하라는 내용이었다. 링크된 주소를 클릭해서 들어가니 과연 낯익은 이름들을 발견할 수 있었다. 십수 년 전에 부르고, 한 번도 불러보지 않은 이름들이었다. 게시판의 글들을 읽어보니 이미 몇 번인가 실제로 모임을 가지기도 한 모양이었다. 중학교 때까지 연락을 주고받았던, 흰색 블라우스가 유난히 잘 어울렸던 여자 동창의 이름도 있었다. 잊고 있었다. 한때는 꽤나 열을 올리며 쫓아다녔던 여자였다. 나는 그 이름을 발음해보았다. 게시판에 글을 남길까 하다가 그만두었다. 뭐라고 글을 남기지? 어, 나야, 날 기억하니? 정말 반갑다. 다들 어떻게 살아가는 거야. 궁금하구나. 아니, 전혀 궁금하지 않다. 피시방을 나와서 담배에 불을 붙이고 다시 미용실까지 걸어갔다.

열한시 가까이 돼서야 겨우 미용실에서 차를 뺄 수 있었다. 우리는 스튜디오로 갔다. 촬영은 한 시간 정도 걸린다고 했다. 스튜디오에는 주차장이 없었다. 블록을 한 바퀴 돌아본 뒤, 길가의 카페 주차장에 차를 주차시켰다. 카페는 아직 문을 열지 않았다. 시동을 끄고 라디오의 볼륨을 조절하고 시트에 몸을 기댔다. 얼마 후 카페 직원이 나와 차창을 두드렸다. 나는 그를 따라 카페로 들어가 커피를 시켰다.

창밖으로 보이는 거리는 조금 비현실적으로 보였다. 좁은 도로를 따라 치렁치렁한 웨딩드레스 자락을 두 손으로 바짝 치켜든 신부와, 『이상한 나라의 앨리스』의 토끼를 연상시키는 예복을 갖춰 입은 신랑, 그리고 삼각대와 카메라를 든 사진사 일행이 몇 팀인가 지나쳤다. 분명 주변에 결혼사진을 전문으로 하는 스튜디오들이 밀집해 있는 것이리라. 맞은편 블록의 카페들도 좀처럼 보기 힘든 특이한 외양이었다. 지극히 현대적인 스타일의 카페가 있는가 하면, 아마도 미국의 서부시대를 테마로 잡은 듯 목재 외장에 간판에는 카우보이가 그려진 카페, 주차장을 온통 하얀색 자갈로 채우고 역시 하얀색의 키가 작은 가로등을 세워놓은 카페도 있었다. 마치 놀이동산의 테마파크 같았다. 그런 카페들을 배경으로 결혼식 팀들은 사진을 찍고 있었다.

슬슬 태양이 정오의 높이로 올라서고 있었다. 맞은편에서 촬영을 하고 있는 신부의 풍성한 드레스가 새하얗게 태양빛을 반사시켰다. 실내는 에어컨 바람으로 시원했지만, 바깥은 조금 후텁지근한 것처럼 보였다. 그러나 더운 날씨라 해도 여름의 더위와는 다르다. 9월인 것이다. 가만히 바라보고 있으면 바람에 흔들리는 가로수 잎의 움직임이 달랐고, 하늘 빛깔도 훨씬 더 선명해져 있었다. 이번 여름은 지독히도 무더웠다. 여러 가지 일들이 잘 안 풀렸다. 그러나 여름은 지나갔다. 커피를 한 모금 마시고는 직원에게 펜과 메모지를 부탁했다. 처음에는 그냥 아무 문장이나 적어보고 싶다고 생각했는데, 메모지라기에는 조금 크다 싶은 A4용지 크기의 백지를 받아들고 보니 편지가 쓰고 싶어졌다. 쓰고 싶은 대상은 생각나지 않았다.

스물여덟 살의 여름이 지나갔어, 라고 첫 문장을 썼다.

일기예보에서는 9월도 하순이 되어서야 본격적인 가을 날씨가 시작된다고 하지만 뭐라 해도 이미 여름은 지나간 거지. 참 이상해. 일년마다 어김없이 계절이 돌아오는 일이, 그런데도 새로운 계절을 맞을 때마다 매번 새삼스러운 것이 말이야. 그도 그럴 것이 이번 여름은 지독했었지. 지독하게 무덥기도 했고, 개인적으로 여러 가지 일들이 잘 안 풀렸어. 아주 어설퍼져버렸지. 언제부터였는지 모르겠는데, 혼잣말을 하는 버릇이 생겼어. 나도 모르는 새에 어떤 문장을 중얼거리고 있는 거지.

'거기에는 아무런 의미가 없다.'

처음에는 '거기'가 어디인지, 언제인지, 무슨 일에 대해선지 알고 있었겠지만, 이제 와서는 잊어버렸어. 하지만 무슨 일이든 간에, 나는 그 일에 대해 생각하고 있었던 거야. 어째서 나는 그렇게 행동했던 걸까, 라고 말이야. 다른 선택을 할 수도 있었지. 그때도 분명 그렇게 생각했고, 지금도 마찬가지야. 하지만, '거기에는 아무런 차이가 없다'. 그 일이 이미 일어난 일이기 때문에, 그래서 되돌릴 수 없기 때문에? 아니, 그게 나라는 거지. 나이기 때문에 그렇게 행동한 게 아니라, 그렇게 행동했기 때문에 나라는 거야.

여자와는 칠 개월 전에 헤어졌다. 여자와 헤어지고 두 개의 계절을 보냈다. 봄과 여름이다. 작년 가을부터 싸움이 잦아지기 시작했다. 문제는 나에게 있었다. 그녀에게도 있었을지 모른다. 헤어지던 날 그녀가 학교를 찾아왔다. 이층 카페 창가에 자리를 잡았다. 겨울 해는 짧았다. 나는 어두워진 학교 정문을 바라보았다. 얘기 도중에 여자는 잠깐 화장실에 갔다 왔다. 갔다 오더니 아주 씩씩해져 있었다. 나는 여자를 집까지 바래다주었다. 전철 안에서 그녀는 내 어깨에 머리를 기댔다. 나는 그 무게를 분명히 느낄 수 있었다. 마음이 서늘해졌다. 한 달 뒤, 새벽 한시에 그녀의 핸드폰 번호를 눌렀다. 다행히 번호는 해지되어 있었다. 집 전화번호도 알고 있었지만, 너무 늦은 시각이라 걸지 않았다. 또 한 달 뒤, 나는 그녀의 집 강아지 이름을 잊어버렸다. 아무리 노력해도 기억나지 않았다. 나도 핸드폰을 바꿨지만, 번호는 그대로 두었다.

다시 차들의 속도가 줄기 시작했다. 길은 한길인데 어째서 이렇게 교대로 속도가 줄었다 늘었다 하는지 알 수 없었다. 하지만 내가 볼 수 있는 건, 고작해야 몇십 미터 전방밖에 되지 않는다. 더 먼 앞에서 무슨 일이 벌어지고 있는 걸까?

이제 거리는 완전히 어둠에 잠겼다. 건물들의 윤곽은 지워지고, 숱한 불빛들만 반짝였다. 강 너머 도심의 대형 전자광고판들은 화려한 원색의 빛깔을 검은 하늘에 흩뿌렸다.

여자의 집 강아지는 나를 잘 따랐다. "나보다 강아지가 더 좋아하는 것 같아"라고 여자는 말했다. 내 발소리까지 구별해냈다. 강아지의 이름이 뭐였더라? 특별한 이름이라서 어째서 그런 이름으로 지었는지 물어보기까지 했었다. 알 수 없는 일이다. 나는 한 손으로 핸드폰을 집어들었다. 좀처럼 차들은 속도를 내지 못했다. 자동차들의 깜빡이등과 브레이크등이 마치 크리스마스트리 전구처럼 깜박였다. 눈의 결정처럼 다각형으로 뻗어나가는 불빛들의 모양이 마음을 사로잡았다. 그녀의 집 전화번호를 기억하고 있었다. 아직 그녀와 사귀던 작년 여름, 공항에 갔다가 돌아오는 길에 곧장 차를 몰고 그녀의 집을 찾아간 적이 있었다. 가는 길에 여자에게 전화를 했다. "차가 막히니까, 한 삼십 분쯤 걸릴 거야." 한강철교를 지나 동작대교가 보이고, 오른편으로는 대규모 아파트 단지가 보였다. 연결음이 가고, 그녀가 전화를 받았다. 그녀는 내 목소리를 기억하고 있었고, 존댓말을 썼다. 지금은 몸이 안 좋아서 나올 수 없다고 했다. 나는 잠시 말없이 있었다. 그녀는 끊지 않았다. "내가 그쪽으로 갈게. 차가 막히니까 한 삼십 분쯤 걸릴 거야." 내가 말했다.

"신혼여행은 저녁에 바로 떠나시죠?"라고 뒷자리의 여자가 물었다. 형은 그렇다고 대답했다. 일행이 두 명 더 늘었다. 한 명은 사진사였고, 다른 한 명은 신부 보조쯤 되었다. 처음에는 무얼 하는 여자인지 몰랐다. 미용실에서부터 동행한 여자로, 나이는 사십대 중반 정도로 보였고 옷차림은 결혼식에 어울리지 않게 간편했다. 요 앞 슈퍼에라도 나가는 듯한 차림새였다. 나중에 확실히 알게 되었는데, 그녀는 식이 시작되기 전에 다시 한번 신부의 화장을 점검하거나, 신부 입장 때 웨딩드레스 아랫단을 들어주거나, 폐백 때는 신부와 신랑의 행동을 하나하나 연출하는 일 등을 담당했다.

"식장에 도착하면 조금이라도 뭘 먹어두는 게 좋을 거예요. 식 끝나고 폐백 드리고 나면 밥 먹을 시간 같은 건 없으니까요. 아침밥은 먹었나요?"

형수는 그렇다고 대납하고, 자신은 밥을 먹지 않으면 아무 일도 못한다고 덧붙였다. 여자는 이것저것 결혼식에 대한 충고를 했다. 꽤 싹싹한 성격인데다 결혼식에 관한 한 전문가라, 결혼식장까지 가는 동안 대화는 끊기지 않았다. 결혼식장으로 가는 길은 스튜디오가 있던 골목을 빠져나와 큰길로 들어서 우회전을 한 뒤로 계속 직진이었다. 시간은 충분했다.

"동생분인가요?" 뒷자리의 여자가 물었다.

나는 그렇다고 대답했다.

"형이 오늘 결혼하니까, 다음은 동생 차례겠네요."

터널을 빠져나오자마자 차로가 좁은 골목으로 꺾어들어갔다. 결혼식장은 주택가에 위치한 조그만 교회였다.

피로연을 위한 음식은 이미 도착해 있었다. 음식 몇 가지를 접시에 담아 폐백실에서 차를 탔던 일행끼리 간단하게 나눠 먹었다. 결혼식이 끝나면 나도 곧장 신혼부부를 태우고 공항까지 가야 했다. 먼저 큰형 부부가 도착하고, 곧이어 아버지와 어머니가 도착했다. 사진사는 입구에서 우리가 하객을 맞는 모습을 사진으로 찍었다. 하얀 장갑을 끼고 있는 손이 어색하게 느껴졌다. 중간에 축의금용 봉투를 사오기 위해 결혼식장을 빠져나왔다. 근처에 문구점이 없어서 큰길까지 걸어 나가야 했다.

오후의 햇살이 따가웠다. 정장재킷에 조끼까지 받쳐 입은 탓에 등에 땀이 배었다. 처음 와보는 동네였다. 주유소를 지나쳐, 냉장고를 길가에 내다놓은 동네 슈퍼에서 음료수를 한 캔 샀다. 큰길가에서 주택가로 올라가는 골목은 야트막한 경사를 이루고 있었다. 차 두 대가 간신히 빠져나갈 수 있을 정도의 골목이다. 골목의 초입에 무슨무슨 학원이니, 무슨무슨 미용실이니 하는 간판들이 달린 건물들이 보였다. 그건 정말 알 수 없는 느낌이었다. 언젠가 이와 똑같은 풍경을 본 것 같은 기시감이라기보다, 이와 똑같은 풍경을 볼 것 같은, 그런 감정이었다. 아니, 틀렸다. 나는 그냥 낯선 동네를 구경하고 있는 것이다. "다음은 동생 차례겠네요"라고 미용실의 여자가 말했다. 오후의 한가로운 주택가의 풍경처럼, 어떤 시절이 나를 통과하고 있었다. 나는 내가 다시 이 동네에 오게 될 일이 없으리라고 생각했다. 그래서 찬찬히 동네를 둘러보았다.

결혼식은 교회식으로 진행되었다. 사회자를 따로 두지 않고 목사가 모든 걸 주관했다. 결혼식순을 담은 일정표에는 결혼예배라고 쓰여 있었고, 뒷면에는 찬송가 악보가 그려져 있었다.

입대를 앞둔 전날 밤, 나는 편지를 썼다. 옷들을 장롱 속에 차곡차곡 개키고 방습제를 잔뜩 사와 함께 넣었다. 책상에 있는 물건들과 컴퓨터의 파일들을 정리했다. 버릴 것은 박스에 담아서 직접 아파트 주차장에 있는 커다란 쓰레기통에 버렸다. 컴퓨터 파일은 더 간단해서 한꺼번에 삭제 명령을 내렸다. 생각보다 버릴 것이 많았다. 그 일을 다 끝내고도 잠이 오지 않았다. 그래서 나는 편지를 썼다. 누구에게 부칠지는 정하지 않았다. 편지의 마지막에 나는 "내 청춘 시절은 끝났다"라고 썼다. 다 쓰고 나니까, 꼭 이 편지를 보여주고 싶은 사람이 생각났다. 어리석다고 생각하면서도, 다음날 나는 훈련소까지 같이 따라온 친구 녀석에게 그 편지를 주었다. "굳이 전해줄 필요는 없어. 만날 일이 없다면 전해주지 않아도 되고. 너무 신경쓰지 마." 친구는 알겠다고 말했다. 열차 밖의 풍경을 바라보면서 나는 길고 어두운 복도를 생각했고, 그 끝까지 가서 돌아서야 할 코너를 생각했다. 그 코너를 돌았을 때, 과연 내 눈앞에 펼쳐질 풍경이 어떤 것인지 나는 알 수 없었다. 이 년간 나는 사라진다고 생각했다.

군대를 제대하고 일 년 뒤 내 편지를 전해 받은 사람과 학교에서 우연히 마주쳤다. 우리는 벤치에 앉아 커피를 나눠 마셨고, 나도 그녀도, 편지라든지, 청춘 시절이라든지 하는 말은 하지 않았다. 이미 다 끝나버린 일이다.

목사는 그다지 입담이 좋지 않았다. 주례사는 길고 지루했다. 같은 말을 계속 되풀이하기도 하고, 목소리의 톤도 과장되어 귀에 거슬렸다. 기도를 하는 동안 나는 눈을 뜨고 있었고, 찬송가를 부르는 동안 하품을 했다. 신부측 친구들이 축하 연주를 했고, 신부측과 신랑측을 모두 알고 있는 교회 친구들이 축가를 불렀다. 오 년 동안 둘의 연애를 지켜본 사람들이었다. 주례사 내용 중에 그런 게 있었다. 그 둘의 모습은 보기에 아주 좋았다는 식의 내용이었다.

결혼 서약, 양가 부모와 하객들에게 신랑 신부 인사, 사진 촬영이 바로바로 이어졌다. 식이 끝나고 하객들은 피로연장으로 이동하고 신랑 신부는 폐백실로 올라갔다. 나는 그사이 바깥으로 나와 담배를 피웠다. 갑작스럽게 많은 사람들이 모인 곳에 있던 탓인지, 아니면 찬송가라든지 기도라든지 하는 예배 형식들 탓인지 머리가 아프고 가슴이 답답했다. 그리고 잘 알 수 없는 기분이 들었다. 금방 알게 되었는데, 그건 언짢은 기분이었다.

"왜죠?" 여자가 물었다.

"잘 모르겠어. 그렇게 느껴서는 안 된다고 생각하는데, 왜냐하면 그건 누구나 즐거운 결혼식 자리니까 말이야. 그런데 기분이란 건 어쩔 수 없는 거잖아. 게다가 그건 내 기분이니까. 근데 너희 집 강아지 이름이 뭐였지?"

"요끼."

그래, 요끼였다. 이름을 들으니까, 그 이름이 기억났다. 성경에서 따온 이름이었다. 여자가 지은 건 아니고, 데리고 왔을 때 이미 이름이 붙어 있었다.

"요끼는 잘 지내?"

여자네 집 근처, 항상 주차시키던 곳에 차를 주차시키고 여자에게 전화를 걸었다. 여자를 사귀고 얼마 뒤 나는 그녀를 집까지 바래다주었다. 운전면허를 딴 지 얼마 안 된 때였는데, 그런 얘기는 하지 않았다. 다행히 그녀의 집 근처에 공터를 끼고 있는 널찍한 골목이 있었다. 근처에 커피자판기도 있었다. 우리는 그곳에 차를 주차시키고 커피를 마시며 많은 얘기를 나누었다. 그녀와 처음으로 싸우던 날도 우리는 그곳에 있었다. 그녀가 갑자기 가방을 챙겨들더니 문을 열고 뛰어나갔다. 곧바로 따라 내려 빠르게 걸어가는 그녀를 쫓아가 어깨를 붙잡았다. 그것은 순식간에 일어난 일이었다. 그녀가 나를 바라보았다. 그때 나는 아무것도 몰랐다.

여자가 나왔고, 차를 그대로 주차시켜둔 채 우리는 큰길가로 나와 이층의 카페로 올라갔다. 여자는 간편한 티셔츠에 반바지 차림이었고, 모자를 쓰고 있었다. 그녀는 몸무게가 오 킬로그램이나 불었다고 말했다. 그러고 보니 약간 살이 찐 것처럼 보이기도 했다. 그녀를 마지막으로 본 게 칠 개월 전이었지만, 그 기간이 실감나지 않았다. 그 칠 개월 동안 가끔 여자의 얼굴을 떠올리고는 했다. 분명하게 기억하고 있다고 생각했는데, 막상 얼굴을 대하자 다르게 보였다. 기억이 잘못되었는지, 칠 개월이라는 시간 때문인지는 알 수 없었다.

카페는 그냥 흔한 동네 카페였다. 좁았고, 직원도 한 명뿐이었다. 우리는 커피를 시켰다.

"머리를 짧게 잘랐네요. 훨씬 나은 것 같아요." 여자가 말했다.

나는, 그런가, 라고 말하며 짧은 머리를 손으로 쓸어보았다. 나는 재킷을 벗어서 옆자리에 놓았다.

우리는 이것저것 가벼운 얘기를 나누었다. 여자는 졸업하고 곧바로 어느 은행에 취직했다고 했다. 아침에 일어나는 게 고역이죠, 라고 여자는 말했다. 내 대학원생활도 잠깐 화제에 올랐다가, 결국 형의 결혼식에 관한 얘기를 했다.

"요끼는 잘 지내요." 여자가 말했다. "전화를 할 줄은 몰랐어요."

"왜?"

"내 생각 같은 건 가끔이라도 하지 않을 줄 알았어요."

나는 마땅히 대꾸할 말이 떠오르지 않았다. 그녀도 아무 말 하지 않았다. 커피를 한 모금 마셨다. 마치 그녀와 헤어지던 날 같다. 우리가 서로에게 꼭 해야 할 말 같은 건 없는 것이다. 다음번이 없을 때, 말이란 언제나 무용해진다. 나는 숨을 깊이 들이마시고 내쉬었다.

"아침에, 형이 결혼사진을 찍는 동안 혼자 카페에 들어갔었어. 차를 댈 데가 없었던 거야. 거기서 커피를 시켰지. 근데 말이야, 이 커피가 정말 맛있더라고. 뭐랄까, 지금껏 내가 마셔본 커피 중에 가장 맛있는 커피였지. 나는 커피맛 같은 건 상관하지 않고 살아왔던 것 같아. 커피맛쯤이야 중요하지 않은 일이라고 생각했지."

어느 경우에도, 굳이 커피여야 하는 경우는 없다. 커피가 없으면 다른 음료를 마시면 되고, 마시지 않아도 된다. 커피란 거기에 있기 때문에 마시는 것이다. 무슨 일의 사이에, 시간이 남거나 뭔가를 하릴없이 바라보고 있을 때, 커피를 마신다. 그런 커피에 대해 까다롭게 구는 사람을 이해하지 못했다.

그런데 생각해보면 커피에 대해 내가 까다롭게 굴지 않았던 건, 정작 내가 정말로 맛있는 커피를 마셔보지 못했기 때문일지도 모른다. 어려서부터 좋은 재료의 맛있는 음식을 먹어본 사람만이 미식가가 될 수 있는 법이다. 가난뱅이 미식가란 들어본 적이 없다. 만일 그렇다면, 영원히 커피에 대해 까다롭게 굴지 않는 대신 정말 맛있는 커피의 존재를 알지 못하는 것과, 정말 맛있는 커피를 맛보는 대신 이후에 그보다 맛없는 커피를 마시고 얼굴을 찌푸리는 일, 둘 중에 어느 편이 더 나은 걸까? 그러나 이런 고민은 쓸데없다. 왜냐하면 그것은 우리가 선택할 수 있는 일이 아니니까 말이다. 즉, 정말 맛있는 커피는 언제나 마셔본 뒤에 알 수 있는 것이고, 이미 마신 뒤에는 돌이킬 수 없는 것이다. 그리고 맛있는 커피는 항상 거기에 있다.

"분명히 우리는 수없이 많은 카페를 들락거렸고, 그만큼 자주 커피를 마셨지. 근데 잘 기억이 나지 않아. 그때 마신 커피맛이 어땠는지 말이야. 그래서 생각이 났지. 아마 우리는, 아니 적어도 나는 커피맛에 대해 더 신경을 써야만 했던 게 아닐까. 그게 맞을 거야. 정말로 맛있는 커피를 마시게 되면, 맛있다고 말하고, 맛이 없으면 맛이 없다고 말해야 했어."

여자의 핸드폰 벨이 울렸다. 여자는 핸드폰을 들고 바깥으로 나갔다. 여자에게는 남자친구가 있었다. 나는 담배에 불을 붙였다. 피곤한 탓인지, 담배는 맛이 없었다. 금방 여자는 돌아왔다. 전화로 여자는 남자친구에게 뭐라고 말했을까? 커피값을 지불하고 카페를 나왔다. 차를 타고 여자의 집까지 올라갔다. 중간에 여자 쪽을 쳐다보지 않고 이름을 불렀다. 여자는 다음 말을 기다렸다. 나는 망설이다가 아무 말도 하지 않기로 했다. 여자는 어서 여자친구를 사귀어요, 라고 말했다. 나는 그것에 대해 농담을 했다. 여자가 대문을 열고 집안으로 들어갈 때까지 나는 차 밖에 서 있었다.

집으로 돌아가면서 나는 라디오의 볼륨을 높였다. 도로는 텅 비어 있었고, 마치 비에 젖은 것처럼 가로등 불빛에 붉게 물들어 있었다.

폐백이 끝나고 아버지와 어머니는 먼저 집으로 돌아갔다. 마지막까지 남아 짐을 챙긴 건 큰형 부부와 형수의 동생이었다. 트렁크에 짐을 싣고, 차에 올랐다. 형과 형수는 예복을 벗고 신혼여행지에 적합한 간편한 복장으로 갈아입었다. 그들이 차 안에서 창문을 열고 결혼식 축가를 불러준 친구들과 인사를 하는 동안 앞자리에 앉은 나는 좀 머쓱

한 표정으로 전방을 주시하고 있었다. 형이 이제 출발하자, 라고 말했다. 어느 길로 가야 하는지 잠시 서로 다른 의견을 내다가, 결국 알기 쉬운 길을 이용하기로 했다.

얼마 가지 않아 길은 막혔다. 눈에 보이는 끝까지 차들은 꿈쩍도 하지 않았다. 나는 담배를 피워도 되느냐고 물어보고, 창문을 열고 담배를 피웠다.

아침처럼, 다시 셋만이 차 안에 남게 되었다. 형과 형수는 아침보다 훨씬 여유로워 보였다. 결혼식을 끝내고 긴장이 풀어진 때문이기도 하지만, 그들은 이제 정식으로 부부가 된 것이다. 그들은 차 안에 자신들만 타고 있는 것처럼 행동했다. 정말로 나는 운전기사가 된 기분이었다. 형은 형수의 머리에 꽂혀 있는 수많은 핀을 뽑아주고 있었다. 원래 머리가 짧아서 예식을 위해 가짜 머리를 이어 붙였던 것이다. 신혼여행지에서 신을 샌들을 챙겼느냐고 형수가 물었다. 형이 부산스레 짐을 뒤적이다가 아마 트렁크에 넣었을 거라고 말했다. 또 한참을 결혼식에 참석한 친구들 얘기를 하다가, 어머니께서 챙겨주신 용돈을 서울에 남겨둘 것인지, 아니면 신혼여행지까지 가지고 갈 것인지에 대해서 얘기했다. 그러다 조용해졌는데, 힐끗 돌아보니 둘 다 잠이 들어 있었다. 나는 라디오의 볼륨을 줄였다. 그리고 다시 담배 한 대를 물었다.

억울해, 라고 여자는 내게 말했다. "왜?" "내가 먼저 결혼하자고 말했잖아. 말하지 말 걸 그랬어." 나는 웃었다. 여자는 나보다 나이가 많이 어렸다. 여자가 결혼하자고 말했을 때, 나는 뭐라고 대답했었지? 아마 농담을 했을 거다. 나는 일주일 뒤의 약속 따위는 하지 않는다.

이런 식의 농담이었다. 여름에 여자는 결혼식장에서 아르바이트를 했었다. 웨딩드레스 쇼의 모델이었다. 나는 여자의 사진을 찍어주었다. 여자의 옆에서 신랑처럼 팔짱을 끼고 있는 건 다른 남자 모델이었는데, 그 자리에 내가 서게 될 거라고는 생각하지 않았다. 그래도 여자는 예뻤다. 내가 여자에 대해 뭔가를 결정해야 하는 때가 올 거라고는 생각하지 않았다. 나는 여자와 있는 시간이 좋았다. 그러나 그 시간은 지나갔다. 내가 그것을 선택했다.

공항 방향의 올림픽대로 위에는 다행히 차들이 많지 않았다. 나는 창문을 조금 열어둔 채 달렸다. 바람의 냄새가 좋았다. 날씨가 맑아서 아주 멀리까지 볼 수 있었다. 지면과 가까운 곳에 구름이 하늘을 덮고 있었다. 신부의 웨딩드레스처럼 새하얗고 풍성한 구름이다. 그 구름 사이를 은빛 조각 같은 비행기가 가로지르고 있었다. 비행기는 완만한 경사를 이루며 하늘 가운데로 오르고 있었다.

*

일요일에는 항상 혼자 집에 남았다. 이 도시에선 내가 아는 사람이 거의 없고, 룸메이트는 교회를 다닌다. 특별히 할 일이 있는 것도 아니고, 부지런한 편도 아닌데, 대개 아홉시쯤이면 잠에서 깨어났다. 햇볕이 잘 드는 방이라서 그 시간쯤이면 방안은 온통 밝고 따스한 햇볕으로 가득찼다. 일어나서 제일 먼저 하는 일은 이불을 창턱에 널어 햇볕에 말리는 일이다. 그러고는 바닥을 빗자루로 대충 쓸어내고, 소리가 굉장히 요란한 진공청소기로 구석구석 남은 먼지를 청소한다. 그러는 동안 슬슬 배가 고파진다. 일요일은 특별히 직접 요리를 해 먹는 날로 정해놓고 있었다. 일종의 특식인 셈이었지만, 나 자신의 요리 솜씨가 탁월했던 것은 아니다. 그런대로 요리는 언제나 먹을 만해서 단 한 번도 남겨본 적은 없다. 그게 내 아침 겸 점심이다. 밥을 다 먹고 설거지를 끝내고 싱크대의 물기까지 행주로 말끔하게 닦아낸 다음, 커피를 탄다. 그저 보통의 인스턴트커피다. 커피 두 스푼에, 설탕 두 스푼, 프림은 없다. 컵은 커다란 머그컵이고 물을 많이 붓는다. 이 도시에 올 때, 나는 길거리에서 산 최신가요 테이프를 가지고 왔다. 그 노래를 항상 반복해 들었다. 나는 노래를 들으며 커피잔을 한 손에 들고, 창틀에 몸을 기대고 유난히 파란 일요일 오후의 하늘을 바라본다.

하늘에는 비행기가 날고 있었다. 이 도시에선 흔한 풍경이었다. 비행기는 제각기 다른 방향으로, 다른 높이로 날고 있었다. 세 대의 비행기를 한꺼번에 본 적도 있었다. 천천히 날던 비행기, 너무 멀어서겠지만, 마치 정지한 듯 보이기도 했다. 하지만 가만히 살펴보면 분명 조금씩 멀어지거나, 가까워지거나, 한켠에서 다른 한켠으로 이동하고 있었다.

그 모든 비행기들은 하얀 꼬리를 달고 있었다. 유난히 흐린 날이 많은 도시였지만, 한번 날씨가 좋으면 하늘은 구름 한 점 없이 맑았다. 그래서 비행기들의 꼬리는 마치 길고 가느다란 구름처럼 보였다. 비행기가 시야에서 사라지고 나서도 그 하얀 꼬리구름은 오래도록 남았다. 그러나 언제까지 남아 있을 수는 없다. 나는 그것이 사라지는 것을 바라보았다. 알 수 없는 일은, 그것이 완전히 사라지는 그 순간을 나는 언제나 놓치고 만다는 것이다. 아직 남아 있다고 생각했을 때,

그것은 이미 사라지고 없다.

나는 책상으로 돌아와 여자에게 편지를 쓴다.

일요일에는 항상 혼자 집에 남아 있어, 라고 첫 문장을 썼다.

아침에 일어나서 청소를 하고, 직접 요리를 해서 밥을 먹고, 커피를 마시면서 시간을 보내지. 날이 맑은 날에는 하늘을 나는 비행기들을 바라보곤 해. 그 비행기들을 보면서, 나도 한 달 뒤에는 저 비행기를 탄다, 그래서 한 달 뒤에는 너를 볼 수 있다고 생각하지. 비행기에서 내려 내가 카트를 끌고 대합실을 나서면 너는 거기에 있겠지. 그 생각을 하면 나는 행복해져.

신호 대기

신호 대기에 걸렸다. 나는 기어를 중립에 놓고 핸드브레이크를 힘껏 당겼다. 날씨는 완연한 봄이었다. 차창을 끝까지 내리고 창턱에 왼팔을 걸쳤다. 공기는 아직 차가웠지만 맨살에 닿는 햇볕은 따사로웠고 새로운 계절의 냄새가 났다. 길 건너편 붉은 타일의 빌딩들 틈 사이로 골목이 보였다. 골목은 폭이 좁았고, 멀리 높은 언덕 끝까지 일직선으로 길게 뻗어 있었다. 차 한 대도 지나지 못할 것 같은 좁은 골목이었다. 진입도로도 보이지 않았다. 어떻게 도심 한복판에 저렇게 좁고 긴 골목이 아직 남아 있을까?

일주일에 삼 일은 이 길을 지난다. 본사에서 받은 물품을 이틀에 한 번꼴로 각 대리점을 돌며 납품했다. 나는 이 일을 이 년째 해오고 있다. 같은 계절을 두 번 겪었다. 이 길을 잘 알고 있다고 생각했다. 언제 차선을 변경해야 하는지, 사거리의 좌회전 신호는 몇 대의 차를 통과시킬 수 있는지, 도로의 요철이나, 길가 상점들의 계절별 쇼윈도 장식까지 손금을 보듯 훤했다. 지금 이 신호 대기만 해도 수백 번은 걸렸었다. 하지만 골목을 보게 된 건 이번이 처음이었다. 이유는 간단했다. 길가에 늘어선 빌딩들에 가려 내가 멈춰 선 한정된 자리 외에는 그 골목이 보이지 않는 것이다. 만일 차가 조금이라도 앞에, 또는 뒤에 섰더라면 결코 발견되지 않았을 것이다. 요컨대 골목이 뻗은 방향의 연장선상에 있어야만, 골목을 발견할 수 있다. 그리고 그 연장선의 폭은 좁은 골목의 폭과 일치했다. 언덕 꼭대기를 향해 길게 뻗은 골목은 마치 하나의 점으로 사라져버리는 것처럼 보였다. 골목의 특이한 점은 또 있었다. 아무리 봐도 골목 바닥이 아스팔트가 아닌 것처럼 보인다는 점이었다. 바닥은 아스팔트의 검은빛이 아니라 흰빛이었다. 마치 흙이 깔려 있는 것 같았다. 하지만 흙바닥이라니, 있을 수 없는 일이다. 정확한 건 알 수 없었다. 다만 흰빛에 섞여 검은빛의 사람들이 드문드문 움직이는 것으로 보아, 골목이라는 것은 분명했다. 아마 골목의 양편으로는 비슷비슷한 형태의 단독주택들이나 소규모의 연립주택이 들어서 있을 거라 짐작했다.

나는 단 한 번도 골목이 있는 동네에서 살아본 적이 없다. 내가 태어났을 때부터 우리집은 아파트에 살았다. 아파트의 동과 동 사이를 골목이라 부를 수는 없는 노릇이다. 내가 처음으로 골목 비슷한 데를 일상적으로 돌아다녀본 것은 재수 시절이었다. 간혹 학원을 빼먹고 학원 근처 골목길을 하루종일 돌아다니곤 했다. 외진 곳에 가방을 깔고 앉아 근처 구멍가게에서 사온 음료수를 마시며 멍하니 시간을 보냈다. 나는 가게에서 주는 까만색 비닐봉지를 좋아했다. 곧잘 그것을 머리에 뒤집어쓰고 해를 바라보는 놀이를 했다. 까만 비닐을 통해 보이는 태양은, 마치 이제 막 터진 불꽃처럼 보였다. 그것도 싫증이 나면 비닐봉지를 벗어서 담뱃불로 눈 구멍을 만들고는 다시 뒤집어쓰고 사방을 둘러보았다. 그러면 마치 투명인간이 된 듯한 기분이 들었다.

내가 생각하는 골목은 골목 양편 담장의 높이가 발돋움을 하면 집 안을 들여다볼 수 있을 정도밖에 되지 않고, 바닥에는 엉성하게 발라 놓은 시멘트나 아귀가 맞지 않는 보도블록이 깔려 있고, 차가 진입할 수 없을 정도로 폭이 좁아야 했다. 길은 솜씨 좋게 연결되어 있지 않고 미로처럼 얽혀 있으며, 그 끝은 자주 가로막혀 있다. 그리고 손에 아이스크림이나 과자를 든, 입 주위가 지저분한 아이들이 있다. 그들은 한자리에 똑바로 서서 내가 곁을 지나가는 동안 별 거리낌 없이 날 빤히 쳐다보곤 한다. 어느 정도 멀리 떨어져 뒤돌아보았을 때도 그들의 시선은 내게 고정되어 있다. 그들은 아직 학교에 갈 나이가 되지 않았다. 형들이 돌아올 때까지 골목은 그들의 것이다. 가끔 요란한 발소리를 내며 뛰어가는 아이의 모습도 보인다. 아이의 손에는 아마 오백원짜리 동전이 쥐여져 있을 것이다. 어머니는 아이의 조그만 손에 동전을 쥐여주며 이렇게 말한다. "이것으로 요 앞 가게에 가서 네가 먹고 싶은 걸 사 먹으렴." 아이는 집을 나서자마자 부리나케 뛰었다. 그리 멀지 않은 가게에 아이가 도착했을 때, 어찌나 꼭 쥐고 있었던지 동전은 땀으로 미끈거렸다. 아이는 진열대의 과자들을 이것저것 만지작거리다, 마침내 포장지가 예쁜 과자 한 상자를 골라 주인아줌마가 있는 카운터로 간다. 말없이 어머니에게서 받은 오백원짜리 동전을 아줌마에게 내민다. "얘야, 이 돈으론 이 과자를 살 수 없어. 다른 걸

골라봐." 아줌마는 친절하게 아이에게 말했다. 하지만 아이는 고개를 숙인 채 가만히 그 자리를 떠나지 않는다. 아이는 잘 이해할 수가 없다. 엄마는 분명히 내가 먹고 싶은 걸 사 먹으라고 했다. 엄마가 틀렸을 리가 없다. 한참의 시간이 흐른다. 아이도 아줌마도 아무 말도 하지 않았다. 이것은 슬픈 이야기다.

며칠 전 여자의 사진이 담겨 있는 책을 받았다. 증명사진 정도 크기의 흑백사진 속에서 여자는 안경을 쓰고 있었다. 안경은 여자에게 썩 잘 어울렸다. 나와 만나는 동안에 그녀는 안경을 쓰지 않았다. 그녀가 렌즈를 낀다는 걸 나는 나중에야 알았다. 렌즈는 그녀에게 잘 맞지 않았다. 반나절만 끼고 있어도 눈이 아파오고 충혈되었다. 그녀가 안경을 가지고 있다는 사실을 알게 되었을 때 나는 몇 번이고 안경 쓴 모습을 보여달라고 졸라댔다. 그러나 내가 기억하는 한 그녀는 단 한 번도 내게 안경 쓴 모습을 보여주지 않았다.

책은 계간으로 발간되는 문예지였다. 그녀는 사 년 전 겨울 그 문예지의 신인문학상으로 등단했다. 대학 동기 녀석이 그 문예지를 발간하는 출판사에 취직했다는 걸 최근에 알았다. 일 년에 두 번 있는 동기회 술자리에서 나는 그에게 문예지의 지난 호를 구할 수 있느냐고 물었다. 그는 알아보겠다고 했다. 며칠 뒤 구했으니 내게 보내주겠다는 연락을 해왔다. 이유는 묻지 않았다. 어쩌면 술이 잔뜩 취해서 동기회 때 내가 먼저 말했는지 모른다. 나는 잘 기억나지 않는다.

그녀의 사진을 보고 수상 소감을 읽었다. 심사평도 읽었다. 하지만 소설은 읽지 않았다. 수상 소감에서 그녀는 자신을 문학으로 이르게 해준 인연들에 감사한다고 쓰고 있다. 나는 그 인연들 중에 내가 포함되어 있는지, 그리고 그녀가 바로 그 문장을 쓸 때 나를 떠올렸는지 궁금했다. 그녀는 사진 속에서 웃고 있었다. 이가 드러나도록 환한 미소였지만, 결코 천박하지 않았다. 그 미소는 낯익었다. 그녀의 미소는 항상 그렇게 조용했고, 사람의 마음을 안심시키는 알 수 없는 힘이 담겨 있었다.

나는 그녀에 대해 좀더 자세하게 얘기해야겠다. 왜냐하면 이것은 그녀의 이야기이기 때문이다.

그녀는 똑똑한 여자였다. 비유적인 의미가 아니라, 실제로 그랬다. 그녀는 중학교 때까지 전교 일이등을 다투는 수재였다. 그 때문에, 물론 다른 이유도 있었을 거라 짐작되지만, 그녀는 주위의 친구들로부터 어린 나이에 견디기 힘든 심한 따돌림을 당했다. 아침에 일어나 학교에 가야 한다는 생각을 하자마자 어김없이 심한 복통을 앓았다. 그러나 그녀는 굴복하지 않았다. 중학교를 졸업할 때 그녀는 전교에서 세 명밖에 받지 못하는 우등상은 물론, 삼 년 개근상도 받았다. 그녀는 부모님을 설득해 고등학교를 수재들만 다닌다는 특수목적고로 진학했다. 일반고에 비해 학비도 턱없이 비쌌고 버스를 타도 집에서 한 시간이 넘게 걸리는 먼 거리에 있는 학교였지만, 그녀는 그 학교를 다니면서 비로소 학창 시절이란 걸 가질 수 있었다. 그곳에서 그녀는 평범한 학생이었다. 중학교 시절의 그녀를 아는 학생은 아무도 없었다. 그녀의 성적은 전교 석차가 아니라 반 석차 삼십 위권 아래로 떨어졌다. 부모님은 걱정을 하셨지만, 그녀로서는 자신의 떨어진 성적이 오히려 다행스럽게 여겨졌다. 친구들을 사귈 수 있게 되었고, 함께 학교 근처의 분식집에서 떡볶이도 먹을 수 있게 되었다. 그때 사귄 친구들과는 대학 때까지 줄곧 친분을 유지했다.

그녀는 장녀였다. 그녀의 바로 밑이 여동생이었고, 남동생과는 터울이 있었다. 친할머니와 한집에 살았는데, 할아버지는 일찍이 전쟁통에 돌아가셨다고 한다. 아버지는 장남이었고 당연히 할머니를 모셔야 했다. 하지만 그녀는 할머니를 미워했고, 아버지를 무능력자로 여겼다. 그녀의 아버지는 고등학교에서 국어를 가르치셨는데, 집안일에 대해서는 거의 전혀라고 할 수 있을 정도로 신경을 쓰지 않으셨다. 그렇다고 학생을 가르치는 데 열심이신 것도 아니었다. 그녀의 표현을 빌리면 아버지는 형광등 하나 제대로 갈아끼울 줄 모르는 분이셨다. 아버지의 월급만으로는 할머니를 포함한 대가족의 가계를 꾸려나가기 힘들었다. 어렸을 때부터 그녀는 이층짜리 단독주택에 살았는데, 일층과 지하층을 전세와 하숙으로 내주고, 정작 그녀 가족은 비상계단을 이용해 집안을 출입해야 했다. 그 집이 자기네 집이라는 것을 알게 되었을 때, 그녀는 하루종일 울면서 우리끼리만 살자고 어머니를 졸라댔다. 나중에 알게 된 일이지만, 그 집을 마련할 수 있었던 것도, 어머니의 퇴직금과 친정의 도움이 없었다면 불가능한 일이었다. 그 큰 집을 어머니 혼자 관리하셨다. 심지어 매년 소득신고니 세금공제니 하는 일체의 서류 준비도 어머니 혼자의 몫이었다. 그런데도 할머니는 그녀가 고등학교에 들어가서까지도 어머니에게 시집살이를 시키셨다. 오히려 어머니가 집안을 억척스럽게 꾸려나가며 평수를 조금씩 넓혀 이사를 할 때마다 할머니의 시집살이는 더욱 심해졌다. 하루는 반찬이 입에 맞지 않는다고 할머니가 역정을 내셨을 때, 그녀는 더이상 참지 못하고 그럼 드시지 않으면 될 거 아니냐고 할머니께 대들었다. 그러자 할머니는 딸자식 교육을 어미가 이 모양으로 시켰다며 오히려 어머니를 나무랐다. 어머니는 아무 말도 하지 않으셨다. 흔히 있는 얘기다. 그녀는 그런 어머니를 이해할 수 없었다. 자신은 결코 아버지 같은 남자와는 결혼하지 않겠다고 다짐하는 것이 그녀가 할 수 있는 전부였다.

그녀는 어려서부터 몸이 약했고, 응급실에 가야 할 정도로 심하게 앓은 적도 여러 번이었다. 어머니는 그때마다 열이 펄펄 끓는 그녀를 업고 병원으로 뛰어가면서 이애가 죽을 거라고 생각하셨다고 한다. 그런 어머니의 생각은 그녀에게 전염됐다. 국민학교 때부터 그녀는 자신이 오래 살지 못할 거라고 생각했다. 죽는다는 생각은 두렵지도 힘들지도 않았지만, 갖가지 형태로 찾아오는 고통만은 참을 수가 없었다. 만성적인 편두통에 시달렸고, 위와 장은 음식을 잘 소화시키지 못하고 툭하면 복통을 일으켰으며, 나이가 들어서까지 그녀를 붙잡고 놔주지 않았던 빈혈은 그녀의 피부를 병적으로 투명하게 만들었다. 신장도 좋지 않아서 조금만 무리하면 금방 피로해졌고, 멍이나 상처도 쉽게 아물지 않았다. 생리를 하기 시작하면서 고통의 리스트는 하나 더 늘어나게 되었다. 체육시간 때마다 그녀는 운동장 스탠드에 앉아 아이들이 즐겁게 뛰어노는 모습을 지켜봐야만 했다. 중학교 시절 친구들이 그녀를 따돌렸던 이유 중에는 분명 그녀의 그런 신체적 병약함도 포함되어 있었을 것이다. 중학교 때부터 그녀는 아예 체육시간에 운동장에조차 나가지 않았고 텅 빈 교실에 혼자 남아 책을 읽게 되었다. 그때쯤 해서는 어느 정도 몸이 건강을 회복했는지, 아니면 그녀 자신이 어지간히 익숙해졌는지 알 수 없지만, 고통은 더이상 그녀를 괴롭히지 못했다. 다만 자신이 곧 죽을 거라는 생각만은 여전했다. 아이들이 없는 고요한 교실에 혼자 앉아, 책상 위에 아무렇게나 널려 있는 수많은 교복들을 바라보면서, 자신이 곧 죽을 거라고 생각하는 중학생 소녀, 그것이 바로 사춘기 시절 그녀의 모습이었다.

앞서 말했듯이 그녀의 고등학교 시절은 행복했다. 더이상 학교에 나가는 일이 고역이 아니었을뿐더러, 새로 사귄 친구들 덕에 오히려 즐거운 일이 되었다. 그녀에게도 점심시간이면 한 책상에 둘러앉아 도시락을 함께 먹는 단짝 친구들이 생겼다. 그녀는 매일같이 얼굴을 마주하면서도 자주 친구들에게 편지나 쪽지를 써서 건네주었다. 꼭 답장을 받지 못하더라도, 자신이 생각하고 느낀 것들을 누군가에게 말할 수 있다는 것이 즐거웠고, 들어줄 누군가가 있다는 것도 감사했다. 여전히 많은 사람들 틈에서는 무의식중에 몸이 굳어졌고, 긴장감에 말을 더듬는 버릇이 남아 있었지만, 친한 친구들 사이에서는 목소리의 톤도 높아졌고, 그녀만이 가지고 있는 독특한 생각이나, 엉뚱한 농담으로 친구들을 웃게 만들 수도 있었다. 그녀가 다닌 고등학교는 여학교였지만, 바로 근처에 남학교가 있어서, 몇 번인가 등하굣길에 얼굴도 모르는 남학생에게서 쪽지를 받기도 했다. 쪽지에는, '당신을 오래전부터 봐왔습니다. 만나고 싶습니다' 등등의 유치한 말들이 적혀 있었다. 그 시절 한창 유행하던 시인의 시구가 적혀 있기도 했다. 하지만 그녀는 언제나 받는 즉시 쪽지를 찢어 미련 없이 버렸다. 그녀가 보기에 그들은 너무나 어렸고 유치했다. 남자에게는 관심이 없었다. 지금 곁에 있는 여자 친구들만으로 충분히 행복하다고 생각했다. 삼학년이 되어 밤늦게까지 학교에 남아 야간 자율학습을 하게 되었을 때, 그녀와 친구들은 슬며시 교실을 빠져나와 운동장의 끄트머리, 나무들이 병풍처럼 늘어서 있는 곳까지 걸어갔다. 학교는 언덕배기에 위치해 있어서, 그쪽에서는 아래편으로 넓게 펼쳐진 도심의 야경을 내려다볼 수 있었다. 그녀들은 나무 뒤편에 몸을 숨긴 채 한참 동안 그 자리에 앉아, 크리스마스트리 전구처럼 아름답게 반짝이는 불빛들을 바라보며 이런저런 얘기를 나누었다. 불빛들이 크리스마스트리 전구 같다는 건, 그녀 자신의 표현이었다. 누군가 플러그를 뽑아내면 금방이라도 싹 사라질 것 같았지만, 바로 그렇기 때문에 더욱 찬란하게 반짝이는 것처럼 보였다. 그녀들은 한 명 한 명 자신의 어린 시절이나 현재의 생활, 그리고 앞으로 하고 싶은 일들에 대해서 얘기했다. 하지만 그녀 자신만은 그다지 할말이 없었다. 어린 시절에 대해서뿐만 아니라, 앞으로 다가올 자신의 미래에 대해서도 그녀는 아무 할말이 없었다. 그녀는 줄곧 자라서 뭐가 되어야지, 라는 생각을 해본 적이 없기 때문이었다. 어린 시절에는 항상 약을 달고 지내면서 더이상 아프지 않게 되기만을 바랐고, 중학교 시절에는 자신을 괴롭히는 친구들에게 지면 안 된다는 생각만으로 하루하루를 버텼다. 그녀의 친구들은 그런 그녀의 얘기를 잠자코 들어주었다. 처음으로 그녀는 오래 살고 싶다는 생각을 했다. 뭘 하고 싶은지는 당장 알 수 없었지만, 그래도 계속해서 살아야겠다고 생각했다. 그녀는 자연스럽게 가장 커트라인이 높은 여대에 지원했다. 남녀공학은 고려의 대상도 되지 않았다. 성적은 안심해도 될 수준이었다. 하지만 그해 그녀는 대학에 떨어졌고, 다음해 노량진 소재의 종합반 학원에 등록해야만 했다.

내가 이처럼 그녀의 학창 시절을 자세하게 알고 있는 이유는 실제로 그녀가 다녔던 고등학교에 함께 가본 적이 있기 때문이다. 야간 자율학습을 빠져나와 친구들과 함께 대화를 나누었던 바로 그 장소에 앉아 그녀는 내게 다 얘기해주었다. 그날, 우리는 며칠 전 잃어버린 그녀의 주민등록증 분실신고를 하기 위해, 그녀가 고등학교 시절까지 살았던 동네에 갔다. 살던 집을 전세로 내주고 가족은 이사했지만, 그녀의 주소지는 왜인지 아직 예전의 그 집으로 되어 있었다. 동사무소에 가기 전에, 그녀는 자신이 살았던 옛집을 보여주었다. 직접 집안까지 들어가보지는 못하고 바깥을 둘러보는 정도였지만, 그것만으로도 나는 이상한 감동에 사로잡혔다. 집 앞에 이르기 전부터 손가락으로 이곳저곳을 가리키며 거기에 얽힌 자신의 어린 시절 얘기를 그녀가 해줬기 때문이었다. 금방이라도 어린 시절의 그녀가 문을 열고 걸어나올 것 같았다. 그녀도 마찬가지였던 모양으로 동사무소에서 일을 마치고, 내친김에 그녀가 다녔던 고등학교까지 버스를 타고 갔다. 학교는 생각보다 더 높은 곳에 위치해 있었다. 버스에서 내리고도 언덕을 한참 걸어올라가야 했다. 편도 일차로의 좁은 차로가 일직선으로 죽 경사를 이루며 학교 앞까지 뻗어 있었다. 거리의 양편에는 어느 고등학교나 그렇듯이 학생들을 대상으로 하는 문방구나 책방, 제과점, 분식집 등이 자리잡고 있었다. 그녀가 고등학교 시절, 방과후 하루도 빠짐없이 들렀던 분식집에서 우리는 늦은 점심을 먹었다. 나는 새 주민등록증에 붙이고 남은 그녀의 증명사진을 달라고 졸랐다. 그녀는 한사코 더 잘 나온 사진이 있다면서 그것을 주겠다고 했다. 나는 장난스럽게 둘 다 가지겠다고 욕심을 부렸다. 그렇게 해서 그 사진을 결국 내가 받았는지 어쨌는지는 기억나지 않는다. 대신 나는 그날의 날짜를 분명하게 기억하고 있다. 그날은 4월 4일이었다. 유리창은 오후의 햇살로 반짝거렸고, 발밑에서부터 따스한 지열이 올라왔다. 마침내 학교 정문에 이르렀을 때, 우리는 이마에 맺힌 땀방울을 닦아야 했다. 그녀는 하늘색 카디건을 벗어 한 팔에 걸치고 있었고, 나는 양쪽 소매를 팔꿈치까지 걷어올리고 있었다. 처음에 정문의 수위는 안 된다고 했지만, 그녀가 몇 번이나 사정하자 결국 들여보내줬다. 그녀의 말대로 나무숲을 통과하자 학교 건물에서는 우리가 보이지 않을 것 같았다. 그러나 생각보다 전망은 그다지 좋지 않았다. 나는 대담하게 그녀의 무릎을 베고 누웠다. 눈을 감자 풀냄새와 함께 그녀의 냄새를 맡을 수 있었다. 그녀는 샴푸 냄새거나, 샤워코롱 냄새일 거라고 말했다. 나는 샤워에 대해서 몇 마디 농담을 지껄였다. 허벅지에 살이 없어서 머리가 아프다고도 말했다. 그녀는 내가 제대할 때까지 살을 찌워놓겠다고 대꾸했다. 그다음주 바로 같은 요일이 내 입대일이었다. 4월 11일. 조금 있다 그녀는, 자신이 기다려주기를 내가 바라느냐고 물었다. 그때 내가 뭐라고 대답했었던가? 아마, 도리어 내가 그렇게 바라기를 네가 바라느냐고 웃으면서 되물었던 것 같다. 그녀는 그렇다고 대답했다. 그녀의 그 대답은 슬프게 들렸다. 하지만 그때는 잘 알지 못했다. 나는 당연히 네가 기다려주기를 바란다고 말했다. 하지만 정작 기다리지 않은 건 나였다. 그녀는 끝까지 나를 기다려주었다.

1992년, 그녀는 전해 자신이 떨어졌던 대학에 합격했다. 영어교육과였다. 어째서 그녀가 영어교육과를 선택했는지는 잘 모른다. 단순히 졸업하고 취업이 잘되는 학과였기 때문일 수도 있고, 다른 이유가 있었을지도 모른다. 지금 생각하면 꼭 취업 때문만은 아니었던 것 같다. 그해 4월, 그녀는 자신이 다녔던 종합반 학원의 반창회에 참석했다. 원래 사람들이 많이 모이는 자리를 별로 좋아하지 않는 그녀였지만, 이제 대학생이 되었으니 한 번쯤 그런 자리에 참석해 분위기를 익힐 필요도 있다고 생각했다. 남학생들은 물론이고, 특히 여학생들이 몰라보게 달라져 있었다. 고등학교를 졸업하고 바로 입학한 게 아니라 다들 재수를 한 탓인지, 본래의 나이보다 두서넛은 많아 보이는 화장과 옷차림들이었다. 얼추 사람들이 모이고 어색한 분위기가 슬슬 풀어지기 시작했을 때쯤, 남자 하나가 맥주잔을 들고 그녀의 앞자리에 앉았다. 그녀는 그를 학원에서 한 번도 보지 못했다. 그 역시 마찬가지라고 말했다. 만일 보았다면, 너 같은 미인을 기억하지 못할 리가 없다고 덧붙였다. 그러나 분명히 둘은 같은 학원, 같은 반에서 일 년간 함께 생활했다. 그는 말을 재미있게 했다. 그는 학원 옥상에 올라가본 적이 있느냐고 물었다. 그녀는 딱 한 번 올라가봤다고 말했다. 그래서 서로 얼굴을 기억하지 못하는 거라고 그는 말했다. 자신은 교실보다 학원 옥상에서 대부분의 시간을 보냈다는 것이었다. 그녀는 자신은 교실에서 잠만 잤다고 했다. 옥상에서 뭘 하며 시간을 보냈느냐고 물어보자, 아무 짓도 안 하고 국기 게양대에 앉아 담배만 피웠다고 그는 대답했다. 이어서, 하루종일 그곳에 앉아 있다보면 많은 걸 깨닫게 되는데, 그중 하나가, 갑자기 주위가 환해져서야 자신이 구름의 그림자에 갇혀 있었음을 알게 된다는 것이었다. 그녀는 그가 맘에 들었고, 전화번호를 물어오자 가르쳐주었다. 첫 데이트 때 그는 그녀를 집까지 바래다주면서 어깨에 팔을 둘렀다. 어깨에 손 올려도 돼? 하고 그가 물었을 때 그녀는 그게 무슨 말인지 몰랐다. 자신의 어깨를 감싼 타인의 팔을 느끼며 집까지 걸어가는 게 그녀는 좋았다.

그러나 그와는 만난 지 한 달여 만에 헤어졌다. 5월이 시작되고 대학에서는 축제가 벌어졌다. 그는 축제 기간중에 학교로 그녀를 초대했다. 그날은 오후부터 갑자기 비가 쏟아졌다. 자신의 학교를 나서면서 그녀는 일회용 우산을 샀다. 그는 학교 앞에서 비를 맞으며 서 있었다. 빗줄기가 굵은 건 아니었지만 그녀는 그가 비를 맞고 있는 모습을 보고, 그를 향해 뛰어갔다. 학교 구경을 하기 전에 그는 먼저 카페에서 커피라도 한잔하자고 했다. 그러나 커피가 다 식도록 그는 거의 아무 말도 하지 않았다. 그러다 문득 그녀가 이대로 집으로 돌아갔으면 한다고 말했다. 그녀가 왜 그러느냐고 물었을 때, 그는 귀찮다는 듯이 기분이 너무 안 좋기 때문이라고 대답했다. 그녀는 남자친구를 사귄 적이 한 번도 없었고, 그러므로 헤어진 적도 한 번도 없었지만, 그가 더이상 자신을 만나고 싶어하지 않는다는 것을 분명하게 알 수 있었다. 자신은 좀더 앉아 있고 싶으니까, 먼저 일어나 나가도 된다고 그녀는 떨리는 목소리로 말했다. 그는 한참 동안 창밖의 비가 내리는 거리를 바라보더니 아무 말 없이 일어서서 나갔다. 그녀는 문득 학교 앞에서 산 일회용 우산을 그에게 건네주고 싶어하는 자신의 마음을 발견했다.

그가 나였다. 어째서 그녀가 나를 좋아했는지 몰랐다. 나중에 그녀가 직접 자신의 입으로 그 이유를 말해주었는데, 그 말은 내게 슬프게 들렸다.

그날 내가 그녀에게 집으로 돌아가라고 매정하게 말하리라고는 나 자신도 몰랐다. 나는 후에 내가 왜 그렇게 행동했는지 자문해보았는데, 어쩌면 정문 앞에 서 있던 나를 향해 그녀가 뛰어왔기 때문일지도 모른다고 생각했다. 하지만 그건 말도 안 되는 이유였다. 멋지게 보이고 싶어 폼을 잡는 것에 불과했다.

그로부터 일 년 반쯤 뒤, 나는 그녀에게 전화했다. 그건 1993년 겨울로, 그녀도 나도 이학년 이학기를 마친 때였다. 우리는 종로에서 한 번 만나고, 내가 다니는 학교 앞에서 두번째 만났다. 두번째 만났을 때, 나는 술에 잔뜩 취해서 술집에서 그녀의 입에 입을 맞추었다. 술집은 삼겹살을 파는 곳이었다. 첫키스의 장소로는 정말로 어울리지 않았기에, 나중에 그 일을 얘기할 때마다 그녀는 나를 원망했다. 그녀는 왜 그렇게 오랫동안 자신을 힘들게 했느냐고 했다. 나는 다시는 널 힘들게 하지 않겠다고 말했다. 다음해 4월까지 우리는 행복하게 지냈다. 이 세상 모든 연인들이 하는 행동들을, 우리도 똑같이 따라 했다. 영화를 보고 커피를 마시고 거리를 걷고 매일 밤 긴 전화통화를 했다. 그녀는 어디에 있든 공중전화 부스가 보이기만 하면, 내 삐삐에 음성메시지를 남겼다. 그 시절 나는 게으르게 시간을 보내며 늦잠을 자곤 했는데, 잠에서 깨어나면 언제나 그녀의 음성메시지가 나를 기다리고 있었다. 날씨가 너무 좋아, 일어나면 연락해. 나는 커튼을 걷고 창을 열어본다. 겨울이 물러나고 봄이 왔음을 알게 되었다.

논산훈련소에 입소하기 전날, 나는 그녀에게 두 가지를 부탁했는데, 첫째는 내가 보는 앞에서 울지 말라는 것과, 둘째는 미니스커트를 입고 와달라는 것이었다. 그녀는 그 두 가지 부탁 모두 잘 들어주었다. 논산으로 가는 기차의 연결 칸에서 오랫동안 그녀를 안아주었다. 나는 짧은 머리를 감추기 위해 쓰고 있던 모자를 벗어 그녀에게 주고 연병장으로 뛰어내려갔다. 운동장 한복판 집합 장소에 이르러 뒤돌아보자, 친구들 틈에 섞여 내가 건네준 모자를 쓰고 있는 그녀의 모습이 조그맣게 보였다. 퇴소식을 하던 날에도 그녀는 그렇게 서 있었다. 그때는 이미 계절이 여름이어서 그녀는 진한 청바지와 하얀색의 얇은 반소매 면티를 입고, 어깨에는 커다란 숄더백을 멘 채 팔짱을 끼고 서 있었다. 그날 그 자리에 서서 군복을 입은 수많은 훈련병들 중에서 나를 찾아 두리번거리던 그녀의 모습을 나는 잘 기억하고 있다.

처음 얼마간 나는 군대에 잘 적응하지 못했다. 우려했던 대로 강원도 최전방에 배치받았고, 중화기중대의 훈련은 고됐다. 고참들과도 사이가 좋지 않았다. 자대 배치를 받고 한 달 뒤, 어머니와 그녀가 면회를 왔다. 나는 그녀에게 약한 소리를 했다. 탈영하고 싶다고 말했다. 그날 그녀는 끝내 나의 그런 모습만을 보고 집으로 돌아갔다. 혼자 집으로 돌아가는 버스 안에서 그녀가 어떤 마음이었을지 나는 생각지도 않았다. 그날 밤 내내, 나는 빗소리를 들었다고 생각했다. 다음날 아침 일어나 바깥을 내다보니, 비 같은 건 한 방울도 내리지 않았다. 숙소 바로 곁에 개천이 흐르고 있었고, 내가 들었던 건 그 물소리였다.

다음해 5월, 우리가 다시 헤어지기 전까지, 그녀는 거의 매일같이 내게 편지를 썼다. 겉봉에 몇번째 편지인지 꼭꼭 적어놓았었는데, 내 기억으로 그 숫자는 거의 사백에 가까웠다. 그녀는 마치 일기를 쓰듯이 편지를 썼다. 그렇게 해서 나는 그녀의 대학 삼학년 시절을 꼭 함께 따라붙어 다닌 것처럼 잘 알 수 있었다. 수업 얘기며 친구 얘기, 새로 산 구두나 머리 스타일을 바꾼 이야기, 가족의 이야기도 쓰여 있었다. 그녀는 카페에서 친구를 기다리면서도 편지를 썼는데, 그 편지의 중간에는 친구가 왔다면서, 저녁에 이어 쓰겠다는 말이 적혀 있었다. 헤어지고 나서 나는 그녀의 편지를 딱 한 통 더 받았다. 유격 훈련을 받던 훈련장에서였다. 서류 봉투에 담겨 있던 그것은 편지가 아니라 A4용지에 프린트된 소설이었다. 자살을 기도하는 여대생의 이야기였다. 내가 알기로 그것은 그녀가 첫번째로 쓴 소설이었다. 유격 훈련은 더이상 고되지 않았다.

그해의 마지막날, 나는 휴가를 나와 친구 집에 있었다. 새벽까지 둘이서 술을 마시다가, 나는 그녀에게 전화를 했다. 새해 복 많이 받으라고 말하고, 미안하다고 말했다. 그녀는 두 달 후에 졸업이었고, 나는 반년 후에 제대였다. 다음날 아침 친구의 가족들과 식사를 하다, 화장실로 달려가 구토를 했다. 조금 있다 친구가 따라 들어와서 등을 두들겨주었는데, 밖에서 들으니 내가 죽을 것 같더라고 농담처럼 말했다.

휴가를 끝내고 부대로 복귀해서 나는 그녀에게 편지를 썼다. 편지의 첫 문장에 나는, "어째서 너를 그렇게 쉽게 잃고 만 걸까?"라고 썼다. 지금껏 나는 어디로 가는지도, 어디로 가고 싶은지도 모른 채, 천방지축 망나니처럼 살아왔다. 때로 삶에 대해 진지하게 고민한 적도 있다고 착각했지. 하지만 그건 삶이 아니라, 삶을 흉내낸 어설픈 '무엇'에 불과했고, 막상 지금의 나에 대해, 그리고 앞으로의 내 미래에 대해 생각하면, 흉측하게 부패된 고깃덩어리를 바라보는 기분이야. 뭘 좇는지도 모르고, 뭘 잃어야 하는지도 몰라. 물론 나는 계속해서 잃고 있는 거겠지. 내가 의식하기 전부터 나의 존재에 달라붙어 있던 소중한, 혹은 소중할지도 모르는 여러 부착물 같은 의미들, 많은 사람은 아니지만 몇몇에게 호감을 갖게 했던 그 많은 의미들을 계속해서 잃고 말겠지. 너를 포함해서…… 미안해, 라고 썼다. 나는 그 편지를 부치지 말았어야 했다.

그녀가 대학을 졸업하고 취직을 하기까지는 몇 달간 공백이 있었다. 전공과는 다른 방향의 일을 해보고 싶었다. 학과의 다른 친구들은 대부분 임용고시를 준비했다. 하지만 그녀는 글을 쓰고 싶었다. 그녀는 자신이 뭘 하고 싶은지, 이제는 분명하게 알 수 있었다. 얼마 뒤, 별로 기대도 하지 않았던 방송국의 스크립터 자리에 취직하게 되었다. 면접장에서 그녀는 내 얘기를, 그러니까 나와 사귀었던 일에 대해 얘기했다고 한다. 구체적으로 그것이 어떤 내용이었는지는 알지 못한다. 그러나 방송국에서의 일은, 그녀가 예상했던 것과는 판이하게 달랐다. 대부분의 시간은 자료를 찾는 데 허비해야 했고, 쓰게 되는 글이라고는 찾은 자료들을 요약하는 것에 불과했다. 출근시간이 자유롭다는 점을 제외하고는 맘에 드는 점이 하나도 없었다. 얼마 뒤 그녀는 방송국을 나와서, 어느 종합병원 사내 방송국의 구성작가로 취직했다. 그녀는 그곳에서 사람들이 자신을 작가라고 호칭하는 것에 묘한 감동을 느꼈다고 한다. 하지만 그 일도 그녀를 만족시키지는 못했다. 결국 그녀는 본격적으로 소설을 쓰기 위해 직장을 그만뒀다. 그뒤로 더이상 취직을 하지 않고 작가실에서 같이 일했던 사람을 통해 알게 된, 소설을 쓰는 작은 모임에 들어가 소설을 공부했고 작품들을 쓰기 시작했다. 마침내 직장을 그만둔 지 일 년 반 만에 어느 문예지의 신인상을 받으며 등단을 하게 된다.

그녀는 수상 소감에서 "감히 문학을 전공할 용기조차 내지 못했던 내가 어째서 희망을 버리지 못하는지 한 번도 설명할 수 없었지만 이제 와 보니 꿈이란 건 그것이 이끄는 대로 헐떡이며 따라가볼 만한 것 같기도 하다"라고 쓰고 있다. 잡지는 1998년 겨울호였다.

1996년 6월에 나는 군대를 제대했다. 그리고 약 한 달 뒤, 참지 못하고 다시 그녀에게 전화를 하게 된다. 우리는 예전에 자주 가던 대학로의 한 카페에서 만나기로 했다. 그 카페가 여전히 그 이름으로 남아 있을까, 하고 내가 전화로 물었을 때 그녀도 잘 모르겠다고 대답했다. 그녀는 나보다 일찍 와서 창가에 자리를 잡고 앉아 있었다. 카페에 들어가기 전에 나는 창을 통해 그녀가 앉아 있는 모습을 보았다. 그녀도 나를 발견하고 아주 조금 미소지었다. 하지만 나는 내가 그녀에게 별다른 감정이 남아 있지 않다는 것을 금방 알 수 있었다. 우리는 차를 마시며 드문드문 대화를 나누었다. 그녀는 방송국에서 일하고 있다고 말했다. 이어 어째서 그렇게 살이 많이 빠졌는지 물었다. 내가 웃으며, 고생을 해서 그렇다고 하자, 네가 그 안에서 고생할 게 뭐 있냐고 말하고, 잠시 입을 다물었다. 그녀는 언제나 그런 식이었다.

그후로도, 마지막 통화를 하기 전까지, 그러니까, 1999년 이른봄에 이르기까지 약 삼 년간, 나는 툭하면 그녀에게 전화를 했고 몇 번인가 만났다. 나는 그녀의 집 전화번호를 결코 잊어버리지 않았다. 그건 지금도 마찬가지다. 하지만 전화번호를 기억한다는 이유만으로 그녀에게 전화를 한 것은 아니었다. 그럼 내가 왜, 이제 더이상 별다른 감정도 남아 있지 않은 그녀에게 전화를 했었던 걸까? 나는 그 질문에 답할 수 없다. 다만, 그녀의 표현대로, 나는 항상 내가 힘들 때마다 그녀에게 전화를 했다. 마지막으로 그녀와 통화를 하던 날에도, 그녀는 내게, 또 무슨 안 좋은 일이 있나보구나, 하고 물었다. 나는 잘 모르겠다고 했다. 왜 또 너에게 전화를 했는지 모르겠다고 말했다.

내 기억이 정확하다면, 그녀를 마지막으로 만난 건 1998년 봄이었다. 내가 대학 사학년이고, 그녀가 직장을 그만두고 소설을 쓰기 시작한 지 일 년이 채 안 됐을 무렵이다. 그리고 우리가 두번째 헤어지고 나서 삼 년의 시간이 흐른 뒤였다. 나는 그녀를 학교로 불렀다. 조금 거리를 두고 교정 이곳저곳을 걸으며, 우리가 처음 헤어지던 1992년 5월의 어느 날에 관한 얘기를 했다. 오늘에야 결국 네게 학교 구경을 시켜주는구나, 하고 나는 말했고, 금방 후회했다. 그녀는 예전보다 조금 더 마른 것 같았다. 내가 속한 단과대학 건물의 커피자판기에서 커피를 뽑아 들고, 바로 앞 노천극장 스탠드 나무 그늘에 앉아 봄의 햇살을 눈이 부시도록 바라보았다. 주위에는 이제 막 대학에 들어온 신입생들이 따가운 햇살에도 아랑곳하지 않고 환한 곳에 무리지어 앉아 잡담을 나누고 있었다. 그녀는 소설을 쓰고 있다고 말했고, 나는 잘됐으면 좋겠다고 말했다.

다음해 봄 졸업을 앞두고 나는 그녀에게 또 전화를 했다. 그것이 마지막 통화였다. 그녀는, 자신이 어느 문예지의 신인문학상을 수상했다는 사실을 알려주었다. 알고 있었느냐고 물어서, 나는 까맣게 몰랐다고 대답했다. 그녀는 자신이 나를 좋아했던 이유가, 내가 소설을 썼기 때문이라고 말했다. 네가 소설을 썼기 때문에 너를 좋아했던 것 같아, 하지만 이제 나도 소설을 쓸 수 있게 되었다, 다시는 전화하지 않았으면 좋겠다고, 그녀는 말했다. 나는 그럼 다시는 전화하지 않겠다고 했다. 그녀는 남자를 사귀고 있다는 말도 덧붙였다. 어떤 말로 전화를 끊어야 할지 나는 알 수 없었다. 다행히 그녀가 먼저 이제 끊어야겠다고 말했다. 우리는 전화를 끊었다.

나는 스물한 살 때 그녀를 처음 만났다. 그녀와 완전히 헤어졌을 때, 나는 스물여덟 살이었다. 그녀도 마찬가지였다. 물론 그 칠 년 내내 우리가 사귀었던 것은 아니다. 실제로 우리가 손을 잡고 세상의 다른 연인들처럼 거리를 걸었던 기간은 고작해야 반년도 되지 않았다. 그럼에도 나는 그 칠 년 동안 그녀가 내 곁에 있다고 생각했다. 스물하나에서 스물여덟까지, 흔히 말하듯 나의 청춘 시절을 그녀와 함께 했다고 여겨왔다. 그녀를 제외하고, 나의 그 시절을 말할 수 없는 것이다. 그녀도 마찬가지일 거라고 생각한다. 물론 그동안 나는 여러 여자를 만나고, 헤어졌다. 헤어질 때마다 그녀에게 전화를 했던 것 같다. 그럴 때마다 참 이상하게도 그녀는 아무 말 없이 내 말을 잘 들어주었다. 내가 단 한 번이라도 그녀를 진심으로 사랑했던 적이 있었던가? 나는 그렇다고 믿고 있다. 그렇지 않다면 나 자신조차 나를 용서할 수 없을 것이다. 그리고 그 이유는, 그녀가 내게 말했던 것과 같은 방식으로는 설명되지 않는다. 아마 그녀도 내게 말한 그러한 이유만은 아니었을 거라고 생각한다. 물론 나는 이제 소설을 쓰지 않는다.

이것으로 그녀와 나의 이야기는 끝이다. 그러나 한 가지 더 덧붙이고 싶은 얘기가 남아 있다. 그녀의 회색 후드티에 관한 얘기다. 내가 제대를 하고 그녀와 마지막 통화를 하기 전까지의 기간 동안, 그녀 편에서 먼저 전화를 하고 나를 찾아왔던 적이 딱 한 번 있었다. 그날 그녀는 회색 후드티를 입고 있었다.

"미안한데, 이 옷 좀 벗을게" 하고 그녀가 말했다. 나는 상관없다는 뜻으로 고개를 끄덕였다. 어째서 그녀는 그때 실내가 더워서 겉옷을 벗는 것까지 내게 물어봤던 걸까? 그녀는 모자가 달린 회색 후드티를 벗었다. 안에는 가슴 부근에 영문 로고가 쓰여 있는 얇은 면티를 입고 있었다. 무슨 색이었지? 그건 기억나지 않는다. 우리는 시내의 어느 한 술집에 자리를 마주하고 앉아 있었다. 새벽까지 영업을 하는 술집이 대개 그러하듯이, 조명은 어둠침침하고, 자리는 비좁다. 그녀는 술잔을 만지작거리는 버릇이 있다. 그게 언제였지? 그리고 어떤 경로를 통해 그 술집에, 그 시간에 우리가 자리를 마주하고 앉게 된 거지? 나는 기억의 선후관계를 하나하나 따져본다. 여러 가지 기억들이 혼동되어 있다. 하지만 나는 그녀가 벗었던 회색 후드티를 통해, 결국 일이 어떻게 되었는지 기억해낼 수 있다. 그러니까 그건 봄이었다. 그런데 몇년도의 봄이었지? 그녀는 그날 회사 야유회를 따라갔었다(회사를 다닌 걸로 보아 1997년도였다. 당시 내게는 다른 여자친구가 있었다). "그런 데 따라가고 싶지 않지만, 빠질 수가 없어. 회사란 게 말이야" 하고 그녀는 예의 그 나직한 목소리로 소곤거리듯이 말했었다.

그녀가 내게 전화를 한 것은 밤 열한시쯤이었다. 나는 옷을 챙겨 입고 집을 나왔다. 밤공기는 싸늘하게 식어 있었고, 거리에는 인적이 드물었다. 도로 위에는 빨간색 빈 차 표시등을 밝힌 택시들만이 손님을 태우기 위해 느린 속도로 달리고 있었다. 몇 대의 택시가 보도에 서 있는 나를 발견하고 속도를 줄이며 다가왔다가, 내가 외면하사 다시 속도를 높여 지나갔다. 얼마 뒤 그녀가 신호등 건너편에 나타났다. 나는 신호가 바뀔 때까지, 그리고 신호가 바뀌어서 그녀가 이편으로 건너올 때까지, 줄곧 그녀의 모습을 바라보았다. 그녀도 나를 발견한 듯했지만, 시선은 다른 곳에 두고 있었다. 학교 정문 앞에 서 있는 나를 향해 뛰어오던 그녀의 모습이 떠올랐다. 우리는 택시를 타고 시내로 나가기로 했다. 근처에 문을 연 술집이 없었다. 또한 그녀를 바래다줘야 했기 때문에 그렇다면 그녀의 집 근처로 가는 게 나로서도 편하다고 생각했다. 그렇게 해서 우리는 밤이 늦은 시각에 시내의 한 술집에 마주앉아 술을 마시기 시작했다.

"남자들은 다 똑같아. 어느 정도 친해지면 다 여자와 자려고만 해." 그녀는 말했다.

나는 어떻게 대꾸해야 할지 몰랐다. 그녀가 어째서 그런 말을 꺼냈는지 알 수 없었다. 술은 그저 그랬다. 다시 또 몇 잔의 술을 마셨다. 그녀는 준비한 말이 있는 것처럼 보였다. 그런데 그 말을 꺼내기가 쉽지 않은 것이다. 어떤 종류의 말들은, 그 말을 꺼내기까지 굉장히 오랜 시간이 필요하다. 그러다 대개 하지 못하고 만다. 어쩌면 준비한 말 같은 건 없는지도 모른다. 또는 그 말을 꺼내기 위해 내게 몇 마디 질문을 던졌는데, 나의 대답이 말을 하기 더욱 어렵게 만들었는지 모른다. 그녀는 다시 술잔을 만지작거린다.

"오토바이 뒷자리에 타고 달린 적이 있었어. 그게 굉장히 해보고 싶었거든."

"네 나이가 몇인데, 그런 짓을 하고 다녀." 나는 농담을 던져본다. 그러나 이어, "재밌었어?" 하고 물었다.

"응, 좋았어."

"물론 남자가 모는 오토바이였겠지."

그녀는 고개를 끄덕였다. 나는 그 남자에 대해 뭔가 물어보려다 그만두었다. 그녀가 나와 헤어져 보낸 시간에 대해 묻는다는 게, 그녀에게 어떻게 비쳐질지 몰랐다.

그리고 어떻게 되었더라? 남자는 다 똑같다는 말, 오토바이, 그리고 술잔을 만지작거리는 그녀의 손가락, 그녀의 옆자리에 놓여 있는 회색 후드티. 내가 기억하고 있는 건 그 정도일 뿐이다. 그것은 벌써 오 년 전의 일이다. 아마 우리는 한 병의 소주도 다 마시지 못한 채 술집에서 나왔을 것이다. 그녀는 결국 준비한 말을 하지 못했다.

술집에서 나와 집까지 바래다주겠다고 하자 그녀는 그럴 필요가 없다고 했다. 나도 고집을 부리지 않았다. 내가 택시를 타는 걸 그녀가 지켜보았다. 한 손에는 회색 후드티를 들고 있었다. 어째서 그녀는 겉옷을 벗는 것까지 내게 물어봤던 것일까? 그녀는 그날 내게 무슨 말을 하고 싶었던 걸까?

신호가 바뀌었다. 나는 핸드브레이크를 풀고 기어를 넣고 액셀러레이터를 밟았다. 앞으로도 이 길을 계속해서 지날 테지만, 골목이 보이는 그 자리에 다시금 우연히 차를 세우게 될 것 같지는 않았다. 골목을 보기 위해 도로 한복판에 차를 세울 수도 없었다. 물론 차를 길가에 세워놓고, 걸어서 그 자리까지 갈 수도 있다. 내친김에 직접 그 골목을 걸어볼 수도 있을 것이다. 하지만 골목은 아무래도 상관없었다. 골목 끝까지 올라가봤자, 거기에는 아무것도 없을 것이다. 내가 그렇게 만들었다. 그녀도 이제는 없다. 다만 나는 그녀가 아직도 그 시절의 나를 기억하고 있는지 궁금해졌을 뿐이다. 나는 그 시절의 그녀를 잘 기억하고 있지만, 나는 잊었다.

얼마 가지 않아 차는 다시 신호 대기에 걸렸고, 몇 대의 차들 너머로 색색깔의 풍선을 차체에 매단 승용차가 보였다. 풍선의 개수는 모두 일곱 개였다. 일일이 따져볼 것도 없이, 그 일곱 개의 풍선들이 무지개색일 거라고 생각했다. 아마 신혼여행을 떠나는 부부의 자동차인 모양이었다. 축하해요, 축하합니다, 하고 나는 말했다. 축하해, 하고 말했다. 나는 앞으로도 그녀가 계속해서 잘해나갈 거라고 믿었고, 또한 그녀가 진심으로 잘되기를 빌었다.

과천,
우리가
하지
않은 일

어느 날 나는 그녀의 전화를 받고 그녀를 만나러 가기 위해 차를 출발시켰다. 나는 길을 찾는 데 영 젬병이어서, 웬만하면 내가 한 번도 가보지 않은 곳에 가기 전에는 충분히 길을 조사하고는 했다. 인터넷으로 지도를 확인하고 구간마다 잘라서 A4용지로 여러 장을 출력한다. 사실 내비게이션을 달면 그런 수고를 피할 수 있지만, 그러지 않는 것은 내가 한 번도 가보지 않은 곳을 얼마나 자주 가겠느냐 싶은 생각이 매번 들기 때문이다. 그것은 내가 결코 원하지 않는 일 중 하나다. 그러나 그날은 이상하게도 아무 준비도 하지 않았다. 그저 그녀의 전화 목소리, 전화 설명만을 듣고는 "알았어, 지금 출발할게"라고 대답한다. 그녀가 다급하게 날 찾았기 때문일까? 경황이 없어서? 아니, 정반대다. 오히려 아무 급할 것이 없어서, 가다 길을 헤맨다 해도, 그저 조금 돌아가는 것일 뿐이어서, 나는 아무 준비 없이 차에 올랐다. 그리고 당연하게도 나는 길을 헤맸다. 그곳은 서울에서 남쪽에 있는 도시였다. 분당은 아니었고, 인천 가는 길과도 달랐다. 분명히 그녀는 지명을 말했을 것이다. 그러나 이제는 기억이 희미하다. 그녀가 왜 그곳에 갔는지, 또 그게 그녀와 한 번 헤어지고 나서인지, 그러니까 두번째 만나기 시작하면서 있었던 일인지 어떤지도 잘 기억나지 않는다. 아무리 느긋하게 맘을 먹고 헤매기로 작정을 했다 해도, 막상 길 위에서 내가 어디에 있는 건지, 앞으로 어떻게 가야 하는 건지 알 수 없어지면, 그 모든 마음의 준비 같은 것은 아무 소용이 없어진다. 마음이 급해지고, 왜 미리 알아보지 않았는지 자책하고, 전화통화를 하면서 그녀의 설명이 불충분한 것 같아 목소리가 커진다. 그녀는 어떤 터널에 대해서 아까부터 얘기했다. "터널을 통과하면 돼." 나는 그게 몇 차선인지 묻는다. 터널 이름이나 표지판이나, 아니면 다른 구분할 만한 표지 같은 것이 뭐가 있는지. 그러나 그녀는 그저 늦어도 괜찮다는 말만 반복한다. 아, 그러고 보면 그녀는 어느 가정집에 있었던 것 같다. 가까운 친척이나 친구 집에. 전화기 너머로 티브이 소리나, 사람들의 목소리, 특히 어린아이 목소리 같은 게 들려왔다. 나도 나 자신에게 말한다. 괜찮아. 그렇게 멀리까지 돌아가는 건 아니야. 그러다, 거의 기적처럼, 도로 전방에 터널이 보인다. 진작부터 차들의 속도는 많이 줄어 있어서, 터널이 보이고 나서도 한참을 도로 위에 서 있었다. 나는 마음 깊이 안도한다. 창문을 열었더니, 생각보다 바깥공기는 따뜻했다. 터널 입구에서 나는 다시 창을 올렸고, 터널을 통과했다. 지금 생각해보면 그곳은 과천이 아닌가 싶다.

물론 근거는 전혀 없다. 과천이 아닐 수도 있다. 솔직히 말해서, 아닐 가능성이 더 높은 것 같다. 만일 과천이었다면, 나는 좀더 분명히 그 사실을 기억했을 테니까. 이를테면 그날 그녀를 만나서 나는 어떻게든 과천에 대해 언급했을 것이다. 과천에 얽힌 몇 가지 에피소드. 그것은 내 중학생 시절로까지 거슬러올라간다. 하지만 나는 그녀에게, 그 도시, 어느 주말에 어렵게 찾아간 그 도시에 대해 아무 말도 하지 않았다. 그저 만나서, 그녀를 태우고 다시 서울로 돌아왔을 뿐이다. 그날의 일로 또 기억나는 건, 내가 어느 연립주택 단지 입구에서 그녀를 기다렸다는 것이다. 차에서 내려 담배를 피우면서 사방을 찬찬히 둘러봤던 게 기억난다. 이상하리만치 조용한 동네였다.

그곳이 과천이 아니라면 어디였을까? 광명? 안양? 수원? 안산? 그것을 기억하지 못하는 것은 내 잘못이 아니다. 그것은 너무 오래전의 일이고, 서울의 남쪽에는 너무나 많은 도시가 있는 것이다. 정말 그렇다. 벌써 십 년이나 지난 일이다. 그때 나는 서른 살이었다. 그녀를 처음 만났을 때 스물아홉이었고, 헤어졌을 때 서른이었다. 그녀는 서른이었고, 서른여섯이었다. 내가 지금 잘못 말한 게 아니다. 그녀가 무슨 마법을 부린 것도 아니다. 그저 처음 만났을 때, 그녀가 내게 나이를 속였을 뿐이다. 그러니까 나는 그녀가 서른 살인 줄 알았는데, 알고 보니 그보다 다섯 살이 더 많았다. 사실 우린 고작해야 약 육 개월 정도를 만났을 뿐이다. 그런데 진짜 마법은, 그녀와 헤어지고 나서 이렇게 오랜 시간이 지난 후에 돌이켜봤을 때, 정말로 내가 그녀의 서른부터 서른여섯까지 그녀를 만나왔다는 느낌이 든다는 것이다. 이 말의 의미는 그녀와 있었던 시간이 오 년처럼 길게 느껴진다는 게 아니다. 오 년이 육 개월처럼 짧게 느껴진다는 말이다. 오 년이나 육 개월이나, 지나고 나면 대체 그 시간들이 어디로 갔나, 그게 무엇이었나, 그런 생각이 든다. 기억해보면 그녀도 그 비슷한 말을 했다. 어떻게 시간이 지나갔는지 모르겠어. 요즘의 나도 그렇다. 요즘 나는 자주 그녀에 대해 생각한다. 마치 내 인생의 마지막 여자인 것처럼. 하지만 물론 그녀는 마지막 여자가 아니다. 마지막 여자는 내가 서른넷이었을 때 만나서, 서른다섯에 헤어졌다. 그러니까 그게 오 년 전의 일이다. 나는 그 오 년이 마치 육 개월처럼 느껴진다. 오 년 전에는 이런 오 년 후의 나를, 정확히 말해 지금 내가 느끼는 감정을 전혀 상상하지 못했다. 말하자면 나는 그녀가 내 마지막 여자가 될 줄은 몰랐다. 당시 나는 막 직장을 그만두고 나왔었는데, 그후로 오 년이 지난 지금까지 그와 같은 번듯한 직장을 다시 구하지 못할 거라는 사실도 몰랐다. 나이가 마흔인데, 직장도 없고, 여자도 없다. 그러니까 한마디로 말해서, 요즘 나는 완전히 좆 됐다.

요즘 나는 잠을 잘 잘 수가 없다. 원래부터 불규칙한 생활 패턴 때문에 새벽 늦게까지 깨어 있는 경우가 많았지만 그래도 해가 떠오르기 전에는 잠을 이루고는 했다. 적어도 새벽 네시를 확인한 후로 새벽 다섯시를 보는 경우는 드물었다. 새벽 네시를 확인할 때마다 나는 무척 절망스런 심경이었다. 그런데 이제는 네시가 문제가 아니다. 그때라도 졸린 느낌이 들면 다행이었다. 희뿌옇게 밝아지는 창을 보는 기분은 참담하다. 아주 돌아버릴 지경이다. 더 웃긴 건, 내 방 창이 완벽히 동향이라는 점이다. 해가 뜨기 시작하면 방안 전체는 샛노란색으로 물들어버린다. 너무 노래서 처음에는 무슨 일이라도 났나 싶어 창바깥을 살펴보기도 했다. 그 빛 속에 있으면, 그 한 점 그림자도 없는 압도적인 노란빛에 휩싸여 있으면, 때로 장엄한 기분에 빠지기도 한다. 눈물이 날 것 같은 심정이 된다. 나는 이 사실을 이 집에 살기 시작하고 나서 일 년 동안은 몰랐다. 그 시간에 깨어 있던 적이 없기 때문이다. 내가 잠을 잘 이루지 못할 이유는 수없이 많지만, 최근 들어 심해진 건, 아무래도 한 달 전쯤에 아버지의 전화를 받고 나서부터라고 할 수 있다. 아침부터 아버지가 전화를 할 이유가 없었다. 핸드폰 액정에 아버지 전화번호가 떴을 때부터 나는 뭔가 일이 심상치 않게 돌아간다고 느꼈다. 그런데 받자마자 아버지는 김이사와 통화가 되지 않는다고 말했다. 나는 숨을 깊이 들이마셨다. 그러고 나서 최대한 침착한 어조로 대답했다. "아버지, 김이사님은 작년에 돌아가셨잖아요." 그러자 아버지는 뭐라고 대답했던가? 전화를 끊고 나서 나는 방 안이 노란빛에 휩싸여 있다는 걸 발견했고, 분명히 깨어 있다는 걸 알았지만, 마치 꿈속 같다는 생각이 들었다. 나의 걱정은 물론 일차적으로 아버지가 치매가 아닌가 하는 거였다. 그러나 곧이어 더 큰 걱정, 정말 우스운 걱정은 만일 아버지가 치매라면 나는 이제 어떡하나, 라는 것이었다. 몇 년간 줄곧 아버지가 내 생활비를 대주고 있었기 때문이다. 정말로 그런 생각이 들었다. 심지어 아버지가 돌아가시게 되면 내 몫으로 유산이 얼마쯤 될까 하는 생각도 들었다. 아니, 치매라고 해서 금방 돌아가시지는 않을 것이다. 하지만 그게 더 문제가 아닌가? 대체 내 인생은 왜 이렇게 되었을까?

얼마 전 밤이었는데, 동네에서 어떤 여자가 내게 인사를 했다. 그녀는 길 건너편에 있었고, 나는 멈춰 서서 통화를 하고 있었다. 그때 그녀가 내게 인사를 했다. 하지만 나는 그녀가 누구인지 몰랐다. 아니, 정확히 말해서 누구인지 알아볼 수 없었다. 얼굴이 잘 보이지 않았다. 솔직히 말해 그녀가 인사를 한 건지, 또 그게 정확히 나를 향한 건지도 분명치 않았다. 나도 엉겁결에 고개를 약간 숙였는데, 어쨌든 그녀는 계속 가던 길을 걸어갔다. 나도 계속 통화를 했다. 전화를 끊었을 때 이미 그녀의 모습은 찾아볼 수 없었고, 그제야 내 머리가 작동하기 시작했다. 그녀는 누구였을까? 아주 젊은 여자는 아니었다. 삼십대 초중반쯤? 자주 가던 가게에서 봤던 걸까? 빵집이나 분식집, 슈퍼마켓. 아니면 헬스장에서 봤을 수도 있다. 몸이 대책 없이 불어서 동네 헬스장을 끊었다. 그곳 트레이너 중 한 명일 수 있다. 나는 괜히 가슴이 뛰었다. 여자 트레이너는 한 명뿐이었는데, 얼굴은 별로였지만, 몸이 정말 끝내줬다. 항상 그런 몸이 아주 잘 드러나는 복장을 하고 있었다. 그러니까 하체—골반과 엉덩이, 그리고 허벅지와 다리의 굴곡이 여과 없이 드러나는 레깅스를 입었다. 나는 운동중에 자주 그 모습을 힐끗힐끗 쳐다보고는 했다. 그러나 어느 순간부터 그녀는 보이지 않았고, 나도 허리가 안 좋아져서 더이상 헬스장에 나가지 않았다. 그 결과 지금은 살이 더 쪄버렸다. 그것도 내 잠을 방해하는 요인 중의 하나였다. 거울 앞에 서면, 도저히 어떻게 해볼 수 없이 처참히 무너져내린 내 몸에 저절로 욕이 나왔다. 하지만 그녀는, 그러니까 트레이너는 훨씬 젊었고, 키도 더 컸다. 그리고 정말이지 몸이 끝내줬다. 이런 생각이 들 때면 나는 내가 다시 고등학생이 된 것 같은 기분이었다. 그 기분이 좋은 건지 나쁜 건지 알 수 없다. 다만 한번 생각하기 시작하면 멈추기가 어렵다. 옛일을 떠올리는 것 말이다. 그녀도 그랬다.

그녀와 헤어졌을 때, 그러니까 내가 그녀를 마지막으로 보았을 때, 그녀는 서른여섯 살이었다. 그리고 지금 나는 마흔이다. 그렇게 치면 네 살 어리다는 점에서 그 시절 그녀의 상황이 조금 더 나은 편일까? 내가 서른여섯이었을 때, 나는 그다지 옛날 생각을 많이 하지 않았다. 물론 그때도 조금 주눅들어 있긴 했다. 하지만 기본적으로 나는 낙천적인 인간이었다. 일단 계속 살아야 한다. 계속 숨을 쉬어야 한다. 그러면 어느 날, 파도가 무엇을 가져다줄지 아무도 모르는 일이다. 이것은 내가 사람들에게 자주 말하고 다니는 영화 〈캐스트 어웨이〉의 대사다. 영화에서 주인공은 무인도에 갇혔다가 사오 년 후에 극적으로 탈출한다. 여전히 나는 이 말에 동의하지만, 거꾸로 생각하면, 바로 이런 태도가 나를 여기까지 끌고 왔는지도 모를 일이다. 무엇보다 나는 무인도에 혼자 있는 것도 아니지 않은가?

나는 계속 걸었고, 버스정류장에 도착했다. 그리고 어느새 그녀 생각을 하는 나 자신을 깨달았다. 그리고 나는 그곳에 무리지어 있는 여학생들을 보았다. 밤에 교복을 입고 거리에 나와 있는 여학생들. 저들은 야간 자율학습을 마치고 집에 돌아가는 길일까?

그즈음에 나는 과천에 대한 얘기를 들었다. 들었다는 표현이 맞는지 모르겠다. 요즘에는 사방에서 뉴스를 볼 수 있다. 버스를 타도 운전석 뒤편으로 모니터가 달려 있고, 뉴스가 나온다. 물론 뉴스보다 광고가 더 많이 나오는 것 같지만. 어쨌든 요지는 과천의 집값이 떨어지고 있다는 것이다. 과천에 있는 정부종합청사에서 몇몇 핵심적인 부처가 새로 건설된 세종시로 이사 가기 때문이었다. 자세한 내용은 잘 모르겠다. 아무튼 나는 그럴 수도 있겠구나 싶었다. 원인과 결과가 명확했다. 그런데 애초에 왜, 그리고 언제 정부종합청사란 게 과천에 들어간 걸까? 그렇다면 앞으로 과천은 어떻게 되는 걸까? 과천은 얼마나 넓고, 얼마나 많은 사람이 살고 있나? 이런저런 궁금증이 연이어 생겨났다.

그녀를 마지막으로 본 것은 분명히 그녀 나이 서른여섯이었을 때지만, 그로부터 사 년쯤—어쩌면 오 년이었을지도 모르겠다—지났을 때, 그러니까 그녀의 마흔이나, 마흔하나 때쯤 나는 그녀로부터 메시지를 하나 받았다. 내용은 대충 이랬다. 오랜만이야. 반갑다. 나는 여전히 여기 그대로 있는데…… 나는 답을 보냈다. 여전히 거기에 그대로 있으면 안 되잖아. 아마 당신들은 그녀가 말한 '여기'가 어딘지 모를 것이다. 아니, 모르는 게 당연하다. 하지만 알게 된다면 그녀의 저 말이 얼마나 슬픈 말인지 이해할 것이다. 나? 나도 물론 그런 감정을 느꼈다. 하지만 그 당시 내게는 다른 여자친구가 있었고, 그녀와의 데이트에 시간 가는 줄 몰랐다. 그래도, 지금 생각하면, 저렇게 답을 보내서는 안 되는 일이었다.

새로운 여자친구는 직장에서 만났다. 아버지 지인의 소개로 대형 유통업체에 들어가 삼 년쯤 되었을 때였다. 처음 일 년간은 좀 힘들었다. 내 전공과는 전혀 무관했고, 같은 직급에서 나이도 가장 많았다. 내가 그곳에서 계속 버텼던 건 어떤 의미에서는 그녀 때문이었을 수도 있다. 그녀와 헤어지고 나서 무슨 일이든 해야겠다고 생각했다. 그것도 웬만하면 아주 단순한 일, 누군가로부터 지시를 받고, 왜 이렇게 해야 하는지 생각할 필요도 없는 일이면 좋겠다. 그러니까 나는 그 일을 그렇게 오래 할 생각이 없었다. 그러나 삼 년쯤 되자, 일도 고되고 사실 장래도 밝지 않아 주변의 많은 사람들, 동료뿐 아니라 상급자들도 하나둘 떠나버리고, 어쩌다 과장까지 진급하게 되었다. 내가 관리해야 할 사람들이 많아졌다. 직영 직원뿐 아니라, 업체 직원들, 또 그 아래 거의 일주일마다 갈아치워지는 행사 직원들까지. 그녀는, 그러니까 나의 새 여자친구는, 업체로부터 고용된 행사 직원이었다. 유제품 코너를 담당했고, 예쁘기로 유명했다(혼동을 줄이기 위해 그녀 이름을 '지은'이라 하겠다).

여럿이 모인 술자리에서 지은은 내 옆에 앉았다. 그날 나는 말이 좀 많았고, 사람들도 내 말에 많이 웃었다. 다시 대학생이 된 것 같은 기분이었다. 무슨 신입생 환영회나 MT 자리 같았다. 이차에서도 그녀는 내 옆에 있었다. 어떻게 그랬는지는 모르겠다. 술에 많이 취했고, 허리를 펴고 등뒤로 바닥에 손을 짚는데 뭔가 따뜻한 것이 닿았다. 보니까 그녀의 손이었다. 그녀는 깜짝 놀라며 손을 뺐다. 마지막으로 기억나는 건, 어느새 그녀의 손을 내가 꽉 잡고 있는 것이었다. 테이블 밑으로 한 손을 잡고 다른 손만으로 술잔을 들거나, 안주를 집어먹느라 좀 고생했다. 지은은 나보다 여덟 살이 어렸다. 그러니까 아직 이십대였고, 삼십대가 되기에도 여유가 있었다. 그녀는 아르바이트였지만 생계형은 아니었다. 어머니, 언니와 함께 사는 그녀의 집은 강남 쪽에 있었다. 유명 대학은 아니지만 어쨌든 서울에 있는 대학을 나왔고 이 일을 하기 전에는 광고회사에서 인턴도 했었다. 다만 전공을 살린 본격적인 취업에는 그다지 뜻이 없었다. 아르바이트 모집 광고를 휙휙 넘겨 보다가 집이랑 가까워서 면접을 봤다고 한다.

그녀의 매력도 이런 데 있었다. 구김살이 없다고 할까? 마치 아직 일이학년인 여대생 같은 느낌이었다. 나는 그때껏 그렇게 신경증적인 요소가 거의 없는 여자를 만나본 적이 없었다. 게다가 타고난 건강체질로 몸도 튼튼했고, 힘도 셌다. 함께 일하는 남자들처럼 무거운 박스를 두 개씩 포개 들고 옮길 수도 있었다. 언젠가 출근하는 길에, 그녀 뒤에서 걸었던 적이 있다. 그녀는 흰 티셔츠에 짧은 청치마를 입고 있었는데, 가방을 가로 메고 한 손에는 납방을 들고 있었다. 그때 그녀의 뒷모습이란, 그리고 그 생기 넘치는 걸음걸이란. 나는 전철역에서 매장까지의 거리가 그렇게 짧다는 데 화가 났다. 물론 평소에는 반대의 생각, 길다는 데에 짜증이 났지만. 그녀와 사랑을 나눌 때, 그러니까 그 일을 할 때도, 때때로 나는 그냥 누워만 있어도 됐다. 그녀가 모든 걸 알아서 했다. 거친 숨을 몰아쉬고 뭣 때문인지 눈살을 찌푸릴 때도 있지만 대개 천진난만한 미소를 입가에 띠고 몸을 움직이는 그녀를 올려다보는 게 세상에서 가장 즐거운 일처럼 느껴진 건 당연한 일이었다.

세상에서 가장 즐거운 일. 부끄럽게도 나는 요즘도 가끔씩 그 장면을 머릿속에서 떠올려보고는 한다. 침대에 누워서, 눈을 뜨고, 그것을 다시 바라보기 위해 애쓴다. 그러면 대체 그게 어디에 비쳐지는 건지 알 수 없지만, 볼 수 있다. 그리고 나는 자위행위를 한다. 물론 그녀—십 년 전에 헤어지고 사오 년이 지난 후 여전히 '여기'에 있다고 내게 메시지를 보냈던 '그녀'를 떠올릴 때도 있다(편의를 위해 그녀는 '희수'라고 부르겠다). 물론 더 이전에 만났던 여자들, 나와 사랑을 나눴던, 어떤 여자라도 떠올릴 때가 있다. 그때는 몰랐다. 아니,

그게 전부라고 생각했다. 내가 군대를 다녀와 곧바로 사귀었던 여자가 있었다. 어느 날 밤 그녀에게서 전화가 왔고, 어디로 나올 수 있겠느냐고 물어왔다. 그녀는 친구와 함께였다. 나는 전날 밤 발표 때문에 밤을 꼴딱 새우고 학교를 갔다 온 후 곧바로 침대로 뛰어들었다. 그녀가 나의 잠을 깨운 셈이었다. 나는 나가지 못하겠다고 했다. 다시 전화가 왔고, 그녀 혀가 좀 꼬부라져 있었다. 내가 필요하다고 했다. 할 얘기가 있다고. 만일 그녀가 혼자였다면 나갔을까? 사실 따져보면 친구와 함께였다 해도 내가 갔다면 그 친구를 보낼 수도 있었다. 그러면 그 밤을 그녀와 함께 보낼 수도 있었다. 그런 생각이 전혀 머리에 스치지 않은 건 아니었다. 그러나 너무 피곤했다. 그다음에는 그 친구가 전화를 했다. 그녀에게 아주 힘든 일이 있다고 했다. 그래도 나는 나가지 않았다. 그러자 무슨 일이 일어났는가? 나는 그녀와 헤어졌다. 나는 좀 짜증이 났고 그녀의 그런 태도가 이해되지 않았지만 받아들였다. 알겠다. 하지만 나는 너무 피곤했다. 너도 알지 않는가? 그러고 나서 또 무슨 일이 있었는가? 일주일이나 이 주일 뒤 그녀가 다시 내게 전화해서 어떻게 그럴 수 있느냐고 화를 냈다. 이다음에 있었던 일까지 시시콜콜 얘기하고 싶지는 않다. 다만 그후에 때때로 내가 그날 밤 그녀를 만나러 나가야 했다고 후회했는데, 그 이유는 단지 그녀와 마지막 밤을 보낼 기회를 놓쳤기 때문이었다.

그러고 보니 나는 그녀와 과천에 간 적이 있었다. 그녀와 과천에 있는 동물원에 간 적이 있다. 사귀고 나서 얼마 되지 않은 때였는데 그녀가 동물원에 가고 싶다고 했다. 예전부터 남자친구를 사귀면 동물원에 가는 게 소원이었다고. 우리는 지하철역에서 만났다. 그녀는 도시락을 싸왔다. 동물들을 구경하고 잔디밭에 돗자리를 펴고 앉아 도시락을 까먹었다. 그러고 나서 나는 그녀의 무릎을 베고 누워 하늘을 보았다. 별의별 것이 다 기억난다. 후에 우리는 좀 멀리 떨어져 지낸 기간이 있었는데, 그동안 그녀에게 뭔가 안 좋은 일이 있었던 것 같다. 집안에서 말이다. 그녀가 그때껏 누려왔던 것을 포기해야 했다. 그게 뭔지 모르겠지만, 그녀는 편지에 그래도 내가 있어서 위안이 된다고 썼다. 자기가 소원했던 세 가지 일 중에 내가 한 가지를 해줘서 고맙다고 썼다. 그게 뭔가? 바로 동물원에 가는 일이었다. 그런데도 나는 그녀를 만나러 나가지 않았다. 게다가 그녀가 나오라고 한 장소는 택시를 타면 십 분도 걸리지 않는 곳이었다. 이걸 어떻게 설명해야 할까?

과천. 다시 과천에 대한 얘기로 돌아왔다. 물론 과천에는 동물원이 있다. 놀이공원도 있다. 케이블카니 코끼리열차니 하는 것들도 있다. 하지만 지금 내가 말하고 싶은 건 다른 것이다. 과천에 있는 그 놀이공원의 이름은 서울랜드다. 예전에, 내가 중고등학교 시절쯤에, 티브이 광고도 했었다. 광고 마지막에 CM송으로 '과천 서울랜드'라고 외치는 게 나온다. 그 멜로디까지 기억난다. 그런데 과천에 있는데 왜 '서울'랜드일까? 때로 이런 것들이 궁금할 때가 있다.

어린 시절 내가 살았던 동네의 이름은 반포였다. 반포는 무슨 뜻일까? 알아보니 옛날에 나루터가 있었다고 한다. 한자어로 '포浦'가 그런 뜻이다. 하지만 지금은 나루터의 흔적도 찾아볼 수 없다. 내가 어렸을 때도 마찬가지였다. 당신들 중 아는 사람도 있을 테지만, 한강변에 위치한 그곳은 아파트 건물들이 빼곡히 늘어선 대규모 아파트 단지였다. 흔히 말하는 대단지 아파트들이 커다란 지구를 이루고 있다. 역사적으로 따지면, 예전에 기사를 본 적이 있는데, 한강 이남에 최초로 조성된 대규모 아파트 단지라고 한다. 그러니까, 어떤 의미에서 '강남'의 시작인 셈이라고 할 수 있다. 압구정동이나 잠실이 그 뒤를 이었다. 하지만 최초에는 지금처럼 부자들만 사는 동네는 아니었다. 좁은 평수의 서민 주공아파트 단지도 있었고, 주택금융을 이용해 계약금만 걸어놓고 몇십 년에 걸쳐 부금을 붓는 조건으로 들어온 사람들도 많았다. 우리 가족도 그런 사람들 중 하나였다. 어쩌면 그중에서도 하위에 속했는지 모를 일이다. 하지만 동네가 발전해감에 따라, 그러니까 정확히 말해 70년대와 80년대를 거치는 고도성장기와 함께, 우리 집안의 사정도 점차 나아졌다. 아니, 그보다 더 빠른 편이었다고 할까? 젊었을 적 아버지는 아주 야심 찬 젊은이였다. 버스도 들어가지 않는 시골 촌구석에서 혈혈단신으로 상경해 조그만 공장에서 심부름꾼 비슷한 일부터 시작해 기술을 배우고, 관리직과 공장장을 거쳐 회사가 성장하면서 본사로 차출되어 임원직에까지 올랐다. 거기서 끝이 아니었다. 내가 대학에 들어갈 때쯤, 아버지는 회사를 나와 직접 공장을 차린다. 그리고 백만 불이니 오백만 불이니 하는 수출공로상을 받으러 청와대에 들어가 대통령과 악수도 했다. 그때 찍은 사진은 아직도 아버지 침대 머리맡 벽에 걸려 있다. 물론 지금은 은퇴를 하셨다. 원하지 않은 은퇴였다. 그 과정에서 안 좋은 꼴을 많이 봤다. 돈도 많이 잃었고, 사람도 많이 잃었다. 언젠가 아버지와 술을 마신 적이 있는데, 젊었을 적 자신이 했던 실수와 잘못된 선택들에 대해 말씀

하셨다. 단순히 좋은 기회를 놓친 적도 있었고, 반대로 해서는 안 될 짓을 한 적도 있었다. 하지만 그 시절에는 다 그랬다. 이건 내 생각이다. 아버지는 그냥 웃으셨다. 그 순간에 왜인지 모르겠지만 어쩌면 아버지가 한 실수 중 가장 큰 것이 내가 아닐까 하는 생각이 들었다. 아버지 인생에서 가장 후회스러운 것이, 바로 당신 앞에 앉아 있는 게 아닐까. 모르겠다. 내가 뭘 잘못했나? 이건 그냥 내 인생인데. 하지만 지금은 그렇게 생각하지 못하겠다. 항상 그 이상이란 게 있다. 그러니까 그건 아버지의 인생이기도 했다.

내가 반포를 완전히 떠난 것은 군에서 제대한 때였으니까 대략 십칠여 년 전의 일이다. 흔한 말처럼 긴 여행에서 돌아오니 집이 없어진 셈이다. 그후로 단 한 번도 그곳을 찾지 않은 건 아니지만—그럴 이유가 뭐가 있겠는가?—연고가 없으니 먼발치에서, 이를테면 반포대교를 건너면서 바라보거나, 그 동네 한가운데를 가르는 도로를 지나면서 힐끗 바라보는 게 전부였다. 그것도 어쩌다 있는 일이었다. 그러나 딱 한 번 그 안쪽까지 들어간 적이 있었다. 주소지와 관련하여 행정적인 업무를 처리하기 위해서였다. 그날 나는 그곳이 거의 변하지 않았다는 사실에 조금 놀랐다. 일을 마치고서 일부러 차를 몰고 내가 살던 아파트 건물 앞까지 갔다가 거기에 맞붙어 있는 놀이터 앞에 주차시키고 창을 내린 후에 담배를 한 대 피웠다. 내가 막연히 기억하고 있는 그대로의 모습이었지만, 그럼에도 결국 전혀 다르게 보인다는 것을 인정했다. 담배 한 대 피울 시간, 그게 전부였다. 그로부터 몇 년 후에 나는 그곳이 완전히 밀리고, 그러니까 바닥까지 다 파헤쳐져서, 재개발된다는 소식을 들었지만 관심 밖의 일이었다. 그러다 어느 날 꿈을 꾸었는데, 나는 그 동네에 있었다. 하지만 전혀 모르는 낯선 곳이었다. 그러니까 내가 기억하고 있는 모습과 전혀 달랐는데, 이상하게도 나는 그곳이 바로 반포라는 사실을 알았다. 재개발이 돼서 완전히 새로워진 모습이 아니라, 그냥 다른 곳이었다. 그러나 분명히 그 동네였다. 꿈이니까, 말이 되는 일이다. 여기가 어디지? 반포야. 반포. 한때는 나루터가 있던 곳이지. 이상하게 가슴이 아팠다. 길가에는 아무도 없었는데, 꿈속에서 그건 매우 자연스럽게 느껴졌다. 나는 뭔가를 찾고 있었지만, 그게 물건인지 사람인지조차 알 수 없었다. 그렇게 오래전 꿈은 아니다. 그러고 나서 나는 우연히 버스를 타고 그 동네를 지나치게 되었다. 그리고 새삼스레, 내가 살던 아파트를 밀어버리고 새롭게 올라선, 삼사십층쯤 되는 고급 아파트 단지를 바라보았다. 해가 질 무렵이어서 하늘은 아직 환했지만 높은 창에는 드문드문 불이 들어와 있었다. 나는 그 불빛들을 오래 바라봤던 것 같다. 그러면서 내내, 내가 다시는 예전에 살았던 그 아파트 단지, 그 풍경들을 볼 수 없으리라는 생각에 절절하게 가슴이 미어졌다. 그런 건 아무것도 아니라고 생각했는데, 그 심정이 떨쳐지지가 않았다. 그리고 꿈속의 일이 떠올랐고, 어떤 이름에 대한 생각도 떠올랐다. 정확히 말해, 과천과 그곳에 있는 놀이공원 서울랜드에 관한 생각이었다. 분명히 그 순간이었던 것 같다. 과천에 있는데 왜 그 공원의 이름은 서울랜드일까? 그때 내가 떠올린 대답은 그것이 과천에 있기 때문이라는 것이었다. 즉 그곳이 서울이 아니기 때문에, 서울랜드라고 이름을 붙인 거라고. 물론 이것은 전혀 말도 안 되는 생각이었다. 하지만 나는 그 생각이 너무 맘에 들었고, 누군가에게 말해주고 싶을 정도였다. 하지만 만일 그렇다면, 그런 이유로 지명을 붙인다면, 아무도 자신이 가려는 곳에 갈 수 없을 것이다. 자기 자신이 어디에 있는지조차 모르게 된다.

나는 희수에게 계속 거기에 있으면 안 된다고 말했다. 그전에 그녀가 먼저 자신이 여전히 그 자리에 있다고 메시지를 보냈다. 마흔 살(어쩌면 마흔하나일 수도) 때의 일이다. 여전히 그 자리에 있으면 안 되잖아. 정확히 나는 이렇게 답을 보냈다. 하지만 대체 왜 그녀가 헤어진 지 사오 년이 지난 후에 그런 메시지를 내게 보냈는지 알 수가 없다. 나보고 어떡하란 말인가?

그녀와 헤어졌을 때 나는 무척 가슴이 아팠다. 솔직히 말하자. 나는 거의 정신이 없었다. 괜찮다가도 갑자기 막 땅이 솟아오르는 것 같았다. 그건 이상한 일이었다. 왜냐하면 대체로 나는 이별에 강한 편이었기 때문이다. 이별의 전문가라고나 할까? 사귀기 시작할 때부터 이미 이별을 생각하는 사람들이 있다. 내가 바로 그런 사람이었다. 결국에는 헤어지게 되어 있다. 어쩌면 그건 그녀가 나를 두 번이나 엿 먹였기 때문이었는지도 몰랐다. 그 남자가 그녀에게 그랬던 것처럼.

어느 날 밤에 그녀가 내게 문자를 보냈다. 사귀는 동안에 말이다. 늦은 시간이었는지 나는 이미 잠자리에 들어 있었고, 문자 소리를 들었다. 비몽사몽중에 문자를 확인했다. 첫 문장은 이렇게 시작했다. 우리 이제 그만 만나야 할 것 같아. 아무런 조짐도 없었다. 조짐은커녕 가장 좋았던 즈음이었다. 막 불타오르는 때였다. 이미 서너 번 같이 밤을 보냈지만, 전혀 볼장 다 본 느낌은 없었다. 그러니 나의 충격이 얼마나 켰겠는가? 문자는 계속 이어졌다. 계속 문자가 왔음을 알리는 딩동 소리가 들렸다. 나는 그저 가만히 문자를 보기만 했다. 불도 켜지 않고 침대에 걸터앉은 채. 그녀는 먼저 자신이 나이를 속였음을 고백했다. 그다음에 자신에게 남자가 있었음을 고백했다. 하지만 나를 만나기 얼마 전에, 거의 바로 직전에 헤어졌었다고 말했다. 그녀의 말에 따르면 그랬다. 그런데 최근에 다시 그 남자가 자기를 찾아왔고, 다시 한번 기회를 주기로 했다는 것이다. 그러니까 다시 그 남자에게 돌아간다는 뜻이었다. 못 보낼 것 같아. 그녀는 이렇게 말했다. 마치 그 남자가 아주 불쌍해서 그런다는 투였다. 하지만 그 내막을 들여다보면, 그러니까 그 이후에도 이어진 문자 내용을 종합해보면 불쌍한 건 그녀였다. 두말할 여지가 없는 사실이었다. 어떻게 나이 서른여섯이나 먹은 여자가, 꽤 괜찮은 사 년제 대학을 나온 여자가 이렇게 멍청할 수 있단 말인가? 그 남자는 유부남이었다. 하지만 그녀의 말에 따르면 이혼하기로 했다는 것이다. 언제? 그녀는 그 남자를 약 오 년 동안 만나왔다. 처음부터 유부남이라는 사실을 알았던 건 아니다. 일 년 정도 지나서야 알게 됐다. 이게 다 그녀가 내게 해준 말이다. 그때부터 헤어지고 만나기를 반복했다. 그녀는 그게 벌써 사 년이나 되었다는 걸 믿을 수가 없다고 했다. 그러니까 사 년 내내, 그 남자는 이혼하겠다고, 이혼해서 너와 결혼하겠다는 약속을 거듭했다. 그러는 새에, 그녀는 서른 살에서 서른다섯이 되었다. 그리고 그 남자의 딸은—딸도 있었다!—유치원생에서 초등학생이 되었다.

더이상 문자가 오지 않자 나는 그녀에게 전화했다. 그녀는 전화를 받았다. 나는 자고 있었다고 말했다. "응. 그랬구나." 그녀가 대답했다. 그다음에 내가 말할 차례였지만 적당한 말이 떠오르지 않았다. 대체 무슨 말을 해야 한단 말인가? 그러다 웃음이 나왔다. 정말 그랬다. 그러자 그녀도 따라 웃는 것 같았다. 우리는 다음날 만나기로 했다. 하지만 다음날 그녀와 연락이 되지 않았다. 저녁때까지 말이다. 나는 누군가와 술을 마셨다. 멀쩡하다고 생각했는데 마침내 그녀와 연락이 닿아 택시를 타고 그녀 있는 데로 가면서, 나는 내가 엉망으로 취했다는 걸 깨달았다. 아마 꽤 늦은 시각이었던 것 같다. 나는 어느 거리에 있었는데, 가게들은 모두 문을 닫았고, 간판 불빛만 보도를 밝히고 있었다. 나는 어느 가게 입구 턱에 그대로 쪼그려앉아 담배를 피우면서 그녀가 저기서 걸어오는 걸 꼼짝 않고 바라보았다. "그러고 있으니까 멋진데." 그녀가 말했다. 우리는 가까운 모텔을 찾아들어갔다. 마치 이 도시에는 우리가 갈 데라곤 거기 말고 아무데도 없는 것처럼, 항상 그래왔던 것처럼 자연스런 발걸음이었다. 그리고 우리는 당연히 섹스를 했다. 그녀와의 섹스는 항상 좋았지만, 정말로 이전에는 한 번도 경험해보지 못한 일인 양 만족스러웠지만, 그날은 특히 더 좋았다. 그녀가 고개를 들고 물었다. "좋아?" "좋아" 하고 나는 대답했다. 좋아서 미쳐버릴 것 같아. 마치 무슨 일인가로 상심한 나를 달래주는 것 같은 섹스였다. 만일 그랬다면 나는 충분히 보상받은 셈이었다. 다음날 아침 그녀가 일찌감치 일어나 급하게 옷을 챙겨 입는 걸 보고 내가 왜 벌써 나가느냐고 물었을 때, 그녀가 그 남자가 자기 집 앞에 있다고 말하고는 모텔방을 나가버리고 나서도, 나는 충분히 보상받았다는 생각을 떨치지 못했다.

그런 날들이 이어졌다. 나는 대체 무슨 일이 벌어지고 있는지 몰랐지만, 굳이 알고 싶지도 않았다. 어렸을 적 읽었던 『아라비안나이트』에 나오는 어떤 이야기처럼. 열지 말라는 마지막 방문만 열지 않으면, 나머지 방들의 금은보화와 여자와 술과 고기를 맘껏 즐길 수 있었던 어떤 남자의 이야기처럼. 물론 그 얘기 속의 남자는 그 방 문을 열고 만다. 나는 열지 않을 것이다. 그러던 어느 날에는 희수가 그 남자를 떠나서 이제 나한테 오겠다는 말을 하기도 했다. 그때 내가 뭐라고 했던가? 하지만 꼭 마지막 방문이 열린 것 같다는 느낌이 들었던 건 분명히 기억난다. 아니면, 이제 이렇게 모든 일이 지나고 나서야, 내가 그렇게 느꼈다고 잘못 기억하는 건지도 모르겠다. 내가 그녀를 감당할 수 있을까? 나는 아직 서른인데. 나는 보상을 바랐지, 벌을 바라지는 않았다. 하지만 뭐가 보상이고, 뭐가 벌일까? 희수가 그 남자에게 바란 건 보상이었을 것이다. 하지만 벌만 받고 있다. 그래도 그녀는 끝내 그 남자를 떠나지 못했다. 나한테 오겠다고? 물론 내가 명확한 태도를 보이지 못한 건 사실이다. 하지만, 이건 정말 변명이 아닌데, 그랬더라도 그녀는 그 남자를 떠나지 못했을 것이다. 왜냐하면 그녀가 받고 있는 벌이, 그녀에게는 보상이었기 때문이다. 왜냐하면 그 벌이 끝나면, 그 벌로 인한 고통이 크면 클수록, 그후에 따르는 보상은 그보다 몇십 배 몇백 배 달콤할 것이기 때문이다. 이런 판단이 어리석은가? 모르겠다. 나도 다른 판단이 있으면 좋겠다는 생각을 한다. 하지만 당신들도 알다시피 어떤 판단을 내리기엔 인생은 너무나 복잡하고, 결정의 시간은 너무 부족하다. 아니, 대체 인생이란 게, 우리가 뭔가 판단을 내릴 수 있도록, 우리 앞에 놓여 있기라도 한 걸까? 그게 보이기라도 하나? 우리는 그저 어떤 판단, 마치 우리 자신이 아닌 다른 사람의 판단 속에 살고 있는 게 아닐까?

하지만 모두가 그렇지는 않을 것이다. 지은의 판단은 정확했다. 그녀가 나를 버린 판단 말이다. 그녀는 헤어지자는 말조차 하지 않았다. 어느 날부터 그냥 나의 모든 연락을 씹었다. 이별의 전문가인 나로서도 한 번도 겪어보지 못한 일이었다. 그래서 내가 어떻게 했는가? 나는 아무것도 하지 않았다. 나는 그녀의 집도 알고 있었고, 직장도 알고 있었다. 하지만 그래도 아무것도 하지 않았다. 그건 내가 쿨해서가 아니다. 나는 자신이 없었고, 두렵기도 했다. 그때 나는 실직 상태에 있었다. 그녀는 약 반년 전에 마트 아르바이트를 그만두고 대학 때 은사의 소개로 드라마 제작사에 입사했다. 처음에는 헤매기도 하고 자신이 뭘 하고 있는지 모르겠다며 의기소침해하기도 했었다. 그때마다 나는 용기를 북돋아줬다. 너라면 잘할 수 있어. 그런 말은 아무것도 아니었다. 결국 그녀는 잘 적응하는 것 같았다. 회식에도 참석하고 MT 같은 데도 따라다녔다. 그곳 PD와 작가들은 좋은 대학 출신이었다. 젊기도 했다. 내가 두려웠던 건 끝을 보는 거였다. 그녀가 직접 그 이유를 설명하는 거였다. 내게는 그냥 사랑이 끝났기 때문이라는 이유가 적당했다. 그냥 내가 싫어졌을 뿐이다. 거기에 다른 이유는 없어야 했다. 사랑이 시작되는 데 이유가 없는 것처럼, 끝나는 데도 이유가 없다. 그건 나와는 아무런 상관 없는 곳에서 결정되는 일이어야 했다.

지은과 헤어지기 전에 있었던 일이 기억난다. 그날 우리는 테이블을 사이에 두고 서로 마주앉아 있었다. 나는 그 거리에 대해 생각했고, 또 그건 아무 의미 없는 거리라고 생각했다. 그러니까 여러 가지 생각을 했다는 뜻이다. 모든 얘기를 마쳤을 때, 그녀도 나도 평소보다 1.3배 정도는 시간이 더 빨리 갔다는 걸 알았다. 그 시간들의 삼분의 일 정도는 쓸데없는 얘기를 했고 삼분의 일 정도는 오해에 기반을 둔 말들을 했고 삼분의 일 정도는 뭔가를 두려워하면서 정작 그게 무엇인지 모를 말들을 했다. 어렵고 어리석은 시간이었다. 하지만 그날은 결과적으로 괜찮았다. 나는 그녀에게 이렇게 말했다. 아마 우리가 헤어진다면 우리가 서로에게 한 일 때문이 아니라 하지 않은 일 때문일 거라고.

이 말을 이해하려면 먼저 내가 그때 그녀에게 어떤 실수를 했다는 점을 미리 고려해야 한다(다른 여자와 얽힌 일이었는데, 진짜로 나는 그녀와 아무 사이도 아니었다. 물론 무슨 일이 있었던 건 사실이지만). 실수이거나 또는 오해이거나. 그래서 그녀는 지독히도 나한테 실망을 한 것이다. 그것이 오해가 아니더라도 나는 그녀가 그 일을 너무 심각하게 받아들인다고 생각했다. 하지만 그런 일은 아주 흔하다. 사람들은 다 다르게 생각하기 때문이다. 십몇 년 동안 똑같은 정규교육을 받은 사람들이라고는 믿을 수 없을 정도로. 하지만 내가 한 말은 그 반대의 생각, 그러니까 사람들의 다 똑같은 생각에 관한 것이었다.

사람들은 대개 어떤 일이 일어나면, 그 일은 이전에 일어난 다른 일의 결과라고 생각하는 것 같다. 하지만 그렇게 치면 무슨 일이든 다 똑같다. 이를테면 이미 일어난 어떤 일이 그다음에 일어난 다른 일의 원인이 되었다면, 앞서 이미 일어난 일은 그전에 이미 일어난 일의 결과일 테니까. 모든 게 그렇게 연결되어 있는 걸까? 나는 그렇게 생각되지 않는다고 지은에게 말했다. 그럼 일들은 아무 이유 없이 일어나는가? 아니다. 여기에 내 말의 요지가 있다. 즉, 어떤 일들은, 그전에 일어난 일의 결과가 아니라, 일어나지 않은 일의 결과라는 것이다. 다시 말하자면 어떤 일은, 어떤 하지 않은 일 때문에 일어난다는 것이다. 무언가 일어나기 위해선, 무언가가 일어나지 않아야 된다.

지은은 어렸을 적 과천에서 살았다고 한다. 어느 날 우리는 무슨 이유에선지 그녀가 살았던 동네로 차를 몰고 갔다. 그녀도 나도 아직 마트에서 일하면서 아무도 모르게 비번일을 맞춰 놀러 다니던 때였다. 나는 그날 그녀가 입었던 옷까지 선명하게 기억난다. 바싹 말린 나뭇잎 같은 재질의 원피스로 가을 산처럼 울긋불긋한 색깔의 무늬로 덮여 있었다. 나는 그 촉감이 너무 좋았다. 물론 그 안에 있는 맨살의 촉감보다는 덜했지만. 이런 기억이 떠오르면 내 가슴은 터질 것처럼 아파온다. 아무도 믿으려 하지 않을 것이다.

아파트 단지 입구에 차를 세우고 우리는 걸어서 안으로 들어갔다. 마침내 우리가 어느 건물, 어느 아파트 동이 정면에서 바라보이는 곳에 이르렀을 때, 그녀는 걸음을 멈추고 어느 창을 손가락으로 가리켰다. 그곳까지 가는 동안 우리는 아무도 보지 못했다. 그녀가 가리킨 창은 아파트 후면에 난 창이었다. 그 앞으로는 잔디밭이 넓게 펼쳐져 있었고 그것이 끝나는 지점에 좁은 보도가 맞닿아 있었다. 그다음에는 이면도로와 또 잔디밭과 등나무 벤치가 있는 공원 비슷한 공간이 있었다. 우리는 그쯤에 서 있었다. 나는 금방 그곳이, 그 아파트 단지가 내가 살았던 동네의 그것과 매우 닮았다는 것을 알았다. 오층짜리 건물, 잔디밭, 나무, 울타리나 벤치가 놓인 공간. 건물 자체도 흡사했다. 회색으로 칠해진 것도 똑같았고, 입구 모양도 그랬다. 지금은 없어진 곳이었다. 그녀가 말했다. "저기가 내가 살았던 집이에요. 저게 언니 방 창이었죠." 그녀는 그 창을 한동안 바라보았다. 마치 아직도 언니가 그 방에 있어서 금방이라도 그 창에 얼굴을 내비칠 것처럼. 그러더니 자기가 중학생 때 있었던 일을 얘기해줬다. 어느 날 인근 학교의 남학생이 바로 우리가 서 있는 이 자리까지 그녀를 따라왔다. 집이 알려지는 게 싫어서 어떡해야 할지 곤란해하고 있는데 언니가 바로 저 창에서 그 모습을 보고 곧장 뛰쳐나와 그 남학생을 혼내줬다는 것이다. 그녀의 얘기를 듣다가 나는 불쑥 끼어들었다. "그게 나였을지도 모르겠군." "뭐예요?" "나도 그랬거든. 나도 중학생 때 어떤 여학생 집 앞까지 따라간 적 있어." "정말?" 정말이었다. 그녀는 국민학교 동창이었는데, 어찌어찌해서 중학교 때 다시 보게 되었고, 한동안 정말 미친듯이 열을 올렸다.

"그게 첫사랑이에요?" 지은이 물었다. 나는 잠시 생각했다. 하지만 그건 사랑이라고 할 만한 게 못 됐다. 그녀는 처음부터 끝까지 나를 줄기차게 거부했으니까. 그러다 다른 여자가 떠올랐다. 그녀는 내가 고등학교 때 만난 여자였다. 당시 날라리 친구가 하나 있었는데, 중학교 때 알게 된 친구로 고등학교는 달랐다. 그 친구가 소개해준 여자였다. 소개해주는 날 우리가—그러니까 그 친구와 그의 여자친구와 그녀와 나 이렇게 넷이—어디에 간 줄 아는가? 맞다. 바로 과천 서울랜드였다. 하지만 이상하게도 그 안에 들어가서 뭘 하고 놀았는지는 잘 기억나지 않는다. 아니, 심지어 우리가 들어갔는지 어쨌는지도 모르겠다. 놀이공원이 문을 닫은 날이었나? 내가 기억하는 건, 그곳에 도착해서—아마도 전철을 타고 갔을 텐데—보았던 넓은 주차장이다. 차가 거의 없었다. 바닥에 그어진 하얀 주차 구획선만, 마치 무슨 고대 유적지처럼, 그러니까 '미스터리 서클'이거나 아니면 발굴 현장에서 뭔가를 표시하기 위해 그어놓은 선처럼, 똑같은 모양으로 끝없이 펼쳐져 있던 게 기억난다. 그런 걸 보면 분명히 그날은 평일이었고, 우리 모두는 학교를 땡땡이치고 몰래 거기에 갔는지도 모른다. 고등학생 때 나는 그 친구와 달리 평범한 학생이었지만, 가끔 그런 일탈을 꿈꿨던 것 같다. 그냥 그러고 싶은 순간이 있지 않은가? 하지만 그래서 찾아간 곳이 그렇게 텅 비어 있다니. 그래도 그 여자와는 그후에도 몇 번인가 만났고, 마침내 같이 여관에 들어갔다. 나는 그날 처음으로 어머니 외 여자의 가슴을 봤다. 보는 것만으로도 쌀 것 같았다. 하지만 하지는 못했다. 그러려고 밤새 엎치락뒤치락했지만, 못했다. 생각해보면 웃기는 일이다. 물론 그녀가 적극적으로 원했다면 할 수도 있었겠지만, 나는 그녀가 뭘 원하는지 몰랐다. 그녀는 분명히 싫다고 했고, 안 된다고 했다. 그게 전부다. 그날 이후에도 우리는 연락을 이어갔지만 곧 흐지부지됐고, 나는 고3이 되었다. 날라리 친구는 학교를 자퇴했다. 그녀의 소식은 그후에 듣지 못했고, 별로 궁금하지도 않았다. 이제 그녀의 이름조차 기억나지 않는다. 내가 기억하는 건, 맞다, 그녀의 가슴뿐이다.

우리는 좀더 둘러보고 아파트 단지를 나왔다. 갑자기 지은이 몇 발짝 앞으로 나아가더니 뒤를 돌아보며 말했다. "따라오지 마요." "응?" "쫓아오지 말라고." 나는 웃었다. "아니. 나는 평생 쫓아다닐 건데."

하지만 나는 그러지 않았다. 나는 그 자리에서 꼼짝도 하지 않았다. 지은과 마지막으로 통화한 날, 그녀의 목소리를 마지막으로 들은 날, 나는 혼자 영화를 보러 가고 있었다. 꼭 보고 싶은 영화가 있었지만, 그녀가 시간이 없다고 했다. 그녀는 낮에 때때로 내게 전화해서 뭐하느냐고 물었다. 나는 "아무것도 안 해. 그냥 집에 있지"라고 대답했다. 그런 전화를 끊고 나면, 마치 나 자신의 일부가 조금씩 사라지는 것 같은 기분이 들었다. 어쨌든 나는 차를 몰아서 가고 있었는데, 그녀는 영화 잘 보라고 말하고는 전화를 끊었다. 용산에 있는 극장이었다. 극장 근처까지 왔는데 평일인데도 차가 밀렸다. 조금 있다 나는 왜 차가 밀리는지 알게 되었다. 뭔가를 보기 위해 사람들이 차의 속도를 줄였다. 나는 그들이 보는 걸 따라 보았지만, 대체 뭘 보고 있는지 몰랐다. 그냥 사람들이 몰려 있을 뿐이었다. 과천을 떠나면서, 그날 지은은 자기는 과천이 좋다고 말했다. 동네도 깨끗하고 조용하고 공기도 맑다고. 나중에 꼭 다시 과천에 살고 싶다는 것이었다. 나는 그러자고 했다. "살지, 뭐." 그러자 그녀가 웃었다.

기다리는 버스가 좀처럼 오지 않았다. 나는 배차시간을 알아보기 위해 기둥처럼 서 있는 버스 안내판을 향해 다가가 들여다보았다. 여러 노선의 버스가 위에서부터 차례로 적혀 있었고, 그 노선마다 타원 모양의 검은 선을 따라 수십 개의 지명이 달려 있었다. 나는 무심코 그 지명 중에 과천이 있는지 찾아보았다. 아니, 어쩌면 다른 이름, 이를테면 희수나 지은, 아니면 남자친구와 동물원에 가는 게 소원이었던 여자, 내게 처음으로 가슴을 보여줬던 여자, 내가 살아오면서 만났던 어떤 여자의 이름이라도 있는지 찾아보았다. 그때 버스가 왔지만 내가 기다리는 버스는 아니었다. 나는 아까의 여학생들이 그 버스에 올라타는 걸 바라보았다. 그러다 문득 그녀들이, 바로 그녀들이 아닐까 생각해보았다. 미친 생각이지만, 그녀들도 분명히 한때는 저런 교복을 입고 친구들과 재잘거리며 버스에 올라탄 적이 있지 않겠는가? 나는 마치 버스를 타고 가다 문득 잠이 들어서, 회차 지점을 돌아 다시 처음 그 자리로, 아니 그보다 더 멀리 이미 내가 지나온 시간들, 심지어는 내가 지나오지 않았던 시간까지 되돌아온 게 아닐까?

나는 여전히 나의 미래에 관심이 있다. 하지만 예전만큼은 아니다. 물론 아버지가 살아 계시는 동안 나는 괜찮을 것이다. 나는 그저 아버지가 건강히 오래오래 사시길 바랄 뿐이다.

나는 지은이 나와 헤어지고 얼마 후 결혼했다는 사실을 알고 있었다. 누가 그 소식을 내게 알려준 건 아니다. 그러면 어떻게 알았느냐고? 그런 건 묻지 말아달라. 쪽팔리게. 일 년쯤 지났을 때의 일이다. 사진 속에서 그녀는 여전히 예뻤다. 집도 깨끗했고, 가구도 훌륭했다. 세차 장면을 찍은 것도 있었는데 배경으로 보이는 아파트 단지도 훌륭했다. 어느 동네인지는 알 수 없었다. 내가 알 수 있는 건, 그곳이 최근에 지어진 아파트라는 것이다. 나는 그녀가 굉장히 훌륭하게 결혼생활을 해나갈 거라는 사실을 믿었다. 어쨌든 몸도 튼튼하고 타고난 싹싹함이 있는 여자였다.

반복되는 얘기지만, 희수가 여전히 그 자리에 있다고 메시지를 보낸 건, 그녀가 마흔, 또는 마흔한 살 때의 일이다. 그러고 오륙 년이

지났다. 아이고, 이제 그녀는 마흔다섯 아니, 여섯이다. 그녀가 여전히 그 자리에 있을까? 나는 그러지 않기를 바란다. 그건 너무 슬픈 일이다. 나는 그녀가 그 남자를 떠났길 바랐지만, 또 어쩌면 기적적으로 그 남자와 결혼했을 수도 있다. 그게 가장 최선인 것 같다. 그 남자는 능력도 있고, 부자였으니까. 그런 남자를 그 나이에 어떻게 새로 만나겠는가? 희수를 마지막으로 만난 날, 우리는 지하에 있는 고깃집에서 술을 마셨다. 마지막날이 아닐 수도 있다. 어쨌든 그날 우리는 서로 언성을 좀 높였는데, 특히 내가 그랬던 것 같다. 심지어 욕까지 했다. "미쳤군. 미쳤어." 그녀는 무슨 말을 했던가? 빚이 좀 있다고 했다. "누구한테? 그 사람이 돈도 주나? 네가 거지야? 씨발."

다른 여자들의 소식은 전혀 모른다. 가끔 궁금하긴 하지만, 그보다 더 궁금한 게 많다. 예를 들어, 언젠가 내가 지은에게 했던 말. '우리가 하지 않은 일' 같은 것 말이다.

그날 나는 지은에게 만일 우리가 헤어진다면 서로에게 한 일 때문이 아니라 하지 않은 일 때문일 거라고 말했다. 그리고 우리는 헤어졌다. 희수하고도 헤어졌다. 내가 그러한 일들을 후회하는가? 그러지 않았다면, 아아, 그러지 않을 수 있었다면, 지금의 나는 전혀 다른 인생을 살고 있을까? 정말로 나는 상상한다. 요즘 들어 매일 밤 그랬던 것 같다. 지금 내 옆에 그녀(누구?)가 누워 있다면…… 나는 거의 그럴 수 있었을 거라고도 생각한다. 내가 단지 다르게 했다면, 다른 선택을 했다면. 그러나 한편으로 내가 그럴 수 없었을 거라는 것도 안다. 단지 그 일이 이미 일어났기 때문에? 아니다. 그 모든 게 결과인 것이다. 그 결과로서의 나이기 때문이다. 결과로서의 희수고, 결과로서의 지은이다. 하지만 그날 내가 말한 대로 실제로 어떤 일들이, 어떤 하지 않은 일 때문에 일어난다면. 지금의 내가, 내가 한 일들의 결과가 아니라 하지 않은 일의 결과라면. 우리는 뭘 후회해야 할까?

우리는 하지 않은 일을 후회할 수 있다. 하지만 결코 우리는 우리가 하지 않은 일이 뭔지 모른다. 정확히 말하면 우리가 하지 않은 일이 너무 많은 것이다. 그것을 생각할 때, 그 무한한 일들을 떠올려볼 때, 나는 오히려 이상한 안도감을 느낀다. 마치 밤하늘의 무수한 별을 올려다볼 때처럼. 아무도 저 별들 사이에서 길을 잃을 수는 없다. 아예 길이란 게 없으니까 말이다.

과천에 대해 마지막으로 얘기하겠다. 이건 여자들과는 아무 상관도 없는 얘기다. 내가 중학생 때 있었던 일이다. 일학년 때인지, 이학년 때인지 모르겠지만, 확실한 건 학기초였다는 점이다. 우리는 서로를 잘 몰랐다. 그런데 어느 날, 아마 앞자리에 앉은 녀석이었던 것 같은데, 이번주 토요일에 자기 집에 놀러가지 않겠느냐고 물어왔다. 나뿐 아니라 주위의 다른 친구들도 함께 말이다. 그게 뭐 어려운 일이겠는가? 근데 그렇게 놀러간 집이 으리으리했다. 알고 봤더니 그 친구 집이 엄청난 부자였던 것이다. 아버지가 뭐하시는데? 물론 그 친구는 잘 몰랐다. 하지만 이제 와 생각해보면 건설 관계 일이었던 것 같다. 사우디아라비아니 어디니, 어렸을 때부터 외국을 돌아다녔다. 근데 정확히 말하면 집이 아니라 별장이었다. 그러니까 주말마다 놀러가는 그런 데 말이다. 외국영화에서나 보아왔던 그런 집이었다. 이층집이었는데, 지하층도 있었다. 지하에는 방음 시설이 갖춰진 영화감상실 같은 방도 있었다. 영사막이 있고 빔 프로젝터 같은 게 천장에 달려 있었다. 무슨 버튼인가를 누르자 천장에서부터 그 영사막이 자동으로 아래로 내려왔다. 비디오테이프가 아니라 LP판처럼 생긴 레이저디스크라는 게 들어갔다. 마당은 이단으로 되어 있었는데, 한 귀퉁이에 농구장이 있었고 정식 농구대가 놓여 있었다. 물론 그때껏 그런 집은 한 번도 본 적이 없었다. 따져보면 그후에도 없었던 것 같다. 하지만 지금 내가 말하려는 건 그 집에 대한 게 아니다. 그날 우리를 태우러 온 자동차에 관한 것이다. 아니, 정확히 그 차에 관한 것도 아니다. 나는 그게 무슨 차종인지도 몰랐다. 어쨌든 운전사까지 딸린, 굉장히 커다란—어렸기 때문에 더 그렇게 느껴졌겠지만—검은색 세단이었다. 장갑도 끼고 있었나? 그건 모르겠다. 그런 차가 교문 앞에서 우리를 기다렸다. 상상력을 더해보자면 분명히 그 운전사는 먼지떨이 같은 걸로 차를 닦고 있었을 것이다. 그러고는 문을 열어줬다. 친구는 앞에 타고 나머지 우리는 뒷자리에 탔다. 이름 모를 과일향 같은 게 났다. 묵직한 문을 닫자, 감쪽같이 바깥의 소음이 차단되었다. 토요일이었으니까 전교생이 우르르 교문을 빠져나오고 있었을 것이다. 그들은 자연스럽게 멈춰 섰다. 그들도 그런 차를 본 적이 없는 것이다. 1980년대 후반쯤이었던 걸 상기해달라. 나는 차 안에서 그런 바깥의 아이들을 바라보았다. 아이들의 소리는 전혀 들리지 않았다. 아주 고급스러운 침묵만이 차 안을 지배하고 있었다. 우리는 아이들을 뚫고 천천히 앞으로 나아갔다. 그때의 기분이란. 뭐가 뭔지 몰랐지만, 아니, 이건 내 차도 아니고, 우리집 차도 아니었지만, 나 자신이 굉장히 특별한 사람이 된 것 같았다. 움직이기 시작했는데도 전혀 움직이는 것처럼 느껴지지 않았다. 소음도 없고, 진동도 없고, 마치 다른 세계의 법칙을 적용받는 것 같았다. 그렇게 차는 어딘가로 우리를 태우고 달리기 시작했다. 나는 앞자리의 친구에게 물었다. 근데 씨발, 우리 어디로 가는 거냐? 그러자 그 친구가 대답했다. 과천.

나는 지금 그 차를 기다리고 있는 걸까?

유령의 집

엘리베이터 문이 열리자 어두컴컴한 복도가 눈앞에 나타났다. 세심하게 조절된 어두컴컴함이었다. 무슨 문제가 있거나 방치되어 그런 게 아니었다. 남자는 그것을 알았다. 바닥에는 발소리가 나지 않도록 양탄자가 깔렸고 눈에 보이지 않는 스피커에서 조그맣게 경음악이 흘러나왔다. 바닥 가장자리를 따라 박힌 작고 희미한 안내등과 천장 모서리 안쪽에서 스며나오듯 밝혀진 간접등을 제외하면 다른 빛은 없었다. 방향제 냄새가 났는데, 그럼에도 습습한 천냄새, 바닥과 벽면 일부까지 덮은, 오래 햇볕을 쬐지 못한 양탄자 냄새를 완벽하게 지워내지는 못했다. 복도는 엘리베이터에서 나와 오른쪽으로 이어져 있었고, 다 가서 왼쪽으로 꺾여 있었다. 서로 마주보는 방들은 모두 문이 꼭 닫혀 있었다. 연속된 방 번호들이 지그재그로 이어졌다.

남자가 앞장서고, 여자는 조용히 뒤를 따랐다. 바닥의 양탄자는 폭신하게 느껴질 정도는 아니었지만 정말 아무 소리도 나지 않았다. 문

뒤편도 마찬가지였다. 그는 문득 뒤를 돌아보고 그녀를 향해 미소지었다. 그녀도 따라 미소지었는데 그 이유를 남자는 몰랐다. 왼쪽으로 꺾자마자 찾던 방 번호가 나타났다. 그는 카운터에서 받아온 카드키를 문손잡이 부근으로 가져갔으나 어디다 그것을 밀어넣어야 하는지 알 수 없었다. 고개를 숙이고 찬찬히 살펴보았으나 여전히 구멍은 없었다. 마침내 그것이 전자감응식 카드키일지 모른다는 데 생각이 미쳤다. 손잡이 아래에 그럴 만한 판때기가 달려 있었다. 하지만 여러 차례 카드키를 그곳에 갖다대어보아도 아무 반응이 없었다. 그는 다시 여자의 얼굴을 보았고 어깨를 으쓱했다.

"웃기는군."

"번호 맞아?"

그는 다시 카드키 번호와 방 번호를 확인했다.

"맞아."

둘은 그 자리에 서서 서로의 곤란해하는 표정을 바라보다가 다시 미소를 지었다. 이번에는 적절한 타이밍의 미소였다.

"내가 한번 해볼게."

그녀는 그에게서 카드키를 받아들고 문 앞에 서서 그와 마찬가지로 고개를 숙이고 문손잡이 부근을 살폈다. 그리고 그와 똑같은 결론을 얻었는지 손잡이 아래 판때기에 카드키를 여러 각도로 갖다댔다. 하지만 결과는 마찬가지였다.

"누가 나오는 게 아닐까?"

"어디서? 이 문에서?"

"아니, 어디든."

"그럴 수도 있지. 여기 이렇게 문이 많은데."

"근데 마치 아무도 없는 것 같지 않아?"

"시간이 너무 이르기 때문인지도 몰라."

"그래? 시간이 일러?"

"잘 몰라."

"오빠가 모르면 누가 알아?"

그는 그녀의 얼굴을 보았고, 나쁜 상상을 했다. 그녀도 그의 얼굴에서 그것을 읽었다. 둘은 잠시 열리지 않는 문 앞에 말없이 서 있었다. 마침내 그가 다시 그녀에게서 카드키를 건네 받고 말했다.

"내가 카운터에 내려갔다 올게."

"그럼 나는?"

"여기서 기다려."

곧이어 다시 남자가 말했다.

"같이 내려갈래?"

"아니, 그냥 오빠가 갔다 와."

그는 카운터 직원과 같이 엘리베이터를 타고 다시 올라왔다. 복도는 조금 전과 다를 바가 없었다. 다시 왼쪽으로 꺾기 전까지 그녀의 모습이 보이지 않았다. 남자는 문득 여자가 그 자리에 없을지도 모른다는 생각이 들었다. 말도 안 되는 생각이었다. 그녀는 열리지 않는 문과 마주보는 벽면에 등을 기대고 서 있다가 그들이 나타나자 등을 떼었다. 직원이 그녀를 힐끗 쳐다보는 게 느껴졌다. 처음 입구로 들어왔을 때 직원은 그녀를 보지 못했다. 그녀는 어리게 보였다. 화장도 하지 않은 맨얼굴이었다. 하지만 더 어리게 보이는 여자도 많았다. 심지어 교복처럼 보이는 옷을 그대로 입고 온 여자도 있었다. 그때마다 직원은 눈치채지 못하게 그런 여자의 얼굴을 유심히 살폈다. 오랫동안 그 얼굴을 기억하려고 애썼다. 왜인지는 자신도 잘 몰랐다. 그들이 카운터를 떠나자마자 내실로 들어가 CCTV 모니터를 보았다. 고정된 각도에서 비쳐지는 항상 똑같은 엘리베이터 안. 여자와 남자의 모습이 보였다. 그들은 모니터 화면 안에서 서로를 전혀 모르는 무관한 사람들처럼 보였다. 손을 잡고 있거나 심지어 몸을 끌어안고 있어도.

직원은 문제의 카드키를 받아들고 문을 열어보려 했으나 여전히 열리지 않자 주머니에서 다른 키를 꺼내 남자에게 내밀었다. 다른 방 카드키였다. 그 방 문은 쉽게 열렸다. 판때기 안쪽에 붉은색 등이 반짝이며 잠금장치가 해제되는 소리가 조그맣게 들렸다. 직원은 바로 내려가지 않고 그들이 방문을 여는 것을 지켜보았다. 남자는 직원의 얼굴을 쳐다보고 잘 해결되었다는 표정을 지어 보였다. 직원은 가볍게 목례를 했다. 하지만 그러면서도 직원은 곁눈질로 여자의 얼굴을 훔쳐보았다. 그녀도 직원이 자신의 얼굴을 자꾸 쳐다보는 것을 느낄 수 있었다. 마치 이전에 어디선가 보았는데, 그게 어디인지, 아니 정말로 보았던 것이 맞는지 확인하려는 듯한 눈길이었다. 복도는 어두컴컴하고 여전히 조용해서 이런 소동에도 불구하고 편안하고 아늑하게 느껴졌고 그렇게 서 있는 세 사람은 어쩐지 친밀한 사이처럼 보였다. 이윽고 직원은 뒤돌아서 엘리베이터를 향해 걸어갔다. 발소리는 전혀 나지 않았다.

"안아줘요." 문을 닫고 현관 벽면에 달려 있는 키홀더에 카드키를 꽂자마자 그녀가 말했다. 그는 그녀를 안았다.

"키스해줘." 그녀가 다시 말했다. 그는 키스했다.

잠시 후 입을 떼고 그녀가 말했다.

"직원이 날 봤어."

"네가 예뻐서겠지."

"정말 그렇게 생각해?"

"물론."

그들은 신발을 벗고 방안으로 들어갔다. 그녀는 남자의 허리를 감싸안은 채 얼굴을 바싹 붙여서 남자를 쳐다보았다.

"거짓말. 내가 못생겨서 쳐다본 거야."

여자는 웃으며 몸을 떼었다. 남자도 웃으며 그녀를 보았다.

여자는 방이 맘에 드는 모양이었다. 욕실은 따로 문이 달려 있지 않았고 유리벽으로 둘러싸여 있었다. 입구라 할 만한 통로를 사이에 두고 한편에는 욕조와 샤워기가 있는 넓은 공간이 있었고 맞은편에는 세면대가 있었는데 벽면 전체가 거울로 되어 있고 조명이 양 사이드에서 비치고 있어 마치 분장실의 화장대 같았다. 여자는 두 사람이 나란히 누워도 충분한 크기의 욕조를 들여다보고 바깥에 있는 남자에게 들뜬 목소리로 욕조가 정말 크다고 소리쳤다. "거품기도 달려 있어." 세면대 앞에 서서 자기 얼굴을 비춰 보고 좌변기가 있는 좁은 공간을 문을 열고 들여다보았다. 남자는 그동안 바닥에 발을 대고 침대에 가로로 몸을 눕힌 채 담배를 피웠다. 욕실 구경을 마치고 돌아 나온 여자가 이번에는 방의 나머지 부분을 구경했다. 침대를 빙 돌아 창 쪽으로 가서 덧창을 열고 바깥을 내다보더니 다시 닫고 뒤돌았다. 유리갓 등이 놓인 사이드 테이블이 침대 양쪽에 위치해 있었고 고급스러워

보이는 소파 세트도 방 한쪽을 차지하고 있었다. 침대에 누우면 정면으로 보이는 벽면에는 두께가 얇은 커다란 티브이 모니터가 달려 있고 그 아래로 낮은 장식장이 길게 이어져 있었다. 장식장의 마지막 칸 위에 일반 병보다 작은 와인병과 잔 두 개가 놓여 있었다.

"난 이렇게 작은 와인병은 처음 봐." 여자가 와인병을 들고 말했다.

"이거 마셔도 되나? 공짜겠지?"

"그렇겠지."

여자는 병을 한 손에 든 채 가만히 서 있었다. 침대에 누운 남자를 쳐다보고 마치 방의 폭을 가늠하듯이 시선을 좌우로 던지더니 다시 남자를 쳐다보았다.

"여기 몇 평쯤 될까?"

"몰라." 남자는 괜히 웃음이 나왔다. 어린 여자애가 그런 걸 묻는다는 게 재밌었다.

여자는 병을 다시 제자리에 올려놓고 침대로 다가가 남자 곁에 몸을 던졌다. 침대 매트리스가 출렁거렸다. 남자는 여자의 등에 손을 올렸다. 여자는 얼굴을 침대에 댄 채 남자 쪽으로 고개를 돌렸다.

"여기 방 번호가 어떻게 돼?"

"706호."

"확실해?"

"응. 원래 705호였는데 안 열려서 그 맞은편 방 열쇠를 줬으니까."

"다음에도 여기로 올 수 있어?"

"다음에?"

"응. 다음에도 이 모텔로 올 수 있어?"

"그거야 어렵지 않지."
"그럼 꼭 이 방을 달라고 해. 706호로."
남자는 웃었다.
"어느 방이나 마찬가지야. 비슷비슷해."
"그래도."
남자는 생각했다.
"다음에 왔을 때 706호가 비었다면 달라고 할 수도 있겠지."
"응."
"근데 다른 손님이 있으면 안 되지."
조금 있다 여자가 말했다.
"마치 집 같을 거야."
"뭐라고?"
"다음에도, 또 다음에도 맨날 맨날 이 방에 오면…… 여기가 마치 집 같을 거라고."
남자가 몸을 돌려 여자를 보았다. 여자는 여전히 엎드린 채 고개만 돌려 남자를 보고 있다. 여자가 눈을 깜박였다. 남자는 그녀의 눈 속에 세상 전체가 들어 있어서, 눈을 감았다 뜰 때마다 세상이 닫혔다 열렸다 하는 것 같았다.
"한 달 동안 뭐했어?"
"한 달하고 십이 일이야."
"그렇게 됐나."
"응."
"바빴어."

"괜찮아."

"사실 바쁘지 않았어."

"괜찮아."

"괜찮긴 뭐가 괜찮냐."

둘은 얼굴을 침대에 대고 고개만 돌린 채 서로를 마주보고 있었다.

"괜찮긴 뭐가 괜찮냐고?"

"왜 그래?"

"하나도 바쁘지 않았어. 그냥 전화를 안 한 거야. 전화하고 싶지 않았어. 아니, 그런 생각조차 없었을지 모르지. 너에 대해 전혀 생각하지 않았는지 몰라. 네가 존재하는지조차 잊어버렸어. 그래도 괜찮아?"

그는 비스듬히 상체를 일으켰고 한 팔로 무게를 지탱하며 그녀를 내려다봤다. 그녀는 몸을 반쯤 돌려 모로 세운 뒤 귀밑에 마치 기도하듯이 포갠 두 손을 끼워놓고 그를 올려다봤다. 잠시 후 그녀가 입을 열었다.

"정말 괜찮아. 우리가 무슨 그런 사이도 아니잖아. 그리고 결국 오빠는 전화했잖아."

"그랬지."

"그러니까 괜찮잖아. 오빠가 나에 대한 생각을 전혀 하지 않는다 해서 내가 사라져버리는 건 아니야. 존재하지 않는 것도 아니고. 그렇지 않아? 봐, 내가 지금 오빠 앞에 있잖아."

그녀의 눈이 살짝 웃음을 띠고 있었다. 그는 여자의 눈을 바라봤다.

"거짓말이야."

"뭐가?"

"가끔 네 생각을 했어."

"응."

"네가 어디서 뭘 하고 있는지 궁금했어."

그녀의 눈에 담긴 웃음이 조금씩 커져갔다. 다시 바라봤을 때 웃음은 그녀의 얼굴 전체로 번져 있었다. 그녀는 웃었다. 그녀는 잘 웃었다. 처음 만난 날에도 그랬다.

"나 잘 웃죠?"

그는 그녀가 무슨 얘기를 하는지 잘 이해하지 못했다. 멀뚱멀뚱 자기 앞에 서 있는 그녀를 올려다보면서 아무 대꾸도 할 수 없었다.

"나 잘 웃어요. 그래서 사람들이 좋대요."

그녀는 잘 데가 없다고 했다. 이따 자기를 데리러 올 수 있느냐고 물었다. "친구들 만났다가 다시 이곳으로 올게요." 그녀는 말했다. 그는 여전히 아무 대꾸도 생각나지 않았다. 그는 그녀가 어떤 애인지 알 것 같았다. 하지만 전부를 다 아는 건 아니었다. 아니, 그래서 전혀 모른다고 하는 게 맞을지도 몰랐다. 그는 그녀와 길가 포장마차에서 떡볶이를 사 먹었다. 순대와 튀김도 먹었다. 그녀는 자연스럽게 그의 허벅지에 손을 올렸다. 주인아주머니도 그녀가 어떤 애인지 아는 것 같았다. 그러나 그는 별로 상관하지 않았다. 고작 떡볶이를 같이 먹는 것뿐이지 않은가.

백화점 정문은 셔터가 내려져 있었다. 유리문 너머는 어두웠다. 지하철역과 기차역으로 통하는 통로에는 아직 형광등 불이 밝혀져 환했다. 계단으로 여전히 많은 사람들이 오르내렸다. 광장에는 원형의 커다란 화단이 있었고 사람들이 그 턱에 빙 둘러앉아 있었다. 맞은편 기다란 주차 금지 펜스에 몸에 착 달라붙는 옷차림의 남녀 학생들 무리가 앉아 있었고, 더러는 그 곁에 서 있었다. 그들은 일행을 기다리는 것처럼 보였다. 여자 하나는 교복처림 보이는 치마를 입고 있다. 그녀는 음료수 병에 빨대를 꽂아 마시고 있다. 그들의 날카로운 목소리와 웃음소리가 서늘한 밤바람을 타고 화단에 앉아 있는 그의 귀에까지 또렷하게 실려왔다. 창이 없는 백화점의 커다란 외벽에 등을 기대고 앉아 있는 사람들도 있었다. 그들은 맨바닥에 엉덩이를 대고 앉아 있었다. 약 한 시간이 지난 후에는 앉아 있는 사람보다 박스를 깔고 누워 있는 사람이 많아졌다. 줄이 길게 이어졌다. 남자는 괜히 그 줄을 따라 걸어가보았다. 벽이 끝나는 지점에서 안쪽으로 쑥 들어간 넓은 공간이 나왔는데 너머에는 극장과 음식점 등이 있는 상가건물로 올라가는 넓은 계단이 있었다. 군데군데, 구조물 위나 아래편에 그럴 만한 공간이 있으면 사람들이 자리를 잡고 누워 있었다. 마치 그들은 화단에 심어진 나무들처럼 보였다. 그들은 밤에만 자라나는 나무였다. 한쪽에는 형광빛 포장지의 과자 등을 뜯어놓고 둘러앉아 술을 마시는 무리도 눈에 띄었다. 그는 높다란 건물 벽면에 걸려 있는 거대한 영화 포스터 펼침막을 올려다보았다. 극장은 문을 닫은 것처럼 보였는데 그것을 비추는 투광등은 여전히 켜져 있었다. 도로에는 아직 차들이 많았다. 연석에 바싹 붙여 세워놓은 택시는 시동을 켜놓은 채 역을 빠져나오는 사람들을 기다리고 있었다. 그는 다시 돌아서서 영화 포스터를 보았다. 위에서부터 하나씩 그림을 보고 영화 제목을 보고, 그림 속 배우들의 얼굴을 보고, 배경을 보고, 예상할 수 있는 내용을 떠올려보았다. 바닥에 다 피운 담배를 떨어뜨리고 신발로 비벼 껐다. 길을 좀더 올라간 지점에 꽃집이 보였다. 로맨스 영화의 한 장면처럼 꽃을 사들고 그녀를 기다릴 수도 있었다. 하지만 그건 아무 상관도 없는 얘기였다. 물론 그녀는 좋아할 것이다. 하지만 꽃집은 문을 닫았고 그는 그녀를 기다릴 마음이 없었다. 주머니에 손을 꽂고 그는 그 자리에 오랫동안 서 있었다.

여자가 머리 밑에서 손을 빼내 침대에 받치고 있던 그의 손을 감쌌다. 그는 그런 여자의 손을 보고 또 얼굴을 보았다가 고개를 좌우로 돌리며 방을 둘러보았다. 집, 하고 그는 생각했다. 그런데 주방이 없잖아. 그는 다시 침대에 등을 대고 누웠다. 그녀는 누운 채로 그의 곁으로 다가가서 가슴에 팔을 두르며 얼굴을 그의 어깨에 붙였다. 한 발을 그의 다리 위로 올리고 다른 다리를 그의 허벅지에 밀착시켰다. 마치 그를 꼭 붙잡으려는 것 같았다.

"그러니까 괜찮잖아." 그녀의 말이 그의 귓가를 간질였다.

복도는 여전히 어두컴컴하고 조용했다. 그리고 텅 비어 있었다. 그는 문틀에 손을 짚고 상반신만 내민 채 고개를 오른쪽으로 돌렸다. 계단으로 통하는 것 같은 철제 방화문이 복도 끝에 보였지만 검게 칠해져 있는 탓에 어둠과 뒤섞여 꼭 닫혀 있는지 조금 열려 있는지 확인하기가 어려웠다. 신경을 집중시켜도, 아니 그럴수록 더욱 구분하기가 어려웠다. 시선이 자꾸만 헛디디는 것 같은 느낌이었다. 왼쪽으로 고개를 돌리자 복도의 꺾어진 코너가 보였다. 코너의 바깥쪽 면을 따라서 방문 두 개가 보였는데 하나는 반 정도밖에 보이지 않았다. 정면으로는 처음 들어가려고 했었던, 카드키가 고장난 방문이 보였다. 어느 것이나 물론 꼭 닫혀 있다. 하지만 안에 사람이 없다고 확신할 수는 없었다. 특별히 무슨 소리를 들은 건 아니지만 바닥에 양탄자가 깔려 있어 그들이 입만 다물고 있었다면 소리날 일이 없었다. 어쩌면 코너의 안쪽, 모서리 바로 뒤편에 누군가 숨어 있을 수도 있었다. 바로 지금, 그 안쪽 벽면을 따라 그가 슬금슬금 엘리베이터 쪽으로 이동한다 해도 남자는 아무 소리도 듣지 못할 것이다. 그럼에도 그는 뭔가 들을 수 있을까 귀에다 신경을 집중시켰다. 하지만 한참을 그러고 있어도 아무 소리도 들리지 않았다. 엘리베이터 움직이는 소리도, 문이 여닫히는 소리도, 멈춰 설 때마다 울리는 벨소리도 들리지 않았다. 이 층이 아니더라도 엘리베이터 벨소리는 그 수직 통로를 따라서 꽤 여러 층에까지 전달되기 마련이었다. 그는 한참 동안 모서리를 바라보다가 문을 닫고 다시 안으로 들어왔다. 여자가 욕실에서 나왔다.

"뭐예요?"

"노크 소리를 들은 것 같은데."

"누가?"

"아무도 없네."

여자는 셔츠에 팬티 하나만 입은 채였다.

"누구?"

"아무도 없다고. 내가 잘못 들었나봐."

그녀의 손에서 물방울이 뚝뚝 떨어졌다.

"욕조가 너무 커서 물 채우기도 어렵네."

그는 여자의 하얀 허벅지를 멍하니 바라보았다.

"어쩌면 유령이었는지도 모르지." 그가 중얼거렸다.

"응?"

"유령이 문을 두드렸는지도 몰라. 그리고 내가 문을 연 사이……"

그는 천천히 방안을 이리저리 둘러보더니 티브이에 시선을 고정시켰다.

"티브이 네가 껐어?"

"아니. 켜놨었어?"

"내가 아까 켰는데?"

그녀는 그의 얼굴을 보았다. 그의 표정은 아주 딱딱하게 굳어 있었다. 그도 그녀를 마주보다가 한 발짝 그녀에게 다가섰다. 그녀가 움찔하는 것 같았다. 그의 시선이 다시 티브이 모니터를 향했다.

"왜 그래?"

"왜 꺼져 있지?"

그녀도 그의 시선을 좇아 꺼진 티브이 모니터를 보다가 다시 그의 얼굴을 보았다. 그는 마주서서 그녀의 팔죽지를 붙잡았다. 그러고는 다시 한 발짝 다가섰다. 이제 그녀의 몸과 그의 몸 사이에는 아주 작은 틈만 있을 뿐이었다. 그녀는 그를 올려다보다가 이제 그가 그녀의 등뒤, 침대 위를 바라보고 있다는 걸 깨달았다. 아니면 침대 건너편이거나. 돌아보려는 걸 그가 붙잡았다. 그는 그녀의 목덜미를 양손으로 고정시켰다.

"돌아보지 마."

"뭐야?"

그는 그녀의 얼굴에 자기 얼굴을 바싹 들이댔다.

"그냥 날 봐."

그녀는 눈살을 찌푸렸다. 그는 그녀의 등을 두 팔로 감싸안고 몸을 완전히 밀착시켰다. 마치 그녀를 무언가로부터 보호하려는 듯이. 그녀의 머리를 가슴 쪽으로 끌어당기고 고개를 그녀의 어깨 너머로 내밀었다. 그러고는 그녀의 뒷목에 입술을 갖다대며 한 손을 그녀의 셔츠 안쪽으로 집어넣어 그녀의 맨등을 천천히 어루만졌다. 다른 한 손은 등을 타고 내려가 그녀의 팬티 속으로 미끄러뜨려졌다. 그녀가 팔을 들어 그의 옆구리에 손바닥을 대고 밀어내려 했다.

"뭐하는 거야?"

"그냥 있어."

"장난이지?"

"뭐가?"

"유령."

"아닌데."

그녀는 그를 다시 한번 밀쳐내며 몸을 돌려 침대 위를 보려고 했다. 그러자 그가 재빨리 다시 그녀를 붙잡았다.

"아무것도 없지?"

"아닌데." 이제 그의 말에는 웃음기가 서려 있었다.

"장난치지 마."

"장난 아니야."

그러더니 그는 허리를 굽혀 그녀의 무릎 뒤로 한 팔을 밀어넣고 다른 팔로 등을 받치고 그녀를 번쩍 들어올려 몇 발짝 걸어가서 침대 위로 쓰러뜨렸다. 그녀가 낮게 비명을 질렀다. 그는 그녀 위로 올라가 양팔로 상체를 지탱하며 그녀를 내려다봤다.

"여기 있지."

"뭐가?"

"유령이."

그녀는 고개를 돌리며 웃었다. 그녀의 눈가가 웃음으로 겹겹이 접혔다. 그는 그녀의 그런 눈가에 입을 맞췄다. 그녀는 이번에는 다시 반대편으로 고개를 돌렸다. 반대편 눈가에도 입을 맞췄다.

"내 유령이 여기 있지."

"내가 유령이면 오빠도 유령이게."

"맞아. 그리고 여긴 유령의 집이지."

이제 그녀는 똑바로 그를 올려다보고 있었다. 여전히 눈가에는 웃음이 가득해서 눈동자가 보이지 않을 정도였다. 그는 고개를 숙여 그녀의 입술에 키스했다. 그녀는 입술을 꽉 다물었다. 그는 입을 떼고 가만히 그녀를 내려다보며 기다렸다. 그녀는 입을 벌리지 않으려고 애썼으나 다시 웃음이 터졌다. 어깨가 들썩였다. 그녀는 잘 웃었다. 그는 괜히 가슴이 뛰었다. 왜인지는 알 수 없었다.

불이 나기 전 그는 마을을 방문한 적이 있었다. 마을이라고 불리지만 그곳은 평범한 도심 한 귀퉁이에 섬처럼 고립되어 있는 작은 구역에 불과했다. 사방은 마치 안에서 공사가 진행되기라도 하는 것처럼 베니어판으로 꼼꼼하게 둘러싸여 있어서 어느 날 문이 열려 있지 않았더라면 안에 그런 공간이 있는 줄 결코 알지 못했을 것이다. 그는 주변을 빙 둘러본 후에 그곳이 하나의 공백이나 틈처럼, 또는 그것을 절단하는 어떤 것처럼 끼여 있다는 것을 알게 되었다. 사방으로부터 그곳은 한 치의 틈도 없이 밀어붙여져 있는 것처럼 보였으며, 반대로 처음에는 조그마한 틈이었다가 점점 자라나서 일상적인 공간을 벌려낸 것처럼도 보였다.

길 건너편에서 그는 마을로 들어가는 세 개의 출입문을 바라보며 담배 한 대를 피웠다. 문은 꼭 아파트 현관문처럼 생겼는데 실제로 그럴지도 몰랐다. 왼쪽에서부터 번호가 적혀 있었고 세번째 문은 열려 있었다. 그 문에는 아마 3이라고 적혀 있을 것이다. 담배 한 대를 피울 동안 아무도 나오지 않았고 아무도 들어가지 않았다. 그 앞을 몇 사람인가 종종걸음으로 지나치는 것을 보았을 뿐이다. 그는 담배를 바닥에 버리고 핸드폰을 꺼내 시계를 한 번 보고 주위를 둘러보았다. 한적한 평일 낮시간이었다. 햇볕은 따사로웠다. 그는 길을 건넜다.

막연한 예상과는 달리 마을은 전혀 지저분하지 않았다. 이상한 냄새가 나는 것도 아니었다. 다만 비좁을 뿐이었다. 집들은 골목길을 따라 다닥다닥 붙어 있었는데 그 경계가 모호했다. 지붕이 서로 교묘하게 겹쳐 있었고 벽체는 대부분 빛에 바랜 듯한 누런색 베니어판이었다. 전체가 통으로 연결된 건물에 문만 연이어 달려 있는 것 같았다. 문에는 주소를 의미하는 것 같은 숫자가 적혀 있었고 한자나 한글로 이름이 쓰여 있는 것도 있었다. 회색 프로판 가스통이 벽에 기대 세워져 있고, 좁은 창에는 창살이 쳐져 있었다. 대체로 창들은 높이 달려 있어서 안이 들여다보이지 않았다. 냉장고와 세탁기, 신발장 등이 밖에 나와 있었다. 어느 문 곁에는 자전거가 세워져 있었고 뒤집어진 커다란 플라스틱 대야도 보였다. 골목 바닥에는 담배꽁초 하나 버려져 있지 않았다.

중간중간 옆으로 이어진 골목이 나왔지만 그는 차마 그 안쪽으로 들어가볼 엄두가 나지 않았다. 사람을 마주치고 싶지 않았다. 누구라도 대번에 그가 바깥에서 들어온 사람이란 걸 눈치챌 것이다. 골목은 한 사람이 몸을 비켜야만 통과할 수 있을 정도의 폭밖에 되지 않아서 만일 누군가 반대편에서 걸어나온다면 그는 떠밀려왔던 길로 내쫓길 것만 같았다. 하지만 그런 걱정과는 별개로 이상하게 마을은 조용했다. 문 너머 집안에서는 아무 소리도 흘러나오지 않았다. 분명 지붕 위에는 티브이 안테나가 세워져 있고 전선들이 늘어져 있음에도 불구하고 티브이 소리 하나 나지 않았다. 그러고 보면 음식 냄새도 없었다. 빨래가 걸려 있는 것도 보지 못했다. 마치 누군가 마을로 들어서면 그러기로 작정한 것처럼, 마치 아무도 살지 않는 양 숨어 있기로 작정한 것처럼 보였다. 시간이 너무 이르기 때문일 것이다. 그는 그렇게 생각했다. 저녁이 되어 주민들이 돌아오면 밥을 지어먹고 티브이를 켤 것이다. 빨래도 하고 자전거를 끌고 나와 동네를 한 바퀴 돌 것이다. 그러고는 꼼꼼히 집 주변을 청소하고 바닥도 쓸고 할 것이다. 그런 상상은 너무 갑작스럽고 선명해서 바로 지금 이 순간 눈앞에 그들의 모습이 보이는 것만 같았다. 그는 어느 게 진짜인지 혼동스러웠다. 사람들이 방문 너머, 창문으로 넘겨봐도 보이지 않는 집안의 어느 사각지대에, 또는 안쪽으로 이어진 골목 뒤편 모퉁이에 숨을 죽이고 숨어 있는 건지, 아니면 상상 속에서 나온 유령들처럼 현실의 눈에는 보이지 않지만 지극히 자연스럽게 일상적인 일을 하면서 그 곁을 돌아다니고 있는 건지. 자신의 존재는 아무런 문제가 되지 않는 양.

그는 그녀를 똑바로 내려다봤다. 그녀는 웃음을 그치지 않고 그의 가슴은 계속 두방망이질 쳤다.

"밑에서 보니까 오빠 너무 못생겼어." 그녀가 말했다.

"너를 봤어." 그가 말했다.

"어디서?"

"어느 마을에서."

"어느 마을?"

"지금은 없어졌어. 불에 탔어."

"누가 죽었어?"

"아니. 아무도 죽지 않았어."

"다행이네."

"아니, 그것과는 달라."

"뭐가 달라?"

"만일 죽었다 해도 죽었다는 걸 증명할 수 없을지도 몰라."

"왜?"

"왜냐면 그 마을 사람들은 그곳에 없거든. 거기에 살고 있는 게 아니거든."

"그럼 텅 빈 마을이야?"

"아니, 주소가 등록되어 있지 않다는 거야. 그래서 주민등록증도 만들 수 없지. 마을로 들어가는 입구 벽면에는 그림이 그려져 있어. 사람들이 거기에 마을 주소가 쓰여 있는 주민등록증을 그려놨어."

그녀는 웃음을 그쳤다. 그는 말을 계속 했다.

"나는 그곳에서 아무도 보지 못했어. 너를 제외하고는."

"무슨 소리야. 나는 그런 마을에 가본 적이 없어."

"그 마을 한가운데에는 망루가 있었어. 컨테이너를 쌓아 만든 망루였지. 몇 번이나 망설였지. 저기까지 들어가볼까 말까, 그곳에 가면 사람들이 내가 오르도록 허락해줄까? 거기에 올라가면 무언가를 볼 수 있을 거라 생각했지. 어쩌면 너를 찾을 수 있을지도 몰랐고. 하지만 그만뒀어."

"오빠, 나는 거기에 없었어. 내 말 들었어?"

"알아. 하지만 널 볼 수도 있었지."

"오빤 지금 내가 어디에 있었느냐고 묻는 거야? 어디서 뭘 하며 지냈는지."

"아니."

"걱정하지 마. 난 잘 지냈어. 앞으로도 그럴 거고."

"알아."

"오빠 이상해졌어."

그는 그녀에게서 내려와서 침대에 등을 대고 누웠다. 그러자 이번에는 그녀가 그를 타고 올라왔다. 그의 골반에 엉덩이를 대고 앉아서 그의 얼굴을 내려다보았다. 그는 정말 자신이 이상해졌는지 모른다고 생각했다. 그녀가 셔츠 속으로 손을 밀어넣었다. 고개를 숙이자 머리카락이 주르륵 떨어지며 그의 얼굴을 간질였다. 그녀는 한 손을 빼내 머리카락을 목뒤로 넘기고는 다시 넘어오지 않도록 고개 각도를 조절하면서 다시 셔츠 속으로 손을 집어넣었다.

"기분좋게 해줄게."

그는 머리 뒤로 깍지를 끼고 눈을 감았다. 배와 가슴을 어루만지는 그녀의 손길을 느낄 수 있었다. 조금씩 몸이 반응했다. 그러다 그녀가 갑자기 손을 빼내며 튕겨나가듯 그에게서 떨어져 침대 아래로 내려갔다.

"아, 물." 그녀는 욕실 쪽으로 달려갔다. 잠시 후 그녀의 목소리가 욕실 안에서 흘러나왔다.

"너무 뜨거워. 물을 좀 빼내고 찬물을 채워야 할 것 같아. 아님, 그냥 식을 때까지 기다릴까?"

그는 대꾸하지 않았다. 그는 눈을 감은 채 망루에 대해 생각했다. 불에 타는 마을 사진이 실린 기사를 떠올렸다. 커다란 검은 연기가 마치 하늘과 연결된 기둥처럼 솟아오르고 있었다. 그러다 군대에 있을 때 훈련장에서 보초를 서던 기억이 났다. 행군중에 발을 다쳐서 하루 종일 말뚝 근무였다. 식사도 다른 병사가 식판에 담아가지고 왔고, 다 먹고 나면 다시 와서 식판을 받아갔다. 따로 초소가 마련되어 있는 것은 아니고 주변보다 조금 높은 지대에 참호를 파서 그 안에 서 있었다. 그냥 서 있기만 해도 땀이 줄줄 흐르는 한여름이었다. 햇볕에 바랬는지 하늘 색깔도 왠지 탁한 푸른빛이었지만 구름만은 아주 선명한 흰색이었다. 이틀인가 사흘째 되는 날 공군과 합동훈련이 있었다. 헬리콥터가 마치 어느 보이지 않는 틀에 박힌 듯이 한자리에 고정된 채 떠 있었다. 아래위로도 움직이지 않았다. 프로펠러만이 빠른 속도로 원을 그리며 돌고 있었지만 가만히 보고 있으면 그것조차 움직이지 않는 것처럼 보였다. 프로펠러 돌아가는 소리는 어쩐지 다른 곳에서 들려오는 것 같았다. 그러다 땅이 울릴 정도로 커다란 소리가 쾅, 하고 들렸는데, 그 첫번째 소리에 버금가는 소리가 연달아서 터지기 시작했다. 기관총 소리였다. 그 소리만은 분명히 헬리콥터에서 들려온다는 걸 알았다. 한낮인데도 불빛이 번쩍번쩍했다. 곧이어 무언가 아래로 떨어지기 시작했다. 강렬한 태양빛에 반사되어 반짝반짝하는 것. 그것은 끊임없이 쏟아져서 멀리서 보았을 때 지면과 이어진 기다란 밧줄처럼 보일 정도였다. 탄피였다. 한동안 사격은 계속되었고, 더 많은 탄피들이 바닥을 향해 떨어졌다. 멍하니 보고 있는 새에 그는 점점 마음이 불안해졌다. 마치 그렇게 하늘에서 떨어지는 것이, 자기 마음속에서도 떨어지는 것 같았다. 자꾸만 뭔가가 무너졌고 견딜 수 없어졌다. 그는 어서 사격이 끝나기만을 기다렸다. 더이상 아무것도 떨어지지 않고, 아무 소리도 들리지 않고, 아무것도 불타지 않기를.

전화벨이 울렸다. 갑작스런 벨소리에 그는 깜짝 놀라 몸을 벌떡 일으켰다. 내선 전화였다. 벨소리는 계속 이어졌다. 그는 욕실 쪽을 바라보았다. 여자는 아직 욕실에 있었다. 희미하게 그녀의 형체가 유리벽에 비쳤지만 뭘 하고 있는지는 알 수 없었다. 그는 침대 가장자리에 걸터앉아 송수화기를 집어들었다.

"여보세요."

"카운터입니다." 같이 올라왔던 직원의 목소리인 것 같았다.

그는 다음 말을 기다렸다.

"706호죠? 아까 키가 고장났던……"

"예. 그런데요?"

약간의 침묵이 있은 후 다시 목소리가 들렸다.

"같이 계셨던 여자분에 관한 것인데요…… 혹시 미성년자인가요?"

그는 가만히 있었다.

"여보세요?"

"아닌데요." 그가 말했다.

"기분이 나쁘셨다면 죄송합니다. 너무 어리게 보이셔서…… 근데 증명할 방법은 가지고 계신 거겠죠? 주민등록증이라든지."

"미성년자인 게 문제가 되나요?"

"예. 일단은 그렇습니다. 손님에게도 문제가 될 수 있습니다."

"아닙니다."

"예. 알겠습니다. 요즘 분위기가 그래서……"

그녀가 욕실에서 돌아 나왔다. 무슨 전화냐고 묻는 듯한 표정을 지었다. 그는 그냥 고개를 저었다.

직원은 말을 이었다.

"괜찮으시다면 한 가지만 더 묻고 싶습니다."

"예."

"두 분이 어떤 관계이신지?"

"예?"

"그러니까 개인적으로 잘 아는 사이이신지. 애인이나 뭐 그런……"

"무슨 말을 하는지 잘 모르겠군요. 제가 왜 이런 질문을 받아야 하는지 모르겠습니다."

"아, 제 말을 잘 이해하시지 못한 것 같군요. 용돈을 주거나 뭐 그러는 게 아닌가 하고 묻는 겁니다."

"제가 그런 사람으로 보입니까?"

"아뇨. 저는 손님에 대해 말하고 있는 게 아닙니다."

그는 그녀를 바라보았다. 그녀는 소파에 다리를 꼬고 앉아 머리를 뒤로 묶고 있었다. 아마 욕조에 물이 다 채워졌고 씻을 준비를 하는 것 같았다. 뜨거운 김을 쐰 탓인지 얼굴이 좀 붉어진 것처럼 보였다. 그는 그녀의 희고 가느다란 목덜미를 바라보았다. 유독 어리게 보이는 목덜미였다. 그는 새삼스레 이 모든 것이 어린애 장난처럼 느껴졌다.

"손님?"

"예."

"어떻게 들리실지 모르겠지만 저는 그 여성분을 봤던 것 같습니다. 몇 번이나 생각해봤는데 확실히 기억이 납니다. 제 말…… 무슨 뜻인지 아시겠죠?"

"저도 봤습니다."

"예?"

"하지만 잘못 본 겁니다."

"그렇게 생각하십니까?"

"아무튼 저는 돈을 주거나 하지 않습니다."

"돈이 아니더라도 여러 다른 지불 방법이 있죠."

"그런 건 없습니다."

"손님, 저는 일개 아르바이트생에 불과합니다. 일은 별로 어렵지 않지만 그만큼 시급도 적죠. 문제가 생기더라도 저는 그냥 구경꾼에 불과합니다. 제가 왜 이런 말까지 손님에게 하는지 모르겠지만 조심하셔야 합니다. 나쁘게 되는 걸, 망신당하는 걸 몇 번이나 봤습니다. 알아내려고 한다면 그 친구들은 금방 알아냅니다. 모든 게 기록으로 남고, 모두 다 찍히고 있어요. 그냥 손님만 아니라고 부인하는 것으로 끝나지 않습니다. 예? 뭐라고 하셨습니까?"

"아니라고요."

다시 침묵이 이어졌다. 잠시 후 직원이 말했다.

"예. 알겠습니다. 그럼 쉬십시오."

전화는 끊겼다. 그는 조용히 송수화기를 내려놓았다.

"무슨 전화야? 뭐래?" 그녀가 물었다.

"아니야." 그가 대답했다.

"아니야?"

"응. 아니야."

그는 그녀를 보고 웃어 보였다. 그녀는 뭔가 곰곰 생각하는 눈치더니 금방 따라 미소지었다.

"와인이나 한잔할까? 저거 마시고 싶댔지?" 그는 침대에서 일어나 와인병이 놓여 있는 장식장 앞으로 걸어갔다.

"욕조에 물 받아놨는데."

"들고 들어가서 마시지, 뭐."

그는 병을 들고 살펴보았다. 코르크 마개가 아니라 트위스트 캡이었다. 그는 캡을 비틀어 열고 엎어진 잔 두 개를 뒤집어 똑바로 세웠다. 그는 천천히 와인을 따랐다. 그녀는 소파 안쪽으로 엉덩이를 붙이더니 양발을 소파 위로 끌어올리고는 무릎을 세워 양팔로 감싸안았다. 그는 양손에 하나씩 잔을 들고 그녀 쪽으로 걸어갔다. 중간에 멈춰 서서 장난스레 그녀를 감상하는 듯한 자세를 취했다.

"그런 자세는 너무 섹시한걸. 팬티가 다 보여."

그녀는 다리를 내렸다.

그는 테이블에 잔을 내려놓고 맞은편 소파에 앉았다. 건배를 권하지도 않고 자기 잔을 들더니 조금 마셨다. 그녀는 잔의 밑받침에 손가락을 올렸지만 잔을 들지는 않았다.

"팬티를 벗으면 더 보기 좋았을걸."

"뭐라는 거야. 징그럽게."

"벗어봐."

"왜 그래?"

"괜찮잖아. 내가 한두 번 본 것도 아니고."

그녀는 대꾸하지 않았다.

"벗어봐."

"싫어."

"벗어보라니까."

"왜 그래. 정말."

"정말로."

그녀는 그를 쳐다봤다. 그는 그녀의 시선을 맞받았다가 잠시 후 시선을 돌렸다. 다시 잔을 들어 입에 가져갔다.

"너 여기 온 적 있어?"

"어디?"

"이 모텔."

"오빠랑? 처음이잖아."

"나랑 말고."

그녀는 가만히 있었다.

"있어?"

"없어."

"그럼 어디를 갔어?"

그녀는 가만히 그를 쳐다보다가 잔을 들어 와인을 조금 마시고는 다시 잔을 내려놨다. 그는 와인잔의 기둥을 쥔 그녀의 손가락을 바라보았다. 자기 잔을 조금 앞으로 밀었다. 그러고는 살짝 들어올리고는 안에 담긴 와인이 회오리치도록 잔을 천천히 돌렸다. 그녀는 다시 그의 얼굴을 쳐다보다가 시선을 내려 빙글빙글 잔 내부에서 돌아가는 붉은색 액체를 바라보았다.

"싸구려야." 그가 입을 열었다. "공짜로 주는 거라 해도 너무 맛이 없어."

그녀는 가슴이 덜컥 내려앉는 것 같았다. 그녀는 입술을 깨물었다. 잠시 후 그녀는 욕조에 담긴 물이 금방 식어버리겠다는 생각이 들었다. 식기 전에 물에 들어가야지, 몸을 씻어야지 하고 생각했다. 하지만 남자에게 그런 말을 하지는 않았다. 식어버리면 물을 빼고 다시 뜨거운 물로 채우면 된다. 그녀는 지금껏 그렇게 커다란 욕조를 본 적이 없었다. 그런 건 티브이에서나 볼 수 있는 거였다. 그녀는 다시금 방을 둘러보았다. 넓고, 깨끗하고, 아늑한 방이었다. 정말 내 집이었으면 좋겠다고 그녀는 생각한다. 순간 방 전체가 욕실이 된 것 같았다. 뜨거운 김으로 뒤덮인 것 같았다. 내가 물을 잠그지 않은 걸까? 욕조에서 물이 넘쳐 이렇게 방에까지 뜨거운 물이 흘러나온 걸까? 그럼 적어도 불에 타지는 않겠네. 그녀는 생각했다. 이렇게 물이 넘쳐나니 불에 타지는 않을 것이다.

그런 생각을 하고 있는데 다시 전화벨 소리가 들렸다. 이번에는 남자의 핸드폰 벨소리였다. 옷걸이에 걸린 남자의 바지에서 소리는 흘러나왔다. 남자는 자리에서 일어나 그곳으로 다가가서 핸드폰을 꺼내 들고 귀에 갖다댔다.

"맞습니다." 남자가 말했다. 남자는 잠자코 얘기를 듣다가 어디에 있느냐고 물었다.

누가 어디에 있다는 말일까? 그녀는 남자의 통화 내용에 귀를 기울였다. 남자는 전화를 끊고 핸드폰을 손에 든 채 잠시 서 있었다. 소파로 다시 돌아와 앉았다.

"학생이 죽었대."

"어떤 학생?"

"우리 학과 학생."

"아는 애야?"

"잘 몰라. 얼굴을 보면 알 수도 있겠지."

"얼굴을 어떻게 봐. 죽었는데."

"영정사진이 있잖아."

그는 테이블에 핸드폰을 든 손을 올려놓은 채 그것을 바라보았다.

"왜 죽었대?"

"몰라."

"어떡해?"

"학과장에게 전화해봐야지."

"오빠가 왜?"

"내가 학과 조교잖아."

그녀는 입을 다물었다. 그는 다시 자리에서 일어나 문가 쪽으로 걸어갔다. 그녀는 왜 그가 자기에게서 멀리 떨어져 전화통화를 하는지 몰랐다. 잠시 후 통화를 마치고 그는 다시 그녀 앞에 앉았다.

"병신 새끼."

"왜?"

그는 대답하지 않았다. 그는 핸드폰으로 시간을 확인하고는 액정 화면을 껐다. 침대로 다가가 그 위에 던져져 있는 담뱃갑을 찾아내서 담배 한 대를 꺼내들어 불을 붙였다. 그러고는 침대 가장자리에 앉았다. 그녀는 계속 그의 행동을 눈으로 좇았다.

"오빠 대학원에 다닌다며."

"응."

"근데 어떻게 조교야?"

"그러니까 조교를 하는 거지."

그는 재떨이에 재를 털었다. 그녀도 담배가 피우고 싶어졌지만 그러지 않기로 했다.

"지금 가봐야 할 것 같아."

"어디를?"

"장례식장에."

"그럼 나는?"

그는 그녀를 바라보았다. 담배를 입에서 떼어냈다. 연기 때문인지 다른 뭣 때문인지 눈살을 찌푸렸다. 그녀는 테이블 아래에서 한 손으로 다른 손의 손가락을 세게 잡아 비틀었다.

"너는 여기 있어."

"나 혼자?"

"병원이 멀지 않으니까 금방 돌아올 수 있을 거야. 그냥 얼굴만 비추는 거야. 상황이 어떻게 되어가는지만 잠깐 보고 올게."

"그럼 같이 가면 안 돼?"

그는 재떨이에 담배를 비벼 껐다. 그러고는 그녀를 빤히 쳐다봤다. 그녀의 옷과 자신의 옷이 걸려 있는 옷걸이 쪽을 힐끗 바라보더니 다시 그녀에게로 시선을 돌렸다.

"그냥 나 혼자 갔다 올게."

그는 침대에서 일어나서 옷걸이에서 바지를 내리고는 입었다. 바닥에 떨어진 양말을 찾아내서 신었다. 세면대로 가서 손을 씻고 거울을 보고 머리를 매만졌다. 돌아서자 욕조에 가득 담긴 물이 눈에 들어왔다. 거품이 풀려 있었다. 아주 희미하게 김이 솟아오르는 게 보였다. 물은 아주 따뜻할 것 같았다. 거품은 부드럽게 피부를 감싸줄 것이다. 다시 밖으로 나오자 그녀가 여전히 소파에 아까 그 자세 그대로 앉아 있는 게 보였다. 그는 테이블에 놓인 전화기를 집어들었다.

"왜 죽었대?" 그녀가 고개를 들고 물었다.

"몰라." 그가 대답했다.

"아까 말했잖아. 모른다고. 그냥 죽었겠지. 그냥 사람은 죽는 거야. 그게 왜 그렇게 궁금해?"

"오빠는 궁금하지 않아?"

"알게 되면 전화해줄게."

그는 그 말에 무슨 의미가 있는지 몰랐다. 하지만 그녀는 알았다. 그녀가 문가까지 따라 나왔다.

"안아줘." 그는 그녀를 안았다.

"키스해줘." 그는 키스했다.

그는 마지막으로 그녀의 어깨 너머로 방을 보았다. 마지막으로 그녀의 손을 놓았다.

엘리베이터 안에서 그는 담배와 라이터를 방에다 두고 온 걸 깨달았다. 엘리베이터는 이미 아래로 내려가고 있었다. 그는 머리 위 계기판에서 점점 떨어지는 숫자를 보았다. 밝아졌다 금방 꺼지는 숫자들. 문득 천장 모퉁이에 달린 반구형의 CCTV 카메라를 발견했다. 그는 마치 그것이 포탑처럼 생겼다고 생각했다. 옛날 영화에 등장하는 폭격기 배면에 달린 포탑. 모든 게 기록으로 남고, 모두 다 찍히고 있습니다. 직원이 말했다. 그는 빙긋 웃음이 나왔다. 모든 것을 바라보는 시선이 있다. 모든 것을 바라보고, 모두 기록으로 남기고 있다. 죽은 후에 우리는 그의 앞에 가서 그 기록에 따라 심판을 받을 것이다.

엘리베이터가 멈췄다. 벨이 울리고 문이 스르르 열렸다. 그는 가만히 서 있었다. 그는 카운터로 가서 직원에게 자동차 열쇠를 받아야 한다는 걸 알았다. 직원은 그가 혼자 내려온 걸 확인할 것이다. 숙박비는 이미 지불되었다. 그녀는 그 방에서 오늘 하루 편하게 잠을 이룰 수 있을 것이다. 직원은 고개를 끄덕이고 의미심장한 미소를 띠우며 열쇠를 내줄 것이다. 돈이 아니더라도 여러 다른 지불 방법이 있으니까요.

그는 계속 그대로 서 있었다. 다시 문이 닫혔다. 그는 칠층 버튼을 눌렀다. 엘리베이터는 다시 위로 올라가기 시작했다. 그는 그녀가 그 방에 그대로 남아 있기를, 그곳에 있기를 간절히 바랐다.

추석 전야

추석 전날 밤, 우리는 신나게 놀기로 했다. 규호와 재식, 나, 이렇게 셋이 말이다. 그런데 그날은 추석 전날이 아니라 전전날이거나, 아니면 다음날이었는지도 모르겠다. 매해 날짜가 바뀌고 연휴가 길게는 일주일까지 이어지니, 막상 추석 당일이 언제인지 의식하지 못한 채 지나는 경우가 많다.

규호는 내 중학교 친구고, 재식은 고등학교 친구다. 그리고 둘은 내가 재수 때 나를 통해 서로 알게 되었다. 우리는 군에 가기 전은 물론이고, 제대하고 나서도 얼마 동안 거의 주말마다 만나 밤을 새워 내기 당구를 치거나, 술집이나 나이트를 돌아다니며 여자를 만나러 다녔다. 심지어 길에서도 여자를 꼬셨다. 그건 대개 셋 다 돈이 없을 경우였는데, 물론 아무데서나 그런 짓을 하는 건 아니다. 그러던 것이 언제부터인가 시들해졌다. 특별한 계기가 있었던 건 아니지만, 대학도 졸업한 이상 언제까지나 그런 일을 계속 할 수 있는 것도 아니었다.

거의 매주 만나던 것이, 한 달에 한 번, 아니 서너 달에 한 번 정도가 되더니, 그것조차 쉽지 않게 되었다.

그날 우리는 일단 규호의 가게 근처에서 만나기로 했다. 나는 개통된 지 얼마 안 된, 새 노선의 지하철을 탔다. 전화로 규호가 그 노선을 타면 한 번밖에 갈아타지 않아도 되고 곧장 자신의 가게까지 올 수 있다고 했다. 열차는 과연 새것답게 손잡이나 팔걸이의 금속 표면은 반짝반짝 광이 났고, 좌석 시트는 윤기가 흘렀다. 천장에는 다음 정차할 역과 내릴 문의 방향을 알려주는 LED 전광판이 매달려 있었고, 긴 좌석의 뒤편으로 나 있는 창은 이음쇠가 없는 판유리로 되어 있었다. 노선은 강서 쪽으로 길게 이어지다가, 한강다리를 건너 강북으로 접어들었다. 다리를 건너는 동안 그 커다란 유리창을 통해 한강의 풍경이 펼쳐졌다. 나는 자리에서 일어나 출입구 쪽으로 다가가 다리 아래편으로 흐르는 강물을 내려다보았다. 표면의 흐름만 봐서는 강물이 대체 어느 방향으로 흐르는지 알 수 없었다. 지금 건너는 건 무슨 다리지? 맞은편 멀리 보이는 건 생김새로 보아 아마 잠실대교일 거라고 추측되지만, 확실한 것은 아니었다.

열차에서 내리자마자 규호에게 전화를 했다. 그는 몇 번 출구로 나와야 하는지 알려주었다. 전화를 끊기 전에 나는 새로 개통된 지하철을 타도 오는 데 한 시간도 넘게 걸린다고 투덜거렸다. "그래도 편하게 왔잖아." 웃으며 규호는 전화를 끊었다. 규호가 일러준 출구로 나오자, 바깥은 어느새 어둑어둑해져 있었다. 주변은 넓은 사 차선 도로를 사이에 두고 양옆으로 대단지 아파트가 들어선, 도시계획에 따라 개발된 전형적인 주택지구였다. 거리는 비교적 구획정비가 잘되어 있었고, 도로들은 일직선으로 시원하게 뻗어 있었다. 큰길을 따라 계속 올라가자, 규호가 말한 아파트 단지와 단지 사이의 좁은 이면도로가 옆으로 나왔다. 노면에는 황색 띠가 있는 과속방지턱이 일정한 간격을 두고 깔려 있었다. 그 길을 따라 걷는 동안 날은 더욱 어두워져서, 가로등에 불이 들어왔고 높은 아파트 창문에도 하나둘씩 불이 켜지기 시작했다.

규호의 비디오가게는 아파트 단지 내 상가건물 지하에 있었다. 얼마 전에 규호는 그곳을 인수했다. 카드회사 영업직을 그만둔 후로, 그는 더이상 아무 일도 하지 않았다. 그동안 동네에서 아는 형들이 하는 비디오가게를 들락거리며 잠시 가게를 봐주는 등 일을 도와주다가 결국 그도 비디오가게를 차리게 된 것이었다. 사실 그와 비디오가게의 인연은 훨씬 더 일찌감치 시작되었는데, 고등학생 시절, 그는 학교를 자퇴하고 역시 동네 비디오가게에서 아르바이트를 했었다. 그가 고등학교를 자퇴하게 된 데에는 무언가 특별한 이유가 있었을 테지만, 나로선 자세한 내용을 알지 못했다. 규호와 나는 서로 다른 고등학교를 다녔다. 나는 그가 아르바이트를 하던 비디오가게에서 밤을 새운 적이 있다. 우리는 밤 열두시쯤 출입문을 잠그고 간판 불을 끄고 소파에 편한 자세로 앉아 비디오를 보기 시작했다. 그러다, 그게 몇시쯤이었지? 갑자기 출입문 두드리는 소리가 들렸다. 비디오가게는 건물의 일층에 있었기 때문에, 불을 켜놓고 있으면 길가에서 불빛이 보였다. 우리는 아마 새벽에 비디오테이프를 빌리러 온 손님일 거라 여기고 문을 열어주었다. 규호는 그 사람을 알고 있었다. 근처 상가에 있는 어떤 가게의 주인이라는 것이었다. 그런데 그는 잔뜩 술이 취해 있었고, 어느 순간부터 우리에게 반말을 쓰기 시작하더니, 급기야는 주먹을 휘둘렀다. 눈빛이 맘에 안 든다는 것이었다. 게다가 새벽에 문 닫은 비디오가게에서 비디오나 보는 너희 같은 고등학생들은 좀 맞아야 한다는 것이었다. 어, 어 하는 사이에 그의 주먹이 소파에서 엉거주춤 일어나 있던 나의 얼굴과 가슴팍을 쳤다. 경찰에 연락을 한 건 규호였다. 조금 있다 사이렌 소리가 들리더니 경찰이 왔다. 우리는 경찰차에 탔다. 경찰차에 타본 건 그때가 처음이었는데, 뒷좌석 안쪽에서는 차문을 열 수 없다는 것과, 앞자리의 무전기에서 쉴새없이 흘러나오는 이상한 기계음과 높낮이가 없는 단조로운 목소리 등이, 그것이 경찰차라는 사실을 퍽 실감나게 만들었다. 물론 경찰서란 곳을 들어가본 것도 그때가 처음이었다. 우리는 진술서를 썼다. 환한 곳에서 거울에 비춰 보니 눈두덩이 심하게 부어 있었고, 그가 휘두른 열쇠고리에 긁힌 자국도 흉측했다. 경찰은 우리에게 고소를 할 거냐고 물었다. 그때쯤에는 그 사람도 술이 깼는지 우리에게 사과했다. 하지만 우리가 계속 외면하자, 태도를 바꿔서 말도 안 되는 협박을 하기 시작했다. 이런 일로 자기를 고소해봤자 아무 소용도 없는 일이며, 심지어 나중에 다시 얼굴 보게 되면 조심하라는 것이었다. 그 비디오가게는 규호 동네에 있었고, 그가 사장으로 있는 가게도 그 근처였다. 경찰서에 들어가면서부터 사실 나는 조금 주눅이 들었었는데, 넓은 경찰서 곳곳에서 들려오는 사람들의 악다구니 소리라든지, 경찰이 우리를 대하는 태도라든지, 계속해서 내게 뭐라 정신없이 말을 걸던 그 사람이라든지, 모든 것들이 나를 그렇게 만들었다. 게다가 집에서는 내가 다른 친구의 집에 놀러간 줄 알고 있었다. 나는 경찰에게 고소를 하면 그다음은 어떻게 되는 거냐고 물었다. 그러자 경찰은 고소를 하면 고소를 하는 거지, 그다음이 뭐가 있느냐고 재빠르게 대답하고 다른 쪽으로 가버렸다. 그러는 새에도 끊임없이 경찰서에는 사람들이 밀려들어왔다. 결국 우리는 합의를 봤다. 경찰서를 나오자 어느새 하늘은 하얗게 밝아오기 시작했고, 구름들이 회청색으로 모습을 드러냈다. 비디오가게까지 우리는 걸어서 갔다. 걷는 동안 우리는 별다른 말을 하지 않았다. 그후에도 얼마간 규호는 그 비디오가게에서 일을 했다.

비디오가게에는 규호 혼자뿐이었다. 아니, 추석 연휴 때문이겠지만 상가 내 가게 모두가 문을 닫고, 그 넓은 건물에 규호 혼자뿐인 것 같았다. 가게로 내려올 때도 정면 현관이 닫혀 있어서 옆편의 비상계단을 이용해야 했다. 지하층 복도 안쪽은 어두컴컴했다. 아르바이트를 하기로 한 학생이 아직 안 왔다고 규호는 말했다. 나는 진열장의 비디오테이프를 보는 척하면서 가게 안을 한 바퀴 둘러보았다.

"커피 마실래?"

내가 그러겠다고 하자, 그는 일층으로 올라가 자판기에서 캔커피 두 개를 뽑아왔다. 오늘 같은 날은 일찍 문 닫고 가도 되지 않느냐고 묻자 비디오가게는 원래 추석이 대목이라면서 그럴 수 없다고 그는 대답했다.

"회수해야 할 테이프도 많이 남았고."

"장사는 어때?"

"잘 모르겠다. 아직 문을 연 지 얼마 안 돼서."

말하면서도 그는 카운터에 앉아 회수한 비디오테이프를 계속 전용

기계에 넣어 되감는 일을 하고 있었다. 손님 중에 예쁜 여자는 없느냐고, 그런 여자 있으면 소개 좀 시켜달라고 나는 농담을 했다. 그는 하루종일 앉아만 있으려니 무릎이 아프다고 말했다. 조금 있다 아르바이트 여학생이 왔다. 이전에도 몇 번 가게를 봤던 학생이라, 오늘 저녁 중으로 회수해야 할 비디오테이프의 목록을 전달하고, 퇴근할 때 문단속 잘하라는 당부만 간단히 하고 규호와 나는 나왔다. 그때껏 내 손에 들려 있는 빈 캔을 보고 규호는 가게 쓰레기통에 버리고 오지 그랬느냐고 핀잔을 주더니, 주차장으로 가는 길목에 있던 쓰레기통에 직접 버렸다. 그는 옷을 갈아입어야겠다면서 집에 들렀다 가자고 했다.

"머냐?"

"아니, 금방이야."

"근데 무슨 차를 끌고 다니냐?"

그러자 그는 웃으면서 이것저것 들고 다닐 게 많아서 그런다고 했다. 내가 걸어왔던 길을 다시 거슬러올라가 큰길을 가로질러 반대편 아파트 단지 쪽으로 규호는 차를 몰았다. 그가 집에 올라가 있는 동안 나는 차 안에 남았다. 그가 사는 아파트 건물은 단지의 끝에 위치한 모양으로, 주차장 맞은편에는 철조망 울타리가 둘러쳐져 있었고, 나무들이 그것을 따라 방풍막처럼 늘어서 있었다. 그 너머에 뭐가 있는지 처음에는 분간할 수 없었다. 주위가 조용한 것으로 봐서 도로는 아니었고, 어쩌면 아직 개발되지 않은 택지가 넓게 펼쳐져 있는지도 몰랐다. 과연 계속 바라보자 멀리에 아직 공사가 진행중인 아파트 단지의 모습을 확인할 수 있었다. 그 위편 하늘에 덩그러니 떠 있는 달이 회색 콘크리트 건물들을 비추고 있었다. 건물들보다 높이 솟은 타워크레인의 모습도 조그맣지만 뚜렷하게 드러났다. 어쩌면 이제 막 달이 구름에서 벗어났기 때문에 내가 그 모든 것들을 볼 수 있게 되었는지도 모른다. 조금 있다 다시 구름이 달빛을 가렸고, 그러자 건물들과 타워크레인의 모습은 어둠 속으로 희미하게 잠겨들면서 어렴풋한 윤곽만을 남겼다. 나는 건물들과 그 바로 위에 떠 있는 듯한 달을 번갈아 쳐다보았다. 추석에 가까웠기 때문에 달은 거의 원형에 가까웠는데, 분명 어딘가 일그러진 데가 있을 거라고 생각했다. 하지만 나로선 잘 구별할 수가 없었다. 이상하게도 달은 굉장히 멀리 있는 것처럼 조그맣게 보였고, 조금 외롭게 보였다. 내 기억 속의 보름달은 좀더 크고 환한 것이었다. 나는 담배를 물고 차창을 열었다. 나뭇잎이 바람에 흔들리는 소리가 들렸다. 그 소리가 그치자 다시 주위는 조용해졌다. 라디오를 켰다. 라디오에서는 초대손님이 나와서 청취자의 전화를 받는 코너가 진행되고 있었다. 통화를 하고 있는 남자는 자신이 지금 병원에 있다고 말했다. 군대를 제대한 지 얼마 안 됐는데, 복학하기 전에 여행이라도 떠날 요량으로 돈을 벌기 위해 아르바이트를 하다가 다리를 부러뜨렸다는 것이다. 근데 그 사건의 경위가 우스운 것이어서 진행자와 초대손님은 깔깔대고 웃었고, 나도 웃었다. 전화를 건 남자도 따라 웃었다. 그리고 계속 말하기를 그렇게 병원에 입원하고 얼마 동안은 가족과 친구들이 문병도 오고 만화책도 빌려다줘서 즐겁게 지냈는데, 지금은 가족들 모두가 큰집으로 내려가고 자기 혼자 쓸쓸히 병원에 남아 있다는 것이었다. 남자는 그 말도 꽤 재미있게 했다. 아마 이번 추석 연휴에 가장 불쌍한 사람이 자신일 거라고 그는 말했다. 지금 넓은 병실에 자기 혼자 달랑 앉아서 전화를 하고 있다, 추석 음식은 냄새도 못 맡아보고 형편없는 병원 밥만 먹고 있다, 빨리 퇴원하고 싶다고 남자는 말했다. 이어 초대손님이 남자를 위로하는 척하면서 우스운 말을 몇 마디 했고, 진행자가 그 말을 받아 또 우스운 말을 해서 서로 웃어댔다. 나도 웃었다. 그들의 통화는 그쯤에서 일단락되고, 노래가 흘러나오기 시작했다. 나는 담배를 끄고 창 바깥에 버렸다. 규호가 돌아왔다. 나이에 어울리지 않게 캐주얼한 옷차림이어서, 나는 아까 입었던 옷이 더 낫다고 말해주었다. "편한 게 좋아." 규호가 대답했다.

우리는 다시 큰길가로 나와 이번에는 그 길을 따라 조금 올라가서 어떤 대형 상가건물 앞에 차를 댔다. 그 건물 내에 있는 당구장에서 재식과 만나기로 약속했다. 예전부터 셋이 모일 때면, 꼭 당구장을 약속장소로 삼았는데, 규호 집에서 가장 가까운 당구장이 그곳뿐이었다. 당구장은 건물의 사층에 있었고, 우리는 엘리베이터를 타고 그곳까지 올라갔다. 엘리베이터에서 내려 짧은 복도를 지나 안쪽으로 들어가자 정면으로 건물 기둥이 그대로 드러나는 탁 트인 넓은 공간이 나왔다. 대형 볼링장이었다. 외벽이 모두 판유리로 되어 있어서 내부가 훤히 들여다보였다. 하지만 볼링장은 영업을 하지 않는지 불이 꺼져 있는 상태였다. 통로를 사이에 두고 맞은편에 위치한 당구장의 불빛이 내부를 비춰주고 있었다. 유리 너머 기둥들 사이로 얼핏 봐도 스무 개는 넘어 보이는 볼링 레인들이 보였다. 레인은 건물 사층의 반대편 끝까지 길게 뻗어 있었는데, 핀을 세워두는 자리쯤은 어슴푸레

한 어둠에 묻혀 있었다. 각각의 레인 앞 천장에는 전자식 점수판이 달려 있었고, 그 아래로 볼 받침대, 바닥에 고정된 의자 등이 놓여 있었다. 조금 더 가까이 다가가 살펴보자 추석 연휴라서가 아니라 무슨 이유에선지 꽤 오래전부터 문을 닫고 있었다는 걸 알 수 있었다. 출입문 양편의 손잡이에는 굵은 쇠사슬이 친친 감겨 있었고, 가까운 바닥에는 군데군데 종이 쓰레기들이 널려 있었다. 로커룸으로 통하는 길목에 버려진 볼링화 한 짝도 보였다. 언제부터일까? 언제부터 영업을 그만둔 걸까? 유리벽에 귀를 대보면, 볼링공이 레인 위를 구르는 소리나, 핀이 부서질 듯 튕겨 넘어지는 소리, 사람들이 환호하고 박수치는 소리 등이 들릴 것만 같았다. 그것은 마치 오래된 건물이 벽면에 시간의 흔적을 새겨두는 것처럼, 유리벽이 그 요란한 소리들의 진동을 간직해두었다가 들려주는 것 같을 것이다. 하지만 물론 아무 소리도 들리지 않았다.

당구장은 제법 사람들로 붐볐다. 우리가 채 한 게임도 치기 전에 재식이 도착했다. 재식은 못 보던 사이 몰라보게 살이 쪄 있었다. 나는 그것에 대해 농담을 했다. 재식은 오자마자 그 자신의 표현을 빌리면 '좆나 피곤하다'며 부산을 떨었다. 하지만 우리 둘이 당구를 치는 동안, 의자에 앉아 쉬기는커녕 당구대에 바짝 붙어 서서 우리가 한공 한공 칠 때마다, 그것을 두고 쉴새없이 지껄여댔다. "그 새끼 참, 시끄러워죽겠네." 규호가 말했다. 나도 따라서 몇 마디 했다. 규호와 내가 게임을 끝내고, 이번에는 재식이 껴서 다시 게임을 시작했다. 규호와 재식은 당구 실력이 엇비슷했고, 나는 그보다 조금 떨어졌다. 그래서 셋이서 당구를 치게 되면 게임에서 져 돈을 무는 쪽은 대개 나였는데,

그날은 첫 게임에서 내가 일등이었고, 이등이 규호, 재식이 돈을 물게 되었다. 다시 시작한 두번째 게임에서도, 역시 재식은 꼴찌를 했다. 재식은 승복하지 못하고 한 게임 더 치자고 했다.

"오 판 가, 오 판." 재식이 말했다.

규호와 나는 그런 새식을 무시했다.

"시간도 늦었잖아." 큐대를 제자리에 갖다두며 규호가 말했다. 벌써 아홉시였다.

당구장을 나오면서도 재식은 계속 투덜댔다.

우리는 다시 엘리베이터를 타고 내려가 건물 앞에 세워둔 규호의 차에 올랐다. 앞자리 조수석에 내가 타고, 재식은 뒷자리에 탔다. 재식은 다시 '좆나 피곤하다'면서 아예 뒷자리에 누워버렸다.

"어디로 갈까?" 규호가 말했다.

"야, 담배 한 대만 줘봐." 재식이 말했다.

나는 담뱃갑에서 담배 두 대를 빼서 한 대를 돌아보지 않은 채 뒤로 넘겨주고, 한 대는 내가 물었다. 규호도 담배를 물었다. 규호가 창문을 내렸다. 밤이 되면서 공기가 차가워졌다. 나는 창턱에 팔을 걸친 채, 차들이 지나다니는 도로를 바라보았다. 추석 연휴답게 도로는 한산했고, 차들은 속도를 내며 달리고 있었다. 건너는 사람이 없는 채로, 횡단보도의 신호등은 파란불이었다가 깜박깜박하더니 빨간불로 바뀌었다.

"나이트나 갈까?" 내가 말했다.

"어디?" 규호가 물었다.

"이태원?" 내가 대답했다.

그러자 뒷자리에서 누운 채로 재식이 말을 받았다.

"나이트는 무슨 나이트냐, 이 나이에…… 돈이나 있어?"

"그러니까 이태원 가자는 거 아냐. 그럼 넌 어디 가고 싶은데?" 내가 물었다.

"몰라, 인마. 좆나 피곤해."

"왜 피곤한데?" 내가 물었다.

"몰라, 머리도 좆나 아프네. ……그러지 말고, 내가 아는 여자 있으니까, 전화해서 친구 두 명 데리고 나오라고 그럴게."

"네가 아는 여자가 어디 있어?" 규호가 웃으며 말을 받았다.

"있어, 인마."

"저번에 봤던 그 못생긴 애?"

"걔 말고, 요번에 새로 꼬셨다. 근데 씨발, 뒷자리에는 재떨이가 없냐?"

"바깥에다 버려." 규호가 말했다.

"야, 이거 좀 버려줘." 재식은 여전히 누운 채로 팔을 뻗어 내게 담배를 건네주었다. 나는 담배를 바깥에 던져버렸다.

"그럼 전화해봐." 규호가 말했다.

"일단 이동하자."

재식은 그 여자가 사는 동네로 가자고 했다. 규호는 차를 출발시켰다. 나는 창문을 올리면서, 오늘은 어쩐지 잘 안될 것 같다는 예감이 들었다. 하지만 상관없었다. 어쨌든 셋이 모였으니까. 보행자 신호등이 파란불이었는데 규호는 그냥 지나쳤다. 나는 백미러를 통해 여전히 혼자 깜박이는 파란 불빛을 거울에서 사라질 때까지 바라보았다.

번화가 도로변의 어떤 아이스크림가게 앞에서 재식이 자신을 내려달라고 했을 때, 일이 제대로 되지 않을 거라는 나의 예감은 더욱 짙어졌다. 그곳까지 가는 동안 들었던 재식의 통화 내용이 신통치 않았기 때문이었다. 비록 여자가 하는 말을 직접 듣지는 못했지만 재식이 하는 말만으로도 친구 두 명을 데리고 나오는 것은 고사하고, 정작 본인조차도 나오길 꺼려하는 눈치였다. 나는 재식이 왜 그러는지 알 수가 없었다.

"시간 좀 걸릴지 모르니까, 근처에 차 대놓고 있어라."

재식이 내리면서 말했다. 규호는 알겠다고 했다. 길가 상점의 환한 불빛들이 어쩐지 내 마음을 불편하게 했다. 거리는 사람들로 북적거렸다. 아이스크림가게 안에서 일하고 있는 직원들의 유니폼을 괜히 쳐다보았다. 재식이 그 안으로 들어갔다. 규호는 차를 출발시켰다. 일차선으로 차를 붙이더니 곧 유턴을 해서 반대편의 비교적 한산한 골목으로 들어갔다. 골목 안은 어두웠다. 차를 주차시키고 규호와 나는 내렸다. 나는 근처의 커피자판기에서 커피 두 잔을 뽑아, 한 잔을 규호에게 건네줬다. 규호는 담배를 문 채 내게 물었다.

"쟤 왜 저러냐?"

나는 아무 말 없이 커피를 한 모금 마셨다. 이어 규호는 재식이 회사를 그만둔 거 아니냐고 내게 물었다. 나는 모른다고 대답했다.

"왜 그만뒀대?"

"몰라."

재식은 학교를 졸업하고 일 년 정도 아무 일 없이 빈둥대다가 바로 얼마 전에 광고기획사에 들어갔다. 내가 아는 것은 그곳이 광고기획사라는 사실뿐, 재식이 어떻게 들어갔는지, 그곳에서 구체적으로 하는 일이 무엇인지, 자세한 사정은 몰랐다. 오늘따라 재식이 유난히 말이 많은 것이 마음에 걸렸다.

"잘린 거 아냐?" 내가 물었다.

"아니, 지 말로는 지가 그만뒀다는데? 또 모르지."

규호는 딴 곳을 바라보았다.

"근데 재식이 자식, 오늘 좀 이상하지 않냐? 꼭 술 취한 것 같아."

규호가 물었다. 그러게, 하고 내가 대답했다. 잠시 후 규호는 차로 가더니 안에서 담배꽁초와 재가 가득 담긴 종이컵을 빼내 검정 비닐 쓰레기봉투가 쌓여 있는 골목 구석 쪽으로 다가가 그것을 던졌다. 그때 그 근처에서 있는지도 몰랐던 웬 사람이 부스스 일어났다. 술에 취한 건지, 아니면 잠시 쉬려고 그냥 앉아 있었던 건지 모르겠지만, 겉보기에는 멀쩡해 보이는 차림이었다. 그는 잠시 우리를 쳐다보더니, 터벅터벅 걸어서 골목의 안쪽 더 어두운 곳으로 걸어갔다. 그편은 주택단지로 이어지는 길목이었다. 전신주에 달려 있는 주황색 등이 듬성듬성 바닥을 비추고 있었다. 잠시 후 불빛이 비치는 자리에 그 사람이 보이지 않았다. 나는 문득 고개를 들어 달을 찾아보았다. 우리가 차를 몰고 들어왔던 방향으로 몸을 틀어서야 달이 보였다. 여전히 달은 먼 하늘 위에 떠 있었다. 이제 주위에는 구름도 별도 없었다. 달과 어둠뿐이다. 물론 실제로는 별이 있을 것이다. 하지만 내가 서 있는 지상의 불빛이 너무 환하기 때문에 보이지 않는다. 규호는 도로 쪽으로 나가 있었다. 나도 따라갔다. 바로 길 건너편에 재식이 들어간 아이스크림가게가 있었다. 그 옆으로 옷가게와 카페, 레코드점, 패스트푸드점 등이 아직 불을 환하게 밝히고 있었다. 이 거리만은 추석 연휴와 무관한 듯이 보였다. 그리고 어쩐지 우리와도 무관한 듯이 보였다. 유리벽을 통해 그 안의 사람들의 모습이 조그맣게 보였다. 사람들은 끊임없이 조금씩 움직이고 있었는데, 나는 마치 누군가를 찾으려는 것처럼 그들 하나하나의 움직임을 주시했다. 그런데 나는 누구를, 아니 무엇을 찾으려는 걸까? 가만히 보고 있으려니까, 그것은 마치 거대한 수족관 같기도 했다. 재식에게서 전화가 왔고, 규호는 우리가 있는 위치를 말해줬다. 조금 있다 재식이 왔다.

"집에 친척들이 와 있어서 일찍 들어가봐야 된대."

나는 그녀가 나오지도 않았을지 모른다고 생각했다. 열시였다. 규호는 담배를 바닥에 버렸다.

"이제 어떡할래?" 규호는 차의 시동을 걸었다. 재식은 여전히 뒷자리에서 다리를 시트 위에 올리고 비스듬히 차문에 기댄 채 앉아 있었다.

"어제 너 뭐했는데, 자꾸 피곤하대? 그냥 집에 갈까?" 나는 뒷자리를 돌아보며 재식에게 물었다.

"씨발, 놀아야지. 집에 왜 들어가? 일단 가자."

"갈 데를 정해야지 차를 움직일 거 아니야? 무턱대고 가긴 어딜 가?"

규호가 말했다. 재식은 다시 '좆나 피곤하다'고 중얼거릴 뿐 규호의 말에 대답하지 않았다. 나는 시디플레이어를 켰다. 시끄러운 음악이 흘러나왔다. 소리가 너무 커서 볼륨을 줄였다. 이번에는 너무 작았다. 다시 볼륨을 조절했다. 그리고 한참 동안 오디오 표시창의 음향 스펙트럼을 바라보았다. 수십 개의 막대그래프 모양의 스펙트럼들이 제각각 높아졌다 낮아졌다를 빠르게 반복했다. 그것은 우뚝 솟은 산이 되었다가, 골짜기가 되었다가, 다시 평지가 되었다. 또 어떻게 보면, 그것들 하나하나는 위를 향해 펄쩍펄쩍 뛰어오르려는 것처럼 보였다. 재식의 말처럼 나도 어디든지 일단 가고 싶었다. 가자, 하고 나는 마음속으로 중얼거렸다. 하지만 그날 우리는 아무데도 가지 못했다.

그 자리에서 우리는 나이트를 가기로 결정했다. 재식은 여전히 그 의견에 반대했지만, 우리에게는 다른 선택지가 없었다. 재식이 낸 의견은 두 가지였는데, 첫번째는 자신이 다른 여자에게 전화를 해보겠다는 것이었고, 두번째는 예전처럼 길거리에서 여자를 꼬시자는 것이었다. 실제로 재식은 나이트를 가는 동안 뒷자리에서 계속 여자들에게 전화를 해댔다. 하지만 어느 것 하나 신통치 않았다. 규호와 나는 재식이 왜 그러는지 도대체 이해할 수가 없었고, 심지어 어떤 여자는 재식의 이름조차 기억하지 못하고 있었다. 길거리에서 여자를 꼬시는 건은, 일단 나이트를 가보고 난 후에 결정하기로 했다. 시간도 너무 일렀다. 분위기는 다시 유쾌해졌다. 이동하는 동안 우리는 차 안에서 시시껄렁한 농담을 주고받았고, 옛날 얘기를 했다. 내가 두번째 대입시험을 치르고 다음해 대학 입학식 때까지 우리 셋이 함께 만났던 여자들 얘기였다. 재식은 제때 대학에 들어가서 일학년이었고, 규호는 고등학교 졸업장을 검정고시로 따고 광고촬영 조명보조로 일하던 때였다. 어떻게 해서 그녀들을 만났는지는 잊어버렸다. 다만 처음 만난 날, 우리가 포장마차에 갔던 건 기억난다. 그녀들은 우리보다 나이가 두 살 많았다. 우리는 나이를 한 살 올려 말했다. 그리고 반말을 했다. 포장마차에서의 술자리는 즐거웠다. 나는 옆자리에 앉은 여자의 손을 잡았다. 그녀는 나를 잠깐 쳐다보더니 웃었다. 우리는 테이블 밑으로 손을 잡은 채 계속 술을 마셨다. 나는 아직 그녀의 이름을 기억하고 있다. 그녀와 나는 입학식 때까지 약 삼 개월간 만났다. 그녀는 입학 선물로 내게 라이터를 사줬다. 중간에 재식과 불미스런 일로 얽혔다. 실제로 무슨 일이 있었는지 알 수 없고, 당시에도 그리고 지금도 알고 싶지 않지만 나 몰래 둘이 몇 번인가 만난 건 확실하다. 그 일로 인해 나는 심각해졌고, 규호가 나서서 둘 다 그만두라고 했다. 그러나 내가 그녀와 헤어진 건 그 일 때문은 아니었다. 처음부터 나는 그녀와 길게 만날 생각이 없었다. 그녀는 대학생이 아니었다. 나와 어울리는 여자를 만나야겠다고 생각했다. 그런데 어째서 나는 그 이름을 아직도 기억하는 걸까? 그녀는 결혼을 했을까? 규호는 그럴 거라고 대답했다. "결혼은 물론이고 아이도 있을지 모르지. 벌써 서른 살이잖아." "그렇겠지." 나는 말했다. "우리가 스물여덟이니까." 나는 차창에 머리를 기대고 도시의 야경을 보는 척하면서 그녀의 얼굴을 떠올려보았지만 잘 되지 않았다.

사고가 난 건 혜화동 로터리에서였다. 규호가 차선을 바꾸는데 뒤에서 달려오던 차가 우리 차를 들이받았다. 처음에는 굉장히 큰 소리가 나서 심하게 차가 망가졌을 거라고 생각했는데 나가서 살펴보니 우리 차는 멀쩡했다. 운좋게도 부딪힌 곳이 우리 차 앞바퀴 타이어 부분이었다. 대신 상대방 차는 앞 범퍼가 찌그러지고, 타이어에 펑크가 났다. 뒷자리에 누워 있던 재식은 흥분해서 뛰쳐나와 대뜸 욕부터 했다. 규호는 어느새 상대방 운전자와 얘기를 하고 있었다. 규호는 그렇게 빨리 달리면 어떡하느냐고 말했다. 상대방은 아무 대꾸도 하지 않고 자신의 차 상태만 살피고 있었다. 그때 재식이 큰 목소리로 경찰을 불러서 나는 깜짝 놀랐다. 로터리 한쪽 편에 파출소가 있었고, 충돌 때 난 큰 소리 때문인지 경찰 하나가 이미 밖으로 나와 이쪽 편을 바라보고 있었다. 재식은 그쪽으로 뛰어갔다. 도로는 비교적 한산해서 급하게 사고차를 뺄 필요는 없었다. 특별히 경찰을 부를 일이 아니었다. 재식은 경찰과 함께 왔다. 경찰이 규호와 상대방 운전자 편으로 다가가서 얘기를 하는 동안, 재식은 내 곁에 있었다.

"괜찮아. 여기 혜화동 파출소장을 내가 잘 알거든."

재식은 몇 년 전까지 혜화동에 살았었다. 재식이 계속 말하기를, 언젠가 이 근처에서 뺑소니차를 자기 차로 쫓아가서 붙잡았다는 것이었다. 그 일을 계기로 파출소장을 알게 되었다. 하지만 그것과 이것이 무슨 상관인가? 사고 정황을 보건대, 이것은 명백한 우리 차의 잘못이다. 우리 차는 차선을 채 삼분의 일도 넘어서지 못했고, 상대방은 자기 차선을 달리고 있었다. 차가 세워진 위치가 분명하게 그 사실을 증명하고 있다. 비록 상대방 차가 아무리 빨리 달리고 있었던들, 심지어 졸음운전을 하고 있었던들 그것을 증명할 방도도 없을뿐더러, 증명한다 해도 우리 차의 잘못이 없어지지 않는다. 우리는 뒤차가 달려오는 차선을 침범하지 말았어야 했다. 래커로 바닥에 사고차량의 바퀴 위치를 표시하고, 타이어가 펑크난 상대방 차를 통행에 방해되지 않게 일단 도로변으로 이동시켰다. 그다음 경찰은 그 사람을 경찰차에 태우고 앞서 달렸다. 우리는 규호 차를 타고 그 뒤를 따랐다. 재식은 계속 괜찮다고, 아무 걱정 하지 말라고 뒷자리에서 말했다. 규호는 참다못해 언성을 높여 좀 조용히 하라고 말했다. 그래도 재식은 입을 나물지 않았다. 그러다 문득 물었다.

"근데 우리 어디로 가는 거냐?"

우리가 도착한 곳은 어떤 경찰서 앞이었다. 나는 지금도 그곳이 어느 경찰서인지 잘 알지 못한다. 제법 규모가 큰 곳으로, 정문 입구 한편에는 초소가 설치되어 있고 늦은 시간임에도 불구하고 근무자가 나와 서 있었다. 안쪽으로 넓은 주차장이 있었지만 우리는 바깥에 차를 댔다. 큰길에서 우회전을 해서 들어간 골목이었다. 주변에는 조그만 슈퍼마켓과 미장원, 음식점 등이 있었지만 모두 셔터가 내려지고 불이 꺼져 있었다. 경찰서 건물 담벼락에 붙어 서 있는 가로등 불빛만이 바닥을 붉게 물들이고 있었다. 우리는 차에서 내렸고, 규호는 경찰차가 서 있는 곳으로 갔다. 재식이 따라가려는 걸 규호가 제지했다.

"여기서 기다려라. 나 혼자 갈게."

"무슨 일 있으면 나한테 말해라." 재식이 말했다.

경찰과 사고차량 운전자와 규호는 경찰서 정문 입구가 아니라 입구 오른편에 있는 조그만 이층 건물 안으로 들어갔다. 일층은 불이 꺼져 있고, 이층만 불이 밝혀져 있는 곳이었다. 나는 담배에 불을 붙이고 경찰서 정문을 마주보고 선 건물 앞 주차공간으로 다가갔다. 외부차량이 진입하지 못하도록 낮게 가로질러 쳐져 있는 쇠사슬을 넘어

건물 바로 앞까지 걸어갔다. 그 건물의 일층엔 사무용품 전문점이 입점해 있었다. 역시 문을 닫은 상태였다. 나는 유리창 너머로 진열대의 상품들을 훑어보았다. 팩스와 복사기, 전화기, 그리고 용도를 알 수 없는 갖가지 전자제품들이 바깥쪽에 진열되어 있었고, 안쪽 벽면 진열대에 노트나 펜 같은 문구 등이 꽂혀 있는 게 보였다. 재식이 내 옆으로 왔다.

"씨발, 이게 뭔 일이냐, 우리가 왜 여기까지 왔냐?"

"네가 경찰을 불렀잖아, 인마."

"아, 좆나 피곤해죽겠구먼."

재식은 건물 턱에 털썩 주저앉더니 유리벽에 등을 기댔다. 나는 계속 선 채로 있었다. 재식은 금방 다시 일어서더니 규호가 들어간 건물 쪽으로 빠르게 걸어갔다. 나는 쫓아가 재식을 붙잡았다.

"그냥 있어. 규호가 알아서 할 거야."

"그게 아니라, 내가 혜화동 파출소장을 안다니까."

나는 아무 대답도 하지 않았다. 재식은 나를 멀뚱멀뚱 쳐다보더니 다시 아까 그 자리로 돌아가 앉았다. 그러나 그것도 잠시, 재식은 다시 일어섰다. 나는 왜 또 그러느냐는 눈초리로 재식을 바라봤다. 재식은 목이 마르다며 뭐 좀 마셔야겠다고 말하더니, 어두운 골목 안쪽으로 성큼성큼 걸어갔다. 그가 걸어간 방향으로 음료자판기가 보였다. 재식은 따뜻한 캔커피를 두 개 뽑아서 왔다. 나는 캔커피를 받았다. 뚜껑을 따면서 다시 담배 한 대를 물었다. 골목에는 지나다니는 사람이 없었다. 이따금 자동차 한 대가 큰길에서부터 우회전을 해 헤드라이트를 환하게 밝힌 채 골목으로 들어서 다시 우회전을 해 경찰서 정문을 통과했고, 그때마다 정문을 지키는 근무자는 차를 제지하고 신원을 확인하거나 거수경례를 붙이고는 했다. 자동차가 경찰서 안으로 사라지고 나면, 다시금 골목은 아까의 적막함을 되찾았다. 정문을 지키는 근무자와 재식과 나, 골목에는 그렇게 셋뿐이었다. 재식은 아까부터 핸드폰을 들고 전화를 하고 있었다. 대체 이 시간에 누구에게 전화를 하는 걸까? 하지만 누구도 재식의 전화를 반기는 것처럼 보이지 않았다. 밤이 깊을수록 공기는 차가워져 바람이 불 때마다 온몸이 으슬으슬했다.

그다음 무슨 일이 있었지? 나는 다시 밤하늘을 올려다보며 하릴없이 달을 찾고 있었던가? 아니, 우리와 함께 왔던 경찰이 그 이층 건물에서 나와 우리 쪽으로 다가왔다. 연신 전화기를 붙들고 있던 재식은 벌떡 일어나 마치 오랫동안 기다리던 사람이 나타난 것처럼, 우리 쪽으로 오는 경찰을 향해 빠른 걸음으로 다가갔다. 나도 천천히 앞으로 나아갔다. 재식은 경찰에게 잠깐만 기다리라고 하고, 아까의 자동판매기를 향해 뛰어가 다시 따뜻한 캔커피를 두 개 뽑아왔다. 하나는 경찰에게 주고, 다른 하나는 엉뚱하게도 우리와 마주보고 서 있던 초소 근무자에게 주러 뛰어갔다. 재식이 그에게 캔커피를 건네주는 것을 바라보았다. 처음에는 받지 않으려 하더니 결국 받아든 그는, 초소 안에 있는 다른 근무자에게 그것을 넘겨주었다. 재식은 다시 우리 쪽으로 가까이 와 세 개를 사올 걸 그랬다고 말했다. 우리 때문에 고생하시네요, 하고 재식이 경찰에게 말했다. 그 경찰은 가까이서 보니 아까 얼핏 봤을 때 느꼈던 것보다 나이가 들어 보였다. 한 사십대쯤? 그는 이게 원래 저희가 하는 일인걸요, 하고 재식의 말을 받았다. 그리고 담배 있으면 한 대만 꿀 수 없겠느냐고 해서, 재식이 담배를 건네주고 불을 붙여주었다.

"세 분은 친구들인가봐요?" 경찰이 물었다.

"예. 이 친구하고 저는 고등학교 때부터 친구고, 안에 있는 친구는 이 친구 때문에 알게 된 친군데, 이제 거의 십 년이 다 돼가죠."

재식이 대답했다. 경찰이 오래된 친구만큼 좋은 건 없다고 말했고, 재식은 그 말을 받아 그렇다고 했다.

"저는 이 친구나 안에 있는 친구를 위해선 목숨도 아깝지 않습니다."

나는 옆에서 아무 말도 하지 않고 어색하게 웃고만 있었다.

"사실 오늘 저희가 정말 오랜만에 만난 거거든요. 이제 나이가 있으니까 다들 바빠서 말이죠. 그래서 벼르고 별러서 날을 잡아 예전처럼 신나게 놀려고 했는데, 결국 이렇게 됐네요. 빨리 일이 해결되고 가야 되는데……"

경찰은 고개를 끄덕였다. 재식은 계속 말을 이었다.

"원래 이런 교통사고는 그냥 그 자리에서 합의를 보거나, 보험회사를 통해 해결하면 간단한데, 어째서 이렇게 질질 끄는지 모르겠어요. 안에 있는 친구가 잘 모르나봐요."

"맞아요. 이런 건 경찰 부를 필요도 없는데 말이죠" 하고 경찰이 말을 받았다. 이어 이 사람이 뭘 좀 아는 사람이네, 하고 재식을 향해 미소를 지었다. 나는 어이가 없었다.

"원래 이런 단순한 접촉사고 같은 경우에 경찰이 하는 일은 별것 없습니다. 쌍방이 시비가 붙었을 때 중재를 하고 시비를 가려주는 일

정도죠. 그런데 요즘은 보험회사가 그런 일까지 하니까요. 그쪽이 더 전문가죠. 확실하고."

갑자기 경찰이 쪼그려앉아서 재식과 나도 덩달아 쪼그려앉아야 했다. 경찰은 계속 말을 이었다.

"그런데 이번 사고는 명백하잖아요?"

"확실히 저희가 일방적으로 잘못한 건가요?" 겨우 내가 한마디 했다.

"뭐 일방적인 잘못이란 건 없죠. 그런데 교통사고 처리는 아주 무식해서, 만일 한쪽에 오십일 퍼센트의 잘못이 있고, 다른 쪽에도 사십구 퍼센트의 잘못이 있다 해도, 무조건 오십일 퍼센트 잘못한 사람이 가해자입니다. 보험 처리를 할 때도 똑같아요. 물론 세부적으로 따져 들어가면 좀더 복잡해지지만, 이번 경우는…… 친구분이 확실히 잘못한 거죠."

"근데 왜 이렇게 오래 걸려요?" 재식이 물었다.

"아무리 간단해도 사고는 사고니까. 일단 경찰서에 왔으면 작성해야 할 서류가 많죠. 그러니까 사고가 났을 때 괜히 경찰 부르면 안 돼요."

그때 사고차량 운전자가 건물에서 나와 큰길가 쪽으로 걸어가는 게 보였다. 곧이어 규호도 나와서 우리 쪽으로 왔다. 나는 일어서서 다가오는 규호에게 끝났느냐고 물었다. 규호는 우리 앞까지 와서 담배를 물더니, 아직 좀 남았다고 대답했다.

"뭐가 이렇게 오래 걸려? 그 남자는 가던데?" 재식이 물었다.

"아니, 병원 가는 거야."

"왜? 어디 다쳤대?" 재식이 물었다.

"뭐, 목이 좀 아프다나, 그래서 진단서 떼어봐야겠다고."

"씨발, 좆같네. 이 새끼 지가 받아놓고서 아프다고. 이거 질 나쁜 새끼 아니야?" 재식이 흥분해서 말했다. 그리고 금방 경찰을 향해 말이 거칠어서 미안하다고 사과했다. 경찰은 다들 그런다고 말했다.

"그리고 그런 거 확실하게 해두는 게 차라리 좋아요. 어떤 경우에는 한 일주일 지나 갑자기 어디가 아프다고 진단서 들이밀며 돈 달라고 합니다. 그게 더 못 믿을 거죠. 그러니까 아예 당일날 확실히 해결해두는 게 좋습니다."

"하여간 이 씨발 새끼 치사하게 나오면…… 저도 가만히 안 있습니다."

경찰은 웃고만 있었다. 재식은 계속 말을 이었다.

"아니 경찰 앞에서 이런 말 하면 안 되지만, 제가 아는 애들이 있거든요. 걔네들 일 잘합니다. 전화 한 통만 하면 되거든요."

그리고 규호에게 그 새끼 연락처 있느냐고 묻더니 규호가 있다고 하자, 혼잣말처럼 계속 말을 이었다.

"연락처도 있고. 됐어. 하여간 치사하게 나오면……"

잠시 동안 침묵이 이어졌다. 경찰은 일어섰다. 그러자 재식도 따라 일어서더니 갑자기 그에게 이름과 직책을 물었다. 경찰이 웃으며 가르쳐주자, 재식은 다시 혜화동 파출소장 얘기를 꺼냈다.

"소장님 잘 계시죠? 제가 예전에 뺑소니차 잡아줘서 잘 알거든요."

"그래요?" 하고 경찰이 말했다.

재식은 파출소장 이름까지 대면서 정말이라고 말했다.

"아, 용감한 시민이시네요."

"그 정도까지는 아니고요." 재식은 웃었다. 그리고 혹시 무슨 일이 생기면 연락해도 되느냐고 물었다.

"가령 아까 말씀하신 것처럼 시비가 붙었을 때, 아무래도 선생님 같은 분이 나서시면 저도 믿을 수 있을 것 같아서요."

경찰은 그저 웃고 있었다.

"그리고 저도 혹시 도움 줄 일이 있을지도 모를 일이잖아요."

그렇게 말하면서 재식은 지갑에서 명함을 꺼내 경찰에게 건네줬다.

"지금은 여기서 일 안 하는데 연락처는 그대로니까…… 남 밑에서 일하는 게 체질에 안 맞아서 말이죠. 개인적으로 사업을 시작할 건데, 아직 명함을 못 만들었습니다."

경찰은 그러면 파출소에 연락해서 자기를 찾으면 된다고 말했다. 그런데도 재식은 끈질기게 혹시 근무 아니신 경우도 있을지 모르니까 그때 연락할 수 있게 연락처를 달라고 했다. 경찰은 그제야 마지못해 연락처를 가르쳐줬다. 규호는 옆에서 담배만 피웠고, 나도 아무 말 않고 지켜보기만 했다. 재식은 계속해서 경찰과 대화를 나눴다. 나는 제대로 듣지 않았다. 사고차량 운전자가 큰길에서 걸어와 다시 건물로 들어가는 모습이 보였다. 경찰도 규호도 건물로 돌아갔다. 재식은 규호에게 그 새끼 연락처 확실히 잘 챙기라고 당부했다.

재식이 경찰이 적어준 연락처를 조심스레 지갑에 챙기는 모습을 내가 이해할 수 없다는 눈으로 쳐다보자, 그는 이런 연락처 하나하나가 나중에 정말 큰 도움이 된다고 말했다.

"하긴 너 같은 샌님이 뭘 알겠냐? 사회생활을 해봤어야지."

재식은 아까 앉았던 자리로 돌아가 다시 유리벽에 등을 기대고 앉았다. 나는 여전히 그 자리에 서 있었다. 재식의 곁으로 가고 싶지 않았다. 달이 보이지 않았다. 대신 유난히 반짝이는 별 하나가 보였다. 그것은 마치 내가 못 본 사이 조금씩 멀어져 아주 작아진 달처럼 보였다. 달이 멀어지는 게 아니라, 지금 내가 있는 이 행성이 멀어지는 건지도 모른다. 내가 있는 이곳이 어디지? 나는 여전히 같은 곳에 있는 걸까? 그렇다면 설명할 수 없는 게 너무나 많다.

재식의 통화 내용이 귀에 들렸다.

"김대리님? ……예, 재식이예요. ……추석 연휸데도 일하세요? ……바쁜가봐요. ……그냥요. ……근데 이팀장님 계세요? 안 계세요? ……계시면 바꿔주세요. ……아뇨. ……됐어요. ……바쁜 것 같은데. ……아뇨. ……김대리님 원망 안 해요. ……그냥 팀장님한테 하고 싶은 말이 있어서요. ……예, 사업할 거예요. ……확실한 아이템도 몇 개 있고. ……그거 준비하느라고 저도 바빠요. ……지금도 일하고 있어요. 일하다 생각나서…… 이팀장님한테 말씀 좀 전해주세요. ……후회할 거라고요. ……아뇨, 김대리님은 괜찮아요. ……예. ……끊을게요. ……저도 바빠요. ……예. ……그렇게 말씀하지 마세요. ……다시 전화할 일 없을 겁니다."

규호가 나온 건 그로부터 또 한참 시간이 흐른 뒤였다. 규호는 아주 피곤해 보였다. 경찰은 사고차량 운전자를 타고 왔던 경찰차에 태우고 이미 떠났다. 규호는 운전석에 앉아 차의 시동을 걸어놓고 다시 바깥으로 나왔다. 나와 재식은 반대편에 서 있었다. 차를 사이에 두고 우리는 마주보고 서 있었다. 새벽 한시였다.

"어떡할래?" 규호가 물었다.

"택시 타고 집에 갈게." 내가 대답했다.

"뭐야, 집에 가자고? 놀러가야지." 재식이 소리쳤다. 규호도 나도 재식의 말에 대꾸하지 않았다.

"재식이 너는 우리집과 같은 방향이니까 가다 내려줄게."

"나 집에 안 가."

"그럼 어떡하자고?" 내가 물었다.

"여자나 주우러 가자. 아직 안 늦었어."

"오늘은 그냥 가고, 다음에 만나서 놀자. 너무 피곤하다." 규호가 말했다.

"다음이 어디 있어? 이제 나 바빠서 놀지도 못해." 재식이 말했다.

아무도 대꾸하지 않자 재식이 말을 이었다.

"나 집 열쇠도 없어. 집에 못 들어간다고."

규호는 그럼 자기네 집에서 자고 가라고 했지만, 재식은 여전히 고집을 꺾지 않았다. 나는 규호를 일단 보내기로 마음먹고, 그럼 나랑 놀러가고 규호는 일단 보내자고 재식에게 말했다. 재식은 아무 말도 하지 않았다. 나는 규호에게 가라고 말했다.

규호는 잠시 나와 재식을 바라보더니 차에 올랐다. 차창을 내리고 누구에게랄 것도 없이 연락할게, 라고 말하고 규호는 차를 출발시켰다. 나는 재식에게 가자고 말했다. 그러자 재식은 자기 혼자 갈 데가 있다며 나 혼자 집에 가라고 말했다.

"어디?"

"갈 데가 있어."

나는 그럼 술이나 먹자고 말했다. 그래도 재식은 고개를 저었다. 그러고는 밝게 웃어 보였다.

"걱정하지 마, 인마."

나는 내가 뭘 걱정해야 하는지, 또 뭘 걱정하지 말아야 하는지 알 수 없었다. 진짜 갈 데가 있다니까, 라고 말하고는, 재식은 돌아서서 큰길이 아니라 어두운 골목 쪽으로 걸어가기 시작했다. 아까 재식이 음료수를 뽑았던 자판기가 있는 방향이었다. 나는 재식이 걸어가는 모습을 지켜보았다. 나는 연락하라고 소리쳤다. 재식은 아무 반응도 보이지 않았다. 재식이 조금 더 멀어졌을 때, 나는 다시 어디 가느냐고 소리쳤다. 그러자 재식은 여전히 뒷모습을 보인 채 한 손을 어깨 위로 들어 내게 흔들어 보였다. 재식이 골목의 안쪽으로 꺾어들어가 완전히 사라지기 전에 나는 다시 소리쳤다.

"어디 가?"

재식이 완전히 시야에서 사라졌다.

그렇게 혼자 남게 되었을 때, 나는 문득 규호의 집 앞에서 들었던 라디오 프로그램이 생각났다. 어느새 나는 주먹을 꼭 쥐고 있었다. 무엇인지 모르겠지만 참기 힘든 어떤 것이 나를 통과해 지나가기 시작했다. 무엇일까? 나는 한바탕 웃고 싶었다. 하지만 잘 되지 않았다. 나는 아까 전화를 걸었던 청취자의 흉내를 내고 싶었다.

오늘밤 우리는 신나게 놀기로 했어요. 규호와 재식, 나 이렇게 셋이서 말이죠. 규호는 내 중학교 친구고, 재식은 고등학교 친구예요. 우리는 정말 오랜만에 만나는 거였거든요. 그런데 잘 되지 않았어요. 차

사고가 났어요. 아니요. 사고는 우리 잘못이에요. 어쨌든 생쇼를 했죠. 근데 말이에요. 달 봤어요? 어쩐지 작아진 것 같아요. 이게 해마다 달의 크기가 달라지는 건가요? 저는 잘 모르겠군요.

누군가 내 말을 받아 우스운 말을 해주기를 바랐다. 진행자든 초대 손님이든 말이다. 그럼, 나도 따라 웃을 수 있을 것이다. 그렇게 한바탕 웃고 나서 전화를 끊고 싶었다. 그럼, 이쯤에서 노래 한 곡을 듣고 다른 청취자의 전화를 받아보겠습니다. 노래가 흘러나오기 시작했다. 하지만 나는 그 노래의 제목을 알 수 없었다.

규호는 얼마 뒤 비디오가게를 팔았다. 재식은 예상했던 대로 그날 이후 잠적을 했지만 그 기간은 길지 않았다. 그리고 다시 돌아왔을 때, 그는 얼마간 밝아져 있었다. 무슨 일이 있었는지 나는 묻지 않았다.

나는 큰길로 나와 택시를 잡았다. 택시 운전사에게 행선지를 말하고 라디오를 틀어달라고 했다. 라디오에서 흘러나오는 노래를 들으면서 차창에 이마를 대고 나는 텅 빈 새벽의 거리를 바라보았다. 몇 개의 신호등을 지나고, 또 몇 개의 여전히 환하게 불을 밝힌 거리를 지났다. 그 불빛들에 마음이 또 불편해졌다. 갑자기 택시 운전사가 미터기를 안 켜고 지금껏 달렸다고 했다. 그러더니 내게 집까지 대충 얼마쯤 나오느냐고 물었다. 나는 모르겠다고 했다. 짐작도 가지 않는다. 나는 내가 택시를 탄 곳이 어디인지도 모른다. 운전사는 불만스럽게 나를 흘끗 쳐다보더니 여전히 미터기를 켜지 않은 채 차를 몰았다. 이윽고 한강다리가 나왔다. 다리는 야트막한 오르막을 이루고 있었는데, 차는 한 대도 보이지 않았다. 다리를 따라 촘촘히 늘어선 가로등만이 텅 빈 다리 위를 환하게 비추고 있었다. 택시는 그 빛의 한가운데를 가로지르기 시작했다. 불빛들이 차례차례 내 머리 위로 떨어졌다. 나는 현기증을 느꼈다. 나는 고개를 옆으로 돌려 강을 바라보았다. 하지만 가로등의 환한 빛 때문에 그 너머는 깊이 없는 밋밋한 어둠밖에 보이지 않았다. 강물이 보이지 않았다. 잠시 후 나는 운전사에게 물었다.

"이게 무슨 다리죠?"

간빙기의 밤

어떤 밤, 나는 아직 이십대 초반이었고 얼굴만을 알고 있을 뿐 한 번도 대화를 나눠본 적이 없는 사람과 산길을, 아니 산으로 이어진 포장된 도로를 걸어올라가고 있었다. 그는 군인이었고, 나도 역시 군인이었다. 우리는 막사와 멀찌감치 떨어져 있는 초소를 향해 가고 있는 중이었다. 유난히 밝은 달빛이 우리가 걷고 있는 길과 우리가 목적지로 삼고 있는 초소와 주변에 넓게 펼쳐진 벌판을 비추고 있었다. 그것은 참으로 신비로운 풍경이었고, 이십몇 년이 지난 지금에도 그것을 보고 내가 느꼈던 심정은 생생히 남아 있다. 나는 아직도 그 풍경을 마음속에서 볼 수 있다.

초소는 이삼층 정도 되어 보이는 높이의 철탑 위에 있었다. 꼭 올라갈 필요는 없다. 아래에서 우리는 어떡할까요? 올라갈까요? 서로 의견을 교환한다. 한번 올라가보고 싶다고 그는 말한다. 내가 반대하면 그대로 있을 기세였지만 나도 그러자고 대답한다. 내가 먼저 사다리를 타고 오르기 시작한다. 장갑을 꼈는데도 가을 밤공기에 싸늘하게 식은 사다리는 무척 차갑게 느껴졌다. 하지만 한 단 한 단 묵묵히 올라갔다. 소총을 바닥에 내려놓고 우리는 각자 말없이 초소 울타리 너머로 사방을 둘러보았다. 멀리 막사와 연병장, 탄약고와 유류고, 또 여러 높고 낮은 건물들이 달빛 속에 둥실 떠오르는 것처럼 보였다. 여전히 지붕 위에 환하게 불을 밝힌 위병소에만 출입을 통제하는 위병의 모습이 조그맣게 보일 뿐, 어느 곳에서도 사람의 인기척은 느껴지지 않았다. 그것은 마치 깊은 꿈의 한 장면처럼 보였고, 내가 눈을 감았다 다시 뜨면 금방 사라져버릴 것 같았다. 달빛은 마치 세상을 드러내면서 동시에 감춰버리는 듯했는데, 극명하게 대조되는 빛과 어둠이 사물의 질감을 빼앗아버리고 다만 한낱 그림자거나 투영에 불과한 것처럼 보이게 만들었기 때문이었다. 얼마 뒤 누가 먼저랄 것도 없이 우리는 바라보는 것을 멈추고 울타리에 등을 기대앉았다. 울타리가 바람을 막아주었기 때문에 초소 안은 아늑하게 느껴졌다. 내가 먼저 담배를 빼들어서 그에게 한 대를 건네주었다. 라이터를 켜서 불을 붙여주려 하자 그는 예의바르게 두 손으로 라이터를 감쌌다. 그렇게 담배를 물고 몇 모금을 빠는 동안 어떻게 말을 시작할까, 아니면 그냥 말없이 한 시간을 보내는 게 더 나을까, 서로 망설이는 듯한 어색한 분위기가 감돌았다. 그때 그가 옷 속에서 주섬주섬 뭔가를 꺼내기 시작했다. 워크맨이었다.

그는 이어폰의 한쪽을 나에게 건네주면서 한번 들어볼래요? 하고 묻는다. 나는 괜히 무슨 노래냐고 물으면서 이어폰을 받아 귀에 꽂는다. 그가 내 쪽으로 좀더 가까이 다가앉았다. 플레이 버튼을 누르자 노래가 흘러나오기 시작했다. 특별한 종류의 음악을 기대하고 있었던 건 아니지만 갑자기 흘러나오는 째지는 전자기타 소리는 나를 조금 놀라게 했다. 하드록? 헤비메탈? 대충 그런 장르의 음악인 것 같다. 나는 조금 듣는 척하다가 이어폰을 귀에서 빼고 그에게 물었다.

"이런 거 좋아해요?"

그는 여전히 한쪽에만 이어폰을 꽂은 채 대답했다.

"누가 녹음해준 거예요."

조금 있다 그는 볼륨을 낮추더니 이어서 말했다.

"유명한 그룹이라는데, 잘 모르나봐요?"

"잘 안 들어요. 별로 들을 기회가 없었죠. 저는 가요만 들어요."

그는 고개를 끄덕였다.

"뭐라 그러는 거예요?" 내가 물었다.

"하하, 저도 잘 몰라요. 헬로, 헬로 하네요. 가사가 중요한가?"

"그럴 수도 있죠. 뭔가 뜻이 있지 않나?"

"대부분 모르고 들어요. 그래도 좋은 건 좋죠…… 뭐했어요?"

마지막 말은 내가 사회에서 뭘 했느냐고 묻는 것 같았다. 나는 대학을 다녔다고 말했고, 그가 어디냐고 물어서 나는 다시 어디라고 대답했다.

"저는 놀다 왔어요. 고등학교 졸업하고 이 년 정도 놀다가 바로 들어왔죠."

나는 뭐라 대꾸할 말이 없어서 고개를 끄덕였다.

"이곳에 있는 사람들 중에 대학물 안 먹은 사람은 나밖에 없을 거예요. 제 사수는 서울대 출신이었어요. 이상하죠? 어떻게 제가 당번병이 됐는지 모르겠어요."

그는 사단장의 당번병이었다. 이곳에서 사단장이라면 감히 얼굴도 똑바로 쳐다보지 못할 그런 위치에 있는 사람이다. 사단 본부대이니까 당연히 그보다 높은 지위에 있는 사람도 없다. 한 달을 지냈는데도 몇 번 얼굴 보기도 힘들었다. 차라리 그게 더 나은 일이다. 사단장이 어디에 있다고 하면 다들 도망을 친다. 가끔, 그래봤자 이제 갓 쉰을 넘긴 아저씨일 뿐이라고 생각하지만 나 역시 도망을 친다. 그런 점을 생각하면 나는 그가 조금은 불쌍하다고 느낀다. 당번병은 좋게 말하면 비서 같은 거고, 나쁘게 말하면 시중꾼 같은 존재다. 방을 청소하고 커피를 타고 심부름 같은 걸 한다. 훈련 같은 걸 나가기라도 하면 잠자리도 봐주고 아침에는 세면도구를 챙기고 식사 때마다 식사 시중을 든다. 어차피 따로 전속부관이 있기 때문에 당번병이 맡는 역할은 그 정도다. 훈련이 없으면 그들은 대개 상관이 있든 없든 하루종일 집무실에 붙어 있는 좁은 당번병실에서 대기를 한다. 당번병실은 잘 봐줘도 집으로 치면 부엌 옆에 있는 다용도실 같은 곳이어서, 두 사람이 한꺼번에 들어가 있기에는 버거울 정도로 비좁다.

"잘생겼기 때문인지도 몰라요."

말하고 나서 그는 조금 웃었다. 정말 그럴지 모른다고 나도 생각했다. 왜냐하면 정말로 그는 잘생겼기 때문이다. 그날이 아니라 이전에 처음 봤을 때, 깜짝 놀랄 정도였다.

"하지만 재밌어요. 잘 몰랐는데 이런 일이 적성에 맞나봐요. 잘한다는 소리도 듣고, 영감님도 저를 좋아해요."

영감님은 아마 사단장을 뜻하는 듯했다. 그는 이어폰을 빼고 다시 워크맨을 옷 속으로 집어넣었다. 그리고 시계를 보았다. 나도 따라 시계를 보았다. 시간이 흘렀다. 잠시 후 그는 다시 말하기 시작했다.

"원래 저는 이런 근무 안 서요. 사수가 있을 때 한 이 주일 정도 근무 서본 뒤로 오늘이 처음이에요. 휴가를 많이 나가서 본부대 인원이 결원이래요. 일직사령이 근무에 집어넣었죠. 예전에는 이런 일 있을 때 부관에게 말하면 당장 빼줬어요. 오늘도 그럴 수 있었는데, 그냥 내버려뒀어요. 제대도 얼마 안 남았고, 다음주에는 말년 휴가니까 봉사 좀 해주자 이런 기분이었는지도 몰라요. 내가 근무를 서주면 내 밑의 애들이 하룻밤이라도 잘 잘 수 있을 테니까요. 하하. 그런 건 아니에요. 나는 잘 몰라요. 어차피 그 친구들도 나를 잘 모르니까. 고참도 뭐도 아니죠. 당번병이란 게 그렇죠. 잠만 본부대 내무반에서 잘 뿐인걸요. 이 총도 내 총이 아니에요. 내 총은 어디 갔나 모르겠네. 총 잃어버렸다고 제대 안 시켜주면 어떡하죠? 근데 얼마 전에 새로 전입온 이등병을 봤어요. 낮에 내무반에 들어갔는데 한구석에 혼자 앉아 있더라고요. 더플백도 풀지 않고 잔뜩 긴장해서 아무도 없는데 각을 잡고서 말이죠. 나를 보더니 벌떡 일어나서 경례를 붙이는 거예요. 나는 괜찮다고 했어요. 신경쓰지 마라. 가까이서 보니까 뭘 먹고 있었더라고요. 나는 계속 먹으라고 했어요. 움찔움찔하면서도 안 먹더군요. 그 친구의 두려움이 손에 잡힐 듯이 느껴졌어요. 물론 저도 알고 있어요. 그런 거 일주일도 안 가요. 다른 데는 어떤지 모르겠지만 이런 사단본부 같은 곳은 군대도 아니죠. 물론 이곳에서도 구타도 있고 집합도 있긴 해요. 갈구기도 하죠. 하지만 그건 군기를 잡는다기보다는 그냥 심심해서 그러는 거예요. 그냥 자기만족이죠. 총도 안 쏘고 훈련도 안 나가는데 군기라는 게 뭐가 필요하겠어요. 어디 있었어요?"

나는 내가 있던 데를 말했다.

"철책이네요. 힘들죠?"

"한 사 개월 정도 있다가 파견 나온 거예요. 실제로는 있었다고 말하기도 어렵죠."

"언제 돌아가나요?"

"잘 모르겠어요. 저도 제가 여기로 왜 파견 나왔는지 모르겠어요."

"이곳이 편해요?"

"글쎄요. 공중전화가 있다는 점은 좋죠."

"훈련도 없죠."

"그래요."

"하지만 돌아가는 게 좋을 거예요."

"그런가요?"

"여기선 아무리 짬밥을 먹어도 똑같아요. 병들보다 장교가 많으니까, 제대할 때가 되어도 병은 그냥 병이에요. 인간 취급 못 받아요."

나는 아무 말 하지 않았다. 그의 말이 맞을지도 모른다. 하지만 그건 그때가 돼서 따져볼 일이다.

"저도 제가 원해서 이곳에 온 것은 아니지만, 처음에는 물론 좋았어요. 어쨌든 상급 부대이니까. 게다가 당번병이잖아요. 자유로웠죠. 아무도 날 못 건드렸어요. 심지어는 웬만한 장교들도 나한테 이래라 저래라 못했죠. 나는 무조건 영감님만 잘 모시면 돼요. 근데 아까 말했다시피 영감님은 처음부터 제가 맘에 들었나봐요. 휴가도 엄청나게 나갔다 왔죠. 근데 얼마 지나지 않아 참 많이 후회했어요. 사실 사단으로 떨어지기 전에 인사장교가 저한테 물었어요. 저는 아직도 기억해요. 저 말고 또 한 친구가 대상이었어요. 그때 저도 이등병이었죠. 당번병을 하겠느냐고 물었던 게 아니라 그냥 중대로 갈래, 아니면 이곳에 남을래? 하고 물었죠. 저는 그게 뭘 의미하는지 몰랐어요. 어쨌든 중대로 가려면 차를 타고 더 들어가야 한다는 것만 알았죠. 대답을 못했어요. 다른 친구한테도 묻더군요. 그 친구 역시 잔뜩 얼어서는 아무 대답도 안 했어요. 그저 잘 모르겠습니다, 하고 소리만 질렀죠. 자랑은 아니지만 저는 중대에 갔어도 참 잘했을 것 같아요. 훈련소에서도 우수 훈련병이었죠. 사격도 참 재밌었던 것 같아요. 야간 행군이라든지, 주특기 훈련이라든지. 워낙 몸을 움직이는 걸 좋아했으니까요. 근데 이제 군생활 이 년 동안 제가 한 거라고는 커피를 탄 것뿐이에요. 총도 안 쏘고 걷지도 않죠. 정말 잘했을 거예요. 철책에도 들어가보고 싶고, 유격 훈련 같은 것도 해보고 싶어요. 유격도 열외였다니까요. 가겠다고 해도 영감님이 가지 말래요. 정이 많으신 분이에요. 물론 이건 그냥 하는 소리일 뿐인지도 몰라요. 어차피 다 끝났으니까. 그래도 좋은 점은 있었죠. 하도 할 일이 없으니까 책을 읽게 된 거예요. 깜짝 놀랄 일이죠. 내가 책을 읽다니. 음악도 많이 듣게 되고. 학교 다닐 때는 안 그랬어요. 이상하게도 그때 내가 뭘 하면서 시간을 보냈는지 모르겠어요. 공부도 안 했지만 그렇다고 뭐 대단하게 놀지도 않았어요. 물론 여자는 많이 만났죠. 하하. 그래요. 잘생겼으니까."

그는 내게 담배를 한 대 건네주고 자기도 한 대 물었다. 이번에는 그가 라이터를 꺼내 내 담배에 불을 붙여주고, 그 불을 꺼뜨리지 않고 자기 담배에 불을 붙였다. 우리는 각자 담배를 피웠다. 몇 모금 빨고 나서 그가 말했다.

"내 얘기만 하네. 아저씨도 얘기해봐요."

"저는 어쨌든 차를 많이 타고 들어갔죠. 그러니까 사단, 연대를 거쳐서 또 육공트럭을 타고 출발. 고개를 많이 넘었어요. 중간중간 멈춰 시 애들이 내려졌죠. 처음에는 나닥나닥 붙어앉아 있었는데, 나중에는 의자에 누울 수도 있었어요. 물론 그러지는 않았죠. 기가 막히죠. 나 말고 또 한 친구, 이렇게 둘만 남았을 때 그 친구가 이거 어디까지 가는 거냐고 물었죠. 알 게 뭐람. 저는 그냥 계속 차 뒤편으로 이는 흙먼지만 바라봤어요. 하얀 흙먼지가 일면서 길이 자꾸 물러나는 거. 그것밖에 볼 게 없었죠. 아시잖아요. 방수포를 씌워놓으면 뒤밖에 안 보이죠. 근데 진짜 눈이 부실 정도로 환한 날이었어요. 4월 군번이라서 그때는 여름이었죠. 진짜로. 계속 바라보기 힘들 정도로."

나는 잠시 말을 멈췄다. 그게 고작해야 삼사 개월 전의 일이라는 게 실감이 나지 않았다.

"자대 배치를 받고 얼마 뒤 어머니가 면회를 왔어요. 첫 면회이자 첫 외박이었죠. 술을 잔뜩 마시고 여자친구에게 전화했던 게 기억나요. 탈영하고 싶다고 했어요. 이제 와 생각하면 그 정도는 아니었는데, 힘들긴 힘들었나봐요. 무서웠던 것 같아요. 여자친구는 반복해서 너는 잘해낼 수 있을 거라고만 말했죠. 너라면 잘해낼 거야. 하지만 그런 말은 아무 도움이 안 돼요. 실제로는 다들 잘하고 있는데 저만 잘 못하고 있었던 거니까. 모두가 잘 걷고 있는데 저만 뒤로 처져 있는 거죠. 행군 때 말이에요, 도저히 몸이 움직여지지 않았어요. 말 그대로 죽도록 맞았어요. 거의 질질 끌려갔죠. 제 머리통을, 아니 하이바를 개머리판으로 후려치던 고참은 이건 아무것도 아니라고 했죠. 여기서 퍼지면 정말 안 되는 거라고, 이건 가장 쉬운 고개라고 했어요. 저는 그 말을 믿었어요. 이건 가장 쉬운 고개다. 그날 고참의 개머리판이 깨졌는데 분명히 다음번에는 다른 게 깨질 거라는 생각이 들었죠. 어떻게 무섭지 않을 수 있었겠어요? 여기는 지옥이라고 말했죠."

"누구한테요?"

"여자친구한테."

"그건 심한데요. 그래서 이곳으로 왔나요?"

나는 아무 대답도 하지 않았다.

"잊어버려요. 어쩌면 그쪽은 여기가 더 잘 맞는지도 모르겠군요. 여기서는 고개라고 해봤자 쓰레기 주우려고 뒷산에 올라가는 정도니까요."

그는 담배를 바닥에 비벼 껐다.

"여자친구는 좋아했겠어요. 전화는 자주 해요?"

"일요일마다."

"사진 있어요?"

나는 지갑을 꺼내 사진을 보여주었다. 그는 라이터를 켜서 사진이 잘 보이도록 했다.

"미인이네요. 동갑?"

나는 그렇다고 대답했다. 그도 지갑을 꺼내 내게 사진을 보여주었다.

"더 미인인걸요." 나는 웃으며 말했다. 실제로도 그랬다. 마치 모델

같았다.

"포즈가 예사롭지가 않아요. 무슨 모델이에요?"

"아니에요. 원래 사진 찍는 걸 좋아해요. 저보다 세 살 많아요."

나는 사진을 다시 살펴보았다. 그렇게 듣고 보니 그렇게 보였다. 하지만 그렇지 않다고 해도 역시 마찬가지로 그렇지 않게 보였을 것이다.

"친구의 누나예요. 웃기죠? 중학교 때부터 알았어요. 제가 고등학교에 올라갔을 때 이 친군 이미 대학생이었어요. 본격적으로 사귀기 시작한 건 고2 때부터였는데, 나중에 고백하기를 제가 중학교 때 이미 저한테 마음이 있었다고 하더군요. 첫눈에 반한 셈이죠."

"잘생겼으니까."

내가 말했고, 그는 웃었다.

"똑똑한 여자예요. 저한텐 과분할 만큼. 수재였죠. 단 한 번도 전교 일등을 놓쳐본 적이 없을 정도로. 독하기도 하고. 집안 반대를 무릅쓰고 혼자 서울에 가서 대입시험을 치르고 합격했어요. 부모님은 가까운 지방대로 가길 바랐죠. 방학 때 과외를 받다가 친해졌어요. 사실 고등학교 졸업하고 대입시험 떨어지고 나서 거의 그녀와 살다시피 했어요. 그때 제가 따로 나와 살았거든요. 저를 대학에 보내려고 무진장 애를 썼어요. 하지만 모질지 못했죠. 제가 싫다고 하면 어쩔 줄 몰라 했어요. 왜 그랬는지 모르겠네. 다른 사람한테는 참 냉정한 사람인데, 자기 자신한테도 정말 냉정한데, 나한테만큼은 그렇지 못했어요. 내가 심한 짓을 해도 다 받아줬어요. 진짜 별짓을 다 했어요. 알죠? 이런 얘기 잘 안 하는데…… 그럴수록 나는 점점 많은 걸 요구하고, 안 해주면 화를 내죠. 괜히 모질게 대하는 거예요. 그럴 수 있었으니까.

단지 그뿐이었던 것 같아요. 하지만 그녀를 사랑하고 있다고 생각해요. 그녀가 제 곁에 있는 한 저는 문제없을 것 같아요. 물론 그녀가 없다 해도 저는 잘 살아가겠지만. 제가 원래 그래요. 그냥 그런 느낌이 들어요. 그녀가 없다 해도 나는 잘 살아갈 것이다. 하지만 있으면 더 잘할 거예요. 이건 사랑과는 다른 것 같아요. 말하자면 마치 가족 같아요. 사람들이 말하는 그런 가족 말이에요. 그녀가 다른 남자랑 같이 있어도 질투 같은 게 나지 않아요. 하지만 사랑해요. 제대하면 공부를 다시 해볼 생각이에요. 그녀가 참 좋아하겠죠. 그것도 좋아요. 다시 공부가 하고 싶어졌어요. 뭐, 사실 아직도 대학에 가고 싶다든지, 뭐가 되고 싶다든지 이런 구체적인 걸 원하는 건 아니지만, 아무래도 대학에 가야 사는 게 더 편해지지 않겠어요? 머리가 잘 돌아가줄지는 모르겠지만, 그녀가 열심히 가르쳐준다고 했으니까. 영감님도 응원해주고. 우습죠? 온 세상이 내가 공부하기를 바라는 것 같아요. 이런 인생이 어디 있겠어요?"

"부럽네요."

"생각하면 말도 안 되는 것 같아요. 그냥 군대에 있으면 많은 생각을 하게 되잖아요. 인생을 돌아보는 거죠. 그러면 내가 얼마나 운이 좋은 녀석인지 알게 돼요. 막 가슴이 벅차오를 정도로. 정말로. 대학 떨어지고 군대 오기 전까지 진짜 아무 생각도 없었거든요. 이제 다 잘할 수 있을 것 같아요."

나는 아직도 그가 소곤거리는 듯한 작은 목소리로 말하던 걸 기억한다. 이십몇 년이 지난 지금에도 말이다. 그때 그의 얘기를 들으며 나는 정말로 그의 인생을 부러워했던 것 같다. 그건 지금도 마찬가지다. 또 한 가지 내가 부러웠던 건 물론 그가 이 주 후면 제대한다는 사실이었다. 그런데 웃기게도, 그 이 년 뒤 나 역시 제대하고 나서 이렇게 긴 시간이 흘렀는데도, 지금도 그게 부럽다.

그는 말을 멈추고 수통을 꺼내 물을 마시고는 내게 건네줬다. 나는 고맙다고 했다. 다시 그가 수통을 받아서 주머니에 넣고 나자, 그러니까 그 모든 동작을 끝마치고 나자 갑자기 주위가 한없이 고요해진 것 같았다.

그날 밤, 여자친구에게 탈영하고 싶다고 전화했던 날 밤, 밤새 나는 빗소리를 들었다. 자면서도 나는 다음날이면 온통 비에 젖은 땅을 볼 수 있을 거라고 생각했다. 하지만 그렇지 않았다. 땅은 멀쩡했고, 어디에도 비에 젖은 데는 없었다. 알고 봤더니 민박집 뒤편으로 계곡이 있었다. 내가 밤새 들었던 건 그 물소리였다.

우리는 계속 대화를 나눴고, 계속 담배를 피웠다.

"지지난주인가, 일요일날 빨래를 했어요. 묵혔던 빨래를 한꺼번에 다 빨았죠. 햇볕이 아주 좋은 날이었죠. 군대 와서 내가 바뀐 부분 중의 하나예요. 바뀌었다고 해야 하나, 알게 되었다고 해야 하나. 햇볕이 좋으면 꼭 빨래하기 좋은 날이라는 생각이 드는 거예요. 그게 마침 일요일이고, 그래서 정말로 빨래를 할 수 있게 되면, 아주 기분이 좋아져요. 빨래를 빨랫줄에 가지런히 다 널어놓고 그걸 바라보면서 담배 한 대를 피우는데, 고추잠자리가 공중에서 빙빙 돌고 있더라고요. 아, 가을이구나 싶었죠. 여자친구한테 전화해서 그 얘기를 했더니 깜짝 놀라더라고요. 그게 놀랄 일인가? 이 년 내내 내 생활이 그런 거였는데. 아시다시피 나는 당번병이니까 빨래에 관한 한 거의 박사가 됐다고 볼 수 있죠. 그런 얘길 했어요. 그런데 어쩐 일인지 여자친구가 갑자기 우는 거예요. 왜 그러냐고 했더니, 그냥 내가 보고 싶어서 그런대요. 어서 빨리 내가 사회로 나왔으면 좋겠다고."

슬슬 내려갈 시간이 됐다. 우리는 시간을 확인하고 나서 자리에서 일어났다. 오랫동안 추운 데 앉아 있었던 탓인지 다리가 잘 말을 듣지 않았다. 나는 총을 챙겨들고 내려갈 채비를 했다. 하지만 그는 일어나서 처음 올라왔을 때처럼 울타리 너머 초소 바깥을 바라보며 그대로 서 있었다. 우리가 올라왔던 길과, 다시 내려가야 할 길, 본부대, 위병소, 다시 탄약고와 유류고, 그리고 시선을 돌려 맞은편에 있는 산골짜기와 그 앞에 넓게 펼쳐진 벌판이 내려다보였다. 아까보다 달빛은 더 밝아진 것 같았다. 단지 오래 어둠 속에 있었던 눈의 착각인지도 모르지만.

"마치 다시 빙하기가 온 것 같아요." 그가 말했다.

달빛에 땅이 하얗게 빛나는 걸 두고 하는 말인 것 같았다. 그는 달빛이 이렇게 하얀지 몰랐다고 말했다. 진정 감탄한 것 같았다. 나도 가만히 그가 보는 것을 같이 바라보았다.

"얼마 전에 빙하기에 관한 티브이 다큐를 봤어요." 그가 말했다. "알아요? 빙하기는 한 번이 아니라 여러 번 있었대요. 교과서에 나오는 내용인가. 아무튼. 그 빙하기와 빙하기 사이를 간빙기라고 부르죠. 신기하지 않아요? 그러니까 현재 우리 인류는 말 그대로 이전에 끝난 빙하기와 다가올 빙하기 사이에 살고 있는 셈이에요. 그냥 사이에 끼어 있어요. 그렇게 따지면 우리가 살고 있는 시대가 특별한 거고, 빙하시대가 정상적인 거죠. 그게 원래 세상의 모습이죠. 그러니까 우리가 살고 있는 이런 지구가 언제까지나 계속되지 않아요. 언젠가 다시 빙하기가 올 거고, 그건 아무도 막을 수 없죠. 그런 걸 생각하면 자연이란 게 참 끔찍하죠. 아니, 무자비하다고 할까요? 그게 이렇게 멋지네요.

그래도 인류는 살아남을 거래요. 이전에도 살아남은 것처럼. 그러니까 인류는 이미 한번 빙하기를 겪었던 거죠. 우리와 똑같은 현생인류. 다큐에 다 나왔던 얘기예요. 그 경험이 우리를 도와줄 거라고 했어요. 정확히 그렇게 말했죠. 도와줄 거라고. 그래서 다음번 빙하기가 온다 해도 끄떡없어요. 물론 많은 사람들이 죽겠죠. 살아남은 사람보다 죽는 사람이 더 많을 거예요. 혹독한 거죠. 하지만 뭐 어차피 많은 사람들이 죽잖아요. 빙하기가 오든 안 오든. 인간이 자연의 일부인 한 나는 죽어도 인간은 살아남을 거예요. 인간 전체를 따지고 보면 그들도 살아 있다고 할 수 없죠. 죽지도 않고요. 그냥 그런 생각이 들어요. 인간도 그냥 자연이니까. 곰곰이 생각하면 뭐랄까, 좀 끔찍하게 느껴지죠.

그래도 가끔 내가 죽기 전에 빙하기가 왔으면 좋겠다고 생각해요. 아니 정확히 말하면 빙하기가 왔다 가고, 다시 간빙기가 시작되는 걸 보고 싶어요. 그래서 인류가 다시 만드는 새로운 문명을 보고 싶어요. 마찬가지일까요? 어딜 가든 마찬가지라면, 어느 시대나 마찬가지일지도 몰라요. 그런 생각이 들어요. 그녀가 없다면 참 쓸쓸할 것 같아요. 하지만 저는 잘 살아갈 거예요. 끄떡없어요. 맞아요. 난 잘생겼으니까."

우리는 다시 사다리를 타고 내려왔다. 위병소에 가서 근무 교대를 하고 내무반으로 돌아왔다.

며칠 뒤 야간 점호가 끝나고 소등을 한 어두컴컴한 내무반에서 티브이를 보고 있는데 그가 내 옆으로 왔다. 파견병이었기 때문에 내 자리는 티브이가 있는 중앙에서 상당히 멀리 떨어진 구석 자리였다. 거의 화면이 보이지도 않았다. 그래도 나는 언제나 바로 잠을 자지 않고 티브이를 보았다. 다만 잠이 올 때까지 그저 환한 빛을 보고 싶어했는지도 모른다. 그는 중앙 자리에서 내 자리까지 침상에 엎드려 있는 사람들을 타넘고 와서 내게 워크맨을 주었다. 가지라는 거였다. 내일 휴가를 나가는데 어차피 갔다 와서 얼마 있지 않아 제대니까 자신에게는 별로 필요 없다고 말했다. 워크맨에는 그날 들었던 테이프가 그대로 들어 있었다. 그는 담배나 피우러 나가자고 했다. 우리는 슬리퍼를 신고 내무반을 나갔다. 나가면서 그는 침상 위 어느 자리를 가리키면서 좀 보라고 했다. 그곳에는 침낭을 뒤집어쓴 사람이 누워 있었는데 아무래도 두 사람이 같이 한 침낭에 들어가 있는 것 같았다.

"서로 사귀어요."

나는 조금 놀랐다.

"저랑 같이 부대에 왔던 놈인데 원래 그런 애는 아니었어요. 전번에 말했던 인사장교 앞에서 저랑 면접을 같이 봤던 놈이죠. 아버지가 대단한 사람이래요. 원래 녀석이 당번병이 될 뻔했죠. 이등병을 꼬셨어요. 그 뭘 먹던 이등병 말이에요. 지금은 일병인가? 이제는 나를 봐도 경례는커녕 알은척도 안 하더군요. 반년도 안 됐는데 군생활이 벌써 끝난 줄 아는 것 같아요. 내 동기놈이 잘해주니까. 하지만 얼마 안 남았어요. 그 녀석 나가면 끝이죠. 면회라도 올까요?"

우리는 내무반 입구 처마밑에 서 있었다. 노란 백열등이 바닥에 반원형의 자국을 만들었다. 나는 워크맨을 만지작거리다 이 가수가 누구냐고 물었다.

"죽었어요."

나는 그를 쳐다보았다.

"거기서 노래 부르는 사람 죽었어요. 한 몇 년 된 것 같은데. 나도 그땐 잘 몰랐지만. 최근에 관심이 생겨서 전번 휴가 때 이것저것 찾아봤는데 유서도 있어요. 유명하더라고요."

그는 담배를 빨았다.

"스물일곱인가 여덟인가 그랬죠. 아우. 왜 죽었을까요? 돈도 엄청 많고, 여자도 있었는데. 유서에 뭐라 뭐라 써 있긴 했는데, 그러니까 뭔가 멋진 말이 많이 있었는데, 잘 모르겠어요. 그냥 유명세 때문에 죽었던 것 같아요. 더이상 사람들을 속일 수 없다. 그것은 그들에게도 나에게도 공정하지 못하다. 이런 말이 있었죠. 뭔가 어쨌든 엄청난 부담이 된 거겠죠. 근데 원래 그런 유명세란 게 항상 자기 자신보다 큰 거 아닌가? 그러니까 원래의 자신 말이에요. 근데 이해도 돼요. 엄청난 재능을 가진 사람이었으니까, 남들보다 더 예민할 수 있죠. 지나치게 사랑해서 자신이 처량해졌다는 말도 있었는데, 따져보면 지나치게 사랑한 건 자신이겠죠. 어쩌면 그게 그의 재능이었는지도 몰라요. 연민하는 힘."

그는 담뱃불을 손가락으로 튕겨서 바닥에 떨궈냈다. 바닥에 떨어진 불똥은 한동안 꺼지지 않고 그 자리에서 타고 있었다. 나는 괜히 그것을 바라봤다.

"어떤 사람들은 그가 자살한 게 아니라 아내가 죽였다고 말하기도 해요. 정말로 그렇게 믿는 사람이 있겠죠. 그 믿음이 틀렸다고는 생각 안 해요. 똑같은 거니까요. 동기 녀석을 나쁘다고 생각하지는 않아요."

나는 휴가에서 돌아오면 워크맨을 돌려주겠다고 말했다. 음악을 잘 듣지도 않고 아무리 파견병이라지만 이제 갓 일병을 단 내가 워크맨을 가지고 있다는 게 마음에 걸렸다. 그는 알겠다고 말했다.

하지만 그는 돌아오지 않았다. 아무도 그 이유를 짐작하지 못했다. 또 아무도 그를 찾아내지 못한 것 같았다. 사단이 발칵 뒤집혔다. 사단장의 당번병이 제대를 일주일도 남겨두지 않고 자대 복귀를 하지 않을 이유가 없었다. 가장 먼저 그가 죽었다는 추측이 돌았다. 헌병대에서 조사가 나왔지만 그건 의례적인 것이었다. 그래도 파견병들 중 상당수가 자대로 강제 복귀되었다. 그들은 정상적인 티오가 아니었다. 하지만 나는 남았다. 몇 가지 사실들이 밝혀졌는데, 그것은 그냥 소문에 불과했다. 왜냐하면 그는 본부대의 거의 아무하고도 친하게 지내지 않았기 때문이었다. 그중 가장 심한 것은 그가 사단장과 그렇고 그런 관계였다는 것이었다. 하지만 소문은 오래가지 않았다. 그것이 사실이라고 해도 그가 사라진 이유로는 불충분했다. 어떠한 특별한 조치도 취해지지 않았다. 그의 가족들도 야단을 떨지 않았다. 어쨌든 그가 사라진 건 휴가 기간중의 일이었고, 그는 휴가 기간 내내 서울의 여자친구 집에 있었던 것으로 알려졌다. 나는 이 일이 그녀하고 어떤 관계가 있는지 궁금했지만 더이상 자세한 소식을 알 수 있는 방법이 없었다. 따지고 보면 내가 그에 대해 알고 있는 사실은 그를 통해 들었던 게 전부였고, 그 일이 있기 전까지 나는 그의 이름도 몰랐던 것이다.

그뒤로도 나는 야간 근무를 나갔고, 한번은 그 이등병(이제는 일병이 된)과 한 조가 되었다. 내가 막연하게 생각했던 것과는 달리 그는 굉장히 친절한 사내였다. 알고 보니 같은 날에 입소한 입소 동기였다. 그 사실이 그에게 친밀감을 줬는지도 모른다. 그는 나를 아저씨라고 불렀고 나도 그렇게 불렀다. 근무를 끝내고 복귀하려는데 그가 전화를 하고 들어가자고 했다. 나는 그를 따라갔다. 아마 그는 언제나 근무를 마치면 전화를 했던 것 같다. 여자친구에게 전화를 하는 것 같았다. 나는 전화 부스에서 멀리 떨어지지 않은 곳에 서서 담배를 피우고 있었는데, 그의 쾌활한 목소리가 언뜻언뜻 들렸고, 웃음소리도 들렸다. 나는 그날 밤 보았던, 두 사람이 함께 들어가 불룩해진 침낭을 떠올리지 않을 수 없었다. 그때 침낭 안에서 들려왔던 소리를 떠올리지 않을 수가 없었다. 그가 부스에서 나왔고 내가 들어갔다. 나도 여자친구에게 전화를 했지만, 내 뒤에 서 있는 그의 존재가 마음에 걸렸다. 얼마 뒤 다시 그와 한 조가 되었을 때 나는 워크맨을 가지고 나와서 그와 함께 들었다. 그는 그 노래를 알고 있었다. 알고 있을 뿐만 아니라, 가사까지 해석할 줄 알았다. 가사는 조금 시시했고, 대부분 무슨 뜻인지 알 수 없었다. 다만 이 부분은 좋았다.

Oh no, I know a dirty word,
Hello, hello, hello, how low?

그는 이것을 이렇게 해석해주었다.

오 젠장, 난 지저분한 말을 하나 아는데,
이것 봐, 이걸 보라구, 얼마나 지저분한지?

나는 지저분한 말이 무엇일까 궁금해하다가 그게 바로 그다음에 나오는 말 '헬로'일지도 모른다고 생각했다. 사람이 사람을 부르는 말. 어이, 이봐, 이 말은 얼마나 지저분한지……

언제부터인가 나도 근무를 마치면 여자친구에게 전화를 하는 게 습관이 되었다. 여자는 한층 밝아진 내 목소리를 듣고 기뻐했다. 그것 봐, 너는 잘해낼 거라고 말했잖아, 하고 그녀는 말했다. 지옥 같다느니 뭐니 했던 말을 두고 놀렸다. 하지만 나는 그녀가 나를 떠나려고 한다는 걸 느낄 수 있었다. 하지만 나는 도저히 전화하는 걸 그만둘 수 없었다.

내가 전화하기를 멈춘 건 다시 자대로 복귀하고 나서였다. 얼마 뒤 나는 자대로 복귀했고, 그것은 내가 원했던 일이었다. 나는 인사장교를 만났고 자대로 복귀하고 싶다고 말했다. 집에도 그렇게 하겠다고 연락을 했다. 나는 이등병에게 워크맨을 주었다. 그의 남자 애인은 이미 제대하고 난 뒤였고, 그 밤 그는 혼자 침낭을 쓰고 있었다. 그에게 무슨 일이 있었는지 잘 모르겠지만 조금 얼이 빠져 있는 듯한 느낌이 들었다. 그냥 그렇게 느껴진 것뿐인지도 모르지만. 그가 내 손을 잡았다.

"왜 돌아가려고 하죠? 전화도 마음대로 하지 못할 텐데."

나는 간빙기에 대한 얘기를 하려다가 아무 의미 없는 말 같아서 그만두었다. 대신 오랫동안 손을 그대로 두었다.

나는 남은 군생활을 자대에서 보냈고 가장 어렵다는 고개도 넘었다. 일요일이면 빨래를 했고 그때마다 그의 생각을 했다. 철책에도 들어갔다가 나왔다. 철책에 있는 동안은 겨울이었는데 정말 평생 볼 눈을 그곳에서 다 보고 온 기분이 들 정도였다. 한번 눈이 오면 거의 허리까지 빠질 정도로 왔다. 바람이 눈을 한데 쌓아놓은 곳은 잘못 빠지면 헤어나오지도 못할 정도로 깊었다. 장난삼아 그곳에 눈의 동굴을 만들어서 그 안에 들어가 시간을 보내기도 했다. 나는 그때 찍은 사진을 아직도 가지고 있는데, 그것을 사람들에게 보여주면서 빙하시대의 현생인류의 모습이라고 농담을 했다.

가끔 나는 그 시절이 그렇게 농담이 되어버렸다는 사실이 놀랍기도 하다. 그것이 이미 지나버렸기 때문일까? 아니면 나 자신이 경솔해서일까?

먼 산에 내리는 눈

사정이 되지 않았다. 나는 움직임을 멈추고 여자의 몸 위에 가만히 엎드렸다. 양팔로 내 등을 감싼 채, 여자 역시 잠자코 아무 말도 하지 않았다. 잠시 후 여자의 몸안에서 내가 작아지는 것을 느낄 수 있었다. 굴러떨어지듯 여자의 몸에서 내려왔다.

"불감증인가봐."

내가 말했다.

"쓸데없는 소리 하지 말아요."

여자가 말했다. 이어 그녀는 내 팔을 침대 머리맡으로 끄집어올리더니 팔베개를 했다. 나는 고개를 돌려 그녀의 얼굴을 바라보았다. 불꺼진 방안은, 반투명한 유리창으로 비쳐드는 도시의 불빛으로 인해 어중간한 어둠에 덮여 있었다. 마치 빛이 간신히 비쳐드는 해저에 몸을 눕히고 있는 기분이었다. 얼굴의 윤곽선이 어둠에 흐릿하게 지워져 있었다. 그래도 가만히 바라보고 있으면 여자의 얼굴이 떠올랐다.

나는 그 얼굴이 실제로 지금 내 눈에 보이는 것인지, 아니면 불을 끄기 전 내 눈에 비쳤던 모습이 아직 남아 있는 것인지 잘 알 수 없었다. 나는 여자의 얼굴을 양손으로 감쌌다. 천천히 그 윤곽을 어루만졌다.

"기억시키고 있는 거야. 만일 내가 눈이 멀어 아무것도 볼 수 없게 되어도, 얼굴을 만져보면 금방 너인 줄 알 수 있게 말이야."

말의 끝에 나는 웃었다. 여자는 얼굴을 더듬는 내 손을 붙들었다.

"왜 자꾸 이상한 소릴 해요?"

"너는 뭘 기억할 거야?"

손바닥을 뒤집어 그녀의 손을 맞잡으며 내가 물었다.

"그래, 너는 내 숨소리를 기억해. 많은 사람들 속에 섞여 있어도, 금방 알아챌 수 있게."

나는 거칠게 숨을 몇 번 쉬어주었다.

"알겠어?"

"그만해요."

여자는 말했다. 그리고 몸을 일으켜 침대 옆에 놓여 있는 나이트 테이블 위에서 담배와 라이터를 집어들었다. 라이터의 불을 켜는 순간, 갑자기 환해진 공간 속에 여자의 얼굴과 벗은 몸이 떠올랐다가, 불이 꺼지자 더 짙어진 듯한 어둠 속으로 사라졌다. 여자의 커다란 눈이 깜박거리는 게 보였다. 그 눈동자만은 쉽게 어둠에 묻히지 않았다. 마치 고양이의 눈동자 같았다.

"그거 알아? 고양이는 아홉 개의 목숨을 가지고 있대."

여자가 다시 몸을 눕혔다. 나는 여자의 손에서 담배를 빼어 한 모금 빨고는 다시 손가락에 끼워주었다.

"들어본 적 없어?"

"들어본 것 같아요."

"정말일까?"

"정말일 리가 없잖아요."

나는 몸을 똑바로 눕히고 천장을 바라보았다. 여자는 급하게 담배를 피웠다. 왜 그러는지 궁금했다. 하지만 묻지 않았다. 담배 타들어가는 소리가 유난히 커다랗게 들렸다.

"어떻게 알아, 정말일지. 그러니까 우리는 고양이가 아니니까, 정확하게 모르는 거야. 한 번이라도 고양이가 돼본다면 그땐 정말인지 아닌지 알 수 있겠지."

여자는 재떨이에 담배를 비벼 끄고 내 쪽으로 몸을 향했다. 그리고 매달리듯 한 팔로 내 몸을 감싸안고, 얼굴을 내 목에 바싹 들이댔다. 이제 고개를 돌려 그녀를 볼 수가 없게 되었다.

"근데 말이야. 실제로 고양이가 아홉 개의 목숨을 가지고 있다 해도, 만일 그렇게 되면, 여덟 번 죽을 수 있잖아. 그러니까 그 한 번 죽은 고양이와, 두 번 죽은 고양이는 같은 고양이일까? 아직 한 번도 죽지 않은 고양이와, 여덟 번이나 죽은 고양이가 같은 고양이일까 말이야?"

여자에게선 대꾸가 없었다. 잠시 후 내가 다시 물었다.

"자?"

"아뇨."

얼굴을 내 목에 묻고 있었기 때문에, 여자의 목소리는 아주 멀리서 말하는 것처럼 들렸다. 하지만 어느 때보다 가까이 있었다. 여자의 입이 닿은 목 부위가 축축하고 따뜻해졌다. 여자에게 담배를 달라고 했다. 여자는 몸을 틀어서 테이블 위의 담배와 라이터를 집어서 내게 건네주었다. 그리고 곧 재떨이도 집어와 내 배 위에 올려놓고, 다시 아까의 그 자세로 누웠다. 여전히 나는 몸을 자유롭게 움직일 수가 없었다. 맨살 위에 올려진 재떨이는 유리 재질이었기 때문에 차갑게 느껴졌다. 그러나 그대로 두었다. 담배를 몇 모금 빨고 나자 목이 칼칼했다.

"뭐 안 마실래?"

내가 물었다.

"뭐 마실래요?"

여자는 고개를 들어 나를 바라보았다. 그제야 나도 고개를 돌려 여자의 얼굴을 정면으로 바라볼 수 있었다.

"냉장고에 뭐 있는지 봐봐."

여자는 몸을 일으켜 침대에서 벗어났다. 냉장고는 티브이가 놓여 있는 장식장 옆에 자리하고 있었다. 문이 하나뿐인 일 단짜리 작은 냉장고였기 때문에 여자는 그 앞에 쪼그려앉았다. 냉장고 문을 열자 노란 불빛이 여자의 알몸을 비췄다. 나는 무릎에 눌린 그녀의 유방과 살진 허벅지와 동그랗게 굽은 등허리를 보았다.

"캔커피하고, 미에로화이바 있어요."

여자가 고개를 돌려 나를 보았다.

"너 뭐 마실래?"

"나는…… 미에로화이바."

"그럼 나는 생수나 줘. 커피 마시면 잠 안 오잖아."

"아니, 그럼 오빠가 미에로화이바 마셔요."

여자는 음료수를 꺼내고 냉장고 문을 닫았다. 바로 침대 위로 올라오려는 걸 내가 말렸다.

"잠깐만, 잠깐만 있어봐."

몸을 일으켰던 여자는 다시 그 자리에 쪼그려앉았다. 방향만 바꿔 내 쪽을 향했다.

"왜요? 정말 물 마실래요?"

"아니, 잠깐만 서볼래?"

"왜요?"

"그냥 보고 싶어서."

"뭘 봐요?"

여자는 내가 무슨 말을 하는지 짐작하고 있으면서 물어보는 것 같았다. 나는 웃었다.

"너 벗은 몸."

여자는 웃으면서 쪼그려앉은 채, 오리걸음으로 침대로 돌아왔다.

"왜, 싫어?"

"부끄럽잖아."

"어두워서 잘 보이지도 않아."

"근데 왜 보려고 그래요?"

"정말 싫어?"

여자는 잠시 생각하는 척하더니, 마지못한 듯 천천히 몸을 일으켰다.

"좀더 뒤로 가봐."

여자의 뒤편으로 창에서 흘러드는 빛이 스포트라이트처럼 바닥을 비추는 곳이 있었다. 여자는 아무 말 없이 뒤로 물러서서 그 자리에 섰다. 여자의 알몸이 흐릿한 빛 속에 떠올랐다. 빛은 여자의 몸을 푸르스름하게 빛나게 했고, 굴곡마다 신비한 음영을 드리웠다. 나는 말했다.

"예뻐."

여자는 엉거주춤 다리를 모으고 무릎이 엇갈리게 다리를 꼬았다가 풀었다. 좀 있다 무슨 생각이 들었는지, 자세를 고치면서 말했다.

"안녕하십니까, 고객님. 이번에 새로 나온 치즈 한번 맛보시겠습니까?"

옆으로 살짝 비켜서면서 몸을 틀고 마치 바로 옆에 상품이 놓여 있는 것처럼 팔을 뻗어 가리켰다.

나는 웃었다. 여자는 대형 할인마트의 유제품 코너 판매원이었다. 내가 여자를 처음 본 것도 그곳에서였다. 여자는 미니스커트와 화려한 색상의 재킷, 전체적으로 비닐 재질로 된 조금 우스꽝스러운 유니폼을 입고 있었다. SF영화에 나오는 미래 인간 같았다. 하지만 치마 아래로 쭉 뻗은 다리는 정말 예뻤다. 여자에게 다가가 상품을 설명해 달라고 했다. 일주일 뒤 다시 할인마트에 가서 여자를 찾았다. 치즈가 정말 맛있다고 말해주었다.

"그렇게 하면 모두들 그 치즈를 살 텐데 말이야. 안 사곤 못 배기지."

여자는 침대를 향해 빠른 걸음으로 다가오더니 몸을 던졌다. 침대가 삐걱거리는 소리를 냈다. 여자는 그대로 엎드려 내 가슴에 머리를 얹었다. 나는 담배를 끄고 여자의 머리를 쓰다듬었다.

"정말 예뻐."

여자는 내 배 위에 있던 재떨이를 집어 다시 테이블 위에 올려놓았다. 나는 음료수 병뚜껑을 손으로 돌려 열었다. 여자는 캔커피를 마시지 않고 테이블 위에 놓았다. 반 정도 마시고 여자에게 주었다. 여자는 나머지를 다 마시고, 역시 테이블 위에 올려놓았다. 이제 테이블 위에는, 마시지 않은 캔커피와 다 마신 미에로화이바 병, 그리고 재떨이가 있었다. 담배와 라이터는 아직 침대 위에 있었다. 음료수를 마시고 나니 다시 담배가 피우고 싶어졌지만, 또 여자에게 재떨이를 달라고 하기 뭣해서 그대로 있었다. 여자는 다시 엎드린 채였다. 시간이 흘렀다. 여자의 숨소리가 점점 잦아들었다.

"자?"

내가 물었다.

"아니, 안 자요. 안 잘 거예요?"

여자가 대답했다.

"자. 넌 내일 출근해야 하잖아."

"지금 몇시예요?"

"몰라. 핸드폰, 옷에 있는데."

하지만 여자는 그대로 있었다. 나는 여자의 등을 손으로 어루만졌다. 더 밑으로 손을 뻗고 싶었지만 닿지 않았다. 나는 몸을 옆으로 슬며시 빼내며 상체를 일으켰다. 여자는 이제 얼굴을 침대보에 묻었다.

"재떨이 좀 집어줄래? 미안하지만."

여자는 몸을 일으켜 테이블 위의 재떨이를 내게 건네주었다. 그러고 이번에는 천장을 향해 누웠다. 이불을 목까지 끌어당겨 덮었다. 나는 그대로 상체를 일으킨 채 한쪽 팔로 몸을 지탱하고 담배를 피웠다. 여자는 눈을 감았다. 여자의 몸을 더 만지고 싶었지만, 여자가 귀찮아할 것 같아 그만두었다.

"있잖아. 먼산에서 내리는 눈 본 적 있어?"

"또 고양이 얘기예요?"

여자의 목소리가 작았다.

"아니, 그 눈 말고, 하늘에서 내리는 눈 말이야. 어떻게 고양이의 눈이 산에 내릴 수 있어?"

여자는 아무 말도 하지 않았다.

"난 본 적 있어. 내가 군에 있을 때. 철책에 있었거든. 얘기했던가?"

여자는 대답하지 않았다. 주위가 갑자기 고요해진 것처럼 느껴졌다. 생각보다 시간이 많이 흐른 것 같았다. 나는 내 목소리에 섞인 희미한 울림을 들을 수 있었다.

"그렇다고 무슨 수색대 같은 데 있었던 건 아니고. 경계 근무만 서는 데야. 흔히 철책 부대라고 하지. 한 연대에 네 개 대대가 있는데, 각각 육 개월씩 철책에 들어가 내내 보초만 서는 거야. 우리 대대는 항상 겨울에 들어갔어. 내가 상병 때였지. 다음해 6월에 제대했으니까, 상병 때 들어가서 그곳에서 병장 계급을 달았어. 다행이었지. 이등병이나 일병 때 들어가지 않아서. 거긴 엄청 춥거든. 추운 건 아주 딱 질색이야. 그래도 참 묘한 게 워낙 춥다, 춥다 하니까, 철책 들어가기 전에 다들 그렇게 말하는데, 막상 들어가서 지내보니 또 그렇게 춥지는 않더라고. 하긴 어쭙잖게 추운 게 더 추운 법이지. 워낙 추우니까 다들 마음의 준비도 단단히 하고, 옷도 몇 겹씩 껴입어서 오히려 따뜻하다 느껴질 때도 있다니까.

하여간, 나는 그곳에서 먼산에 내리는 눈을 봤어. 거긴 눈도 장난이 아니야. 첫눈이 10월 말이나 11월 초에 내리기 시작해서, 다음해 4월까지 오니까 일 년의 반이 눈이 오는 계절인 거야. 정말 평생 볼 눈을 거기서 다 구경하고 온 기분이라니까. 그건 아마 철책에 들어간 지 꽤 됐을 때의 일일 거야. 거긴 정말 밥 먹고 근무 서고 자는 일밖에 하지 않는데, 그걸 육 개월씩 한다고 생각해봐. 철책생활에 익숙해지면 그 다음부터는, 마치 시간이 흐르는 소리를 들을 수 있을 것처럼 마음이 아주 고요해지지. 여러 가지 생각들을 하게 돼. 특히 나는 철책을 나오고 두 달만 지나면 바로 제대였으니까 더욱 그랬지. 주간 근무를 서던 날이었어. 점심 먹고 바로 나가서 저녁식사 때까지 다섯 시간 정도를 스트레이트 근무였어. 자?"

여자는 여전히 눈을 감은 채 아니라고 대답했다. 나는 말을 계속 했다.

"아침부터 날씨가 별로 안 좋아서 눈이 오려나보다 했지. 하지만 눈은 내리지 않았어. 적어도 내가 있던 곳엔 말이야. 나는 똑바로 서서 전방에 보이는 산을 바라보고 있었어. 초소 바로 앞은 아득히 내려다보이는 깊은 골짜기가 넓게 펼쳐져 있었고, 그 골을 따라 철책이 양옆으로 길게 뻗어 있어. 끝이 보이지 않아. 마치 영원히 그렇게 이어져 있을 것만 같지.

그 너머에 산이 있었어. 그때까지 나는 산이나 골짜기가 그런 모습일지 몰랐어. 실제로 그렇게 높고 많은 산과, 시선이 닿는 끝까지 길게 이어진 산맥과 깊은 골짜기를 본 적이 없었던 거야. 사방이 산이었어. 게다가 겨울이라서 산의 윤곽이 아주 뚜렷하게 드러났지. 뭐랄까, 마치 아주 은밀한 자연의 비밀을 보는 것 같았어. 구름이 낮게 드리운 날엔 발아래로 구름이 보였지. 그런 곳에서 한참을 생활하다보면 종교적인 기분에 젖어들 때가 있어. 나라는 한 개인이 아무것도 아닌 것처럼 느껴진단 말이야.

그런데 내 정면으로 보이는 먼산에 뭔가가 내리고 있는 거야. 그것도, 가까운 앞산이 아니라, 산봉우리들이 겹치듯이 막아서, 아주 멀리 흐릿하게 봉우리의 윤곽밖에 보이지 않는 산이었지. 날이 흐린 날에는 그것조차 보이지 않아. 그런데 그날은 분명히 보였지. 나는 처음에 그게 눈인지 몰랐어. 뭔가 다른 생각을 하고 있었는지도 몰라. 그래, 그날 오전에 일 년 전에 헤어진 여자에게서 전보가 왔었더랬어. 나는 전보란 걸 그때 처음 받아봤는데, 거기에는 이렇게 쓰여 있었지. 살려줘.

나는 그게 무슨 뜻인지 몰랐어. 지금도 그녀가 왜 내게 그때 그런 전보를 보냈는지 짐작도 가지 않아. 지금 당장 서울로 올라올 수 없겠느냐고도 쓰여 있었는데, 물론 나도 당장 달려가고 싶었지. 하지만 그럴 수 없었어. 나는 군대에 있었으니까. 그녀 생각을 하고 있었던 것 같아. 아니면 그녀의 얼굴을 만지던 내 손을 생각하고 있었거나. 왜 문득 어떤 장면들이 떠오르잖아. 그녀가 마지막으로 면회를 왔던 날, 서울로 올라가는 고속버스에 그녀를 혼자 태워 보내면서 나는 그녀의 볼을 양손으로 감싸고 말했어. 네가 살아 있다는 걸 뼈저리게 느껴보고 싶을 때가 있어. 그렇게 말했지."

나는 잠시 말을 멈추었다. 눈에 보이지는 않았지만 방안이 짙은 담배 연기로 가득차 있다는 걸 알 수 있었다. 담배 냄새가 진하게 났다.

"그게 눈이란 걸 깨달은 건 꽤 오랜 시간이 흐른 후였어. 처음에 나는 부사수에게 물었지. 저게 눈이지? 그는 그렇다고 말했어. 그도 그럴 것이 그 산봉우리는 아주 멀리 있었고, 하늘도 흐릿했기 때문에 눈의 하얀빛이 하늘빛에 가려졌던 거야. 어떻게 보면, 하늘 자체가 꿈틀대는 것처럼 보이기도 했고, 또 어떻게 보면 내가 알지 못하는 종류의 작은 동물들이 날아다니는 것처럼 보이기도 했어. 새거나 곤충이거나 말이야. 하지만 눈이라는 걸 깨닫자마자 정말 눈으로 보이더군. 눈 이외의 다른 것으로는 보이지 않았어. 근데 내가 서 있는 자리에는 눈이 내리지 않았지. 그 눈은 아주 멀리 있는 산에만 내리고 있었던 거야. 처음에는 신기했지. 하지만 생각해보면 별로 신기할 것도 없어. 알다시피 날씨란 게 지역적인 거잖아. 서울만 해도, 어느 곳에는 눈이 내리고, 어느 곳에는 눈이 내리지 않는다고. 강설량도 다르고, 물론 강우량도 지역마다 다르지. 그런 걸 아주 자연스럽게 알고 있다고 해도, 가령 친구에게 전화를 해서 여긴 눈이 오는데, 그곳은 눈이 오지 않는다는 사실을 알게 되는 것과, 실제로 그것을 눈으로 보는 것은 다른 것 같아. 전혀 다르지. 눈은 계속해서 내렸어. 내가 근무를 끝마칠 때까지 내렸으니까 적어도 다섯 시간은 내린 셈이야.

나는 근무 내내 그 먼산에 내리는 눈을 보고 있었어. 정말로 보고 있었던 거야. 마땅히 다른 것을 볼 게 없어서도 아니고, 막연히 시선을 그곳에 두고 있었던 것도 아니야. 나는 눈을 보고 있다는 뚜렷한 의식을 가지고, 눈을 바라봤어. 다섯 시간 내내 말이야. 그런데 계속 보고 있으려니까, 이런 생각이 드는 거야. 나는 이곳이 아니라, 바로 눈이 내리는 저곳에 있어야 했다. 저 눈은 나를 위해 내리고 있는 거다. 우습지? 한 번도 그런 생각은 안 해봤던 것 같은데. 그러니까 그곳에서 근무를 서면서 한 번도 힘들다고 느껴본 적은 없었단 말이야. 아까도 말했듯이 나는 철책을 나가면 바로 제대를 할 거였고, 철책 근무도 익숙해지고 나자 더할 나위 없이 편하게 느껴졌거든. 그래, 나름대로 나는 그 고요한 생활을 즐겼던 것 같아. 그런데 그것과는 달랐어. 그러한 의미는 아니었어. 이곳이 싫다든지, 괴롭다든지, 힘들다든지 하는 게 아니라, 그리고 저곳, 바로 지금 눈이 내리는 저 먼산으로 가면 전혀 다른 행복을 얻을 수 있을 것 같다는 게 아니라, 그냥 나는 이곳이 아니라 저곳에 있어야 한다고 느꼈던 거야. 이곳도 나름대로 나쁘지 않지만, 어쩌면 저곳보다 훨씬 더 편하고 행복할지도 모르지만, 그것과는 별개로 나는 내가 있어야 할 곳에 있지 않았던 거야. 그리고 그것은 명백한 잘못이었지. 저 눈은 나를 위해서 내리는 눈이고, 나는 마땅히 그곳에서 그 눈을 맞아야 했지.

근데 말이야. 조금 더 시간이 흐르자, 문득 이런 생각까지 들었어. 사실 나는 저곳에서 눈을 맞고 있는 게 아닐까? 나는 지금 저 먼산에서 눈을 맞고 있고, 나는 이곳에서 눈을 맞고 있지 않다. 이곳에 있는 나는 내가 아닐지 모른다. 눈을 맞고 있는 나 자신의 모습이 아주 선명하게 떠올랐어. 물론 나와 똑같이 생긴, 그러나 내가 아닌 어떤 사람이 눈을 맞고 있는 것처럼도 보였어. 하지만 분명히 그건 나였어. 저곳에 있는 내가 진짜 나였던 거야. 갑자기 구역질이 나기 시작했어. 부사수가 내게 다가와서, 괜찮으냐고 물었어. 나는 점심에 먹은 걸 그대로 바닥에 다 토해버렸어. 다 토하고 나서도 구역질은 멈추지 않았어. 위가 텅텅 비어서 소리가 날 지경인데도, 마지막 한 방울까지 비워내고 더이상 짜낼 게 없다고 뒤틀어지는데도 나는 바닥에 무릎을 꿇고 구역질을 했어. 마치 내장을 다 토해버릴 듯이 말이야. 부사수가 중대 행정반에 전화를 해야겠다고 하는 걸 겨우 말렸어. 그때쯤 해서는 조금 나아졌거든. 겨우 정신을 차리고 몸을 일으켰어. 심호흡을 하고, 수통의 물을 조금 마셨어. 다행히 오래전에 넣어두었던 물이 조금 남아 있었지. 하지만 다시 그 먼산에 내리는 눈을 볼 용기는 나지 않았어."

여자는 언제부턴가 눈을 뜨고 나를 바라보고 있었다. 어둠 속에서 여자의 눈동자가 도드라져 보였다. 나는 여자를 내려다보며 미소를 지어 보였다. 문득 내 미소가 그녀에게 보이는지 궁금했다.

"얘기는 더 있어. 부사수가 근처에 있는 흙을 긁어와 내가 토한 자리에 열심히 뿌리고 있는데, 갑자기 총소리가 들렸어. 탕, 하고. 가까운 곳은 아니고 멀리서 들려왔지. 나는 총소리라고 생각했어. 지금 생각해보면 그건 총소리가 아니라, 그와 비슷한 다른 소리였을지도 모르지만, 그때는 장소가 장소인 만큼 꼭 총소리처럼 들렸어. 철책에서는 매번 들어갈 때마다 어김없이 자살사고가 있었거든. 우리가 철책에 들어가고 나서 한 달 정도 지났을 무렵에도 이등병 하나가 총으로 턱밑을 쐈지. 턱이 완전히 날아갔는데도, 이틀을 더 살았어. 나는 깜짝 놀라서 부사수에게 물었어. 들었냐? 그런데 그는 아무것도 듣지 못했다는 거야. 그래도 나는 대충 방향을 짐작해서 행정반에 보고했어. 조금 있다 행정반에서 초소로 연락이 왔는데, 다른 초소에서는 듣지 못했다는 거야. 나한테 다시 확인하려는 거였지. 나는 틀림없다고 말했지. 틀림없이 무슨 소리를 들었다. 하지만 그건 총소리가 아닐지도 모른다. 행정반에서는 일단 알겠다고 하고 전화를 끊었어. 나는 수화기를 들고 한참을 있었어. 그건 무슨 소리였을까? 부사수는 그런 나를 의심스런 눈으로 바라보고 있었지. 나는 수화기를 내려놓고 초소를 나와 아까 내가 서 있던 자리로 갔어. 그리고 용기를 내서 다시 먼산을 바라봤지. 눈은 여전히 내리고 있었어. 계속해서 눈은 내리고 있었지. 좀 전보다 눈발이 더 굵어진 것 같았어. 하지만 이제 더이상 거기에는 내가 없었어. 나는 거기에 없었어."

여자는 이제 몸을 일으켜 침대 머리판에 등을 대고 담배를 피우고 있었다. 여자에게 캔커피를 달라고 해서 조금 마셨다. 여자가 피우던 담배를 건네받아 몇 모금 빨고는 다시 여자에게 주었다.

"시계 좀 봐줄래?" 내가 말했다.

여자는 다시 담배를 내게 주며 바닥에 떨어져 있는 내 옷을 뒤져 핸드폰을 찾아냈다.

"세시 조금 안 됐어."

"너 내일 출근해야 하잖아."

여자는 그렇다고, 이제 그만 자야겠다고 말하고는 다시 침대에 몸을 눕히고 눈을 감았다. 재떨이에 담배를 끄고, 이번에는 내가 몸을 일으켜 그녀를 타넘듯이 몸을 눕혀서 재떨이를 테이블 위에 올려놓았다. 그리고 그녀 위에 몸을 엎드린 채 그대로 있었다.

"안 무거워?" 내가 물었다.

"아니, 괜찮아."

"정말 괜찮아?"

나는 몸의 방향을 바꿔서 내 얼굴을 그녀의 얼굴과 마주보게 했다. 그녀가 눈을 떴다. 바로 코앞에 그녀의 얼굴이 있었다. 우리는 길게 입을 맞추었다. 나는 이불을 걷어 발 아래편으로 밀어냈다. 그녀의 몸을 안고 다시 그녀 안으로 들어갔다. 나는 괜찮으냐고 물었다. 그녀는 눈을 감은 채 고개를 끄덕였다. 나는 잠시 그대로 있었다.

"그냥 이대로 있는 게 좋아." 내가 말했다.

"나도 오빠가 그대로 있는 게 좋아요." 그녀가 말했다.

하지만 언제까지 그대로 있을 수는 없었다. 나는 천천히 몸을 움직였다. 그녀와 헤어져야 한다고 생각하자, 마음이 아팠다.

거리의 마술사

남우가 바닥에 떨어졌을 때 복도 창틀에 매달려 그 모습을 지켜본 수많은 학생 틈에 그녀도 끼어 있었다. 학생들은 일제히 비명을 질렀고 붙잡은 것이 무엇이든 간에 더 꽉 움켜잡았다. 창틀이나 창턱, 친구의 손이나 맞잡은 손, 아무것도 잡지 않았던 손은 그냥 꽉 주먹이 쥐어졌다. 아마 그것은 저기서 떨어지는 사람이 순간적으로 자기 자신이라는 착각이 들었기 때문일 것이다. 그녀도 마찬가지였다. 나중에 그녀는 그것이 순간적인 착각만은 아닐지도 모른다는 생각이 들었는데 단순히 그들 내부에서 영원히 무언가 떨어졌다든지 그날 이후 그 끔찍한 목격으로부터 자유로울 수 없게 되었다든지 하는 비유적인 의미에서가 아니었다. 또한 그의 추락을 막지 못했다는 후회나 심지어는 그를 그렇게 내몬 것이 바로 우리 자신이 아닌가 하는 죄책감으로 떨어졌다는 의미도 아니다. 사실은 정말로 그들 모두가 바닥에 떨어진 것이다.

그녀는 이러한 생각이 아주 이상하다는 것을 깨달았다. 하지만 이것이 실제로 일어난 일이다, 하고 그녀는 생각했다. 그녀는 남우가 공중으로 뛰어올랐을 때, 그가 분명히 무언가 실패했을 때, 자신의 시도 속에서 영원히 추락했을 때, 그것을 바라보는 것이 너무나 끔찍했고 고통스러웠다는 사실을 기억했다. 하지만, 그후에 아주 기석 같은 고요가 찾아왔다. 남우가 만들어낸 마지막 소리가 지상에서 영원히 사라지고 학생들은 비명을 그치고 입을 다물었다. 숨소리조차 내지 않았다. 그녀는 그 순간 자신이 본 것을 기억했다. 건물 벽면에 나 있는 검은 실금, 바람에 쉴새없이 잎을 뒤집는 가로수들, 도로를 달리는 자동차들, 항상 아침저녁으로 오르내렸던 육교, 그리고 우리 동네, 아파트 건물, 파란 하늘, 구름…… 그것은 지극히 짧은 순간이었던 것 같다. 하지만 어떤 마법 같은 일은 분명히 그 순간에 일어났다고 그녀는 믿었다. 그것은 세상이 일순간 아주 평화로워진 것 같은 마법이었다. 바닥에 떨어진 남우를 내려다보는 학생들 모두가 일순간 그 세계 속에 포함되게 하는, 마치 그들 모두가 하나의 눈을 가진 하나의 영혼이 되게 하는 마법이었다. 그녀는 그 순간 자신이 본 모든 것이, 이 세상이 너무나 아름답게 보였다는 사실을 기억했다. 그것은 분명 남우가 그들 모두를 대신해서 바닥에 떨어졌기 때문일 것이다. 다르게 말하면 그들 모두가 남우와 함께 바닥에 떨어졌다. 세상 전부가 떨어졌다. 그러니까 그들이 그 순간 붙잡은 것이 무엇이든 간에 아무런 소용이 없었던 것이다.

"담배 한 대 피워도 되죠. 어차피 아줌마는 경찰도 아니잖아요."

그녀는 가방에서 담뱃갑과 라이터를 꺼냈다. 담배를 입에 물고 불을 붙이고는 천천히 입에서 연기를 뿜어냈다. 비스듬히 여자를 올려다보며 그녀는 말을 이었다.

"어때요, 나쁜 학생처럼 보여요?"

"너는 나쁜 학생이 아니잖니. 나는 너에 대해 알고 있단다."

"그래요?"

여자는 캐멀색의 얇은 재킷을 걸치고 있었다. 아주 고운 빛깔이었고 원단도 좋아 보였다. 여자는 창턱에 엉덩이를 반쯤 걸친 채 팔짱을 끼고 테이블에 앉은 그녀를 바라보고 있었다.

"그럼 태영이는요? 걔도 나쁜 학생이 아닌가요?"

"네가 뭘 묻는지 모르겠구나."

"아줌마는 변호사시잖아요. 그러니까 이건 법적인 질문이죠."

"이건 법적인 게 아니란다. 법은 그런 게 아니야."

"그럼 여기에 법은 없나요?"

"법?"

"예, 법요. 바로 여기에, 아줌마와 나 사이에 말이죠."

변호사는 팔짱을 풀고 두 손을 뒤로 해서 손바닥으로 창턱을 짚었다.

"법은 어디에나 있지. 하지만 특별히 지금 여기에 더 많이 관여하고 있다고 생각되지는 않는구나. 나는 변호사로서 너를 만나는 게 아니야. 너도 알겠지만, 학교처럼 좁은 동네에서는 금방 말들이 퍼지니까, 나는 태영이 엄마의 부탁으로 여기에 온 거야. 그녀와 나는 사법연수원 동기였지. 그녀는 걱정이 아주 많단다. 당연한 일이겠지. 나라도 그랬을 거야. 태영이가 나쁜 학생이냐고 물어봤지? 나는 잘 모른단다. 하지만 확실한 건 그애는 아직 어린애라는 거야."

"맞아요. 그애는 어린애죠. 우리 모두가 그렇죠. 하지만 곧 어른이 되겠죠. 단 한 사람을 제외하고는 말이에요."

"누구?"

"남우요."

변호사는 말없이 그녀를 바라봤다. 그녀는 반 정도 피운 담배를 유리 재떨이에 꼼꼼하게 비벼 껐다. 그러고는 가만히 재떨이를 바라보다가 고개를 들었다.

"아줌마 말은 틀렸어요."

"어떤 말이?"

"만일 아줌마가 변호사가 아니었다면 담임이 이런 면담을 허락하지도 않았겠죠."

"네가 원하지 않는다면 아무 말도 하지 않아도 돼. 다시 말하지만, 이 자리는 전혀 법과 무관한 자리야."

"우는 애도 있었나요?"

"뭐라고?"

"아줌마가 면담한 학생 중에 우는 애가 있었느냐고요."

"없었다. 네가 한번 대답해보렴. 그날 울었던 애가 있었어?"

"있었죠." 그녀는 그날의 일이 떠올랐다. "아이들 대부분은 그런 걸 본 적이 없었을 테니까요. 무서워서라도 울었겠죠."

"너는 어땠어?"

"제가 울었느냐고요?"

"아니, 너는 그런 걸 본 적이 있어?"

"죽은 사람을요? 아님 죽는 걸요?"

"어떤 거나."

그녀는 등받이에 몸을 기대고 변호사를 바라봤다. 일회용 플라스틱 라이터를 손에 쥐고 가볍게 테이블을 두드렸다.

남우가 걷는 모습은 조금 이상했다. 딱히 뭐가 이상한지 콕 집어 말할 수는 없었지만 자연스럽지가 않았다. 아마 이것이 가장 적당한 표현일 것이다. 마치 기계 같았다. 그래서 어떤 아이들은 그를 로보캅이라고 불렀다. 물론 실제로 부른 것은 아니다. 그애를 로보캅, 하고 부른 것은 아니다. 남우라고 부르지도 않았다. 그럼 대체 그애에게 뭔가를 하라고 하거나 하지 말라고 할 때, 아이들은 그를 어떻게 불렀을까? 그녀는 잘 몰랐다. 다만 아주 오래전에 남우야, 하고 부르던 자기 목소리를 기억했다. 그때 그들은 바닷가에 있었다. 그녀는 까르르 웃고 있었다. 아이들 특유의 날카로운 고음의 웃음이었다. 하지만 남우는 그렇게 웃지 않았다. 남우는 잘 웃지 않았다. 눈도 잘 마주치려고 하지 않았다. 남우야, 하고 불러도 잘 돌아보지 않았다. 그러면 그녀는 계속해서 남우야, 남우야, 하고 불렀다. 어른들이 그런 그들을 돌아봤다. 남우야, 희수가 부르잖니? 거들어준다. 남우야, 하고 어른들도 그애의 이름을 부른다. 그래도 남우는 돌아보지 않는다. 그녀는 계속해서 계속해서 그애의 이름을 불렀다. 지치지도 않고, 얼굴 가득 웃음을 띤 채, 처음과 똑같이 아주 신나는 일이 있다는 듯, 네가 그 일에 꼭 필요하다는 듯. 마침내 남우가 돌아본다. 그녀를 쳐다본다. 결코 웃는 얼굴은 아니었다. 미소라고 부를 만한 어떤 것도 그애의 얼굴에 나타나 있지 않다. 하지만, 그녀는 그애가 즐거워하고 있다는 걸 알았다. 그녀만이 남우의 미소를 알아볼 수 있었다.

그러나 이것은 가짜 기억이다. 그렇게 어렸을 때의 일을 기억하고 있을 리 없다고 그녀는 생각했다. 기억은 한 장의 사진으로부터 만들어졌다. 사진은 바닷가에 쪼그려앉은 두 아이를 담고 있다. 그러니까 완전히 가짜 기억만은 아니었다. 그 둘은 머리를 맞대고 모래 위에 있는 무언가, 아니면 그냥 모래를 내려다보고 있었다. 사진 속에 남우의 옆얼굴이 살짝 보였다. 그녀는 그애가 사진 속에서 어떤 표정인지 알아보려고 오래도록 살펴보았다. 몇 장의 사진이 더 있었다. 그녀의 가족과 남우의 가족이 함께 떠난 여행이었다. 여행은 그 한 번뿐이었다. 그녀의 부모는 그후로 남우 가족과 여행을 가거나 하지 않았고, 어느 순간부터 그들에 대해 말하지도 않았다. 어째서일까? 카메라를 정면으로 바라보고 찍은 사진들, 어른들과 함께 찍은 단체 사진, 그 안에서 남우는 무표정했고 표가 나지는 않지만 미묘하게 다른 데를 보고 있었다. 분명히 몇 번인가 이쪽을 보라는 소리가 나왔을 것이다. 그녀는 바닷가의 그 사진 속에서, 단둘이 머리를 맞댄 그 사진 속에서만 남우가 웃고 있는 거라고 생각했다.

어느 날 그녀는 교실 칠판에서 어떤 낙서를 보았다. 그것은 한자로 사내 남男자와 비 우雨자를 적어넣고 그 옆에 영어로 레인맨Rain Man이라고 적어놓은 것이었다. 그리고 구름에서 비가 내리는 그림을 덧붙였다. 남우=레인맨. 아주 단순하면서도 재치 있는 발견이었다. 그것을 본 아이들은 와아 하고 웃음을 터뜨렸다. 물론 이것은 〈레인맨〉이라는 영화에 대한 것이다. 영화에서 레인맨이라는 캐릭터는 자폐증을 앓고 있다. 우스꽝스럽게 걷고, 우스꽝스럽게 말하고, 우스꽝스럽게 행동한다. 그녀도 웃고 말았다.

남우는 계속 걷고 있다. 로보캅. 레인맨. 하지만 아이들이 실제로 그 이름을 부른 것은 아니었다. 아무도 그애의 이름을 부르지 않았다. 그럼 어떻게 그애를 불렀을까? 학교 복도에서, 교실 뒤편에서, 커다란 전신 거울이 있는 계단에서, 육교 위에서, 보도에서, 아파트 건물 사이로 난 길 위에서, 남우는 계속 걸었다. 그녀는 그런 남우의 뒤편에서 걷고 있다. 그녀는 남우야, 하고 부르던 자기 목소리를 기억했다. 그것은 언제나 그녀의 가슴과 목 사이에서 맴돌았다. 그래서 남우는 멈추지 않았다.

"남우는 왕따는 아니었어요. 그냥 친구가 없었을 뿐이죠. 맞아요. 그게 왕따의 본래 뜻이죠. 하지만 조금 달랐어요. 심한 괴롭힘을 당하지는 않았죠. 무슨 차이가 있을까요? 친구가 없는 게, 아무도 말 걸어주지 않는 게 이미 너무 괴로운 일이었을까요? 하지만 그건 잘 모르고 하는 소리예요. 세상에는 그냥 괴로운 일과 더 괴로운 일이 있겠죠.

남우는 좀 이상한 아이였어요. 자폐증 같은 면이 있었죠. 확실히 자기 세계에서 잘 나오려 하지 않는 아이였어요. 하지만 완전히 자폐는 아니었던 것 같아요. 어쩌면 그냥 심하지 않은 자폐, 아주 조용하고 말이 없는 아이 그 중간께에 있었을지도 모르죠. 그러니까 친구가 없다는 게 그애에게 확실히 괴로웠던 일인지 아닌지 잘 판단할 수가 없어요.

아이들이 그애를 괴롭히지 않은 데는 그런 면이 크게 작용을 했다고 봐요. 그애가 좀 아프다고 생각했는지도 모르죠. 아이들은 그애를 교실 한구석에 놓인 신발장이나 청소도구함 정도로 생각했던 것 같아요. 아무도 그런 가구를 괴롭히지는 않잖아요. 그애는 눈에 잘 띄지 않는 아이 정도가 아니라, 아예 보이지 않았다고 해도 될 정도예요. 이건 비유적인 의미가 아니라, 실제로 어떤 아이들은 그애가 어떻게 생겼는지도 모를지 몰라요. 다른 데서 만났다면, 사진이나 뭐 그런 데서 보았다면 전혀 알아보지 못할지도. 항상 남우는 고개를 숙이고 있었으니까요. 아무도 그애를 정면에서 바라볼 수 없었어요."

"어쩌면 그애는 그런 걸 바랐는지도 모르겠구나."

"뭘 바라요?"

"자기 세계 속에서만 사는 거. 단단한 껍데기 안에, 마치 달팽이처럼 말이지."

"달팽이라고요?" 그녀는 웃었다. "정말 그렇게 생각하세요?"

"네가 그렇게 얘기한 게 아니니."

"그랬죠." 그녀는 잠시 생각했다. "맞아요. 우리가 남우를 따돌린 게 아니라 남우가 우리를 따돌렸다고 볼 수도 있겠죠. 그애가 그걸 바랐다고요."

그녀는 변호사를 바라봤다. 변호사는 이제 그녀와 마주보고 앉아 있었다. 잠시 후 그녀는 고개를 돌려 여름 햇빛으로 환한 창을 바라보았다. 그런 채로 그녀는 말했다.

"가끔 세계에 대해 생각해요."

"세계?"

"아까 말씀하셨잖아요. 남우가 자기 세계 속에서만 살길 바랐다고요."

"그랬지."

"하지만 아줌마도 아시잖아요. 그런 건 그냥 하는 말일 뿐이라고요. 자기 세계라느니 하는 말. 그렇지 않아요? 세계는 저기에 있는 거지, 자기 안에 있는 게 아니에요. 누구도 그럴 수 없어요."

"그럼 너는 남우가 괴로웠을 거라고 생각하니?"

그녀는 고개를 숙이고 테이블에 올린 자기 손을 바라보았다. 손가락을 만지작거렸다.

"변호사님."

"응."

"변호사님은 신이 존재한다고 믿으세요?"

"종교가 있느냐고 묻는 거니?"

"아니요. 그냥 신이 있는 걸 믿느냐고요."

"그게 무슨 차이가 있지?"

"저는 종교가 없지만, 신이 있다고 믿어요."

"이건 남우에 관한 이야기니?"

"이건 신에 관한 이야기죠. 우리가 보는 모든 것에 관한."

그녀는 교실 앞쪽 창틀에 몸을 기대고 창밖을 내다보고 있었다. 운동장에는 아이들이 그림자를 길게 늘어뜨린 채 공을 쫓고 있다. 공이 공중으로 높이 솟아올랐다가 바닥으로 떨어지면 아이들은 그 주위로 모였다가 흩어지고 다시 모였다가 흩어졌다. 마치 영원히 같은 작업을 반복하는 영구 기계처럼.

오래전에 청소시간은 끝났다. 책상 줄도 잘 맞춰져 있고, 바닥에 떨어진 휴지도 없고, 칠판도 깨끗하게 닦여 있다. 주번은 그녀에게 나갈 때 문을 꼭 닫고 나가라고 당부했다. 누구 기다려? 가방을 들고 마지막으로 교실을 나가면서 그가 물었다. 그녀는 아니라고 대답한다. 그녀는 문 앞에서 자신을 바라보던 주번의 마지막 표정을 떠올렸다. 무슨 할말이 있는 것처럼 보였는데 하지 않는다.

그림자가 점점 더 길어졌고 희미해지기 시작했다. 그녀는 그것을 조금 늦게 깨달았다. 공을 쫓는 아이들의 숫자도 줄어들었다. 그건 마치 아이들 자체가 이 세상에서 영원히 사라져버린 것 같은 착각을 불러일으켰다. 어쩌면 숫자를 미리 세어뒀어야 했는지도 모르겠다고 그녀는 생각했다. 아니, 누군가는 항상 그 숫자를 세어두지 않았을까? 그 숫자를 기억하는 누군가가 항상 어딘가에 있지 않을까?

남우는 주번이 마지막으로 나간 그 자리에 서 있었다. 열린 문 앞에. 교실 앞 공간에서 그녀와 가장 멀리 떨어진 지점에. 그녀는 남우를 보고 빈 책상과 걸상을 보고 다시 남우를 보았다. 남우는 언제나처럼 고개를 숙이고 있어서 그애가 뭘 보고 있는지 알 수 없었다. 그녀는 남우가 왜 그 자리에 있는지 이해할 수가 없었다. 교실에는 두 사람뿐이었으므로, 한순간 남우가 자신에게 말을 걸지도 모른다는 생각이 들었다. 동시에 도망치고 싶다는 생각도 들었다. 어떻게 해야 할지 모르는 중에 시간이 천천히 흘러갔다. 남우야, 하는 말이 목구멍까지 올라왔다. 하지만 그녀는 끝내 아무 말도 하지 않았다. 그때 남우가 고개를 들고 그녀를 봤다. 그러곤 곧바로 돌아섰고 문을 통과해 교실을 나갔다.

그녀는 창문을 닫고 천천히 교실 앞 공간을 가로질러 문 있는 데까지 갔다. 그리고 다시 한번 텅 빈 교실을 둘러보았다. 어쩐지 아이들이 있을 때보다 교실은 작아 보였다. 고개를 내밀고 복도를 살펴보았지만 이미 남우는 보이지 않았다. 그녀는 아주 이상한 느낌을 받았다. 자신이 그 자리에서 정말로 남우를 본 건지 확신할 수가 없어졌다. 잠시 후에 어쩌면 남우가 뭔가를 찾으러 교실에 왔다가 자신이 있어서 그냥 돌아갔는지 모르겠다는 생각이 들었다. 그럴듯한 추측이었다. 내가 있어서 그냥 돌아갔다. 그녀는 남우의 자리에 가서 주변을 살펴보았지만, 아무것도 없었다. 서랍도 텅 비어 있었다. 그애가 찾고 있었던 게 뭐였을까? 그녀는 다시 교실 앞으로 돌아와 창가로 다가갔다. 어느새 노랗던 태양빛은 사라지고 땅에는 잿빛 어스름이 깔리기 시작했다. 여전히 공을 쫓는 아이들이 남아 있었지만, 어스름 속에 공은 잘 보이지 않았고, 그런 그들의 모습은 마치 환영과 함께 춤을 추는 것처럼 보였다. 나쁜 마법에 걸린 것처럼. 그 모습마저도 눈 깜박할 사이에 지워진 것 같았다. 그 숫자를 헤아리던 누군가와 함께. 그녀는 나가면서 교실 문을 닫는 것을 잊지 않았다.

"하지만 상황이 달라졌지." 변호사가 말했다.

"그래요. 아줌마도 이미 다른 애들에게 들으신 거죠."

"안나 얘기 말이지?"

"안나를 만나보셨나요?"

"아니. 그애는 면담을 거부했단다. 그럴 시간이 없다는 이유였지."

“말도 안 되지 않아요?”

“면담을 거부한 거? 글쎄, 내가 보기엔 정말 바쁜 것 같던데. 학교에도 잘 나오지 못할 정도라면 어디서 그애를 만나볼 수 있겠니?”

“아뇨. 그 소문 말이에요.”

“여러 소문이 있었던 것 같더구나.”

“안나가 그애를 좋아한다는 소문도 있었죠.”

“정말 그랬었니?”

그녀는 잠시 생각했다.

“안나는 같은 여자가 봐도 정말 예뻤어요. 하지만 그게 전부였죠. 그게 우리가 알고 있는 전부였어요. 그런 면에서 보면 둘은 공통점을 가진 셈이었죠. 우리는 남우에 대해서도 전혀 아는 게 없었거든요. 아니, 어쩌면 이 말을 반대로 해야 할지도 모르겠군요. 우리는 그 둘에 대해서 너무 많이 알고 있다고요. 모두가 남우가 어떤 애인지 알았죠. 안나에 대해서도 마찬가지였어요. 아줌마도 나보다는 안나에 대해 더 많이 알 거예요. 아주 가끔 그애가 학교에 올 때면 아이들은 그 얼굴도 제대로 쳐다보지 못했어요. 쉬는 시간마다 일학년 애들이, 다른 반 학생들이, 선배들이 그애를 보려고 교실 앞에 줄을 섰죠. 그애는 우리가 알고 있는 그대로 행동했어요. 우리가 티브이에서 보았던 익숙한 모습 그대로요. 그게 어려운 일이었는지 쉬운 일이었는지 잘 모르겠어요. 어려운 일이었다 하더라도 참을 수 있었을 거란 생각이 들어요. 왜냐하면 그 시간은 항상 짧았으니까요. 그러나 남우는 그렇지 않았어요. 그애는 가장 심하게 괴롭힘을 당한 날에도 끝까지 교실에 남았죠. 그건 쉬운 일이었을까요? 바깥에서 만나게 되면 안나는 우리 반 애 중 몇 명이나 얼굴을 알아볼 수 있을까요? 이건 정말 웃기는 일이죠. 또 바깥에서 만나게 되면 우리 반 애 중 몇 명이나 남우의 얼굴을 알아볼 수 있을까요? 하지만, 장담컨대 안나는 남우를 알아볼 거예요.

이런 건 마치 동화 같다는 생각이 드네요. 안나가 항상 출연하는 티브이 드라마에나 나오는. 우리는 안나에 대해 너무 많이 알고 있었어요. 그러나 어느 순간부터 전혀 모르게 되었죠. 남우에 대해서도 마찬가지였어요. 상황이 달라졌죠. 안나가 수업중에 손을 들었어요. 모두가 그 손을 바라봤죠. 남우를 제외하고 말이죠."

선생은 칠판에 쓰던 것을 멈추고 안나를 바라보았다. 그녀가 일어나서 칠판이 잘 안 보이는데 앞으로 자리를 옮겨도 되겠느냐고 물었다. 그녀의 자리는 교실 뒤쪽에 있었다. 선생은 앞쪽의 자리들을 죽 둘러보았다. 안나는 손가락으로 어떤 자리를 가리켰다. 남우의 옆자리였다. 아이들이 웅성거리기 시작했다. 그들은 깜짝 놀랐는데 그 이유는 이상한 것이었다. 아이들은 남우의 옆자리가 비어 있다는 걸 그 순간 처음 알게 된 것 같았다. 마치 안나가 가리키는 순간 거기에 빈자리가 생겨난 것처럼. 선생은 고개를 끄덕였고 안나는 책과 노트를 들고 그 자리로 걸어갔다. 희수는 그날의 그 이상한 분위기를 똑똑히 기억했다. 그녀는 무언가 잘못되었다고 느꼈다. 가장 극적인 장면은 안나가 남우의 귀에 대고 무슨 말인가를 건네던 순간이었다. 그것은 수업중에 흔히 옆자리의 아이에게 할 수 있는 행동이었다. 남우는 칠판을 바라보고 고개를 숙여 자기 책상 위를 바라보고 다시 칠판을 바라보았다. 그러고는 아주 미묘하게 고개를 그녀 쪽으로 기울였다. 아이들 모두가 그것만 바라보고 있었다고 해도 과장이 아닐 것이다. 안나는 다시 남우의 귀에 입을 가까이 가져갔다. 그다음에 남우가 뭐라고 그녀에게 말하는 걸 아이들은 보았다. 심지어 남우가 그때 웃고 있었다고 말하는 학생도 있었는데, 그 아이가 앉은 자리에서는 결코 볼 수 없는 장면이었다. 선생은 몇 번이나 들고 있던 책을 교탁 위에 내려놓고 자리에 앉은 학생들을 바라봐야 했다. 오늘은 이상하게 조용하다고 선생은 생각했다. 수업이 끝나고 나서 남우는 곧장 자리에서 일어나 교실 밖으로 나갔다. 아이들은 교탁이 놓인 단상을 지나 앞문을 향해 걸어가는 남우를 보았다. 그들은 마치 처음으로 남우를 보는 것 같은 기분이었다. 고개를 숙이고 어깨를 약간 움츠린 채 이상하게 걷는 남우를.

다음 수업시간에도 안나는 남우의 옆자리에 앉았다. 점심시간이 지난 후에야 남우의 옆자리는 비게 되었다. 이전에 항상 그랬던 것처럼. 하지만 아무도 그렇게 생각하지 않았다. 그 자리가 비어 있게 된 것은 그때가 처음인 것 같았다. 아이들은 그런 생각이 분명히 사실과 다르다는 것을 알고 있었다. 그들은 아주 이상한 감정에 사로잡혔는데, 얼마 후에 그것이 불쾌감이라는 것을 알았다. 그들은 남우의 옆자리가 비어 있는 것을 보는 게 불쾌하게 느껴졌다.

그런 불쾌감을 가장 먼저 직접적으로 표현한 사람이 태영이었다. 이 말의 의미는 태영이 두번째는 아니었고, 세번째도, 마지막도 아니었다는 뜻이다.

그녀는 두번째 담배에 불을 붙였다.

"태영이를 잘 아세요?"

"어떤 질문인지 모르겠구나."

"태영이 어머니와 친구 사이시라면서요. 태영이가 어렸을 때 보고 그러시진 않았나요?"

"그렇진 않단다."

"그렇게 친한 사이는 아니시군요."

변호사는 말없이 그녀를 바라보기만 했다.

"아시겠지만 태영이는 문제아가 아니었어요. 성적도 상위권에 속했고 선생님들이 싫어하지도 않았어요. 하지만 잘나갔죠. 여학생들에게 인기도 많았어요. 그애에게는 묘하게 여성적인 면이 있었어요. 그러면서도 뒷자리의 아이들과 잘 어울렸죠. 같이 밤에 놀러 다니기도 하고. 대학생 여자친구가 있다는 얘기도 있었어요. 심지어 그 여자친구가 외제차를 갖고 학교 앞에서 기다렸다는 말도 있었는데 그냥 소문이었을지 모르죠. 아님 친누나였거나. 그애를 부러워하는 남자애들도 생겨났죠. 그애가 돈을 꿔달라고 하거나 누군가를 괴롭히거나 한 적은 없었지만, 눈에 띄지 않게 무언가를 시키는 수는 많았죠. 옆반에 가서 체육복 좀 빌려다줘. 매점 가는 길에 빵 좀 사다줘. 그러면 웬만한 아이들은 그 말을 들어줬어요. 그게 전혀 기분 나쁜 일이 아니라는 것처럼.

그래서 어느 날 쉬는 시간에 태영이가 남우를 쳤을 때 아이들은 깜짝 놀랐죠. 그냥 쳤다고요. 남우가 책상에 앉아 있는데 그 옆을 지나다가 마치 남우가 인형이나 마네킹이나 된 것처럼. 그애의 뒤통수를 손바닥으로 내리쳤어요. 그러고는 그냥 계속 가던 길을 걸어갔어요. 많은 아이가 그 장면을 보지는 못했어요. 순식간에 일어난 일이었고 쉬는 시간의 교실이란 정신이 없으니까요. 하지만 금방 교실 안에 있는 모든 아이가 무슨 일인가 방금 일어났단 걸 알게 되었죠. 뭐야, 뭐야. 이런 수군기림이 이곳저곳에서 들려왔죠. 남우는 그냥 그 자리에 앉아 있었어요. 꼼짝도 하지 않았죠. 나중에 태영이가 왜 그랬는지 그 이유를 다른 친구에게서 전해 들었는데, 그냥, 이라고 했다더군요. 그럴 작정으로 그애 곁으로 걸어간 건 아니라고요. 그냥 걸어가다 문득 남우가 보였고 그냥 그러고 싶었다고."

"그냥이라고?"

"예. 그냥."

그녀는 테이블에 놓인 물컵을 들어 한 모금 마셨다.

"그게 시작이었죠. 태영이의 행동이 안나와의 소문 때문인지 아닌지는 몰라요. 그다음 계속해서 일어났던 일들이 태영이의 '그냥' 때문인지 아닌지도 확실치 않죠. 분명한 건 아이들이 남우에 대해 생각하기 시작했다는 거예요. 그전까지는 전혀 눈에 띄는 존재가 아니었는데, 아니 너무나 눈에 띄어서 자기들과는 상관없는 존재라고 여겨왔는데 갑자기 남우가 자기들과 같은 교실 안에 있다는 걸 아이들이 절절하게 느끼기 시작했다는 거예요. 남우가 여기에 있다고요. 하지만 분명히 그애는 자기들과 달랐죠. 그건 이미 알고 있었어요. 남우는 아이러니하게도 우리 교실에서 안나와 같은 존재였죠. 사실 안나를 싫어하는 애들도 꽤 있었어요. 하지만 어쨌든 안나는 우리 교실에 없었죠. 정확히 말하면 그녀의 세계는 여기에 없었어요. 바깥세계, 연예계라는 곳에 있었죠. 똑같은 의미에서 남우의 세계도 여기에 없다고 아이들은 생각해왔어요. 하지만 그 생각을 수정해야 했죠. 왜냐하면 남우는 항상 교실에 있었으니까요. 안나와는 달랐어요. 그애의 세계가 다른 곳에 있다 해도, 아이들은 그게 어딘지 몰랐죠.

처음에는 분명히 아이들은 남우를 어떻게 대해야 할지 몰랐던 것 같아요. 다르게 말하면 그애를 어떻게 처리해야 하는지 몰랐다고나 할까요. 아이들의 생각 속에 그애가 들어왔는데, 왜 그런지 몰랐죠. 그애에 대해 얘기하기 시작했는데, 뭐라고 불러야 할지 몰랐죠. 그러나 금방 알게 됐어요. 혼란스러움이 걷히고 망설임이 사라졌죠. 자신들이 느끼는 감정을 아이들은 하나의 단어로 표현할 수 있게 되었어요. 그건 증오였죠."

그녀는 말을 멈췄다가 다시 이었다.

"아무도 왜 그렇게 됐는지 설명할 수 없었어요. 태영이의 말처럼 그냥 그렇게 됐다고 말할 수밖에…… 왜냐하면 남우는 아무 짓도 안 했거든요. 그애는 그대로였어요. 이전과 어떤 것도 달라지지 않았어요. 아니, 이건 틀린 표현일 거예요. 그냥은 아니겠죠. 뭔가 이유가 있을 거예요. 또는 이유가 너무 많아서 어떤 게 진짜인지 헷갈리는지도 모르죠. 모든 게 이유가 됐죠. 안나와의 소문이나, 태영이와의 일뿐만 아니라, 그 이전에 남우라는 존재 그 자체 말이에요. 더 중요한 건 아무도 그것을 심각하게 생각하지 않았다는 거예요. 마치 처음부터 모두가 그애를 싫어했던 것처럼 굴었어요. 이유는 분명하지 않았지만, 그 결과는 너무나 분명했죠. 갑자기 뭔가가 생겨났는데, 그건 이전부터 그곳에 있었던 것처럼 아주 자연스러웠어요. 마치 바람이나 햇볕처럼 말이죠."

숲속에서 그녀는 남우를 기다렸다. 장대같이 가느다랗고 키 큰 나무들이 그녀의 모습을 아파트 뒷길로부터 가려주고 있었다. 언제 비가 왔는지 기억나지 않았지만 젖은 흙냄새가 났다. 남우가 오자 둘은 숲의 안쪽 길을 따라 천천히 걸었다. 그녀는 한 손에 불이 붙은 담배를 들고 있었다. 어느 순간 그 불빛이 너무나 환해져서 길에서 보일 것 같았고, 그녀는 멈춰 서서 적당한 바위 위에 앉아 마지막 한 모금을 빨고 바닥에 비벼 껐다. 남우는 한 발짝 떨어진 거리에서 뭔가를 뚫어지게 바라보는 것처럼 보였는데, 그건 그냥 그애의 평상시 버릇이었다.

그날 남우는 거리의 마술사에 대해 얘기했다.

"거리의 마술사?" 그녀가 물었다.

응. 거리의 마술사.

"그가 뭘 했는데?"

마술을 보여줬지. 남우는 말했다. 일어날 수 없는 일들을 일어나게 했어. 남우는 그가 보여준 마술을 그녀에게 얘기해준다. 카드를 맞힌다든지, 카드를 순간적으로 다른 카드로 바꾼다든지, 비어 있는 콜라캔을 다시 채운다든지, 사람의 마음을 읽어서 그가 떠올린 숫자나 물건의 형상을 맞힌다든지, 또는 아주 조금이지만 공중에 뜬다든지……

"공중에 뜬다고?"

응. 발이 지면에서 떨어져, 그렇게 높게는 아니지만, 또 그렇게 오랫동안은 아니지만, 공중에 떠 있었어.

"그건 놀라운걸."

모든 게 놀라웠어.

"하지만 그건 마술일 뿐이야. 속임수야. 그냥 그렇게 보이게 만든 것뿐이야."

그래?

"응. 그건 실제로 일어난 일이 아니야."

하지만 정말로 그렇게 보였는데.

"그건 그 사람이 아주 뛰어난 마술사라서 그래."

그럼 너도 그렇게 할 수 있어?

"연습하면 몇 가지는 보여줄 수 있겠지."

나도 그렇게 할 수 있을까?

"그래, 너도 할 수 있어."

남우는 말이 없었다. 아마도 그가 보여준 마술에 대해 생각하는 것 같았다. 그냥 그렇게 보이게 만드는 것. 일어날 수 없는 일을 일어난 것처럼 보이게 만드는 것. 그게 마술이었다.

"남우야." 그녀가 말했다. "아까 학교에서 널 봤어. 어떤 아이들과 같이 있었지. 멀리서 봐서 확실하지는 않지만."

그녀는 몇 개의 이름을 남우에게 들려줬다.

"그애들이 맞아?"

몰라.

"남우야, 학교를 그만둬. 네가 꼭 이 학교에 있을 필요는 없잖아?"

남우는 말없이 서 있었다. 물론 그녀도 알고 있었다. 이런 일이 처음도 아니었고 마지막도 아닐 거라는 걸. 마치 간빙기처럼 아주 짧은 시간 동안만 어떤 종류의 평화가 주어진다는 걸. 그녀는 세계에 대해 생각했다. 그녀가 생각하는 세계에는 항상 공을 쫓아 달리는 아이들이 있었다. 그런 아이들을 헤아리는 누군가. 남우는 걷고 있었다. 언제나처럼 고개를 숙이고 기계처럼 딱딱한 우스꽝스러운 걸음걸이로. 남우가 고개를 들고 그녀를 봤다.

그럴 필요가 있어.

"왜?"

남우는 빙긋 미소를 지었다. 하지만 그녀는 어둠에 가려 그것을 또렷하게 볼 수 없었다. 그녀는 자리에서 일어나 남우에게 다가갔다. 남우는 뒤로 한 발 물러섰다.

내가 마술을 보여줄게.

"무슨 마술?"

마술. 속임수. 실제로 일어난 게 아니지만 일어난 것처럼 보이게 만드는 거.

그러고는 남우는 뒤돌아섰다. 나무들 사이를 뚫고 길로 나아갔다. 숲을 빠져나갔다.

"어른들은 말하죠. 왜 도움을 청하지 않았느냐고요. 맞아요. 도움을 청했어야 했어요. 만일 나였다면 그렇게 했을 거예요. 저는 견딜 수 없었을 거예요. 물론 완전히 문제가 해결되지는 않아요. 다른 학교로 전학을 간다고요. 하지만 한번 왕따를 당한 아이는 금방 얘기가 전해져요. 요즘에는 뭐든지 빠르죠. 비밀이 없어요. 대안학교 같은 것도 있죠. 모르겠어요. 하지만 분명히 방법이 있었을 거예요. 어딘가 아주 안전한 곳이. 마치 기적처럼 평화가 가득한 그런 세계가 어딘가 있겠죠. 비꼬는 말이 아니에요. 누군가, 어떤 힘이, 선한 힘이 그런 장소를 만들고 지켜낼 수 있다고 생각해요. 영원히는 아니죠. 완전히는 아닐 거예요. 하지만 어떤 불합리한 괴롭힘이, 이해할 수 없는 증오가, 무지막지한 악惡이 존재한다면 그 반대도 존재할 테니까요. 우습죠. 저는 이 일과, 그애에게 일어났던 일과……"

그녀는 고개를 숙였다. 그녀는 무언가를 참아야 했다.

"그래요. 저는 이 일을 겪으면서 오히려 선善에 대한 확신이 생겼어요. 악을 통해서 선을 보는 거죠. 어디선가 악은 악을 바라보는 그 눈 속에 있다는 말을 들은 적이 있는데, 이건 그 반대의 경우죠. 선은 악을 바라보는 눈이 없으면 볼 수 없어요. 악을 통하지 않으면 볼 수 없어요. 모든 게 그 눈 속에 있죠. 하지만 그 눈은 언제나 속고 말아요. 진실을 보지 못하죠. 마치 마술을 보는 것처럼. 우리는 그게 실제로 일어난 일이 아니란 걸 알지만, 눈은 몰라요. 하지만 그럭저럭 넘어가요. 저건 속임수라는 걸 알고 있으니까 하면서 말이죠. 하지만 그런 게 몇 번이나 반복되죠. 계속해서 계속해서. 그땐 정말 뭐가 뭔지 모르게 되어버려요. 자기 자신에 대한 생각조차 확신할 수 없어요. 나 자신이 어떤 인간인지조차 알 수 없게 되어버려요. 자기 자신이 뭘 했는지, 뭘 하고 있는지, 앞으로 뭘 하면 되는지. 그런데 어떻게 누군가에게 도움을 청할 수 있겠어요? 이건 남우에 대한 얘기가 아니에요. 바로 우리 자신에 대한 이야기죠. 사실 도움을 받아야 했던 건 남우가 아니라, 우리였어요. 반 아이들이었죠. 아시겠죠? 그러니까 그건 어떤 의미에서는 불가능했죠. 그것을 가능하게 해줄 수 있는 사람, 그것을 가능하게 해주는 장소. 변호사님은 그런 걸 상상할 수 있나요?"

잠시 후 변호사가 말했다.

"그건 법적인 질문이니?"

그녀는 웃었다.

"물론 아니죠. 이건 법에 대한 얘기가 아니에요."

"그럼 신에 관한 얘기겠구나."

"아뇨. 그냥 마술사에 관한 얘기죠."

"마술?"

"칼에 대한 얘기를 들으셨을 거예요. 그리고 피도."

"그래. 아이들은 칼을 봤다고 했지."

"예. 저도 봤어요. 남우가 들고 있었죠."

그녀가 맨 먼저 본 것은 남우가 교실 앞문 쪽에 서 있는 모습이었다. 마치 어느 날엔가 청소가 끝나고 혼자 교실에 남아 창밖을 내다보고 있다가 돌아섰을 때 보았던 그 모습처럼. 그날과 다른 점이 있다면 이번에는 교실이 아이들로 채워져 있다는 것이었다. 그녀는 그날처럼, 남우를 보고 교실의 아이들을 보고 다시 남우를 보았다. 가슴이 뛰기 시작했다. 왜 그런지는 몰랐다. 남우가 고개를 들어 자신을 바라볼 거란 생각을 했다. 아니, 그러기를 바랐다. 남우를 끌고 그냥 교실을 나가고 싶었다. 바닷가, 두 아이가 모래사장 위에 머리를 맞대고 쪼그려앉아 있다. 그곳은 어디였을까? 그녀는 비로소 그때 그 둘이 모래사장 위에서 뭘 보고 있었는지 기억해냈다. 남우가 교실 안으로 들어왔다. 그녀 쪽으로는 눈길도 주지 않았다. 곧장 자기 책상이 있는 데로 가더니 서랍 안에서 무언가를 꺼냈다. 한 손으로 쥘 만한 무언가. 그녀는 갑자기 교실 안이 시끄러워진 것처럼 느꼈는데 재빨리 훑어봐도 특별히 그럴 만한 일은 눈에 띄지 않았다. 어쩐지 신경이 날카로워졌기 때문이라고 생각했다. 남우는 그것을 손에 쥐고 천천히 교실 뒤편으로 걸어갔다. 그녀의 시선이 조금 더 빨리 목적지에 도달했는데 거기에는 태영이 발을 걸상 위에 올려놓고 책상에 엉덩이를 붙이고 등을 보인 채 앉아 있었다. 그는 옆 책상에 앉아 있는 누군가와 대화를 나누고 있었다. 그 누군가는 누구였을까? 나중에 그 장면을 떠올려봐도 기억나지 않았다. 다만 남우가 태영을 노리고 있다고 느꼈던 건 확실히 기억났다. 그다음에 남우가 태영이 앉아 있는 책상을 발로 민 것. 태영이 책상과 함께 밀려 휘청대며 바닥에 떨어질 듯하다가 간신히 중심을 잡았던 것. 책상은 넘어지고 그 안에 담겨 있던 것들이 바닥에 차라락 소리를 내며 쏟아졌다. 그 소리는 확실히 다른 아이들의 이목을 집중시켰다. 주변에 있던 아이들이 큰 소리에 화들짝 놀라며 물러서는 소리. 의자와 책상이 끌리는 소리. 그런 모든 소리가 사라지자 단단한 침묵이 드러났다. 그 침묵은 벌어진 상처 안에 있는 뼈와 같아서 조금만 건드리면 비명이 터져나올 것만 같았다. 처음에 태영은 남우의 손에 들린 칼을 보지 못했다. 그녀가 맨 먼저, 마치 손 그 자체에서 튀어나온 것 같은 하얀 칼날을 보았다. 하지만 그건 아까 남우가 책상 서랍에서 꺼낸 것이었다. 그건 날을 접었다 폈다 할 수 있는 종류의 칼인 것 같았다. 태영이 오른팔을 뻗어 남우의 머리를 노렸으나 생각만큼 빠르지 않았다. 남우는 허둥대지 않고 거리를 벌렸다가 다시 좁혔다. 남우는 왼손을 들어 태영의 시야를 방해하면서 오른손을 허리 아래쯤에 두고 뭐라고 중얼거렸지만, 주변의 누구도 그 뜻을 알지 못했다. 태영은 여전히 남우의 오른손을 보지 못했다. 다시 헛되이 태영의 손이 허공을 갈랐다. 아이들이 조금 더 뒤로 물러섰다. 그 바람에 책상 하나가 더 쓰러지고 의자 끌리는 소리가 다른 어떤 소리를 묻어버렸다. 하지만 그 소리는 조금 있다 다시 터져나왔다. 누군가 칼이라고 소리쳤다. 그제야 태영도 남우의 오른손을 보았다. 근육이 뻣뻣이 경직됐다. 남우의 시선은 태영을 똑바로 향해 있었다. 태영도 그런 남우의 얼굴을 맞보았다. 처음 보는 것 같은 얼굴. 마치 죽음의 사자처럼 보였다. 움직여야 한다고 생각했지만, 다리를 뒤로 옮겨야 한다고 생각했지만, 말을 듣지 않았다. 남우의 왼손이 여전히 태영의 얼굴 앞에서 흔들거리고 있었다. 태영은 자신이 본 것과 보지 못한 것을 생각했다. 보지 못한 것과 본 것을 생각했다. 다리가 움직이고 있었다. 분명히 태영은 자신이 뒤로 조금씩 물러나고 있다고 생각했다. 그러나 여전히 남우와의 거리는 그대로였다. 제발, 누군가 한 명이라도 남우를 붙들어줬으면 하고 바랐다. 어느새 뒤가 막혔다. 이건 뭐지? 벽인가, 신발장인가?

마침내 태영은 남우가 뭐라 중얼거리는지 듣게 되었다. 동시에 자신이 들을 수 있게 되었다는 건 그만큼 남우가 가까이 있기 때문이라는 걸 깨달았다. 남우는 왼손으로 태영의 눈을 가렸다. 태영은 어둠 속에서 배에 무언가 쑥 들어오는 걸 느꼈다. 불에 덴 듯 뜨거웠다. 불 그 자체가 배로 들어온 것처럼 뜨거웠다. 남우는 그냥, 이라고 말했다. 태영은 어둠 속에서 자기 자신이 불타고 있다고 느꼈다.

"하지만 칼은 없었죠."

"그래. 현장에도 없었고 경찰이 와서 온 교실을 다 뒤져도 발견하지 못했지. 그 비슷하게 보일 만한 어떤 것도 없었어."

"태영이는 그저 정신을 잃었던 거고요."

"응. 아무런 상처도 없었어."

그녀는 빙긋 웃었다.

"알아요? 피를 봤다는 아이도 있었어요."

"응."

"피가 막 솟구쳤다고 떠벌리던 아이도 있었죠. 자신이 그걸 봤다고요. 그애를 만나봤어요?"

"아니. 그날 이후로 학교에 나오지 않는다고 하더구나. 집에 전화해서 부모와 통화를 해봤는데, 내가 학교 얘기를 꺼내자마자 전화를 끊더군."

"그건 정말 대단한 쇼였어요. 모두가 속아넘어갔죠. 어떻게 그럴 수 있었을까요?"

"내가 궁금한 건 그다음에 있었던 일이란다. 왜 남우가 복도 창턱에 올라서게 된 거지?"

"그건 이미 다른 애들에게 들으셨을 텐데요."

"그게 전부니?"

"뭘 들으셨는데요?"

"남우가 도망을 쳤다고 하더구나. 그럼 누가 그애를 쫓아갔지?"

"모두가요."

"너는 아니었지."

"물론 그런 의미는 아니죠. 애들은 정말로 태영이가 죽었다고 생각했어요. 남우가 태영이를 칼로 찔러 죽였다고요. 그런데 누가 그런 살인자를 붙잡으려고 했겠어요. 사실은 남우가 아니라 애들이 도망쳐야 할 일이죠."

"그럼 말이 안 되잖아."

"근데 남우가 두 손을 들어 보였어요. 아무것도 없는 두 손을. 고개를 똑바로 들고 말이죠. 심지어는 희미한 미소까지 보이면서요. 그때껏 아무도 남우의 그런 모습을 본 적이 없었죠. 그게 묘하게 아이들을 진정시켰어요. 마치 최면에서 깨어나게 하는 무슨 약속된 동작 같았죠. 남우는 그런 채로 교실을 걸어나갔어요. 누군가, 가장 멀리 떨어져 있던 누군가가 남우를 붙잡아야 한다고 소리쳤죠. 아이들이 그애의 뒤를 쫓아갔어요. 그애는 계속 걸어갔죠. 상상해보세요. 양손을 들고 미소를 띤 채 아이들에게 둘러싸여 걷는 한 아이를. 그리고 누군가 정말로 그애를 붙잡으려고 했죠. 아니면 그냥 아무것도 모르는 다른 반 아이가 무슨 일이냐고 물어보려고 했는지도 모르죠. 그걸 시작으로 많은 아이가 남우를 붙잡으려고 했어요. 남우는 그걸 계속 뿌리치면서 걸었죠. 무슨 일이 있었는지 모르겠어요. 그애가 어디로 가려고 했는지 모르겠어요. 시간이 흐르자 아이들은 완전히 꿈에서 깨어났죠. 이제 그애를 붙잡는 게 목적이 아니었어요. 언제나 그랬던 것처럼 그애를 때리고 넘어뜨리고 짓밟으려고 했죠. 욕을 하고 침을 뱉고 비웃으려는 게 목적이었죠. 그리고 이번에는 그 모든 일이 정당화될 수 있었죠. 남우는 정말 그런 일을 당할 만한 사람이 되었어요. 남우는 계단이 있는 데까지 갈 수 없었죠. 학교를 내려가는 다른 방법을 찾아야 했어요. 아마 그래서 창을 열고 올라가 창턱에 선 거겠죠."

"내려가려고 했다고?"

"예."

"아이들은 그애가 죽으려고 한 것처럼 보였다고 하던데?"

"자살요?"

"응."

"그건 아마 애들이 그 장면을 보았을 때 모두 태영이가 죽었다고 생각했기 때문일 테죠. 남우가 태영이를 죽였다고 말이죠. 그렇다면 남우가 자살할 만한 이유가 충분하잖아요. 그러나 그건 그냥 쇼였어요. 모두가 몰랐다 하더라도 남우까지 모를 수는 없죠. 자신이 태영이를 죽이지 않았다는 걸, 그애는 죽지 않았다는 걸. 근데 왜 자살을 하겠어요?"

"나중에는 애들도 알았지. 자살할 만한 이유가 그 외에도 있다고 애들은 믿는 게 아닐까?"

"변호사님도 그렇게 생각하시나요?"

"그애는 왕따를 당했어. 그 이전에도 그다지 행복한 삶을 살았던 것 같지는 않구나."

"삶이 행복하지 않다고, 괴롭다고, 무섭다고 사람들이 자살하는 걸까요?"

"마음이 약한 사람들은 죽음이 어떤 해결책이 된다고 믿기도 하지. 죽음을 원하기도 하지."

"전 잘 이해할 수가 없군요. 삶이 아무리 무서워도 죽음만큼 무서울까요? 자신이 뭔지도 모르는 것을, 원할 수 있을까요?"

"이건 의미 없는 대화인 것 같구나. 이건 죽은 자의 말을 통해서만 풀 수 있는 질문이지."

"아뇨, 만일 누군가 죽음을 바란다면 그 사람은 죽음이 뭔지 아는 사람일 거예요. 어떤 사람들은 삶 속에서 죽음을 살죠. 그 사람은 삶 속에서 죽음을 봐요. 그러나 남우는 그렇지 않았어요. 그애는 죽음 속에서 삶을 보는 애였죠."

변호사는 그녀의 말을 곰곰이 생각하는 듯하더니 결국 자리에서 일어났다.

"아마 더이상의 조사는 없을 것 같구나. 그게 네 말대로 자살이 아니라 사고사라 하더라도 달라지는 건 별로 없을 것 같아. 뭐라 해도 창턱에서 발을 뗀 건 그애 자신이니까. 아무도 그애를 그 자리로 내몰지 않았고 다시 내려오지 못하게 막지도 않았지. 그렇지 않니?"

그녀는 테이블에 두 손을 올려놓은 채 변호사를 올려다보았다.

"그애를 괴롭힌 애들은 어떻게 되나요?"

"네 입으로 말하지 않았니. 도움이 필요한 건 그애들이라고. 그리고 그건 불가능할 거라고."

그녀는 아무 의미 없이 고개를 끄덕였다. 변호사는 문 앞에서 아직 테이블에 앉아 있는 그녀를 다시금 쳐다보았다. 그녀는 창 쪽을 바라보고 있었다. 마치 창 너머에 있는 무언가를 보는 것처럼. 하지만 창은 환한 빛 때문에 그저 하얗게 보일 뿐이었다. 그녀가 다시 고개를 돌려 변호사를 바라보았다.

"가능할 수도 있어요. 아마 그애가 그렇게 했는지도 모르죠."

저녁 어스름이 깔리는 상가 거리에서 그녀는 거리의 마술사를 만났다. 그녀는 주위를 둘러보았다. 아무도 그가 거리의 마술사인지 모르는 것 같았다. 상점들은 하나둘씩 간판에 불을 밝히기 시작했고 방금 지나쳐 온 반찬가게에서 부침개나 전 같은 구운 반찬 냄새가 풍겨왔다. 앞쪽의 새로 생긴 슈퍼마켓에서 오늘의 특가상품을 소리치는 아저씨의 마이크 목소리가 반복해서 들려왔다. 장바구니나 비닐봉지를 든 아주머니들이 바깥에 내어놓은 야채나 과일 등을 허리를 굽혀 살펴보고 있었다.

거리의 마술사는 그녀에게 카드마술을 보여줬다. 과연 남우가 말했던 대로 놀라운 솜씨였다. 그녀는 계속 놀랍다고 소리쳤다. 마술사는 흡족한 미소를 지으며 연달아 계속 마술을 시연했다. 하나만 더요, 하나만 더요. 그녀는 계속 재촉했다. 마술사가 마지막으로 보여준 마술은 이런 것이었다.

그녀에게 펜과 노트를 건네주며 자기한테서 멀리 떨어진 데까지 걸어가라고 했다. 그리고 그곳에서 결코 자기에게 펜 움직이는 것도 보이지 않도록 주의하면서, 그녀에게 정말로 중요한 사람의 이름을 종이에 적으라고 했다. 정말로 중요한 사람이어야 합니다. 마술사는 말했다. 그녀는 그렇게 했다. 마술사는 그 이름을 적은 종이를 그 자리에서 노트에서 찢어낸 다음 작은 조각이 되도록 여러 번 접으라고 했다. 그녀는 또 그렇게 했다. 그러고는 마술사에게 돌아와서 그 종이 뭉치를 건네주었다.

마술사는 그녀에게 라이터가 있는지 물었다. 그녀는 가방에서 라이터를 꺼내 마술사에게 건넸다. 그러자 마술사는 그 종이 뭉치에 불을 붙였다. 어스름은 조금 전보다 깊어져서 불빛은 아주 환했고 종이에 쉽게 옮겨붙었다. 하지만 몇 번이나 접어 두툼해진 종이 뭉치는 한 번에 확 타오르지는 않았다. 검은 재를 남기면서 금방 꺼졌고 마술사는 몇 번이나 반복해서 종이의 이쪽저쪽에 불을 붙여 태웠다. 검은 재 몇 조각이 하늘로 날아올랐다. 그녀는 그것을 멍하니 바라보았다. 마술사는 이제 충분히 종이가 태워졌다고 생각했는지 라이터를 그녀에게 다시 건네주고 종이의 타지 않은 부분을 손끝으로 쥐고는 그 재를 옷 위에서 자기 배에 문질렀다. 마치 죽은 자를 위한 의식처럼.

그다음에 마술사는 옷을 천천히 들어올렸다. 그러자 맨살 위에 검은 재로 어떤 이름이 쓰여 있는 게 보였다. 바로 그녀가 종이에 쓴 이름이었다. 그녀의 필체 그대로 마술사의 하얀 배 위에 그 이름이 커다랗게 쓰여 있었다. 가슴이 먹먹해졌다. 무언가 목과 가슴 사이를 꽉 누르는 것 같았다.

마술사는 그녀에게 한 발 다가가 자신의 손을 바로 그곳에 얹었다. 그러고 가만히 있었다.

이 이름은 여기에 있어요. 마술사가 말했다. 언제까지나 그럴 겁니다.

그녀는 눈물을 흘렸다. 한 손에는 라이터를 들고 다른 손에는 불에 태운 종이 뭉치를 들고.

거리의 마술사는 돌아서서 앞으로 걸어가기 시작했다. 그녀는 그런 마술사의 뒷모습을 어둠이 조금씩 지워가는 것을 바라보았다. 자기 눈물이 지워가는 것을 바라보았다. 그녀는 남우야, 하고 불렀다. 그러자 남우가 뒤를 돌아보았다.

그녀는 정말 마술 같구나, 하고 생각했다.

방학식

소년이 돌아왔을 때, 집에는 아무도 없었다. 열쇠로 문을 딸 필요는 없었다. 문은 항상 열려 있었으니까. 도둑이 들었다는 소릴 들어본 적 없는 평화로운 시절의, 평화로운 동네였지만, 문을 잠그지 않고 소년의 가족이 생활하는 건 그래도 유별난 일이었다. 때때로 문을 잠가야 한다는 생각이 떠오르기도 했지만, 그건 언제나 시급하지 않은 일이었다. 지금껏 아무 일이 없었으니 앞으로도 그러리라고 막연하게 생각하는 것 같았다. 그래서 집에 돌아왔을 때, 온 집안을 둘러보고 나서야 소년은 집에 아무도 없다는 걸 최종적으로 확인할 수 있었다. 그렇다 해도 그 사실이 소년의 마음을 아프게 하지는 않았다. 요컨대 집에 아무도 없는 것은 흔한 일이었다. 오히려 소년은 그런 시간들을 좋아했고, 때로 기대하는 것처럼 느껴지기도 했다. 하지만 언제나 그런 것만은 아니어서, 간혹 혼자라는 사실이 소년의 마음을 사무치게 아프게 한 순간도 있었는데, 소년은 그 감정이 어디서 오는지 알 수 없었다.

그러나 오늘은 전혀 그렇지 않았다. 오늘은 방학식이 있는 날이었다. 바로 지금 이 시간부터, 소년은 자유였다. 슬퍼질 만한 이유는 어디에도 없었다.

집에 혼자라는 사실과 오늘부터 자유라는 생각이 소년의 마음을 들뜨게 했다. 소년은 책가방을 벗어던지고 거실 소파 위로 올라가서 마치 트램펄린을 타듯이 껑충껑충 뛰어본다. 그렇게 뛰면 기분이 더 좋아질 것 같아서였다. 스프링이 신음하듯 삐걱삐걱 소리를 냈고, 계속 뛰었다가는 완전히 망가질 것 같았다. 실제로 이미 망가져서 꺼진 데가 있었다. 그래도 가족들은 그대로 두었다. 새 소파로 바꿀 만한 돈이 없어서라기보다는 소파쯤이야 조금 망가져도 사용하는 데 별지장이 없다고 생각했기 때문이었다. 망가진 데를 피해서 앉으면 되고, 또 소파란 결국에는 망가지기 마련이라서, 낡은 소파를 계속 사용하면 사용할수록 이득이라고 생각했는지도 모른다. 마침내 새 소파를 구입하게 되면 그것을 곧바로 교체했을 때보다 그렇게 늦춘 시간만큼 새 소파를 정상적으로 더 오래 사용할 수 있게 되는 것이다. 그것을 소년은 시간이 연장되는 거라고 생각했다. 그 생각은 맞을 수도, 틀릴 수도 있다. 그러나 적어도 한 가지만은 확실한데, 만일 어느 날 소파를 바꾸게 되면 그렇게 소파 위에서 뛰는 걸 가족들이 못하게 할 거라는 사실이었다. 그렇다면 새 소파가 뭐가 좋을까?

부엌 식탁 위에는 우산 모양의 반찬 덮개가 씌워져 있었다. 소년은 덮개를 열고 무슨 반찬이 있는지 확인했는데 별다른 건 없었다. 가스레인지 위에는 냄비가 두 개 놓여 있다. 국은 어제와 똑같고 다른 냄비에는 생선조림이 들어 있었는데 무척 매울 것처럼 보였다. 소년의 입안에 침이 고였다. 당장 젓가락을 들고 와 양념이 밴 생선살이나 졸여진 무의 맛을 보고 싶었지만 일단 미뤄둔다. 밥을 차려 먹기에는 시간이 좀 일렀다. 대신 소년은 물을 한 컵 마시는 걸로 부엌 탐방을 마무리했다.

다시 거실로 나온 소년은 소파 위에 던져두었던 책가방을 열어 『탐구생활』을 꺼낸다. 가정통신문이 딸려나왔지만 소년은 부주의하게 그냥 그것을 탁자 한쪽 편으로 치워둔다. 소파에 등을 기대고 앉아 아무렇게나 『탐구생활』을 들추면서 그림이나 사진이 있는 페이지를 유심히 들여다본다. 그러다 아무래도 입이 심심한 것 같아 다시 부엌에 들어가 냉장고 문을 열어본다. 냉동실도 열어보았지만 마땅히 먹을 거리는 없었다. 소년은 결국 젓가락을 들고 냄비 뚜껑을 열고 생선조림의 무를 한 조각 집어먹는다. 역시 매웠다. 소년은 또 물을 조금 마시고 젓가락은 그대로 식탁 위에 둔다. 시계를 보고 지금이 열한시 반이니, 한 시간 후에 밥을 차려 먹어야겠다는 생각을 한다. 그때쯤이면 적당하다. 적어도 세시 이전에는 아무도 집에 오지 않을 것이다. 그런데 그 순간 소년은 왜인지 모르겠지만 다시금 가슴이 뛸 정도로 기분이 좋아졌다. 방학이라든지, 집에 아무도 없다든지 하는 걸로는 설명하기 어려운 행복감이 소년을 불쑥 사로잡았다. 소년은 그게 어쩌면 매운 생선조림 때문인지도 모른다고 생각했다. 하지만 생선조림이 일년에 한 번밖에 나오지 않는 무슨 대단한 반찬은 아니지 않은가? 소년은 그 점에 대해 생각해봤지만 금방 그게 무슨 상관이냐는 결론에 이르렀다.

그러다 다시 소파에 앉아 이제는 흥미를 잃어버린 『탐구생활』을 하릴없이 들춰보는데 어떤 생각이 들었다. 그건 같은 반의 쌍둥이 여자애에 대한 생각이었다. 그녀들은 소년의 바로 맞은편 아파트 건물에 살고 있었다. 그 사실을 알게 된 건 오래전의 일이지만 최근의 어떤 일 때문에 중요성이 부각되었다. 소년은 어째서 쌍둥이들은 다 그렇게 예쁜지 모르겠다고 생각했다. 그녀들은 뭐랄까, 좀 이국적으로 생겼다. 머리칼도 금발에 가까운 밝은 갈색이었고 그건 햇볕 아래에선 더욱 두드러졌다. 소년과 또다른 친구 하나가 그녀들 집에 초대받은 적도 있었다. 나중에 그 친구와 쌍둥이 중 누가 더 좋으냐는 식의 얘기를 나눴는데, 마치 그들이 결정하기만 하면 그녀들은 무조건 오케이라는 식이었다. 아무튼 이번 방학을 이용해서 좀더 친해질 수 있을 거라 기대하고 있었다. 소년의 기분이 갑자기 좋아진 건 그 때문인지도 몰랐다.

소년은 소파에서 일어나 창가로 다가갔다. 소년은 그녀들이 살고 있는 집 창문을 찾아봤다. 이전에 하나하나 창의 개수를 손가락으로 꼽아가며 위치를 확인해뒀었는데 이제 다시 찾으려니 이건가 저건가 확신이 서지 않았다. 만일 그녀들 중 누구라도 창에 나타난다면 그 얼굴을 확인할 수 있을 만큼 거리는 가까웠다. 소년의 집은 사층이었고, 그녀들의 집은 삼층이었기 때문에 창만 활짝 열어둔다면 방의 많은 부분을 그대로 들여다볼 수 있었다. 하지만 겨울인 탓에 열려 있는 창은 한 군데도 없었다. 창마다 꼼꼼히 커튼까지 쳐져 있었는데, 그건 여름에도 마찬가지였다. 그런데 얼마 전에 소년은 우연히 활짝 열린 창을 발견했다. 그건 그녀들의 창은 아니었다. 침대 위에 있는 남녀의 모습이 보였다. 소년은 당장 방의 불을 끄고 급히 창가로 되돌아왔다. 그건 소년이 생전 처음으로 보는 광경이었다. 소년은 한순간도 눈을 뗄 수 없었다. 마치 망원경으로 보는 것처럼 그들의 모습과 동작이 아주 뚜렷하게 보였다. 손을 뻗으면 그들을 만질 수 있을 것 같았고 다리를 내디디면 그 방 안으로 들어갈 수 있을 것 같았다. 그건 마치 소년의 머릿속에서 벌어지는 일처럼 보였다. 현실 같지가 않았다.

소년은 한참 동안 창에 달라붙어 있었다. 그때 갑자기 주위가 환해져서 소년은 깜짝 놀랐다. 해가 구름 사이를 빠져나왔다. 소년은 다시 건너편 아파트를 보았는데 아무래도 그녀들의 창을 찾을 수가 없었고, 갑자기 밝아진 주위를 두리번대다 무심코 시선을 아래쪽으로 옮기는데 아버지가 맞은편 아파트 건물 옆 보도를 따라 이쪽으로 걸어오는 게 보였다. 다시 주위는 어두워졌다. 다시 구름이 해를 가렸다. 소년은 창에서 떨어졌다.

소년은 아버지가 올라오기를 기다렸지만 그럴 만한 시간이 충분히 흘렀는데도 올라오지 않았다.

소년은 소파에 앉아서 이제 소파의 망가진 부분을 보고 있었다. 눈에 띄게 움푹 들어간 자리. 잠시 후 소년은 앉은 채로 몸을 움직여 그 자리에 엉덩이를 대고 앉아보았다. 확실히 다른 게 느껴졌다. 안쪽에서 스프링이 휘어졌거나 끊어진 것 같았다. 그래도 소년은 오랫동안 그 자리에 앉아 있었다.

소년은 시계를 보았다. 자신이 점심을 차려 먹기로 한 시간이 조금 지나 있었다. 쌍둥이의 얼굴을 떠올렸다. 얼굴이 똑같은데, 둘 중의 누구를 골라야 한단 말인가? 나이가 더 들면 차이가 생길 것이다. 지금처럼 학교나 놀이터에서 몇 번 보는 것만으로, 매일 같이 생활하는 가족이 아닌 이상 구분할 수가 없다. 둘이 꼭 붙어 서 있어도 그렇다. 따로따로 보면 그 둘은 한 사람 같다.

마침내 벨소리가 들렸다. 소년은 급히 자리에서 일어나 현관문 쪽으로 걸어갔다. 걸어가면서 아버지가 왜 벨을 눌렀는지 의아했다. 문은 항상 열려 있는데.

의문은 쉽게 풀렸다. 아버지가 아니었다. 문밖에는 생전 처음 보는 아주머니가 서 있었다. 소년은 그녀가 마치 만화 속에서 튀어나온 것 같이 생각되었다. 무릎까지 오는 정장치마와 재킷. 단정하게 세팅된 머리. 지적으로 보이게 하는 안경. 서류가방. 빳빳하게 보일 만큼 반듯한 블라우스. 이 모든 것에도 불구하고, 아니 그 때문인지 오히려 인상은 흐릿했다. 쳐다보고 있는데도 금방 잊어버릴 것 같은 얼굴이었다. 그래도 그녀에게 어떤 현실적인 면이 있다면 그건 바로 얼굴에 있었다. 거기에는 생활이라 할 만한 무언가의 그림자가 있었다.

그녀는 소년을 내려다봤다.

"부모님 안 계시니?"

소년은 그렇다고 대답했다. 그녀는 탐색하듯이 소년의 아래위를 훑어보았다. 그녀는 처음 소년이 문을 열었을 때 서 있던 그 자리에 발을 붙이고 있었지만 왠지 몇 발짝 더 가까워진 것 같은 느낌이었다. 그녀가 서 있는 자리에서는 현관 바닥과 신발장, 부엌문의 일부 정도만 보일 것이었다.

"그럼 집에 아무도 없니?"

소년은 망설였지만 이번에도 그렇다고 대답했다. 그녀의 키는 그렇게 크지 않았지만 어느 정도 굽이 있는 구두를 신고 있어서 소년은 자신이 그녀의 허리에도 미치지 못하는 것처럼 느껴졌다. 하지만 정확하게 따져보면 그녀의 가슴까지는 되었다. 만일 무슨 일인가 벌어진다면…… 상상할 수 있는 위험한 상황이 벌어진다면 내가 그녀를 제압할 수 있을까? 내 힘은 얼마나 셀까? 하지만 소년이 보기에 그런 위험은 없어 보였다. 그녀는 위험하게 보이지 않았다. 하지만, 나 자신의 판단이 맞을까? 정말로 위험한 일이, 그 일이 벌어지기 전에 항상 위험하게 느껴질까? 소년은 문고리를 붙잡은 손에 힘을 주었다. 잘하면 아주 빠르게 문을 닫을 수도 있을 것 같았다. 그녀가 지금 그 자리에 꼼짝하지 않고 서 있어주기만 한다면.

그녀는 가만히 서 있었다. 그녀는 어른이었다. 소년은 아이였다. 그녀는 아무것도 증명할 필요가 없었다. 소년은 그녀가 무엇을 바라는지 도무지 알 수 없었다.

"그럼 너는 혼자 있구나?"

소년은 무의식중에 목을 움츠렸다.

그녀가 허리를 숙였다. 그녀가 무릎을 살짝 굽히자 치마 아래로 살구색 스타킹에 감싸인 동그란 무릎이 드러났다. 그녀는 양손을 그 위에 얹고 고개를 숙여 소년의 눈과 높이를 맞추려고 했다. 하지만 소년은 아래쪽만 보았다. 그녀의 허리와 무릎과 손과 구두. 그녀는 소년에게 몇 살이냐고 물었다. 소년이 지금보다 훨씬 어렸을 적에 항상 들었던 질문. 그 질문에는 어떤 위험이 숨어 있을까? 소년은 갑자기 지금 바로 등뒤에 있는 거실 소파가 생각났다. 망가진 스프링. 눈에 확연히 드러나는 움푹 들어간 자리. 따져보니 소년의 기억이 미치는 한, 그러니까 소년의 길지 않은 생 속에서 소파는 언제나 그것이었다. 소파는 소년만큼 나이를 먹은 셈이다. 그런데 망가져 있다. 내가 그 위에서 부주의하게 점프를 했기 때문이다. 그녀는 다시 한번 몇 살이냐고 물었다. 따지는 듯한 태도는 아니었다. 친절한 목소리였다. 소년은 결국 자신의 나이를 밝힌다.

"오늘은 학교에 안 갔니?"

"아뇨."

"그럼 조퇴한 거야?"

"아뇨. 오늘은 방학식이 있었어요."

"아, 방학이구나. 참 좋겠네."

소년은 이제 고개를 들고 그녀를 보고 있었다. 안경알 너머로 그녀의 눈동자가 보였다. 안경 때문인지 눈은 비현실적으로 보였다.

"그런데 말이야, 너는 이렇게 혼자 있으면 안 돼." 그녀가 말했다.

소년은 아무 말도 않았다.

"너는 지금 혼자 있으면서 아무에게나 문을 열어줬잖아. 이게 얼마나 위험한 일인 줄 아니?"

그녀의 눈동자가 빠르게 움직였다.

"문을 꼭 닫고 있어도 마찬가지야. 아니, 오히려 그렇기 때문에 더 위험해질 수도 있지. 집에 불이 날 수도 있고, 네가 어느 기구나 장소에 끼이거나 빠질 수도 있어. 그때는 누가 널 도와주겠니. 심지어 창문 밖으로 떨어질 가능성도 아예 없다고 말할 수 없겠지. 침대나 소파 같은 데서 통통 뛰다가 창턱을 넘어버려 바닥으로 떨어졌다는 사례도 있었어. 너도 그런 장난을 치지. 안 그래?"

"아뇨. 난 그러지 않아요."

하지만 소년은 자기 목 부근이 빨개졌다고 느꼈다. 그녀의 눈동자는 그걸 놓치지 않은 것처럼 보였다.

그녀는 한숨을 쉬었다. 자세가 불편했던지 허리를 폈다.

"밥은? 밥은 너 혼자 차려 먹니? 이제 점심시간인데."

"네. 반찬도 밥도 국도 다 있어요. 그냥 끓이기만 하면 돼요."

"그럴 줄 알았다. 너같이 어린애가 부엌에서 가스레인지를 켜고 끄는 건 전혀 잘못된 거야. 아까도 말했듯이 불이 날 수 있다고. 가스는 제대로 끌 줄 아니? 가스가 얼마나 무서운 건데…… 이건 진짜 잘못된 거야. 아이를 방치하고 있는 거라고. 너희 부모님들은 말이지."

"그렇지 않아요. 나는 그렇게 어리지 않아요. 그리고 항상 이렇게 집에 혼자 있는 건 아니야. 오늘은 방학식이고…… 그래서 평소보다 집에 일찍 돌아왔으니까……"

"너는 어려. 네가 어린지 어리지 않은지는 네가 결정하는 게 아니야."

"그럼 누가 결정하죠?"

그녀는 소년을 바라봤다. 소년은 고개를 바짝 치켜들고 있었다.

"너는 보호받아야 해."

"전 보호받고 있어요."

"얘야, 널 혼내키는 건 아니야. 그리고 너희 부모님들을 비난하려는 마음도 없어. 이를테면…… 이건 그냥 어쩔 수 없이 일어나는 거야. 그리고 이해할지 어떨지 모르겠지만 너만 이렇게 방치되고 있는 건 아니야. 그러니까 이건 일종의 사회문제인 셈이지. 사회문제……

글쎄, 어떻게 설명해야 할지 모르겠다. 너희 부모님들은 알아들을 거야. 난 그들이 이 문제에 대해 심각하게 생각하지 않는다는 점에 화가 나지만…… 그래도 난 충분히 준비가 되어 있어. 어쨌든 나로서도 이건 정말 어려운 문제구나."

"알아요. 나도 충분히 이해할 수 있어요. 하지만 난 어리지 않아요. 나는 보호가 필요 없어요."

"아니, 틀렸지. 아까 너는 보호받고 있다고 말했잖니."

"보호받고 있지만……" 소년은 어리둥절해졌다.

"그래, 너는 보호받고 있어. 하지만 그게 충분하지 않은 거야. 이렇게 말하면 만족하니?"

소년은 아무 말 않았다. 머릿속이 복잡했다.

"뭘 만족하죠?"

"얘야, 봐봐. 너는 지금 혼자잖아. 그건 사실이잖아."

"하지만 집에 있죠."

"집은 안전하지 않아. 알겠어? 너는 지금 안전하지 않아."

"하지만 영원히 그렇지는 않아요. 이제 곧 형도 올 거고, 어머니도 올 거예요."

"내 말을 이해 못하는구나. 너는 이십사 시간 내내 보호가 필요하단 거야. 너는 그럴 자격이 있어. 너는…… 이를테면 그냥 너 자신이 아닌 거야."

"누가 그럴 수 있죠? 누가 이십사 시간 내내……"

"당연히 국가지."

"국가요?"

"그래, 국가. 너도 알겠지. 한국. 미국. 이런 나라 말이야."

소년은 그녀가 안경을 벗었다가 다시 쓰는 걸 보았다. 안경을 벗자 보기보다 나이가 더 들어 보였지만, 그게 무슨 의미가 있는지 몰랐다. 다시 안경을 쓰자 그녀는 전혀 다른 사람이 된 것 같았다. 그녀는 서류가방을 고쳐 쥐었다. 소년은 그녀가 그 안에서 뭘 꺼낼 거라고 예상했는데 그러지 않았다.

"국가는 너에 대해 잘 알고 있어. 아니, 너에게 관심을 쏟고, 항상 신경쓰고 있지."

"그럼 아줌마는 국가에서 나왔나요?"

"넌 내 말을 이해하지 못하는구나. 하긴 이해하기 어렵겠지. 그래, 이렇게 설명하면 어떠니. 너에게 종교가 있는지 없는지 모르겠지만, 이런 얘기는 들어본 적이 있을 거야. 하늘에는 하느님의 나라가 있다고. 그래서 하늘나라라고 말하지. 하늘나라…… 들어봤지? 이제 알겠니? 하늘에는 하늘나라가 있고, 땅에도 땅의 나라가 있단다. 하늘나라의 하느님이 우리에게 관심을 갖고 우리를 지켜주는 것처럼, 땅의 나라는 이 땅의, 바로 너처럼 방치된 아이들을 지켜주는 거야. 아니, 아이뿐만이 아니지. 우리들 모두가 그렇단다."

그녀는 무릎을 굽히고 아까와 똑같은 자세를 취하려고 했다. 그러다 아무래도 안 되겠다 싶은지, 아예 쪼그려앉아, 이제 소년을 아래에서 위로 올려다보았다. 소년은 그녀의 시선을 피했다가, 다시 보았다.

"이건 아주 중요한 얘기란다. 너는 어쩌면 이렇게 생각하겠지. 국가라든지 나라라든지 하는 게 나랑 무슨 상관이냐고. 그래 지금 당장은 그게 너에게 보이지 않을 거야. 너는 지금 집에 있으니까. 아빠나 엄마, 또…… 형이 있다고 했나? 어쨌든 가족이 있으니까. 혼자가 아니라고. 가족들이 널 지켜줄 거라고. 이 아줌마는 그 점에 대해 너와 싸우고 싶지는 않아. 물론 내 생각은 전혀 다르다는 걸 넌 알았겠지. 하지만 이런 걸 생각해봐라. 너도 나이가 들 거야. 그리고 슬프겠지만 부모님들은 돌아가셔. 형제들은 남지만 전과 같지 않을 거야. 알겠니? 지금 너는 혼자가 아니라고 생각하겠지. 하지만 어떤 날에 대해 생각해봐. 그날은 네가 죽는 날이야. 그냥 아주 나이가 많이 들어서 죽는다는 상상을 해보자. 너는 침대에 누워 있고, 갑자기 죽음이 너한테 다가와. 너는 그걸 알 수 있어. 그게 바로 네 앞까지 와 있지. 구체적으로 말하면 너는 꼼짝도 할 수 없는 거야. 마비라고 하지. 몸을 움직일 수가 없어. 전화기에 손을 뻗을 수도 없고, 그냥 네 앞까지 다가온 죽음을 보지 않으려고 고개를 돌릴 수도 없어. 그때 너한테는 누가 있겠니? 너는 혼자란다. 그건 너만이 볼 수 있는 거고, 너한테만 관심이 있어. 그게 죽음이란다. 그게 혼자라는 것의 의미야."

"아, 알겠어요. 아줌마는 교회에서 나온 거죠?"

"아니, 아니야. 나는 하늘나라의 얘기를 하는 게 아니야. 나는 지금 네가 살고 있는 이 나라에 대해 얘기하는 거란다. 왜냐하면 우리는 지금 여기에 살고 있잖니. 하늘나라 얘기는, 네가 얘기한 것처럼 교회를 다니는 사람들한테 맡겨두렴. 나는 단지 그 하늘나라가, 이 땅의 나라와 다를 바가 없다는 얘기를 하는 것뿐이란다. 왜냐하면 우리는 이곳에 살고 있지만, 그 삶이 끝날 때도 여전히 이곳에 있는 거야. 그리고 그때, 네가 정말 혼자가 되었을 때, 잘 알게 되겠지. 국가라는 게 뭔지. 네가 태어나는 순간부터 죽을 때까지 주욱 혼자였지만, 동시에 항상 국가가 너와 함께였다는 걸 깨닫게 될 거라는 얘기를 하는 거란다."

소년은 갑자기 그녀가 두려워졌다. 그녀의 목소리에는 소년이 두려워할 만한 어떤 이상한 떨림이 존재했다. 그런데 정말 우습게도 그녀가 쪼그려앉자 그녀의 치마 속 일부가 소년의 눈앞에 드러났다. 그녀의 무릎 안쪽, 허벅지와 그보다 더 깊은 쪽의 그늘 같은 것들이 소년의 마음을 어지럽혔다. 소년은 가슴이 뛰었는데, 그게 두려움 때문인지, 아니면 자기 눈앞에 보이는 것 때문인지 알 수 없었다.

"나는 혼자라도 상관없어요. 혼자 있는 걸 두려워하지 않아요. 나는 괜찮아요."

그녀는 가만히 소년의 눈을 바라봤다. 그 눈은 소년의 모든 것을 보는 듯한 눈이었다.

"너는 괜찮을지 몰라. 너는 아주 조심성이 많아서 가스불을 끄는 것도 잊지 않고, 창문을 열어둔 채 침대나 소파 위에서 뛰는 일을 하지도 않고, 무언가를 보기 위해 난간 너머로 몸을 너무 많이 내밀지 않을지도 모르지. 집에는 밥도 있고, 냉장고에는 다른 먹을거리도 충분할지 몰라. 사실 그런 위험은 분명 존재하지만, 많은 경우에 과장되는 법이기도 하지. 또한 반대로 진짜 그런 위험이 너에게 닥치게 되면 그때는 무엇도 널 도와줄 수 없을지도 몰라. 그건 그냥 피할 수 없는 일이지. 하지만 얘야, 진짜 위험은 그런 게 아니야. 진짜 위험은 네가 보는 것, 말하는 것, 생각하는 것 속에 있단다. 그 모든 게, 이를테면 말이지, 잘못되면 그때 너는 진짜 위험에 빠지는 거야. 그리고 그게 국가가 너한테 가지는 관심의 가장 큰 부분이지. 내 말 이해하겠니?"

소년은 고개를 저었다.

"네가 잘못된 걸 보고, 잘못된 말을 하고, 잘못된 생각을 하는 게 가장 위험하다는 뜻이야. 그리고 이 위험은, 너도 쉽게 짐작하겠지만, 네가 혼자일 때 더 커지겠지. 안 그러니? 너는 혼자일 때 어떤 나쁜 걸 훔쳐보고, 나쁜 말을 하고, 나쁜 생각들을 하지 않니? 그게 훨씬 더 쉬워지지 않니? 네 마음에 정직하게 질문하고 답을 해봐라. 아니라고 말할 순 없을 거야. 나도 네 나이 때는 그랬으니까. 아주 못된 생각들을 하면서 시간을 보내곤 했지. 하지만 이제는 국가가 나와 함께 있다는 걸 이해하고 있단다. 나의 모든 것을 보고 있다는 걸. 너는 이 아줌마의 말을 믿지 않니?"

"내 생각들을 볼 수 있다는 거예요?"

"물론 말 그대로 볼 수 있다는 건 아니지. 그건 초능력에 속하는 일이야. 하지만 대부분은 알 수가 있지. 생각은 언제나 어떤 형태로든 밖으로 표현되는 법이니까. 단지 그걸 잘 해석해내기만 하면 되지. 그것을 위해 국가는 많은 방법을 가지고 있고, 또 계속 발전시키고 있단다. 나는 지금 네가 뭘 보고, 뭘 생각하는지 알 수 있어."

소년은 괜히 얼굴이 붉어졌다.

"하지만 괜찮단다. 아직 너는 어린애에 불과하니까. 충분히 달라질 수 있어. 오늘이 그래서 정말 중요한 날이 되는 거지. 네가 나의 말을 이해하고, 또 믿는다면, 너는 절대로 위험에 빠지지 않을 거야. 너는 아주 안전해지는 거야. 너에게 어떤 큰 위험이 닥쳐온다 해도, 오늘로써, 너는 그 모든 위험을 잘 헤쳐나갈 수 있는 믿음을 얻게 되는 거지."

그녀는 일어섰다. 그녀는 무릎을 폈고, 탁탁 소리를 내며 치마를 정리했다. 재킷의 소맷단을 매만지고 허릿단을 아래쪽으로 당겨 폈다. 블라우스 깃을 원래 형태로 조심스럽게 돌려놓았다. 그리고 소년에게 손을 내밀었다.

"자, 이제 그 집에서 나오렴. 아줌마와 함께 갈 데가 있어."

"어디요?"

그녀는 아무 말도 하지 않았다. 그래도 손은 치우지 않았다. 소년도 가만히 있었다. 마음 깊은 곳에서 그녀와 함께, 그게 어디든지 가고 싶다는 생각이 들었다. 소년은 그 마음이 너무나 이상해서 가만히 바라보았다. 하지만 소년이 끝내 그녀를 따라나서지 않은 이유는 소파 때문이었다. 이상하게도 그 소파를 버려두고 떠나서는 안 된다는 생각이 들었다. 그리고 다시 돌아왔을 때 그게 사라져버려 있을 것 같다는 생각도 들었다. 언제 다른 새 소파로 바꿔도 이상하지 않을 낡은 소파였으니까.

소년은 말했다.

"안 돼요. 저도 아줌마랑 같이 가고 싶지만 그럴 수 없어요. 이제 곧 엄마가 돌아올 거예요. 그때 제가 집에 없으면 무척 걱정하실 거예요."

그녀는 한숨을 쉬었다.

"얘야, 우린 참 많은 대화를 나눴지만 전혀 서로를 이해하지 못하고 있구나. 무엇보다 말이지. 나는 네게 정직하지 못했다는 점을 먼저 고백해야겠구나. 나는 이제 네 말을 믿을 수가 없구나. 아니, 처음부터 그랬다고 말해야겠지. 너는 거짓말을 하고 있어."

"뭐가 거짓말이라는 거죠?"

"너는 지금 엄마가 곧 돌아올 거라고 했는데 그걸 내가 어떻게 믿을 수 있니?"

소년은 자기도 모르게 웃음이 났다.

"엄마가 곧 돌아온다는 게 어떻게 거짓말일 수 있죠? 여긴 저희 집이고, 당연히 모든 엄마는 집으로 돌아오죠."

"그렇지. 엄마가 곧 오신다는 건 평상시라면 믿을 수 있는 말이지. 하지만 너는 거짓말을 했잖아. 한번 거짓말을 한 사람은 계속 거짓말을 하는 법이란다. 그리고 그래서 나는 더욱 걱정이 되는 거야. 아까도 말했듯이 정말로 위험한 건 그런 잘못된 말들이니까."

"내가 무슨 거짓말을 했다는 거예요?"

그녀는 고개를 저었다. 그러고 금방 다시 고개를 끄덕였다. 그녀는 계속 그 자리에 서 있었다.

"너는 우리가 처음 대화를 나눴을 때 오늘 방학식이 있었다고 했지. 그래서 일찍 집에 돌아왔고."

"예."

"그런데 어느 학교도 11월에 방학식을 하지는 않아."

소년은 아무 말도 할 수 없었다.

"그건 누구나 알고 있단다. 오늘이 며칠인지 너도 알고 있지. 그것마저 거짓말로 속일 수는 없는 거야. 그렇지 않아? 11월이 아니야?"

소년은 가만히 생각했다. 그래, 아직 11월이네. 그러고 보니 작년에는, 또 재작년에도 이렇게 일찍 방학을 하지 않았는걸.

"나는 네가 오늘 학교에 갔다는 사실조차 믿을 수가 없어. 차라리 네가 아침부터 집에 있었다고 믿는 게 더 그럴듯한 일이겠지. 심지어는 어제도 안 갔을지 모르지. 난 정말 걱정이 되는구나. 너같이 어린

애가 학교에도 나가지 않고, 거짓말을 하고, 게다가…… 네가 뭘 보고, 뭘 생각하는지…… 방금 전에도 내가 쪼그려앉아 있을 때. 너는 너무 오랫동안 혼자 있었던 거야."

"아니에요. 난 거짓말을 하지 않았어요. 정말로 오늘 방학식이 있었단 말이에요."

"그걸 뭘로 증명할 수 있겠니?"

소년은 생각했다. 잠시 후 소년은 뭔가를 깨달았다는 듯 소리쳤다.

"맞아요. 『탐구생활』이 있어요. 가정통신문도 있고. 그게 다 집에 있어요. 그걸 보시면 되잖아요."

"네가 무슨 말을 하는지 모르겠구나. 『탐구생활』이라니, 그게 뭐니?"

"방학숙제요. 학교에서 나눠준단 말이에요. 방학 때면 언제나 나눠줘요. 그게 집에 있어요. 오늘 받아왔어요. 그걸 보면 알 수 있잖아요."

"글쎄, 나는 그런 얘길 들어본 적이 없는데. 『탐구생활』이라니."

"말도 안 되는 소리 하지 마세요. 그럼 방학숙제도 없는 방학이 있겠어요?"

"그래, 그런 게 있을 수 있겠지. 하지만 그게 네 거라는 걸 어떻게 증명하니? 또 네 거라 하더라도 그게 이번 방학 때 받은 거라고 어떻게 알 수 있니?"

"아아, 아줌마는 억지를 부리고 있군요. 저는 아줌마가 『탐구생활』을 모른다는 걸 믿을 수 없어요. 그건…… 누구나 알고 있는 거거든요. 그건 우리 형도 제 나이 때 받았던 거라고요. 또 그게 내 거라는 걸 굳이 증명할 필요는 없어요. 왜인지 알아요?"

소년은 득의양양했다.

"왜?"

"그게 있다는 걸 증명하기만 하면 돼요. 그러니까 거기에 날짜가 있다고요. 정확히 올해 겨울방학을 위해 만들어진 거라는 증명이 되죠. 만일 어느 학교도 11월에 방학을 하지 않는다면, 어느 학생도 그것을 가지고 있을 수 없죠. 방학을 하기도 전에 학교에서 나눠줄 리는 없으니까요. 그렇지 않아요?"

소년은 자신의 영특함에 도취되었다. 나는 이렇게 똑똑하구나. 모르긴 몰라도 나와 비슷한 또래들 중에 나만큼 똑똑한 애가 있을까? 어쩌면 웬만한 어른들보다 나을지도 모른다. 이 아줌마는 지금껏 잘난 척 많은 말들을 떠들어댔지만 정작 『탐구생활』이 뭔지도 모르고, 거기에 인쇄 날짜가 적혀 있다는 사실도 미처 고려하지 못하는구나.

"좋아요. 자, 그럼 나랑 같이 집에 들어가서 확인해봐요. 또 말씀드릴 수 있는 건, 그게 지금 소파에 있다는 거예요. 만일 내가 어딘가에서 내 게 아닌, 옛날 『탐구생활』을 보여드리려 한다면, 그건 다른 곳에 있어야겠죠."

소년은 흥분했다. 오늘 방학식이 있었다는 사실을 증명할 만한 여러 아이디어가 마구 머리에 떠올랐다. 그건 마치 문자 그대로 샘솟는 듯했다. 심지어 그건 자신의 생각이 아닌 것 같았다. 그래서 지금껏 붙잡고 있던 문고리를 놓고 그녀가 들어올 수 있도록 문을 활짝 열었다. 그녀가 선뜻 들어오지 않자 소년은 급한 마음에 그녀의 팔을 붙들고 끌어당기려 했다. 그러자 그녀가 소리를 질렀고, 소년은 깜짝 놀라 얼른 그녀의 몸에서 손을 뗐다. 그녀가 말했다.

"믿을 수가 없구나. 너는 잘못된 걸 보고, 잘못된 걸 말할 뿐만 아니라, 이제 잘못된 행동까지 서슴지 않는구나. 내가 생각했던 것보다 네 문제는 더 심각한 것 같아. 너는 지금 나한테 무슨 짓을 하려고 하는 거냐.”

“아뇨. 나는 단지 아줌마한테 보여드리고 싶은 거예요. 말했잖아요. 『탐구생활』이 바로 소파 위에 있다고.”

“지금 날 집안으로 끌고 들어가려고 했잖아. 집에 또 누가 있을지 내가 어떻게 알아. 내가 집에 들어가자마자 문을 닫고 날 해칠지 어떻게 아느냐고!”

소년은 어리둥절해져서 멍청하게 중얼거렸다.

“처음에 말했잖아요. 집에 아무도 없다고. 그래서 아줌마는 내가 위험에 처해 있다고 말한 게 아니에요?”

“이제 네 말은 아무것도 믿을 수 없어. 지금 당장 나와. 만일 네가 네 말을 증명하려면 날 끌고 들어가려 하지 말고 네가 나오면 돼.”

“알았어요. 그렇담 내가 가지고 나올게요. 내가 나와서 그것을 보여드리면 되죠.”

“아니. 지금 당장 나와. 너는…… 지금 뭔가 잘못하고 있어. 『탐구생활』이니 뭐니 하는 말들은 이제 듣기도 싫다. 그건 네 생각도 아니잖아.”

“난 아줌마의 말을 이해할 수가 없어요. 아줌마가 들어오지 않는 건 괜찮아요. 근데 갑자기 집에 누군가 있다느니, 내가 잘못되었다느니, 그리고 이제는 내가 말한 게 내 생각이 아니라고까지 하네요. 난 단지 오늘 방학식이 있었다는 걸 증명하고 싶은 거예요.”

“그래, 네가 말을 잘했다. 너는 지금 오늘 방학식이 있었다는 걸 증명하려고 하지. 하지만 그게 뭘 증명하겠니? 너 자신에 대해서, 혹은 나에 대해서도 말이야. 이 말은 네가 만약 그걸 증명한다고 해도, 이 세계에 대해서 그건 아무 가치가 없다는 뜻이야. 그렇지 않니? 내 말에 대답해보렴. 오늘은 11월이야. 그렇지?"

"예."

"근데 11월에 방학이 있을 수 있니? 이전에 그런 적이 있었어?"

"모르겠어요. 아줌마 말이 맞아요. 지금껏 그런 적은 없었죠."

"그게 세계란다. 물론 세계라고 하면 그건 너무나 막연한 말이겠지. 적절하게 표현한다면 그게 국가라는 거야. 방학을, 네 생각에는, 선생님이 정한다고 생각하니? 아님, 학교에서 정한다고? 방학을 언제 할지, 아니 하기라도 할지…… 그런 것들을 국가가 정하지. 자, 그렇담, 뭐가 문제가 될까? 난 이런 생각을 해본단다. 네 말이 만일 거짓말이 아니라면? 그러니까 정말로 저 집 안에, 그 소파 위에 『탐구생활』이 있다고 하자. 그게 정말로 있다면? 그게 가장 나쁜 경우란다. 왜냐하면 그건 있을 수 없기 때문이야. 존재할 수가 없는 거지. 그게 너한테 얼마나 나쁜 일인지 상상할 수 있겠니? 이 세상에서, 아니 이 국가에서 존재하면 안 되는 것을 네가 보고, 만지고, 또 가지고 있다는 게. 차라리 너는 그게 그 자리에 없길 바라야 한단다. 그리고 나도 그것을 간절히 바라고 있어. 하지만 또 한편으로 그게 그 자리에 없다면 말이야, 이 역시 네가 거짓말을 하지 않았다는 가정을 한다면, 그것 또한 너를 힘들게 하겠지. 왜냐하면 너는 너 자신을 믿을 수가 없는 거야. 너는 헛것을 본 셈이지. 이 또한 결코 좋은 일이라고 할 수 없겠지. 그러니까 말이야. 내 말을 들으렴. 너는 차라리 그것을 찾으려고 하지 마라. 너는 지금 저 집에 들어가서 그게 있는지 없는지 찾아봐선 안 돼. 있어도, 또 없어도 너는 망가지게 돼. 내 말을 이해하겠니? 내가 왜 당장 나오라고 하는지…… 알겠니?"

소년은 그녀의 말을 이해했다. 소년은 똑똑했다. 소년은 그녀의 말이 맞다고 생각했다. 그녀는 어른이었다. 그녀는 다 자란, 성숙한 육체를 지니고 있었다. 그에 반해 소년은 자신은 키도 작고, 팔도 너무 가늘다고 생각했다. 그리고 실제로 그랬다. 그런데 왜 가족들은 나를 혼자 두고 다 나가버린 걸까? 나는 이렇게 위험한데. 헛것을 보기도 하고, 잘못된 생각도, 잘못된 말도 하고…… 나는 더 자라면 정말 잘못된 행동까지 할지도 몰라. 소년은 슬픈 생각이 들었다. 동시에 그것이 매우 오래된 감정이라는 걸 알았다. 마치 이전에 단 한 번도 그러지 않았던 적이 없었던 것처럼. 바로 오늘, 학교에서 돌아와 그녀가 벨을 누르기 전까지, 그 짧은 시간 동안 느꼈던 기쁨의 감정이 소년의 첫번째 기쁨이었던 것처럼. 하지만 그건 오늘이 방학식 날이었기 때문이 아닌가?

하지만 그것도 없었던 일이 되어버렸다. 기뻐할 만한 일은 없었다. 그럼 쌍둥이는? 소년은 그녀들을 떠올렸다. 혹시 그녀들도 존재하지 않는 게 아닐까? 소년은 이제껏 그렇게 예쁜 여자애들을 본 적이 없었다. 쌍둥이들은 놀라운 존재다. 어떻게 똑같이 생긴 사람이 동시에 존재할 수 있을까? 그녀들은 서로를 바라보며 그 모습이 자신의 모습과 똑같다는 걸 어떻게 받아들일까? 처음에 하나였던 존재가 어떻게 둘로 나누어지게 되는 걸까? 그렇게 둘로 나누어진 하나가, 어떻게 둘이 될까? 둘이 하나가 될까? 소년은 계속 생각했다. 거기에는 무언가 설명할 수 없는 신비로움이 존재하는 것 같았다. 그리고 무엇보다 만일 둘 중의 하나를 내가 선택해야 한다면, 나는 무엇으로 그 선택을 이유 있는 것으로 만들 수 있을까? 하지만 이런 고민은 쓸데없다. 당연하지, 내가 선택한다 해도 그녀들이 나를 거부할 수도 있는 거니까. 나를 사랑하지 않을 수 있으니까. 왜냐하면 그녀들은 둘이고, 나는 혼자이기 때문이다. 소년은 혼자였다. 집에는 아무도 없었다.

소년은 말했다.

"집에는 아무도 없어요."

"알아, 네가 처음에 말했잖니."

"맞아요. 나를 제외하고는 말이죠."

"그래, 너를 제외하고는 아무도 없지."

"그렇담 내가 이제 아줌마를 따라가면 집에는 누가 남는 거죠?"

"아무도 남지 않지."

"아니요. 그렇지 않아요."

소년은 조용하게 말을 이었다.

"어떻게 나를 제외하고 아무도 없는 집에서 내가 나간다 해서 다시 아무도 없을 수 있죠? 처음부터 아무도 없었는데, 어떻게 다시 아무도 없을 수 있죠? 나는 이해할 수가 없어요."

"나도 이해할 수가 없구나."

"나는 뭐가 남아 있을 거라고 생각해요."

"뭐가 남니?"

소년은 미소지었다.

"나는 아줌마의 말이 맞다고 생각해요. 오늘 방학식은 없었어요.

하지만 나는 『탐구생활』을 가지고 있죠. 그건 방학식이 없었다면 가지고 있을 수 없는 거예요. 그러니까 그건 정말 잘못된 거예요. 나는 이제 그것이 정말로 있는지 없는지 확인할 거예요. 만일 있다면 이 세계가 잘못된 거고, 없다면 내가 잘못된 거죠. 어느 쪽이나 좋지 않아요. 하지만, 그렇다 하더라도 아줌마의 말처럼, 그 두 가지 모두를 포기할 순 없어요. 아시잖아요. 그건 그냥 그렇게 할 수 없는 거예요. 둘 중의 하나를 선택해야만 하죠. 선택 그 자체를 포기하는 것은 불가능해요."

그녀는 천천히 고개를 저었다.

"그렇지 않아. 얘야. 그럴 수 있단다. 너는 헛된 집착을 부리는 거야. 너는 나와 함께 갈 수 있어. 너는 그것을 선택할 수도 있어."

"아줌마. 정말이에요. 나도 그러고 싶어요. 그리고 언젠가는 그렇게 할 수 있을 것 같아요. 하지만 지금은…… 지금은 정말 집에 아무도 없어요. 아줌마가 믿지 않으셔도 어쩔 수 없어요. 나는 집에 있어야 해요. 나는 그것을 찾아봐야만 해요."

"왜 그래야만 하지?"

"왜냐하면 그건 내 책임이니까요."

그녀는 슬픈 표정을 지었다. 그녀는 천천히 한쪽 팔을 들어올려 마치 소년의 볼을 만지려는 듯이 앞으로 뻗어왔다. 그러나 그 동작을 끝까지 마치지는 못했다. 그녀는 팔을 내렸다. 아래로 늘어뜨린 팔을 어떻게 둬야 할지 모른다는 듯이 가만히 내려다보았다. 그녀는 고개를 들었다.

"좋아. 그럼 내가 여기서 기다리마. 그게 없다면 그냥 나오고, 그게 있다면 나한테 가지고 오렴. 그럼 되잖아."

소년은 잠시 생각했다. 그러곤 알겠다고 말했다. 소년은 문을 열어 뒀다. 그리고 천천히 돌아서 집안을 보고 섰다. 소년은 그것이 그대로 변하지 않았다는 걸 알았지만, 이상하게도 굉장히 오랜 시간이 흐른 것처럼 느껴졌다. 오랫동안 집을 떠나 있다 돌아왔을 때처럼, 여름 방학 동안 시골집에 내려갔다 올라왔을 때처럼, 아무것도 변하지 않았는데도 아주 낯설게 느껴졌다. 찬찬히 둘러보아도 무엇이 변했는지 결코 알 수 없었지만, 그럴수록 오히려 그 변하지 않았음이 집을 더 기괴하게 보이게 했다. 소년은 점점 나이를 먹었다. 한 발짝씩, 집 안으로 들어갈 때마다, 점점 자라났다. 소년은 청년이 되었고, 청년은 어른이 되었다. 미처 그런 신체의 변화를 따라잡지 못한 정신이 휘청거렸다. 그러나 금방 중심을 잡고 다시 한 발짝을 옮겼다. 이제 저기 문밖에 서 있는 아줌마만큼 나이를 먹었다. 쌍둥이도 그랬다. 그녀들은 여전히 구분할 수 없을 만큼 똑같았다. 하지만 소년의 예상대로 어렸을 때만큼은 아니었다. 쌍둥이 중 하나가 수줍은 듯 말했다. 어쩔 수 없는 일이잖아. 우리도 나이를 먹었는걸. 소년은 괜찮다고 말했다. 그건 너희 잘못이 아니야. 소파는 그대로였다. 소년은 그 앞에 가까이 다가갔다. 하지만 가까이 가서 보자 소파도 나이를 먹은 게 분명했다. 이제는 어떻게 할 수 없을 만큼 망가져 있었다. 하지만 그 자리에 있다. 소년은 괜히 마음이 짠해진다. 자신이 어렸을 때, 철부지처럼 별 이유도 없이 방방 뛰었던 자리마다, 쑥 들어가 있다. 소년은 소파에 앉았다. 몸이 커진 탓인지, 아니면 소파가 망가진 탓인지, 자리는 좁고 불편했다. 『탐구생활』도 그 자리에 있었다. 소년은 그것을 집어들고 몇 장을 들춰보았다. 계란을 식초에 담그면 어떻게 될까? 식물은 어떻게 광합성을 할까? 소년은 슬며시 미소지었다. 자신이 아직도 이런 질문들에 답할 수 없다는 게 우스웠다. 마지막 장에 이르러 날짜를 확인했다. 하지만 그건 이제 아무 의미도 없었다. 그건 너무나 오래된 이야기였다. 『탐구생활』에서 눈을 떼고 그대로 소파에 앉은 채 다시금 집안을 천천히 둘러보았다. 소년은 이제 분명하게 시간이 무슨 일을 하는지 알았다. 소년의 눈앞에서 집은 빠르게 돌린 필름 속 장면처럼 낡아져갔다. 벽지가 일어나고 천장이 내려앉기 시작했다. 마룻바닥은 닳고 갈라져갔으며 색이 바래고 결국 쪼개졌다. 무언가 자꾸 떨어지고 전등갓은 깨졌으며 전선들이 늘어뜨려졌다. 벽지가 다 떨어져나간 시멘트 벽면은 아래쪽부터 검게 변해갔고 금들이 마치 경주를 하듯이 사방으로 번져나갔다. 문들이 사라지고 가구와 전자제품들도 순식간에 사라졌다. 마지막으로 붙박이장들이 뜯겨나가고 방과 방 사이의 합판벽들이 허물어졌다. 그러고는 불이 꺼졌다. 소년은 눈을 감았다. 너만이 볼 수 있고, 너한테만 관심이 있어. 그녀가 말했다.

소년이 다시 현관문 앞으로 돌아갔을 때, 문밖에는 아버지가 서 있었다. 아버지가 말했다.

"들어가도 되니?"

소년은 아버지의 뒤편을 힐끗 넘겨다보며 물었다.

"여기 어떤 아줌마 한 분 계시지 않았어요?"

아버지는 못 봤다고 말했다. 하지만 소년은 그러지 않을 거라고 생각했다. 아파트는 계단식 아파트였고 오층짜리 건물이라 엘리베이터도 없었다. 두 사람이 서로를 보지 못하고 엇갈릴 수 있는 방법은 없었다. 소년은 아버지를 의심스러운 눈초리로 쳐다봤다.

"근데 뭐라고 하셨죠?"

"내가 들어가도 되느냐고 물었다."

"안 돼요." 소년은 말했다. "안 되는 거 아시잖아요."

아버지는 낙담하는 표정을 지었지만 소년은 단호했다. 그런 표정은 이제 소년에게 아무런 영향을 끼치지 못했다.

"근데 왜 이렇게 늦게 올라오셨죠? 아까, 아니 훨씬 오래전에 아빠가 이쪽으로 오는 걸 봤는데. 아시죠? 아래쪽, 요 앞 보도를 따라 걸어오는 걸 봤어요."

"모르겠구나. 나는 그냥 걸어왔는데."

"그냥 계속 걸어왔다면 아빠는 훨씬 이전에 이곳에 도착했어야 해요. 너무 늦었어요."

"아마 내가 길을 잃었나보지."

"말도 안 되는 소리예요. 아무도 이 앞까지 와서 길을 잃을 수는 없어요."

"너는 무조건 내가 잘못했다고만 말하는구나."

소년은 입을 삐죽이며 뭔가 말하려다 그만두었다. 그런 소년을 아버지는 가만히 바라보았다. 잠시 후 아버지가 말했다.

"많이 컸구나. 길거리에서 만났다면 알아보지 못했을 거야."

"많은 시간이 흘렀으니까요."

"근데 손에 들고 있는 그 책은 뭐니?"

아버지는 소년의 손에 들린 『탐구생활』을 눈으로 가리켰다. 소년은 그제야 자신이 『탐구생활』을 들고 있었다는 걸 깨달았다는 듯 아버지의 시선을 좇아 그것을 보았다.

"『탐구생활』이요. 방학숙제죠."

"아, 나도 알고 있다. 우리가 어렸을 때도 받았었지. 그래, 재밌니? 문제는 풀어봤니?"

"아뇨. 아직 잘 보지도 않았는걸요. 오늘 받았어요. 오늘부터 방학이 시작된 거죠."

"아, 방학이라고. 좋겠구나. 참 좋지. 나도 방학 같은 게 있으면 좋을 텐데."

아버지는 즐거운 일이라도 떠올랐는지 얼굴 가득 웃음을 띠었다.

"어른들도 방학이 있으면 좋을 텐데 말이지."

소년은 차라리 아버지의 그런 즐거운 표정이 자신의 마음을 더 아프게 한다는 걸 알았다. 하지만 그런 자신의 마음을 들키지 않기 위해 애를 썼고, 표정을 굳혔다. 아버지는 눈가에 웃음을 띠면서도 소년의 눈치를 살폈다.

"얘야."

"네. 아빠."

"나는 혼자란다."

소년은 아무 말도 하지 않았다.

"이제 난 아무 힘이 없어. 지난 시간에 내가 뭘 했는지도 기억나지 않는단다. 물론 너는 기억하고 있겠지. 그리고 그게 중요하다고 생각하겠지. 하지만 현실을 봐라. 그냥 있는 그대로의 나를 봐봐. 그럴 수 있겠니?"

"저도 옛날 일을 생각하지는 않아요."

"넌 이제 날 사랑하지 않니?"

"아빠. 이제 그런 건 중요하지 않아요. 아무리 내가 아빠를 사랑한다 해도 아빠가 이 집에 들어올 수는 없어요. 내가 들여보내줄 수는 없어요."

"왜, 왜 그러니?"

소년은 아랫입술을 깨물었다.

"엄마가 절대로 그래선 안 된다고 했어요."

아버지의 표정이 일그러졌다. 아버지는 콧방귀를 뀌었다.

"흥, 흥. 그 여자가 뭐라고 나를 들여보내라 말라 그러니? 너는 엄마의 아들이기도 하지만 내 아들이기도 해. 나는 너의 아빠란다. 대체 엄마가 뭐라 그러면서 날 이렇게 무시하라고 하니?"

"아빠."

"그래."

"아빠가 죽었다고 했어요."

"뭐라고?"

"아빠는 죽었다고요."

아버지는 깜짝 놀랐다. 믿을 수 없다는 표정으로 아들을 바라보았다. 하지만 그게 뭘 믿을 수 없다는 표정인지는 분명하지 않았다. 자신의 죽음인지, 아님, 아들이 그것을 알고 있다는 사실인지.

소년은 말했다.

"아빠. 이제 끝났어요. 매번 이렇게 와서 항상 똑같은 대화를 반복하는 것도 지겨워요. 나도 살아야 하잖아요."

아버지는 말이 없었다. 소년은 마음이 아팠다. 소년은 말했다.

"아빠. 누구나 혼자예요. 아무도 자신을 지켜주지 않아요. 스스로 그렇게 해야 해요. 아빠. 아빠?"

"음."

"나는 무서워요."

"안다."

"아빠?"

"음."

"이제 문을 닫을게요."

아버지는 소년을 바라보았다. 그 눈 속에는 그 아이가 태어난 순간부터 죽는 순간까지, 전 인생의 모습이 담겨 있었다. 그런 아이를 그냥 혼자 두고 떠나는 것이 아버지에게는 가장 후회스러운 일이었다. 소년도 아버지를 보았다. 마치 이 세상에서 가장 불행한 한 사나이를 보듯이. 마치 이 세상이 찢기고 망가지고, 완전히 실패한 어떤 지점을 보듯이. 문이 닫히자 소년은 하나의 세계가 완전히 사라졌다는 것을 알았다. 하지만 그것은 아주 작은 일부분이었다. 적어도 그 전부는 아니었다. 소년은 그렇게 해야 한다는 것을 알고 있었다. 그렇다 하더라도 마음이 아픈 건 어쩔 수 없었다. 소년은 문을 잠갔다. 가로대를 세로로 돌리고, 세로대는 가로로 돌렸다. 손끝에 자물쇠가 제자리를 찾는 묵직한 느낌이 분명하게 전해졌다.

소년은 가스레인지를 켜고 냄비 뚜껑을 연 채 생선조림이 끓기를 기다렸다. 국 냄비에도 불을 넣었다. 소년은 찬장에서 그릇을 꺼냈다. 국은 국그릇에, 생선조림은 넓고 오목한 그릇에 옮겨 담았다. 냉장고에서 밑반찬도 꺼냈다. 소년은 밥을 밥그릇에 퍼담고 수저를 챙겼다.

소년은 식탁에 앉아 밥을 먹었다. 밥을 다 먹고 난 후 그릇들을 설거지통에, 냉장고에서 꺼낸 밑반찬들은 다시 랩을 씌워 도로 냉장고 안에 집어넣었다. 컵에 물을 따라 마셨다. 소년은 식탁 위를 행주로 훔쳤다. 부엌을 나서기 전에 소년은 꼼꼼하게 모든 것이 제자리로 돌아갔는지 확인했다. 가스불이 꺼져 있는지도 눈으로 확인했는데 손잡이는 안전하게 '꺼짐' 칸에 맞춰져 있었다. 소년은 그런 작은 부분까지 확인하는 자기 자신이 좀 우스웠다.

소년은 조금 졸린 느낌이 들었으나 방에 들어가지 않고 거실 소파에 앉았다. 정면으로 보이는 텔레비전 브라운관에 집안의 모습이 검고 흐릿하고, 표면의 굴곡에 따라 왜곡되게 비쳐 보였다. 소년은 가만히 그것을 보다가 몸을 움직여보았다. 한 손을 어깨 위로 들고 흔들어 보았다. 그 모습이 비쳐졌다. 다시 소년은 가만히 앉아 있었다. 소년은 눈물을 흘렸다. 하지만 그것은 보이지 않았다. 소년은 아무도 자신을 발견하지 못하리라는 것을 알았다.

크리스마스
포커

흔히들 이렇게 얘기하지. 누구도 죽음을 피할 수 없다, 라고. 모두들 죽는다. 바로 이게 지금 우리가 말하고 있는 주제 아니겠어. 내 얘기는 이래. 하하. 사실 모두들 심각하게 죽음에 대해서 떠들어댔지만, 하긴 죽음이란 언제나 시리어스한 문제니까 말이야. 하지만 가끔은 이런 생각도 들어. 죽음이 포함하고 있는 것은 항상 공포나 두려움만은 아닐 거라는 것, 거기엔 분명 우스꽝스러운 유머나 농담도 포함되어 있는 거라고. 자살만 해도 그래. 수면제를 먹고 죽으려면, 이건 누군가한테 들은 얘긴데 수면제를 먹고 죽기 전에 사람들은 배가 터져 죽을 거라고. 수면제란 게 원래 자기 체중의 몇십 퍼센트 이상을 섭취해야 하는데 그게 장난이 아니게 많은 양이라는 거지. 그리고 동맥을 잘라 죽는 것도 그래. 실제로 손목의 동맥을 끊을 정도면 손목의 반 이상을 잘라내야 한대. 그래서 대개 죽어야지 싶어서 커터칼로 손목을 그으면 잘라내는 건 고작 정맥일 뿐이라는 거야. 그래도 일단 피가 나오니까 사람들은 이제 죽는구나 싶어 옷을 입은 채로 욕조로 들어가 손목을 담그지. 정말 감상적인 기분에 젖어서 말이야. 실제로 졸리다고 생각하는 사람도 있을 거야. 그러나 아무리 시간이 흘러도 죽지 않아. 눈을 떠보면 이미 피는 멈춰 있고. 그래도 정말 모진 사람은 다시 한번 손목을 커터칼로 긋지. 그럼 또 피가 나와서 음, 이젠 정말 죽을 거야, 생각하겠지. 하지만 안 죽어. 절대 안 죽어. 생각해봐. 커터칼 같은 걸로 손목의 반을 잘라낼 수 있을지. 안 그래? 나무를 자르는 벌목도 정도라면 모를까? 아님 부엌의 고기 자르는 식칼 정도? 근데 이상하게도 꼭 손목을 잘라 자살하려는 사람들은 누구나 맨 먼저 커터칼을 생각하는 거야. 뭐라고? 그럼 어떤 방법이 가장 확실하냐고? 물론 옥상에서 뛰어내리는 게 가장 확실한데, 어디 그게 쉬운 일이겠어. 그래서 그런지 자살하려는 사람들 중에 높은 곳에서 뛰어내리는 경우는 거의 없대. 가장 좋은 방법은 역시 가스야. 고통도 없고 확실하지. 방문을 닫고 창문도 꼭꼭 걸어 잠근 채 가스를 틀어놓고 소파에 앉아 기다리면 졸음이 오고 잠을 자듯이 죽음을 맞는 거지. 근데 여기에도 주의해야 할 점이 있어. 그게 뭐냐면, 그래, 가스폭발이야. 졸음이 와서 이제 죽는구나 싶은데 갑자기 펑 하는 거지. 그럼 다 날아가는 거야. 거기서 그냥 죽어버리면 또 괜찮은데 사람이란 게 어디 그렇게 쉽게 죽나? 가장 고통스러운 죽음이 화상이라고 하잖아? 화상은 죽는 마지막 순간까지 고통스럽다고 하지. 그래서 화상을 입은 사람들은 차라리 빨리 죽기를 바란대. 그래서 가스를 이용해서 죽으려면 무엇보다 전기제품의 콘센트를 모두 빼놔야 돼. 물론 담배도 절대 안 되고. 무엇보다 주의해야 할 것은 냉장고야. 다른 전기제품이야 일단 한번 전원이 들어간 상태에선 스파크가 일어날 일이 별로 없는데 알다시피 냉장고는 계속 꺼졌다 켜졌다 하잖아. 냉장고, 그리고 또 뭐가 있을까? 맞아. 어쩜 전화기도 조심해야 할지 몰라. 그러니까 가스를 틀기 전에 뭐든 다 꺼놔야 돼. 심지어 벽걸이 전자시계도.

근데 내가 무슨 얘기를 하다 말았지? 뭐라고? 어, 그래. 이제 생각났어. 너희들 중에 누구 사람 죽는 거 실제로 본 적 있어? 물에 빠져 죽는다거나, 혹은 교통사고 같은 거. 나도 교통사고가 난 건 봤지. 사람이 말이야, 정말 미친듯이 몸을 떨더라고. 무슨 기계처럼, 진동으로 울리는 삐삐처럼 달달달달…… 비명도 안 질러, 피도 나지 않는데 어떻게 보면 가장 편한 자세로 아스팔트 바닥에 누워서 그냥 몸만 떠는 거야. 끔찍하지. 근데 내가 지금 이 자리에서 하려는 얘기는 어쩜 그 반대의 경우일지 모르겠다. 끔찍함, 두려움, 공포 뭐 이런 것과는 전혀 어울리지 않는 죽음이었지. 정말 우습더라니까. 실제로 경찰서에서 그가 죽었다는 소식을 들었을 때, 물론 그전에 이미 죽었다는 걸 확인했지만, 내가 맨 처음 내뱉은 말이 "참, 이렇게도 사람이 죽는구나"였으니까.

내가 대학교 이학년 때였어. 정확히 말하면 이학년 겨울방학 크리스마스이브 때였지. 난 입영원을 낸 상태로 입영 날짜를 기다리고 있었고, 그해 여름과 가을을 함께했던 여자와 막 헤어진 뒤였지. 여자와 연말을 같이 보내려고 돈을 좀 모았었는데 그게 고스란히 주머니에 남게 됐지 뭐야. 한 이십만원 정도. 큰돈이라면 큰돈이고, 또 아니라면 아닌 건데 그 돈을 어떻게 해야 할지 잘 모르겠더라고. 은행에 저금을 할까도 생각했고, 뭐 필요한 게 있으면 살까도 생각했는데 얘기했다시피 곧 군대에 들어갈 거라고 생각하니까 아무것도 살 만한 게 떠오르지 않았지. 그래서 생각해낸 게 도박이었어. 그렇다고 내가 그 당시 도박에 환장할 정도로 빠져 있던 건 아니었어. 지금도 가끔 포커나 내기당구 같은 걸 치기도 하지만 대개 몇만원 정도 선에서 대충 그만둬버리고 말지. 하지만 그날은 꼭 이십만원을 하루에 다 써버리고 싶은 생각이 들었어. 바로 크리스마스이브에 말이야. 사실은 이런 거야. 1994년의 크리스마스이브. 내가 사랑했던 여자는 딴 남자와 밤을 보내고, 난 하우스에서 포커를 친다, 라고.

다행히 그쪽과 관련되어 있던 친구 녀석이 있어서 크리스마스이브 새벽에 학교 앞 카페에서 큰판이 벌어진다는 정보를 입수했어. 큰판이라 해봤자 모두 학생들이었으니까, 판돈 이십만원을 들고 갔던 나도 꿀릴 건 없었지. 카페는 지하에 있었고, 조명은 아주 어둑어둑했는데 테이블마다 양초가 켜져 있었어. 양초 타는 냄새와 환기가 잘 되지 않는 지하의 묵은 공기 냄새가 묘하게 섞여서 포커를 치기에 아주 그럴싸한 분위기였어. 물론 흐느적대는 듯한 재즈음악도 잘 어울렸지. 우리가 모여들었을 땐 영업이 아직 끝나지 않은 상태라서 판을 바로 벌이지 못하고 맥주를 몇 병 시켜 마시면서 같이 칠 사람들끼리 이런 저런 얘기들을 나눴지. 친구 녀석은 이미 그 판에 낀 놈들 모두와 안면이 있는 상태였고 난 처음이라 별로 얘길 안 했어.

슬슬 밤이 깊어 열한시쯤 되자 손님들이 전부 빠져나가고 주인도 우리에게 열쇠를 맡기고 퇴근하더군. 우린 모두 네 명이었어. 친구 녀석은 처음 몇 판 치다가 돈이 별로 없다면서 물러나버렸고. 이후에 카운터와 테이블을 왔다갔다하면서 맥주를 나르고 음악이 끝나면 판을 돌리고 했지. 근데 한 시간쯤 지나자 판 분위기가 이상해졌어. 어떻게 됐느냐면 한 친구가 돈으로 밀어붙이기 시작한 거야. 의대를 다니던 신입생 녀석이었는데 아버지가 마산에서 나이트를 한다던가 뭐라던가, 어쨌든 한 백만원쯤 들고 꼈나봐. 생각을 해봐. 나머지는 모두 십만원 이십만원 들고 치는데 백만원을 들고 꼈으니, 판이 계속될수록 분위기가 좆같아질 수밖에. 히든 값이 처음엔 고작 몇천원 하던 것이 나중엔 글쎄 몇만원으로 바뀌어버렸으니까. 게다가 그냥 돈만 있는 놈이 아니라 포커도 좀 쳤던 놈이라서 참 속수무책이더군. 멋모르고 흥분해서 덤벼들었던 놈이 몇 시간도 못 버티고 나가떨어졌지. 그놈도 한 이십 정도 깨졌을까, 마지막엔 백스를 잡고 마운틴에 잡혔던 거야. 그 판이 십만원이 넘는 판이었으니까, 나가떨어질 만도 했지. 볼만하더라고. 어찌나 열받아서 씩씩대던지. 그런데 사실 너희들도 포커를 쳐봐서 알겠지만 실력이 비슷비슷하면 돈 있는 놈한텐 안 돼. 그리고 모두 학생이고 재미로 치는 판에 그렇게 돈 갖고 판 키워먹는 것도 더럽지. 나도 그땐 정말 화가 났었으니까. 지가 돈이 있으면 얼마나 있다고, 지 돈도 아니면서 말야. 나중에 친구한테 들었던 말은 원래 그런 놈이 아니었는데 그날따라 이상하게 돈 갖고 지랄하더라고 그러더군. 어쨌든 그 친구가 나가떨어지면서 판은 이미 의대 새끼한테 기울었지. 기세더군. 잡는 것마다 다 족보고. 다행히 난 처음부터 크게 먹으려고 판에 낀 것도 아니었으니까 그렇게 막 덤비진 않아서 나중에 영비천이 판에 낄 때까지도 한 십 정도 남아 있었지.

그래, 영비천이야. 나중에 판에 꼈던 놈이지. 처음에 떨어졌던 놈이 전활 걸어서 불렀는지 아님 처음부터 판에 끼기로 했는데 늦은 건지 잘 기억나진 않아. 기억나는 건, 들어올 때 옆구리에 박스 하나를 끼고 들어오길래 뭘까 싶어 봤더니 그게 영비천이지 뭐야. 웃기는 녀석이었지. 들어오자마자 우리 모두한테 영비천을 하나씩 돌리면서 힘들테니까 영비천이나 마시면서 하자고 하하 웃던 놈이었어. 머리가 크고 이마가 좀 심하게 벗겨진 놈이었어. 웃는 모습이 기가 막혔지. 게다가 엄지손가락이 엄청 커서 히든을 쪼일 때 엄지로 벗기던 놈이었는데 지금도 기억나는 건 히든을 쪼일 때의 그 큰 엄지손가락과 그 너머로 환하게 웃던 그놈 얼굴뿐이니까. 근데 말이야, 그놈 기똥차게 포커를 치더라고. 테이블에 앉자마자 어이구, 판이 크네, 하면서 테이블에 올려놓은 돈이 고작 십만원도 안 되던 것이 한 시간도 지나지 않아서 오십 정도로 불었으니까. 지금 생각하면 그놈이 진짜였어. 살아서 레이스를 부를 때와 깨끗하게 죽을 때를 알고 있었고, 단돈 몇천원이라도 자기가 먹을 수 있으면 끝까지 상대방을 끌어들였지. 한마디로 그놈이 먹으려고 하는 판은 그놈이 먹을 거란 걸 분명히 느끼면서도 죽을 수도 살 수도 없게 만들었지. 뭐에 홀린 듯 따라가게 되는 거야.

특히 투피로 의대 녀석의 플러시를 밟을 때는 두 손 두 발 다 들었지. 마지막 레이스가 삼십이었어. 대체 투피를 들고 마지막 레이스를 삼십을 부를 수 있다니. 의대 녀석은 돌아버리려고 하더군. 플러시 패로 죽었는데 영비천이 웃으면서 제 앞에 깐 패가 고작 큐 투였으니까. 미안합니다. 그냥 오기 좀 부려봤는데, 하하하. 웃음.

의대 녀석 그때부터 흔들리더니 결국 백만원과 그전에 땄던 돈 합쳐서 한 백오십 있던 것을 다 날리고 몇십 정도 남았지. 나도 꽤 패가 돌아서 본전을 찾았는데 그것보다 즐거웠던 건 영비천 앞에 의대 녀석의 돈이 하나씩 쌓여가는 것을 보는 거였어.

근데 포커란 게, 모든 도박이 그렇듯이 콜을 잘하는 것보다 어떻게 잘 죽는가가 중요하단 말이야. 정말로 좋은 패 들고 콜 하는 건 누구나 할 수 있지만, 좋은 패 들고 죽는 건 진짜만이 할 수 있는 거야. 이상한 비율지도 모르지만 사는 것도 그래. 사람들은 자신의 운이 다했다는 걸, 그래서 이젠 그만 물러나야 한다는 걸 잘 인정하지 않으려고 하지. 오기를 부려. 아니라고. 아직 끝난 게 아니라고. 난 여기서 물러설 수 없다고. 혹은 그녀를 보낼 수 없다고 말이야. 수많은 이유를 붙이고 수십 번 그녀에게 전화를 하지. 하지만 그건 아니야. 잘 사는 것보다 잘 죽는 게 힘든 거야. 사랑하는 것보다 사랑을 보내는 게 힘든 것처럼. 하지만 보내야 할 사람은 보내야 하는 거야. 그걸 못 보내면 혹은 잘못 보내면 자기만 좆 되는 거야. 그래, 누구도 죽음을 피할 수 없잖아. 누구든 언젠가 죽는 거라고. 뫼르소처럼. 중요한 건 죽음을 맞이할 때의 자세지. 죽음은 언젠가 누구에게나 찾아갈 테니까. 아이들이 뛰어노는 언덕 어딘가에 반드시 주인 없는 묘지가 있는 것처럼.

휴우.

그래, 그날도 결국 한 사람이 죽었지. 그땐 그냥 황당하고 어이없는 일이었는데 그래서 그렇게도 사람이 죽을 수 있구나 싶어 죽은 사람에게 미안하게도 웃고 말았는데 이렇게 얘기를 하려니까 그다지 즐거운 기억은 아닌 것 같아. 아무리 희극적인 죽음이라도 죽음은 죽음인가봐.

결국 의대 녀석이 지갑에서 다시 오십만원을 꺼내들었어. 그놈 눈에 핏발 선 걸 보니까 나도 갑자기 포커 칠 맛이 사라졌고. 나머지 놈도 걱정이 되기 시작했는지, 괜한 농담을 지껄여댔지만 이미 포커판의 분위기는 어떻게 해볼 수 없을 정도로 냉각되어 있었지. 마음을 서늘하게 하고, 뭐가 뭔지 알 수 없지만 사람을 위축시키고 곧 뭔가 안 좋은 일이 터질 것 같은 불안감이 감도는 긴장된 분위기였어. 분명 그 안엔 아주 위험한 요소가 숨어 있는 것 같았어. 정말이야. 단순히 모험을 위한 예측된 위험이 아니라 뭔가, 어쩜 아주 사악한 존재가 파국을 향해 몰아가는 듯한 위험이었어. 그리고 결국엔 그 끝에 닿을 때까지 우린 어떻게도 할 수 없었지. 왜냐면 그 위험은 우리 모두를 지배하고 있었으니까. 우린 그런 위험을 즐기고 또 어떤 극단을 바라고 있었던 거야. 지금 와서 생각하면 끔찍한 일이지만 그 당시엔 아무도 그러한 사실을 알지 못했고, 아무도 그것을 막을 수 없었어.

후회? 글쎄. 그게 누구의 잘못이겠어? 영비천? 의대? 잘 몰라. 나도 마찬가지야. 만약 잘못이 있다면 그건 그 자리에 있던 모두의 잘못이었지. 하지만 모두의 잘못이란 누구의 잘못도 아니란 뜻도 될 테니까. 차라리 그런 문젠 인간의 본질에 닿아 있는 문제가 아닐까? 낙원에서 금지된 선악과를 따먹은 조상을 가진 인간들 말이야.

마지막 판. 마치 악마가 짜놓은 듯한 판이었지. 의대놈, 처음부터 대단한 걸 잡았었던 모양이야. 그가 판을 이끌었지. 테이블 중앙에 순식간에 돈이 쌓여갔어. 이미 시간은 많이 흘러서 새벽 여섯시가 넘었고, 테이블 위의 양초도 거의 다 타버려 촛불은 심하게 흔들리고 불빛도 희미해졌지. 카페 안에 흐르던 음악은 아이러니하게도 팻 분의 〈화이트 크리스마스〉였어. 아아임 드리밍 오브 어 와이트 크리스마스…… 멋지지 않아?

분명 모두들 조금씩 현실감을 잃어갔던 거야. 하긴 처음부터 현실감 같은 건 존재하지 않았는지도 몰라. 알다시피 포커판이 벌어지면 포커판의 룰만이 존재하는 법이지. 그건 또다른 세계고, 또다른 현실이었지. 그 현실에선 계속 갈 것인가, 죽을 것인가, 라는 문제만이 중요했으니까. 여자가 다른 남자와 하룻밤을 보내든 영장을 받고 곧 군대에 들어갈 처지든 어떤 생각도 내 머릿속에는 끼어들 틈이 없어. 그리고 그게 내가 바라던 것이었고.

히든을 받기 전에 이미 테이블 위에 만원짜리 지폐가 수북이 쌓였고, 한 장 한 장의 만원짜리 지폐들이 계속 우리들에게 콜을 하라고 속삭이는 듯했지. 그건 누구도 쉽게 이길 수 없는 유혹이었어. 패를 덮지 마. 죽지 말라고. 상대방은 분명 네가 가진 패보다 낮은 패를 들고 벙커를 치고 있는 거라고.

내가 그 유혹을 이길 수 있었던 걸까? 아니, 그건 아니야. 분명 난 마지막 판을 끝까지 따라가지 않고 중간에 죽었지만 끝까지 따라가봤자 내가 이길 수 없다고 패를 덮고 죽었던 건 아니야. 요컨대 마지막 판이 부른 건 내가 아니었다. 이상하게 들릴지 몰라도 이길 수 없다는 생각이 아니라, 그냥 계속 따라가선 안 된다고 느꼈던 거야.

결국 남은 건 의대와 영비천이었어. 의대놈이 레이스를 치면, 영비천은 콜만 받는 식이었지. 이거 땡값 물어주게 생겼네, 라면서 영비천은 그래도 죽지 않고 의대를 따라갔어. 히든을 받고 마지막 베팅. 의대는 오만원을 테이블 위에 올려놨어. 근데 웬걸? 영비천이 그 판에서 처음으로 레이슬 한 거야.

따당, 오만에 오만 더. 영비천이 천천히 십만원짜리 수표를 테이블 위에 올렸지. 그때 촛불이 흔들리고 그에 따라 의대 녀석의 얼굴에 드리워진 그림자도 흔들렸어. 마치 색깔이 시커먼 생물이 휙 하고 테이블 위를 지나간 것처럼. 하지만 의대도 망설이지 않았어.

오만 받고 십 더.

의대는 제대로 포커를 칠 줄 아는 놈이었어. 그 상황에서 콜만 받을 수 없는 거야. 마지막 베팅에서 상대방이 따당을 걸어왔을 때 절대 콜은 받아선 안 되지. 콜만 받을 바에야 죽는 게 나아.

영비천은 웃고만 있었지. 정말로 갈색 영비천 병처럼 결코 그 안에 뭐가 들었는지 알아낼 수 없는 웃음이었어.

얼마 남았어요? 한 오십 남았나? 그럼 십 받고 오십만 더 걸죠.

십만원짜리 수표 여섯 장을 테이블 위에 올려놓았어. 의대가 진 거야. 적어도 난 그때 그렇게 생각했어. 의대가 쥐덫에 걸린 거라고. 상대방이 자기에게 남은 돈만큼 레이슬 한다는 것은 자기를 죽일 의사가 없다는 것이고 그렇담 필승의 자신이 있다는 걸 테니까. 침묵이 흘렀어. 마른 우물 밑바닥에 몸을 잔뜩 웅크리고 앉아 있을 때처럼 침묵은 깊고 서늘했지. 하지만 의대는 죽지 않았어.

얼마 남았죠? 한 백 정도 남은 것 같은데, 그걸 다 걸기로 하죠.

잠깐만요, 돈 더 있어요? 영비천이 물었어.

올인입니다. 의대는 아무렇지도 않게 말했어.

그럼, 뭐로 백을 걸죠?

제 목을 걸죠……

정말로 의대는 자기 목숨을 걸었던 거야. 결과가 어떻게 됐느냐고?

의대가 이겼지. 좋은 패도 아니었어. 고작 '아투'였으니까. 영비천이 잡았던 건 '자투'였고. 하지만 이걸로 얘기는 끝이 아니야. 패를 확인하고 의대가 판에 걸려 있던 돈과 영비천의 돈을 모두 그러모아 가져갔지. 우린 아무 말도 하지 못했어. 그다음에 일이 일어났지. 돌연 의대가 테이블 위에 고개를 파묻었어. 너무 좋아서 저러나 싶어 처음엔 아무도 이상하게 생각 안 했어. 근데 아무리 시간이 흘러도 일어날 생각을 하지 않는 거야. 친구 녀석이 의대의 몸을 흔들었어. 일어나. 그는 숨을 쉬지 않았어.

뇌졸중인지, 뭔지였어. 정확한 병명은 모르지만 뇌에 있던 혈관이 터진 거라더군. 앰뷸런스가 오고 경찰서에서 조서를 꾸미고, 그가 정말로 죽었다는 소식을 듣게 될 때까지 내 머릿속에서 떠나지 않았던 건 그의 표정이었어. 웃고 있었겠지? 판을 모두 먹었으니까. 아니, 무표정했어. 마치 죽을 때가 된 걸 안 것처럼. 마지막 판만 이기면 그땐 죽겠다고 생각한 사람처럼. 사람들이 자신이 죽을 때를 안다는 건 얼마나 좆같은 일일까?

리와인드

"요즘엔 무엇이든 기다린다는 게 점점 힘들어져……"

전철을 기다리면서 내가 말했다. 세희는 그냥 아무 말도 하지 않고 있었다. 그녀 주위로 침묵이 커튼처럼 조용하게 흔들리고 있었다.

사실 그날 전철을 기다리면서 나는 그런 말은 하지 않았다. 나중에야 "요즘엔 무엇이든 기다린다는 게 점점 힘들어져"라고 말했다고 생각하고 싶다. 나는 처음부터 모든 걸 알고 있었다.

하지만 나는 그녀에게 그와 비슷한 얘기를 했으며, 그렇다면 실제로 그런 얘기를 한 것과 다를 바가 없다고 생각한다. 나는 그녀에게 요즘엔 책을 읽을 수가 없다는 얘기를 했던 것 같다. 왜 그런 얘기가 나왔는지는 잘 모르겠다. 그때도 몰랐을 것이다.

차분하게 책을 읽을 수가 없다. 어느 한 문장을 읽고 있다가 갑자기 가운데를 빼먹고 그 뒷문장을 훔쳐보곤 하는 것이다. 그러고 다시

가운데 문장을 읽는다. 그런 행동을 여러 번 되풀이하고 나서 그런 식의 독법이란 독서의 진행을 늦출 뿐이라는 것을 깨닫는다. 문장의 앞뒤를 머릿속에서 재조립하는 그런 시간들이 플러스될 뿐이다. 그러나 어쩔 수가 없었다. 심지어 페이지까지 마구 넘겨서 뒤페이지를 읽다가 다시 앞으로 돌아온다. 그리고 어디서 내가 마구 페이지를 넘겼는지 찾아서 차근차근 다시 읽는다.

결국엔 나는 책을 놓는다. 그리고 멍하니 천장을 바라보는 것이다. 나는 다음 문장을 참고 기다리며 읽을 수가 없었던 것이다. 빨리빨리 책을 다 읽어내고 싶었다. 그래서 페이지를 넘기지만 다시 처음부터 읽어야만 정확히 이해할 수 있다. 결말은 알고 있지만 이유는 알지 못했다. 이유를 찾기 위해 앞 문장을 다시 더듬어서야 나는 아, 이런 것이었구나, 라고 감탄하지만 결말은 이미 알아채고 난 후였다.

나는 그녀가 나를 떠나리라는 것을 알고 있었다. 그날 전철을 기다리면서, 혹은 훨씬 그 이전에. 결국 나는 그녀가 떠나야 하는 이유를 알기 위해 그녀를 만났다. 언제부터인지는 모르겠다. 그래서 나는 나의 사소한 생각 하나하나에도 신경이 쓰였다. 나는 예언자가 되려나보다. 그것은 두려운 일이다. 책 같은 건 읽지 않겠다고 생각했다.

그러나 그녀와 헤어진 날 나는 서점에 들어가 상하로 나뉜 소설책 두 권을 샀다. 어떤 책이든 상관이 없었다. 그리고 아무 생각도 하지 않고 그 책 두 권을 처음부터 끝까지 성실하게 읽기로 마음먹었다. 남들처럼. 밥을 먹을 때도 책을 놓지 않았고 화장실에 들어갈 때도 책을 들고 들어갔으며 심지어 티브이를 보면서도 나는 책을 읽었다. 졸리면 이불에 드러누워서 책을 읽다가 잠이 들었다. 나는 집밖으로 나갈 생각 같은 건 하지 않았다. 그러나 나는 딱 한 번 집밖으로 나가야 했다. 담배를 사기 위해서였다. 마치 최소한의 식량이라도 구하려는 것처럼 어쩔 수 없이 담배를 사러 나가야 했다. 플레이다. 물론 담배가 없다 해서 당장 죽지는 않겠지. 그러나 언젠가 이런 생각을 한 적이 있다. 만일 내가 담배를 피우지 못할 어떤 상황에 이르게 된다면 자살을 할 거라고. 정말로 이런 생각을 한 적이 있다. 담배를 피우는 것은 내게 남은 마지막 나 자신의 자발적인 행위였던 것이다. 그것뿐이라는 생각이 들 때면 사실 조금은 우울해진다. 그래도 어쩔 수 없다.

책을 읽다가 새벽에 커피를 끓이기 위해 부엌으로 들어가 불을 켜면 바퀴벌레들이 우글거린다. 아파트가 오래된 탓이었다. 말 그대로의 의미로 우글거린다. 참으로 많은 바퀴벌레다. 징그러울 정도였다. 그리고 바퀴벌레를 지독히도 싫어했던 어느 여자 생각을 한다. 대부분의 여자들은 바퀴벌레를 싫어하겠지만, 나에게 바퀴벌레를 싫어한다고 한 여자는 그녀뿐이었기 때문에 바퀴벌레를 보면 그녀 생각이 나는 것이다. 친절한 여자였다. 나는 그녀에게 차비만 있으면 언제든 커피를 마실 수 있겠군, 이라고 말을 건넸다. 바로 그랬다. 그녀는 언제나 내가 전화를 걸면 나와서 커피를 사주곤 했다. 나는 그녀 앞에서 굳이 그녀가 아니더라도 할 수 있는 말만을 한 시간 정도 지껄이고 집으로 돌아온다. 차비만 있으면 된다. 그건 자판기 같은 것이다. 동전을 넣으면 커피가 나온다. 마시고 나서 빈 컵은 쓰레기통에 버린다. 내가 그녀 앞에서 하는 말은 그런 빈 컵과 같은 것이다. 버리고 오는 것이다. 하지만 그녀는 쓰레기통은 아니었다. 알아주었으면 싶다.

그녀의 이름은 수명이었다. 나는 그녀를 좋아했다. 열심히는 아니더라도 남자친구가 생겼어, 라고 내게 말하면 아파질 정도로 말이다. 그녀는 열시 삼십분이 통금시간이다. 나는 열시 삼십분이 되면, 적어도 누군가와 얘기를 할 수는 있다. 그런 여자였다. 그리고 정말이지, 그녀의 목소리는 특별했다. 열시 삼십분쯤 되면 항상 그녀가 전화를 받는다. 그것도 나쁘지 않다. 그녀는 "여보세요"라고 말한다. 나는 "수명이?" 혹은 "수명이네 집이죠?"라고 묻는다. 그러면 그녀가 이렇게 말을 하는 것이다.

"지욱이구나."

그것이 정말로 사람을 행복하게 만든다. 그녀의 목소리가 특별하다는 것이 내 개인적인 생각만은 아니었다. 누가 들어도 그녀의 목소리는 특별한 것이다. 출석을 부를 때 그녀가 단지 "네"라고만 대답해도 강사는 그녀의 목소리가 너무나 특별해서 그녀의 얼굴을 확인하고 싶어질 정도다. 그런 특별한 목소리로 그녀는 "지욱이구나"라고 말하는 것이다. 그러면 나는 행복해진다. 그랬다. 그녀의 목소리는 사람을 행복하게 만든다. 보통 사람의 목소리는 그렇지 않다. 그녀의 목소리만이 사람을 행복하게 만들고 혹은 불행하게 만든다. 나는 그녀의 목소리가 좋았다. 전화를 끊고 나서도 "지욱이구나"라는 그녀의 목소리를 생각하면 행복해진다.

그래도 책을 읽는 동안 그녀의 집에 전화 같은 건 하지 않았다. 나는 정말로 처음부터 끝까지 성실하게 책을 읽어내고 싶었던 것이다.

결국 나는 책을 덮었다. 책의 마지막은, *"아침이야." 나는 속삭였*

다, 라고 끝나고 있었다. 정확히 이 문장이었다. 나는 마지막 문장을 소리내어 읽고는 책을 덮었다.

나는 이불 속에 있었다. 빈 우유갑과 재떨이, 머그컵, 담뱃갑 등이 이불 주위에 널려 있다. 나는 손을 뻗어 담뱃갑을 집어들었다. 담배 한 대를 다 피우고 나서 시계를 보았다. 새벽 여섯시. 얼마만큼의 시간이 흘렀는지 짐작도 가지 않았다. 앞으로 또 얼마만큼의 시간이 흐를지 짐작할 수 없는 건, 아니다. 대한민국 남성 평균수명을 따져보자면 적어도 오십 년이다. 나는 아직 스물한 살이다.

나는 일어나 옷을 입었다. 깨끗한 하얀색 남방에 남색 면바지를 입고 위에는 검은색 재킷을 걸쳤다. 재빨리 가방에 교재를 챙겨넣고 양말을 꿰신고 머리를 대충 빗어 넘긴 다음 집을 빠져나왔다. 면도는 하지 않았다. 며칠 안 깎는대서 문제가 될 정도로 수염이 많이 나는 타입은 아니었다. 버스정류장까지 걸으면서 부쩍 날씨가 추워졌다고 느꼈다. 푸른색 셀로판지를 입힌 것처럼 새벽의 푸른빛이 주위를 감싸고 있었다. 입에서 나온 입김도 조금은 푸르게 보였다.

버스는 좀처럼 오지 않았다. 나는 담배를 물었다. 버스를 기다리면서 고개를 들어 하늘을 바라보았다. 멀리 저편에서 무언가 이쪽으로 오고 있다는 생각이 들었다. 그것은 너무 환한 빛으로 하늘에 반사되어 이쪽 편의 나의 눈에까지 보이는 것이다. 조금씩, 몸무게가 늘듯이 눈치채지 못할 만큼 조금씩, 하늘은 밝아졌다.

"세희야, 아침이야."

나는 속삭였다. 담배를 한 대 다 피우고 나자 기다렸다는 듯이 버스가 왔다.

버스는 두 개의 다리를 건넜다. 첫번째는 영동대교였고, 두번째는 군자교였다. 재수 시절에도 다리를 건너는 버스를 타고 학원에 갔다. 긴 다리였는데, 중간쯤에 이르면 항상 강물 바로 위로 아침해가 떠 있는 걸 볼 수 있었다. 해는 붉은빛이 감도는 진한 노란색이었는데 분명하게 푸른색 하늘과는 전혀 섞이지 않았다. 매일같이 다리를 건너면서 나는 가끔씩 버스가 다리난간을 뚫고 강물에 빠질지도 모른다는 엉뚱한 상상을 하고는 했다. 하지만 당연히 그런 일은 일어나지 않았다.

학교로 올라가는 길목의 오락실에서 오락을 한 시간쯤 하고 나서 일찍 문을 연 커피전문점에 들어갔다. 카운터에 돈을 지불하고 커피 한 잔을 쟁반에 받아 내 자리로 돌아왔을 때 유리문 밖으로 과 동기 하나가 서 있는 것이 보였다. 그는 등을 돌리고 신호등 앞에서 신호가 바뀌기를 기다리고 있었다. 나는 재빨리 밖으로 나가 그의 등을 툭 쳤다.

"어, 웬일이야? 이렇게 일찍."

"커피 마시고 있어. 같이 들어가지 않을래? 약속 있어?"

"아니. 혼자서?"

나는 그를 데리고 들어왔다. 그는 자신의 돈으로 역시 커피를 받아서 자리로 왔다.

"학교 좀 나와."

농담이었을까? 농담처럼 들렸다. 정말이다. 한 일주일쯤 학교에는 나가지 않았다. 그래서 나는 친구를 데리고 들어온 것을 조금 후회했다. 그런데 나는 누군가와 얘기를 하고 싶었던 것이다. 누구든 좋았다. 우연하게 그가 밖에 서 있었고, 나는 누군가와 얘기를 하고 싶었다. 며칠간 누구와도 얘기를 해보지 못했다. 그와는 여름에 같이 여행을 간 적도 있었다. 내가 말하려는 것은 친목이다. 과 동기라면 대개 어느 정도의 친목은 있다. 그와도 친목을 가지고 있었다. 친목이란 단합대회나 MT나 뭐 그런 걸로 도모될 수 있다. 말 그대로 친목을 도모하는 것이다. 어느 정도의 친목은 필요하다. 가령 누군가와 지독히도 얘기를 하고 싶을 때 친목이 없다면 우울증에 걸릴지도 모른다. 나는 친목이란 단어를 머릿속에서 중얼거려보았다. 입으로도 중얼거렸는지 모른다. 어쨌든 그는 듣지 못했다.

"잘 지내?"

"그렇지, 뭐."

"학교에 아무 일도 없고?"

"그래. 뭐하고 지냈어? 학교에도 안 나오고."

"잘 지냈어"라고 말하고, 거짓말이라고 생각했다. 잠시 망설였다. 얘기할 필요는 없다. 그런데 지독히도 얘기를 하고 싶었다. 나는 그를 데리고 들어온 것이다. 후회를 해도 소용이 없다.

"아니, 실연당했어."

친구는 웃었다.

"정말이야. 실연당했단 말이야."

"그래."

"여자 얘기야. 여자에게 실연을 당했어."

"당연하지. 여자에게 실연을 당하지. 누구나."

"그런 것이야?"

친구는 웃었다. 웃을 줄밖에 모른다. 적어도 내 앞에서는. 친목이란 그런 것이다. 누군가 진짜로 심각한 얘기 같은 걸 시작하면 슬며시 웃으며 듣는 척한다.

"정말로 나는 그녀를 좋아했어. 요번엔 조금 달랐단 말이야. 시작도 달랐고, 행복했단 말이야. 그런데 항상 끝은 똑같지. 달라지지 않아. 항상 끝은 어쩔 수 없는 거야. 그녀들은 말하지. 좋아하지만 헤어져야 될 것 같아. 그러면 나는 진지하게 나도 그렇게 생각했어, 라고 말하지. 결국 그런 것이야. 나 같으면 좀더 솔직해질 거야. 근데 나도 그렇지는 못하거든. 항상 끝은 그렇게 끝나."

나는 커피를 한 모금 마셨다. 친구는 그림처럼 웃고 있었다. 슬며시. 아주 슬며시. 위로 같은 건 할 필요도 없고, 해주길 바라고 있지도 않았다. 위로란 아무것도 아닌 것이다. 친목의 경우, 위로란 상대방의 자존심을 상하게 한다. 친구는 그것을 알고 있었다. 나도 알고 있었고, 그래서 계속 말을 했다.

"그녀가 나에게 그렇게 말을 할 때, 내 눈앞에는 문득 전자오락기의 화면처럼 '컨티뉴?'라는 글씨가 보이는 것 같았어. 그리고 십, 구, 팔, 칠, 육…… 동전을 더 넣을까? 아니야. 게임이 아니야. 나는 소리쳤지. 게임이 아니야. 그러자 부끄러운 듯 내 눈앞의 화면이 사라졌지."

친구는 잠깐 우리 사이의 아무것도 아닌 공간을 응시하는 것처럼 눈을 모았다. 진짜로 화면이 보일 것처럼. 그리고 화면이 사라졌다.

"여자란 그런 것이야. 여자를 사귀는 건 쉬워. 누구든 여자를 사귈 수는 있지. 이길 수는 없어도, 동전만 있으면 적어도 게임을 할 수 있는 거야. 좋은 오락실엔 더 좋은 상대가 있는 거야. 여자가 필요할 때 나이트나 뭐 클럽이나 그런 데를 가지. 게임을 하는 거야. 이길 수는 없어도. 진짜는 이길 수 없어. 그래도 게임은 할 수 있지. 지더라도 컨티뉴? 라고. 그리고 십, 구, 팔, 칠, 육…… 더 사귀고 싶으면 동전을 넣어. 하지만 이기기는 어렵지. 그건 정말로 어려운 거야. 그런데 요번엔 틀렸어. 달랐단 말이야. 그녀와 게임 같은 건 하고 싶지 않았어. 진짜로 사귀고 싶었단 말이지. 이기고 지고의 문제가 아니야. 그런데 우습게도 항상 끝은 똑같아. 너를 좋아하지만 왠지 헤어져야 될 것 같아…… 그리고 컨티뉴? 게임이 아니야. 그런데 똑같아. 그녀와 헤어질 때 나는 하마터면 좋은 게임이었습니다, 라고 말할 뻔했어. 나 자신이 서글퍼지더군. 정말로 게임 같은 건 하고 싶지 않았는데. 그건 정말로 어쩔 수 없었던 거야. 그런 일은 항상 거기에 있는 거야."

그리고 만약 그 시간에 그 친구가 신호등 앞에 서 있지 않았더라면 나는 그렇게 많은 말을 그에게 지껄이지 않았을 거라는 생각이 들었다. 진짜로 그런 일은 항상 거기에 있다.

그 친구와 학교에 올라가자 정말로 나는 놀라고 말았다. 모두들 "오랜만이야"라고 인사를 건넸다. 그뿐이었다. 나는 강의실 맨 뒷자리에 앉아 책을 읽었다. 마지막에 주인공이 "아침이야"라고 여자에게 속삭이는 것으로 끝나는 책이었다. 그러나 어쨌든 나는 다시 그 책을 읽었다. 다시 읽는다고 해서 책의 내용이 바뀌지는 않지만, 상황은 바뀔 수도 있다. 나는 결말을 알고 있다. 모르고 읽을 때와는 다르게 느껴지는 것이다. 그리고 열심히 산다는 건 정말로 어렵다고 생각했다. 특히 결말을 알고 있는 책을 읽을 때엔. 그때엔 아주 방만해진다. 어떻게 책을 읽든 결말은 똑같다. 컨티뉴? 그래도 나는 나름으로 열심히 살고 있다. 그러니까 사람들이 나에게 "오랜만이야"라고 말할 때 나도 조금은 가슴이 아프다. 그러나 그들도 어쩔 수가 없다. 친목이었다.

강의가 끝나고 강의실을 나오자 할 일이 없어졌다. 친구에게 담배 한 대를 꿔서는 노천광장까지 걸어내려가 스탠드에 앉아 테니스코트를 바라보았다. 여섯 개의 코트에서 정확히 열두 명의 사람들이 테니스를 치고 있었다. 기가 막히다. 포핸드. 백핸드. 발리. 서브. 스매시. 공이 튀고 사람들이 튀어오른 공을 친다. 한 번 튀거나 튀지 않은 공을 쳐서 네트를 넘긴다. 그러지 못하면 지는 엄격한 게임이었다. 나도 한때 테니스를 배워본 적이 있다. 두 달 동안 포핸드를 배웠다. 포핸드는 누구보다도 잘해낼 수 있을 것 같은 자신감이 들어서 친구와 게임을 해보기로 했다. 그러나 한 게임도 이기지 못했다. 친구는 공을 백핸드로만 줬다. 그리고 테니스를 그만두었다. 그렇지만 포핸드는 지금도 그 친구보다 내가 잘해낼 수 있다. 물론 백핸드를 두 달 동안 연습했다면 거꾸로일 것이다. 그런 것이다. 무언가를 연습하고 나면 항상 그 반대편으로 공이 오거나 한다. 연습하지 않은 건 잘해낼 수가 없다.

담배 한 대를 다 태우고 나자 또 할 일이 없어졌다. 책을 펼쳐보았지만 햇빛 때문에 너무 밝게 조절된 화면처럼 활자가 희미했다. 눈이 따가웠다. 그러다 갑자기 어두워졌다. 누군가 내 앞에 와서 섰다. 그림자가 내가 보던 책에 얹혔다. 나는 고개를 들었다.

"밥은 먹었어요?"

내게 존댓말을 쓰는 유일한 선배.

"먹지 않았다면 사줄래요?"

그녀가 웃었다. 누군가 나의 이 말에 지금처럼 웃었던 기억이 얼핏 들었다. 누구든 상관없다.

"이런 데서 뭐해요?"

"그냥…… 일광욕? 햇볕을 쬐어야 사람은 행복해진대요."

"아마 밥을 먹으면 더욱 그럴지도 모르죠. 배가 고파서 머리가 어지러울 지경이에요."

그녀와 나는 학교를 내려갔다. 밥 같은 건 별로 먹고 싶지 않았지만 테니스는 나를 조금 우울하게 만든다. 포핸드는 자신 있다. 어쨌든 게임에서 지더라도 말이다.

밥을 먹고 나서 나는 그녀에게 커피나 한잔하자고 얘기했다. 그녀는 수업 들어가야죠, 라고 부정도 긍정도 아닌 모호한 대답을 했다. 나는 수업 같은 건 중요하지 않다고 얘기했다. 그래도 그녀는 망설였다. 나는 정말로 그녀와 커피를 마시고 싶었던 것이다. 그런데 그녀는 그렇게 생각하지 않았다. 아마 내가 자기를 꼬시려 한다고 생각했는지도 모른다. 나는 이젠 정말 아무것도 내 뜻대로 되지 않는다는 생각이 들었다. 그녀를 올려보내고 나는 고집스레 혼자서라도 마셔야겠다고 생각했다. 어디가 좋을까? 이렇게 햇빛이 좋은 날엔. 떠오르는 데가 있었다. 통유리에 블라인드 커튼이 달린 이층의 카페. 멀지도 않아. 게다가 남향이잖아.

창가에 자리를 잡고 커피를 주문하고 책을 펼쳤다. 커튼 사이로 들어온 햇빛이 목재 바닥에 정확한 직사각형을 그렸고, 커튼이 흔들릴 때마다 조금씩 움직였다.

한가로운 오후였다. 카페에는 나 이외에는 손님이 하나도 없었다. 아르바이트생처럼 보이는 사람이 내게 커피를 갖다주고 카운터로 돌아가서 전화기를 붙들고 계속 지껄여대고 있었다. 갑자기 머릿속이 텅 비어버린 느낌이었다. 펼쳐놓은 책이 불만스럽다는 듯이 햇살에 눈을 찌푸리고 있었고 나는 블라인드 커튼을 쳐서 조금 어둡게 했다. 정말로 할 일이 아무것도 남아 있지 않았다. 책은 다 읽었고 커피는 식었고 여전히 햇빛은 노란 광선을 바닥에 쏘아대고 있었다. 테이프가 돌아가는 소리가 들리는 듯했다. 노래와 노래의 중간, 치이익 하는 단속적인 기계음이 섞여들었다. 그리고 아무런 노래도 들리지 않았다.

남은 커피를 단숨에 마셔버리고 카운터에 돈을 지불할 때까지 아르바이트생처럼 보이는 사람은 전화기를 손에서 놓지 않았다. 밖으로 나와 어디로 가지? 마음속으로 물었다. 수업 같은 건 중요하지 않아요. 내가 한 시간 전에 선배에게 한 말이다.

집으로 돌아왔다. 내 방문을 열었다. 이불은 여전히 방바닥에 대각선으로 놓여 있었다. 내가 나올 때와 똑같다. 단지 테이프가 조금 더 돌아갔을 뿐이다. 아무도 내 방 따위는 청소해주지 않는다. 우유갑과 재떨이와 커피가 담긴 머그컵 등이 이불 주위 손이 닿기 쉬운 곳에 아무렇게나 놓여 있다. 아침과 달라진 건 담뱃갑만이 없어진 것뿐이다.

나는 담뱃갑을 원래 있던 자리에 살며시 놓고 다시 일어서서 방문 곁에서 방안을 휘둘러본다. 똑.같.다.

나는 가방을 휙, 던져버리고 이불에 드러누웠다. 천장을 똑바로 올려다보았다. 꽃무늬 벽지. 똑같은 무늬가 셀 수 없을 만큼 많다. 너무 오래도록 천장을 보고 있다간 정신병에 걸릴지도 모른다. 나는 모로 누웠다. 식은 커피를 그 자세로 마시다가 조금 흘려버리고 만다. 휴지로 꼼꼼히 닦아내었다. 그리고 말했다.

"세희야, 저녁이야."

갑자기 어떤 생각이 들었다. 책은 필요 없다. 어차피 책 같은 건 잘 읽어내지도 못한다. 결말은 알고 있었다. 자, 이제 이유를 찾아내야 한다. 하고 싶지 않지만 어차피 그런 것이다. 어쩔 수 없는 일이란 말이다. 나는 세희에 대한 생각을 할 필요가 있다. 그것이 올바른 방법이다. 처음부터 다시 더듬어보는 거다. 리와인드.

그녀를 어떻게 만났는지 세세하게 얘기하고 싶지 않다. 일이란 게 다 그렇겠지만 유별나게 시작되지는 않았다. 나는 그녀를 세번째 만났을 때부터 그녀가 좋았다. 그리고 그다음 여러 차례, 적어도 열 번은 넘을 정도의 만남이 있은 후, 나는 술을 마시고 테이블에 머리를 처박았고, 조금 있다 그녀가 나에게 자러 가자고 말하는 걸 들었다. 나는 그녀를 데리고 모텔에 가서 잠을 잤다. 정성스럽게 그녀의 옷을 벗기고 전희를 한 십 분 정도 하고 나서 그녀의 몸안에 들어갔고, 되도록이면 아프지 않도록 몸을 움직였다. 그녀는 처음이라고 말했다. 나는 정말이냐고 되물었던 것 같다. 어쨌든 그녀의 몸안은 따뜻하게 느껴졌다. 여름이었는데 침대 맞은편 벽에 달린 에어컨이 곧장 침대를 향해 차가운 바람을 쏘아대고 있었다. 게다가 나는 그녀의 몸 위에 엎어져서 정통으로 그 바람을 맨등으로 막아내고 있었던 것이다.

나는 사정하지 못했다. 그 차가운 바람에도 한 시간가량 땀을 흘리며 노력했지만 정말로 사정하지 못했다. 할 수만 있다면 했을 것이다. 나는 그녀 옆에 누워서 추위를 느꼈다. 그녀의 몸안에 있을 때는 느끼지 못한 추위였다. 이불을 뒤집어쓰면서 말했다.

"왜 안 되는 거지?"

"너무 걱정하지 마."

"불감증인가봐."

"쓸데없는 소리."

정말이었다. 그건 쓸데없는 소리였다. 나는 분명 나보다 훨씬 이전에 경험을 했던 친구에게 진지하게 그 문제를 두고 상담을 했다. 그 친구는 나에게 해결책을 제시했다.

"상상을 해봐, 마치 혼자서 하는 것처럼 머릿속에서 상상을 하라고. 가령 네가 비행기 납치범이고 스튜어디스들을 일렬로 세워놓고 승객이 보는 앞에서 그 짓을 하고 있다는 식의 말이야."

두번째로 그녀와 모텔에 들어가서 나는 스튜어디스의 상상을 했다. 효과가 있었다. 친구는 역시 전문가다웠다. 나는 그날 밤 세 번 사정했다. 피곤했지만 성취감을 느꼈다. 정말로 한때 나는 앞으로 남자구실 같은 걸 영원히 못할지 모른다고 밤잠을 설쳤었다.

그녀가 나에게서 스튜어디스의 얘기를 듣고 특별히 기분 나빠하지는 않았지만 이렇게 물었다.

"그럼 나와 하고 있을 때, 다른 여자의 상상을 한단 말이야?"

"응."

"내 생각이 아닌 다른 여자, 혹은 다른 생각 같은 걸……"

기가 막힌다는 표정. 나는 조금 이해할 수 있었다. 누구나 그쯤 되면 이해할 수 있게 된다. 그래서 나는 곤혹스러운 표정을 지었다.

"그럼 실제로 내가 아니어도 좋다고 생각하는 거야?"

"아니야, 그건."

정말이었다. 나는 그녀와 자는 게 좋았고 그것이 누구면 어떠냐는 식의 생각은 아니었다. 그러나 그 차이를 어떻게 설명해야 될지 잘 몰랐다. 어쨌든 나는 그녀와 자면서 다른 여자의 생각을 하지 않으면 사정할 수 없었으니까, 그건 정말 어쩔 수 없는 일이었다. 그뿐이었다.

그다음 한 번, 그리고 그다음 네번째에 그녀와 여관에 들어가서 잠을 자고 난 아침에 나는 그녀에게 말했다.

"다시는 너와 모텔에 오지 않겠어. 네가 바라던 대로."

그녀는 특별히 기뻐하는 표정은 아니었다. 나는 그녀가 그런 일을 싫어한다고 생각했다. 그리고 나도 그런 일이 싫어졌다. 왜인지는 잘 모르겠다. 그녀가 특별히 아파했기 때문은 아니었다. 나는 그것이 진짜인지 아닌지도 확신하지 못하고 있었으니까. 단지 그래야 될 것 같았다. 차라리 혼자 하는 게 더욱 편하다고 느꼈을지도 모른다. 아니다. 그것과는 조금 다르다. 혼자 하는 것보다는 확실히 좋다고 할 순 없지만 다른 느낌이었다. 임신의 공포. 그때까지 나는 콘돔 같은 걸 사용하지 않았고, 그녀도 특별히 피임을 하고 있지 않았다. 나는 원래 그런 놈이다. 책임 같은 건 절대 지고 싶지 않았고 번거로운 일도 딱 질색이다. 오래 생각해보면 그것도 아닌 것 같다. 아마 모든 요인들이 하나의 결과를 지탱하고 있는 형태일 것이다.

그러나 후에, 지금까지도 나는 그녀와 다시 한번 해보고 싶다는 생각을 한다. 그건 아침에 일어나니까 세상이 일순간 행복하게 느껴지는 그런 기분이었다. 노란 아침햇살이 투명한 유리창을 통과해서 방안을 온통 노란색으로 물들여버리고, 문득 커피향 같은 걸 맡고 싶은 그런 기분이었다. 그리고 그런 아침은 절대적으로 나에게 잘 일어나지 않는다. 적어도 나에겐.

다음날 나는 친구의 집에서 잤다. 우린 둘이서 포커를 했다. 대부분은 내가 이겼다. 바둑알을 이용한 것이었다. 흰 돌은 천원, 검은 돌은 백원이었다. 하프제로 했는데 두 시간이 지나지 않아 이만원을 땄다. 친구가 말했다.

"마이다스군. 무엇이든 황금으로 변해."

마지막 베팅으로 우린 남은 돈을 다 걸었고 친구의 스트레이트를 플러시로 밟았다. 히든에서 뜬 것이었다. 진짜 마이다스군. 나까지도 그런 생각이 들었다.

불을 켜놓은 채 침대에 누웠다. 천장이 보였다. 친구는 천장을 바라보며 물었다. 천장이 아니라 나에게.

"세희랑은 잘 돼가?"

"그럭저럭. 그녀와 있으면 마음이 편해져."

친구는 아무 말도 하지 않았다. 천장도 마찬가지다.

"언젠가 네가 나에게 이런 얘길 했었지. 너는 행복해지지 못할 거라고, 단지 쾌락을 느낄 뿐."

"그래, 따뜻한 행복감. 마치 일요일 오전 창가에 앉아 음악을 들으며 커피를 마실 때의 그런 행복감. 창을 통해 들어오는 따뜻한 햇살 같은 행복감. 쾌락하고의 차이점은 따뜻한가 아닌가에 있지. 쾌락은 좀더 격렬한 거야. 도박성이 있고 게임 같은 거지. 위험해. 대신 강도는 훨씬 강하지. 게다가 빨리 피로해지고 지쳐버리지. 그러나 행복은 다른 거야. 특히 따뜻한 행복은. 그것은 항상 거기에 있어. 위험하지도 않고 격렬하지도 않아. 계절이 바뀔 때 맡을 수 있는 냄새 같은 것. 매년 똑같은 냄새인데도 좋게 느껴지거든. 행복하단 말이야."

"하지만 관점의 차이야. 포인트 오브 뷰."

친구가 말을 맺었다. 포인트 오브 뷰. 관점.

"근데 나는 그녀의 안에서 그런 따뜻한 행복감을 느낀 것 같아. 격렬하지는 않아. 네 말대로. 네 말 그대로야. 사정할 때는 물론 쾌감을 느끼지. 어느 여자와 마찬가지로. 그런데 그녀는 조금 다르거든. 그녀 안에 있을 때 나는 따뜻함을 느껴. 그래서 사정 같은 건 하고 싶지 않아. 그런데 결국엔 어떻게든 사정을 하게 되지. 그럼 나는 공기가 빠진 풍선처럼 오그라들지. 내 몸속에서 따뜻한 행복감이 쑤욱 하고 빠져나간단 말이야. 그래서 훨씬 더 추워지는 거야. 가슴속에 커다란 공동이 생긴 기분이야. 그 구멍 때문에 바람이 훨씬 강하게 느껴지지. 때론 내 안에서 소용돌이치기도 해. 만일 사정하지 않았다면 그런 추위는 느끼지 않았을까? 아니야. 사정하지 못하면 불안하거든. 어떻게든 사정을 해야 한다고 생각하지. 사정할 때는 정말로 기분이 좋아. 혼자서 할 때와는 분명히 달라. 훨씬 좋지. 그런데 그다음에 쑤욱 하고 행복감이 빠져나간단 말이야. 그건 정말 어쩔 수 없는 거야. 사정하지 않을 수도 할 수도 없는 그런 기분에 빠지고 싶지 않아서 나는 그녀와 잠을 자지 않겠다고 말했어. 그런데 그건 방법이 아니야. 좋은 방법이 아니야. 문제를 해결하는 방법은 아니었던 거야. 문제를 단지 피해 가는 것뿐이야. 그런데 나는 처음부터 그렇게 길들여졌어. 결국엔 아무것도 남는 것이 없지. 첫번째 문제를 피해서 가면, 또다른 문제가 생기고 그것도 피하게 되고. 내 주위엔 문제밖에 없어. 아무것도 해결하지 못한 채 문제들만이 어질러진 방안처럼 내 주위에 널려 있지. 그리고 때때로 해결해보고 싶다고 생각하지만 어쩔 수 없어. 나는 처음부터 그렇게 길들여져왔거든. 나는 쾌락도 행복도 아무것도 느낄 수가 없단 말야."

그리고 그녀는 떠났다. 처음으로 돌아온 것이다. 그녀를 세번째 만나기 전으로. 마치 풍선에서 바람이 빠져나간 것처럼. 어떤 여자든 마찬가지다. 그리고 조금쯤은 아픔을 느낀다. 풍선은 바람이 빠진다 해서 처음의 상태로 돌아오는 것은 아니다. 풍선은 펑! 하고 터지거나 약간 쭈글쭈글해진다. 그런 일을 겪을 때마다 나 자신이 쭈글쭈글해짐을 느낀다. 다시 바람을 집어넣는 일은 훨씬 수월해진다. 그러나 정말로 꼭 같지는 않다. 동그랗게 원을 그리지만 조금씩 빗나가는 것이다. 만나지 않는다. 만날 것이라고만 생각한다. 원은 확장되든지 아님 줄어들면서 달팽이 집처럼 나선형으로 빙글빙글 돈다. 그리고 아무도 모르게 언제든 멈추어버린다. OFF.

어느 날 버스에서 잠이 들었다. 군자교와 영동대교를 차례로 건너서 거의 집 근처 정류장에 도착할 때쯤 깨어났다. 밖은 이미 어두워져 있었다. 버스 라디오에서는 웅얼거리는 듯한 목소리의 팝송이 흘러나오고 있었다. 겨울바람처럼 스산한 목소리였다. 물론 노래 때문에 깬 것은 아니다. 가로수 사이로 보이는 불빛이 환영처럼 흔들렸다. 버스에서 내리자 날씨는 추웠다. 마치 '마녀의 젖꼭지'처럼 추운 날씨였다.

나는 그녀와 같이 눈이 오는 학교 교정을 걷는 것을 상상해봤다. 그녀는 내 팔짱을 끼고 머리를 내 어깨에 기대고 있다. 학교 캘린더에 나오는 눈이 오는 교정의 사진은 정말이지 환상적이었다. 나는 사진 속으로 걸어들어가고 싶었다. 그것도 그녀와 단둘이서. 그러나 그뿐이다. 그것은 상상일 뿐이다. 그런 일은 일어나지 않는다. 그녀는 나를 떠난 것이다. 나는 눈이 오는 날엔 절대로 학교에 나가지 않을 것이다. 그것도 나쁘지 않아. 절대적으로 나는 눈이 오는 날에는 학교에 나가지 않아. 그래도 정말이지, 상상 같은 걸 해볼 수 있다. 사진 속에서 그녀가 내 팔짱을 끼고 내 어깨에 머리를 기대고 걷는 따위의. 그런 일은 일어나지 않겠지만, 절대로 눈이 오는 날에 학교에 나가지는 않겠지만 상상은 할 수 있다. 그것마저 없으면, 사람은 살아갈 수 없는 것이다.

내가 그녀를 사랑했을까? 그럴지도 모르지. 내가 최선의 방법으로 할 수 있는 사랑이란 걸 그녀와 했다고 대답한다. 왜냐면 나는 스물한 살이니까. 그리고 그녀를 이해하려고 노력했으니까. 이해. 충분한 시간. 누군가를 이해하기 위한 충분한 시간은 얼마만큼일까? 그래도 나는 노력했다. 그녀의 문제들까지도 나는 이해하고 인정하려고 했다. 그것이면 충분하지 않을까? 나는 전적으로 그녀가 하는 일들을 받아들였고 그것으로 인해 그녀나 내가 힘들어지진 않을까 조심했다. 나로서도 강요하지 않았다. 강요할 처지도 못 된다고 생각했다. 나는 그녀의 전부를 좋아할 수 있다고 생각했다. 그녀의 삶, 진짜로 그녀의 말대로 '대중활동가'의 삶 말이다. 대중활동가가 무엇인지는 아직도 잘 모르겠지만 할 수만 있다면 도움도 주고 싶었다. 정말이다. 할 수만 있다면 말이다. 그리고 적어도 피해는 주고 싶지 않았다. 잘해나갔다고 생각했는데 아니었던 것 같다. 나는 언제나 잘해나가고 있어, 모든 일이 제대로 잘 되어가고 있다고 생각하지만 사람들의 눈에는 그렇게 비치지 않나보다. 그것이 문제였다.

이학기가 시작되면서 모든 게 엉망이 되어버렸다. 여전히 나는 학교에는 잘 나가지 않았고, 어쩌다 학교에 나간다 해도 그녀를 만나기 위한 것이었다. 중간고사가 시작되기 전주에 그녀와 만났다.

"보고 싶었어."

그녀는 가만히 있었다.

"정말로 보고 싶었다고. 정말이야."

"그래, 알고 있어."

농담이었을까? 무언지 석연찮은 기분이 들었다. 뭔가 잘못되고 있다. 그녀가 말했다.

"우린 문제가 있어."

"어떤?"

그녀는 말을 고르려는 듯이 잠시 망설였다. 그리고 다 골라낸 것처럼 한 번도 끊지 않고 또박또박 우리의 문제를 말했다.

"너와 나는 기본적으로 생활이 달라. 전혀 다르단 말이야. 그리고 삶의 방향성도 다르지. 언젠가 너에게 내 연애관을 얘기한 적이 있었지?(나는 그런 얘기를 들은 기억이 없다. 그래도 그녀의 얘기를 중단시키지는 못했다). 나는 기본적으로 서로가 발전적인 관계를 원해. 세 번째로 나는 미래가 소중해. 이것이 우리의 문제인 것 같아."

오래 생각한 것처럼 일목요연했다. 일목요연? 나는 그녀의 말을 이해할 수가 없었다. 아니, 이해되지 않았다. 아무 말도 하지 않았다. 그녀가 커피와 함께 웨이터가 놓고 간 사탕을 가리키며 말을 이었다.

"사랑한다는 건 사탕 같은 게 아닐까? 없어도 그만인데."

이건 또 무슨 말인가? 전혀 일목요연하지 않다. 전혀. 지금 생각해봐도. 나는 세 가지 문제를 머릿속으로 정리해봤다. 생활. 발전적. 미래. 발전적인 생활은 미래를 담보한다? 엉터리 말이다. 그러나 나는 알고 있다. 문제는 중요하지 않다. 내게 그런 건 문제도 되지 않았다. 문제란 어떤 일의 결과가 아니라 결과를 위한 과정인 것이다. 문제는 해결을 바라고 있지 않다. 나는 그녀에게 해결책을 물었다.

"모르겠어."

당연하다. 그에 대한 대안은 존재하지 않는다. 나는 편지에 이렇게 썼다.

단지 나의 가장 큰 걱정은 너의 고민들과 나와의 관계에서의 문제들이 구실이 아니었으면 하는 것이다. 만일 그렇다면 진실로 그에 대한 대안은 존재하지 않는다. 문제를 위한 문제. 그리고 사람들은 그것을 버린다. 만일 다시 너와 그런 얘기를 할 수 있는 자리가 마련된다면, 그리고 또한 그것이 구실이 아니라면 성실하게 얘기할 수 있는 마음의 자세가 되어 있다. 대학 일 년 동안 이렇게 성실하게 누군가에게 내 마음을 전달하려고 애쓴 적이 없는 것 같다.

그녀는 답장 같은 건 쓰지 않았다. 나도 왠지 그녀에게 답장을 받을 수 있으리라고 생각하지 않았다. 그건 어울리지 않는 것이었다. 나는 그녀에게 전화를 했고 마치 아무 일도 없는 사람들처럼 만나서 커피를 마시며 지껄여댔다. 이미 모든 게 일그러진 상태여서 나는 그 일그러짐에 익숙해지고 싶었고, 어쩌면 일그러진 대로도 잘해나갈 수 있을 것 같았다. 그러나 그런 일은 일어나지 않는다. 절대로.

"목걸이 잃어버렸다고 했지?"

그녀가 갑자기 나에게 물었다. 정말로 갑자기였다. 그런 얘기가 나올 분위기가 아니었는데도 그녀는 처음부터 그 말을 하려고 나를 만난 것처럼 엉뚱하게 나에게 물었다. 목걸이는 그녀가 나에게 준 것이었다. 목걸이에 달린 장식은 그녀의 팔찌에 달린 장식과 똑같은 것이었고 그녀는 나에게 목걸이를 주며 자신도 똑같은 팔찌를 하고 있다고 얘기했다. 그런데 술에 취해서 나는 정확히 그 장식만을 잃어버렸다. 그건 이미 전에 얘기했었다. 그녀는 조금 슬퍼 보이는 표정을 지었다. 물론 나도 기분이 좋지는 않았다. 누구나 그런 일에 조금은 기분이 나빠지는 것이다. 당시에는 그냥 넘어갔다. 그런데 그날 그녀는 팔찌에서 장식을 거칠게 떼어버렸다. 나는 멍하니 보고만 있었다.

계속.

점심을 먹으면서 그녀가 다시 우리에겐 문제가 있다고 얘기했다. 똑같은 얘기. 편지에 쓴 대로 나는 성실해져야 할 필요가 있었다. 그런데 왜 하필 점심을 먹으면서였을까? 점심을 먹으며 사람은 성실해질 수 있을까? 어쨌든 그녀는 그 얘기를 끄집어냈고, 나는 밥을 먹으며 그녀의 얘기를 들었다. 전적으로 이전의 얘기와 달라진 건 아무것도 없었다. 단지, 하나. 그래, 결국엔 그녀는 해결책을 마련했다.

"그냥 이대로 지내는 거야. 애인만 되지 말고."

나는 고개를 숙이고 열심히 밥을 먹었다. 체하거나 갑자기 밥이 목에 걸리는 일은 일어나지 않았다. 나는 밥을 깨끗이 다 털어 먹고 일어서서 나가자고 했다. 그녀가 계산을 했다. 나는 커피 살게, 라고 말했다. 먼저 나와서 그녀가 나오는 걸 지켜보았다. 그녀가 내 옆에 서서는 말했다.

"왜 그렇게 노려보는 거야?"

나는 웃었다. 노려본 게 아니야. 단지 지켜본 것뿐이라고.

계속.

"애인이 뭔데? 내가 어떻게 하면 되지?"

나는 커피를 마시며 그녀에게 물었다. 그러나 그렇게 물어서는 안 되는 것이다. 대답은 알고 있잖아. 그래도 나는 그렇게 물었을 것이다. 다시 한번 그런 상황이 벌어진다고 해도.

"그냥 남들이 생각하는 그런 애인 말이야."

나는 아무 말도 하지 않았다. 잠시 생각할 필요가 있었다. 담배를 물고 그 담배가 정확히 반쯤 타들어갔을 때, 나는 마음을 굳혔다. 결국은 똑같다. 조금쯤은 달라져도 결국엔 끝은 똑같다. 행복. 어울리지 않아. 행복한 아침은 절대적으로 나에게 잘 일어나지 않는다. 차근차근하게 말했다.

"기본적으로 그것은 매우 힘들어. 물론 할 수는 있지. 애인만 되지 말고 그냥 이대로 지낼 수는 있어. 힘들겠지만 말이야. 적어도 그럴 수 있다고 생각해. 그러나 내가 보기엔 그것은 결과가 뻔한 과정일 뿐이야. 언제까지나 그렇게 지낼 수는 없지. 너무 힘드니까. 나는 절대로 너를 남들이 생각하는 그런 애인이 아니라고 여길 수는 없으니까. 그래도 할 수는 있어. 생각은 바꿀 수 없지만 행동은 네가 원하는 대로 해줄 수 있어. 그렇지만 알고 있잖아? 결과는 확연해. 우린, 아니 적어도 내겐 힘든 과정일 뿐이야. 생략할 수도 있는데 구태여 그런 힘든 과정을 거쳐야 할까? 그것이 또 나를 힘들게 하겠지. 그래, 친구처럼 지낼 수 있어. 그 정도라도 좋아. 하지만 똑같아. 처음부터 그랬으면 이후에도 그럴 수 있겠지. 그런데 이미 여기까지 왔고 아무도 되돌릴 수는 없어. 내 말 이해할 수 있겠지?"

그녀는 소파에 몸을 깊숙이 파묻고 창틀에 머리를 기댔다. 나는 나의 말이 그녀를 슬프게 하거나 안타깝게 하거나 힘들게 하지 않았기를 바랐다. 그건 내가 원하는 것이 아니다. 그래도 그렇다면 어쩔 수 없겠지만.

"미안해. 나는 너를 좋아했어. 지금도 너를 좋아해. 어쩜 이전보다 훨씬 더. 그런데 왠지 헤어져야 될 것 같아."

그녀의 말. 똑.같.다. 언제까지 나에게 이런 일이 일어나야 되는 걸까? 나는 멍한 기분이 들었다. 결과는 이미 알고 있었지만 막상 그런 결과에 부딪히게 되면 조금쯤은 아픈 것이다. 알지 못했던 것만큼은 아니더라도. 아니, 그 반대일 수도 있겠지. 확인. 포커를 하다보면 자신의 패가 아무것도 아니더라도 마지막 베팅까지 가서 히든을 받아본다. 그리고 아무것도 메이드되지 않았지만 "확인"이라고 말하며 돈을 걸게 된다. 상대방의 패를 보고 싶은 것이다. 내가 지더라도 그런 돈은 아깝지 않다.

그러나 그것과는 다르다. 나는 삶을 걸고 있다. 미래를 걸고 있는 것이다. 그리고 한 번도 따본 적이 없는 것처럼 느껴진다. 나는 매일같이 조금씩 내 삶을 걸고 도박을 하지만 그만큼을 매일같이 잃는다. 그래도 어쩔 수 없다. 한 번쯤은 정말로 모든 걸 걸어보고 싶을 때가 있다. 확인.

그러나 그럴 수는 없다. 내 패는 아무것도 아닌 것이다.

커피전문점을 나와서 나는 그녀에게 말했다.

"너와 생활도 같고, 삶의 방향성도 같고, 사상도 같고, 발전적이고, 미래를 소중히 여기는 사람이 있을 거야. 그리고 만날 수도 있을 거야."

정말로 나는 그렇게 바랐다. 비아냥거리는 것은 아니었다. 그녀도 그것을 알고 있는 것처럼 느껴져서 조금은 기분이 나아졌다. 그녀가 탈 택시를 잡아주었다.

"잘 있어."

"좋은 게임이었어"라고 말하지 않았다. 나는 "잘 있어"라고 말했다. 게임이 아니야. 이건 현실이야.

나는 오락실에 들어가 게임을 두 시간가량 했다. 지기만 했다. 오락실을 나와서 잠시 어디로 갈까, 라고 나에게 물어보았다. 내가 대답했다.

"책을 사야 해."

나는 전화기를 찾았다. 약국 문에 전화기가 그려진 그림이 붙어 있었고 전화기는 약국 안에 있었다. 나는 약국 문을 밀고 들어갔다. 약국 안에 있던 사람이 나를 힐끔 쳐다보았다. 나는 전화를 걸러 들어온 것뿐이야, 라는 표정을 지었다. 나는 수명에게 전화를 걸려고 약국에 들어온 것이다. 차비만 있으면 커피를 마실 수 있게 해주는 여자였다. 내가 왜 그녀와 헤어진 날 수명에게 전화를 걸 생각 따위를 했는지 모르겠다. 어쨌든 나는 누군가와 얘기하고 싶었고 되도록이면 내 얘기를 주의깊게 듣지 않으며 나중엔 그냥 잊어버릴 만한 사람이 필요했다. 수명은 바로 그런 사람이었다. 연결음이 몇 번 울리고 그녀가 받았다. 다행이다. 만일 다른 사람이 받았다면 나는 전화를 끊었을 것이다.

"커피 사줄 수 있어?"

"지금 어디야?"

"곧장 출발하면 이십 분 정도 걸릴 거야."

그녀는 잠깐 망설이는 것 같았다.

"그래."

마치 그 말은 자판기에서 컵이 떨어지는 소리처럼 들렸다. 나는 그녀와 만날 장소를 정했다. 추운 날씨였다. 겨울이 멀리서 이 도시를 바라보며 가끔 연락 같은 걸 하나보다. 이제 곧 겨울이야, 라고. 나는 버스를 기다렸다. 버스는 내가 선 정류장에 서지 않았다. 나는 손을 들었지만 버스는 그냥 지나친다. 나는 잘못된 정류장에 서 있었던 것이다. 나는 좀더 올라갔다. 거기에도 정류장이 있었다. 그러나 역시 버스는 지나친다. 나는 택시를 잡았다. 돈은 충분했다. 차가 많이 밀려서 평소보다 배 이상 시간이 걸렸고, 생각보다 요금이 더 나왔다. 나는 터미널 서점에서 책 두 권을 산 다음 전철을 타고 압구정동까지 갔다. 한 시간이 걸렸다. 그녀는 내가 말한 카페 밖에서 나를 기다리고 있다가 나를 발견하고 화를 냈다. 그러나 내가 보기엔 참으로 친절하게 화를 내고 있구나, 라는 생각이 들었다.

"왜 안 들어가고 있었어?"

"몰라."

나는 문을 열고 카페 안으로 들어갔는데 자리가 없었다. 우린 다시 나와서 처음 눈에 띈 카페에 아무렇게나 들어갔다. 카페라기보다 다방 같은 분위기였다. 나는 커피를 시켰고 그녀는 홍차를 시켰다.

"잘 지냈어?"

"물론."

"따뜻해 보여."

"이 옷?"

그녀는 자신의 옷을 내려다보며 말했다.

"아니, 그냥 네가……"

이런저런 쓰레기통에 버려지는 빈 컵 같은 얘기를 했다. 그리고 참으로 오랜만에 그녀를 만난 거라는 사실을 알아챘다. 그녀의 얼굴은 조금 상해 있었다. 나는 그녀에게 좋아한다고 말했었다. 그리고 사실이 그랬다. 나는 그녀가 좋았다. 세희를 좋아하는 것과는 차이가 있다. 그 차이를 설명할 수는 없지만 분명한 것은 수명은 나를 좋아하고 있지 않다는 것이다. 그녀는 그것을 이렇게 설명하곤 했다.

"나는 남자를 좋아한 적은 없어. 너뿐만이 아니야."

그것이 나에게 친절한 위로가 되었다. 그리고 어느 날 통화에서 날 좋아할 수 있을까? 이후에, 언젠가는 말이야, 라고 물었을 때 그녀는 아니라고 단호하게 대답한 것이다. 친절한 여자였다. 그리고 대개 남자란 여자의 친절을 과장하는 경향이 있고, 진실을 받아들이기 싫어한다. 그래, 그건 그녀의 친절이었을 뿐이다. 그녀는 처음부터 나를 좋아하지 않았고 앞으로도 그러리라는 것은 확실했다. 그래도 어쩔 수 없다. 나는 그녀를 좋아했으니까, 때론 여자 친구 같은 것도 필요할 때가 있다고 자위하면서 그녀에게 전화를 하는 것이다. 바로 스물한 살쯤 되면 말이다.

"요즘엔 사람을 사귄다는 게 힘들어. 그래서 이미 알고 있던 사람들과 헤어진다는 게 어려운가봐."

"그래, 나도 요즘 그런 생각을 하고 있었어. 그래서 소개팅 같은 건 절대 하고 싶지 않았어. 소개팅을 하게 되면 남자가 다시 만나자고 하고…… 나는 그런 걸 거절하는 데 익숙하지 못하니까. 차라리 딱 한 번만 만난다는 조건으로 소개팅을 할 수 있다면 재미있을 텐데. 그런데 이상한 일이야."

"뭐가?"

"소개팅에서 어떤 사람을 만났는데 너무 편했어. 네가 말한 것처럼 나는 좀 이상한 아이잖아. 근데 그 사람과는 모든 게 너무 잘 맞았어. 무슨 얘기든 할 수 있었고. 심지어 남자에게는 내 입으로 한 번도 말해주지 않았던 내 생일까지 얘기해버렸다니까. 그것도 처음 만났을 뿐인데. 너한테도 얘기하지 않았잖아."

그래……

그녀는 나에게 생일을 가르쳐주지 않았다. 나는 참으로 끈덕지게 그녀에게 물었지만 결코 가르쳐주지 않았다. 그건 그녀의 습성이었다. 그녀는 생일을 가르쳐준다는 것에 특별한 의미를 붙이고 있는 것 같았다. 나는 그 기준에 미달되었고 그 남자는 합격을 한 것뿐인데 나는 조금 슬펐다. 담배를 물었다. 나는 그 남자랑 만나고 있어? 라고 물으려다가 그만두었다. 이미 나는 그녀를 친구로 생각하기로 했으니까. 질투 같은 건 어울리지 않는다.

"내가 아직 불편하니?"

그녀는 잠깐 생각을 했다.

"처음보다는 많이 편해졌지만……"

"네가 생일을 가르쳐준다는 건 마치 기준 같아."

"그래, 그럴지도 몰라. 하지만 상관없어. 나는 누군가 내 생일을 알고 축하해주는 것을 부담스럽게 생각할 뿐이야."

친절한, 친절한 여자였다. 내가 언젠가 전화를 걸어 너는 왜 나한테 전화하지 않지? 라고 물었을 때 그녀는 귀찮게 하고 싶지 않아, 부담 같은 걸 느끼게 하고 싶지 않을 뿐이야, 라고 대답했다. 그러니까 나는 언제든 그녀를 만나지 않을 수 있었다. 내가 전화를 하지 않으면 그녀는 나와 관계가 없는 사람이다. 그것뿐이다. 전화를 걸지 않으면, 그녀와 나는 아무것도 아니다. 그래도 나는 전화를 한다. 전화를 하지 않겠다고 몇 번 다짐을 하지만 곧 전화를 하고 만다.

나는 아무 말도 하지 않았다. 그녀가 문득 말했다.

"〈스위트 노벰버〉."

"뭐라고?"

"그런 노래가 있어. 정말 11월은 달콤한 달이야."

"그럴지도 모르지."

"내 생일은 11월이야."

그뿐이었다. 그것은 또한 그녀가 내 마음 상태를 알아채고 내게 베푼 친절이었다. 진절머리가 난다.

"너는 이해하기 힘든 여자야. 물론 처음보다는 더욱 많은 부분을 이해하고 있다고 생각해. 가령 지금 흘러나오고 있는 노래를 너는 좋아할 거라는 것들 말이야. 그러나 충분히는 아니지."

"사람을 이해하기는 정말 어려운 일이야. 너는 특별해. 너는 누구와도 같지 않다고. 나는 그걸 알고 있어. 너 같은 사람은 이제껏 본 적이 없어."

그러나 그 말은 아무것도 아니었다. 나는 특별하지 않다. 누구와도 같지 않다고 사람이 특별해지는 것은 아니다.

"그럴지도 모르지. 나는 지금껏 내 뜻대로 한 일은 아무것도 없어. 내 뜻대로 이루어진 일도 없지. 그건 아무것도 아니야. 단지 그렇다는 것뿐이야. 내 말은 사슴이 갑자기 고기가 먹고 싶어졌다는 식의 깜짝 놀랄 만한 일은 아니라는 거지. 그런데 가끔씩 그게 너무 힘들어. 절망 같은 걸 한단 말이야. 그럴 때 나는 말보로를 사지."

나는 테이블 위에 올려놓은 말보로의 빨간색 하드 케이스를 손가락으로 두드렸다. 그녀가 그 안에서 담배 한 대를 꺼내 입에 물었다.

"내가 보지 않은 사이에 못된 것만 늘었군."

그녀는 담배를 피워 물면서 나에게 물었다.

"너도 담배를 피우는 여자와는 결혼하지 않을 거라고 생각하니?"

"응, 그러나 담배를 피우지 않는 여자와도 결혼할 생각은 없어. 나는 책임 같은 걸 지고 싶지 않아. 나 자신도 너무 무거운데 누군가를 책임진다는 건 생각도 못하지. 아니 책임을 질 능력이 내겐 없어."

그녀는 아무 말도 하지 않고 담배를 급하게 피웠다. 분명 숨어서 담배를 피우던 버릇이 있는 것이다. 일견 서글프게 보였다.

"말보로를 사서는 한 열 대 정도를 줄담배로 피워. 그러면 가슴이 답답해지고 속이 메슥거리고 머리가 어지러워지지. 그리고 쓰러질 것 같은 기분이 든단 말이야. 그러면 나는 쓰러지면 안 돼, 아직도 많이 남았어, 다 잘될 거야, 라고 생각하지. 쓰러지지 않기 위해 나는 희망을 가져야 하는 거야. 결국엔 쓰러지지 않기 위해 가지는 희망으로 나는 다시 살아나갈 수 있어."

정말 쓰레기 같은 말이다. 나는 쓰레기통에 그런 말들을 쓸어넣어 버리고 싶었다. 그녀도 그런 건 알고 있다는 표정이었다. 담배를 피울 때와 마찬가지로 급하게 비벼 껐다. 카페를 나올 때 그녀가 계산서를 들고 카운터로 갔다. 나는 먼저 카페를 나와버렸다. 어쩐지 그녀가 계산을 하고 있는 걸 보고 있자니 자존심이 상할 것 같은 기분이 들었다. 그러나 어쨌든 그녀와 나는 친구일 뿐이다. 내가 만약 그렇게 생각하지 않는다면 나는 그녀를 만날 수 없다. 그건 슬픈 일이다. 한없이 비참해진다. 그러나 좋다. 적어도 나는 차비만 있으면 언제든 커피를 사줄 수 있는 여자 친구 하나쯤은 가지고 있다. 세상을 살아가고 있단 말이다. 그것도 아주 열심히.

걸어서 그녀의 아파트 앞 버스정류장까지 갔다. 나는 그녀에게 말했다.

"오늘 고마웠어."

"버스 같이 기다려줄게."

정말이지, 그 말은 또다시 나를 감탄시켰다. 친절함의 극치였다. 결국 나는 바지 주머니에 두 손을 깊숙이 찔러넣은 채 나쁘지 않다고 생각했다. 그녀와 만나는 것이. 지난 일이지만 나는 그녀와 만나 첫 두 달 동안 그녀를 집 앞까지 바래다주었다. 적어도 그건 친절함이 아니었다. 그녀와 좀더 오래 있고 싶었고, 그것이 그녀가 나를 좋아할 수 있는 계기 같은 것이 되었으면 하고 바랐다. 그녀의 집 앞에는 공원이 있었고 우린 항상 그녀의 통금시간인 열시 반까지 거기에 앉아 공원에 걸맞은 한적하고 조용한 얘기들을 주고받았던 것이다. 달빛도 있었고 가끔씩 사람들도 담뱃불 빛처럼 나타났다 사라지곤 했다. 그러다 어느 순간 다 쓸데없는 짓이라는 걸 깨달았다. 그녀는 그녀의 단호한 말대로 나를 결코 좋아할 수 없는 것이다. 플레이.

그녀는 영리한 여자여서 나에게 항상 미안한 감정을 가지고 있었다. 내가 그녀에게 하는 만큼 그녀는 나에게 해주지를 못했다. 안 한 것이 아니라, 못했던 것이다. 나는 졸랐고 얻어내고 싶었지만, 나중엔 그냥 아무러면 어떠냐는 심정이 되었다. 그녀가 나를 좋아하지 않는다는 사실이 아프지 않다고 생각했다.

그런데 그때 그녀가 갑자기 이렇게 말을 했다.

"파피루스야."

"뭐라고?"

"파피루스를 보고 있으면 나는 행복해져."

그녀는 도로 건너편에 있는 파피루스라는 옷가게를 가리켰다. 나는 뭐가 뭔지 잘 이해하지 못했다. 설명이 필요했다. 설명.

"파피루스 앞에서 내가 좋아하는 남자가 나를 기다린단 말이야. 매일 아침 나를 기다려. 그리고 같이 차를 타고 학교에 가지. 그래서 나는 파피루스를 보고 있으면 행복해진단 말이야."

똑.같.다. 기가 막힐 정도다. 그러나 조금씩 빗나가고 있다. 나는 열 개비째의 말보로를 물었다. 열 개비째의 말보로를 다 피웠을 때 머리가 어지럽고 속이 메슥거렸다. 쓰러질 것 같았다. 쓰러져도 상관없어, 라고 나는 생각했다. 쓰러져봤자 아무 일도 일어나지 않을 것은 분명했다. 분명한 것이다. 머리에 빨간불도 들어오지 않고. 그렇다고 쓰러지지 않을 이유도 없다. 희망 같은 건 원래 없었다. 나는 단지 쓰러져보았던 것뿐이다. 수명이 비명을 질렀다. 비명소리가 너무 컸다. 비명소리는 결코 친절하지 않았다.

가령 내 삶이 테이프 같다고 하자. 지구는 카세트덱이고. 나는 플레이중에 있다. 좋은 노래와 나쁜 노래가 있는데 그건 그냥 거기에 있는 것이다. 테이프 안에 있다. 지구를 작동시키면 좋은 노래와 나쁜 노래가 흘러나온다. 희망도 나오고 절망도 흘러나온다. 행복도 불행도 쾌락도 다 그 안에 있다. 어쩔 수 없다. 다 듣고 나면 카세트덱을 끈다. OFF. 그뿐이다. 그리고 리와인드와 패스트 포워드 키가 있다. 나는 리와인드 키를 눌러본다. 세희와 수명이 나온다. 똑.같.다. 그래서 자꾸 들으면 지겨워진다. 노래가 지겨워지면 기다리지 말고 패스트 포워드 키를 누른다. 테이프가 다 돌아가고 오토 스톱이 된다. 나는 카세트덱을 껐다. OFF. 간단하다.

커피잔은
어떻게
해서
깨어지는가?

마지막 손님이 자리에서 일어섰다. 나는 설거지를 멈추고 고무장갑을 벗고 재빨리 카운터로 이동했다. 계산을 하는 남자의 목에 걸려 있는 건 자물쇠였다. 몇시까지 영업을 하느냐고 물어서 열한시까지라고 대답했다. 남자는 시계를 본다. 열한시는 이미 훌쩍 넘어 있었다. 하지만 남자는 더이상 아무 말도 하지 않았다. 여자는 이미 카페 출입구로 걸어가 있었다. 하지만 나는 여자의 얼굴을 기억한다. 물을 더 따라주기 위해 이들의 테이블에 갔었다. 그때 남자의 손이 여자의 티셔츠 속에서 등을 더듬는 걸 보았다. 그뒤로 이들의 테이블엔 가지 않았다. 돈을 받고 남자를 따라 출입구까지 걸어가서 인사를 하고 문을 잠갔다. 테이블을 치우기 위해 행주와 트레이를 챙겨들면서 남자의 목에 걸려 있는 자물쇠 생각을 했다. 그건 진짜 자물쇠처럼 보였다. 단단해 보였고, 구릿빛이었다. 그건 새로운 유행인지도 모른다. 열쇠는 여자가 가지고 있을지도 모른다.

테이블을 치우고 주방을 제외한 홀의 불을 모두 껐다. 시디플레이어의 볼륨을 높이고 한 곡만 재생으로 바꾸었다. 그리고 주방으로 돌아와 아까 테이블에 잘못 나갔던 와인을 마셨다. 손님이 화이트와인을 시켰는데, 레드와인이 나갔다. 나는 그것을 버리지 않고 챙겨두었다. 설거짓거리는 싱크대에 가득 쌓여 있었다. 사장 형은 오늘밤에도 오지 않을 모양이었다. 직원들은 모두 퇴근하고, 집이 가까운 나만 마감을 위해 남았다. 어째서인지 직원들이 모두 퇴근한 후부터, 나는 아버지 생각을 하고 있었다. 더 정확히 말하면 몇 년 전인가 아버지가 내게 보냈던 편지를 생각하고 있었다. 편지에서 아버지는 더이상 내 생활비를 대줄 수 없을 것 같다고 했다. 나는 그 편지를 아직도 가지고 있다. 거기에는 그 이유도 적혀 있었는데, 나는 잘 이해할 수가 없었다. 하지만 그냥 내버려두었다. 만일 내가 그 점에 대해 전화로라도 물어본다면, 어떻게 말해도 분명 따지는 것처럼 들릴 것이다. 그런 건 싫었다. 그뒤에도 나는 시골에 내려가 몇 번인가 아버지를 뵈었다. 나도 아버지도 그 편지에 대해선 일언반구도 하지 않았다. 나는 이상한 일이라고 생각했다. 어째서 갑자기 그 편지 생각이 났을까?

문소리가 난 것 같아 출입문 쪽을 바라보았다. 아무도 보이지 않았다. 그래도 나는 천천히 출입문까지 걸어가, 괜히 문고리를 돌려보았다. 당연히 잠겨 있었다. 유리문 바깥으로 보이는 거리는 고요했다. 도로 위로 차 몇 대가 지나는 게 보였다. 보도를 걷는 행인은 없었다.

이 카페와는 인연이 깊다. 내가 군대를 제대하고 복학하기까지 약 육 개월간 아르바이트를 했다. 그게 첫 인연이었다. 당시에는 나이든 매니저가 카페를 맡고 있었다. 그래봤자, 마흔 줄을 막 넘겼을 뿐이었지만. 개인적으로 나는 그 사람을 싫어했다. 다른 직원들은 감정을 잘 내비치지 않았다. 내가 카페를 그만두고 학교에 복학하고 얼마 후, 그도 카페를 떠났다. 집에서 가까웠기 때문에 나는 가끔 카페에 들러서 예전에 같이 일했던 직원들과 잡담을 나누곤 했다. 때로 갑작스레 직원들이 일을 그만둬서 공백이 생길 때마다 나는 다른 직원이 구해질 때까지 일을 도와주곤 했다. 그런 일은 자주 발생했다. 이제 내가 처음 일을 하던 당시 알던 직원은 한 명밖에 남지 않았다. 그사이 나는 대학을 졸업했고, 그녀는 이 카페의 매니저가 되었다. 몇 달 전부터 나는 풀타임으로 카페에서 일을 하게 되었다. 시작은 언제나 마찬가지로 당분간만 일을 도와준다는 명목이었는데 그 몇 달 동안 직원이 구해지지 않았고, 이제 사장 형도 매니저도 심지어 나조차도 그렇게 여기지 않았다. 여전히 새 직원을 구하고 있었지만, 나를 대신할 직원은 아니었다. 나로서도 언제까지 이 일을 계속하게 될지 알 수 없었지만, 그것은 좀더 먼 훗날이 될 거라고 여기고 있었다. 그리고 그건 카페 일을 하는 대부분의 사람들이 하는 생각과 똑같은 것이었다. 평생 이곳에서 이 일을 하고 싶다고 생각하는 사람은 없다. 그들은 결국 떠날 것이다. 일 자체가 힘들다거나, 보람이 없어서는 아니다. 어떤 일들은 처음부터 그것이 영원히 계속할 일은 아니라고 여겨진다. 몇몇 사람들만이 나중에 직접 카페를 차리기 위해 오랫동안 일을 한다. 하지만 그들도 한 카페에 오래 머무르는 법은 없다. 그것이 카페다.

내가 일을 새로 시작하고 얼마 후 들어왔던 직원은 대학에서의 전공이 회계학이었다. 우리는 가끔 그녀가 회계학을 전공한 걸 두고 농담을 했다. 손님에게서 돈을 받고 거스름돈을 내주는 일에 서투른 걸 보면서 믿을 수 없다고 놀렸다. 그녀는 딱 한 달을 일하고 아무 말도 없이 카페에 나오지 않았다. 몇 번이나 전화를 걸었지만 받지 않았다. 그녀와 친하게 지내던 다른 직원을 통해 그녀가 다른 카페에서 일을 하고 있다는 얘기를 들었지만, 확실한 건 아니다. 그 말을 전해준 직원도 그만두었다. 그녀는 일을 시작한 바로 그날 설거지를 하다가 잔을 깼다. 이 카페의 잔 대부분은 상당히 비쌌다. 그녀가 깬 잔은 그중에서도 특히 비싼 것으로 사장 형의 말을 빌리면 잔과 잔 받침 한 세트에 이십만원 정도 되었다. 게다가 사온 지 얼마 되지도 않은 잔이었다. 사장 형은 어쩔 수 없는 일이라고 말했지만 그 말을 하는 얼굴 표정은 몹시 굳어 있었다. 그녀는 거의 울 듯한 표정으로 싱크대 앞에 꼼짝 않고 서 있었다. 나는 그녀 옆에서 괜찮다고 말했다. 그건 당신 잘못이 아니라고 말했다. 그리고 잔이 어떻게 해서 깨지는지를 설명했다. 잔은 한 번의 충격으로 깨지는 것이 아니다. 이전에 이미 숱한 충격들이 가해졌고, 그때마다 잔은 조금씩 깨졌지만 단지 겉으로 드러나지 않을 뿐이다. 그러다 마지막 단 한 번의 충격이 가해지면 그때 잔은 깨진다. 마치 모래뺏기 게임처럼.

"모래뺏기요?"

"왜 바닷가에서 모래를 쌓아 한가운데 작대기를 꽂아넣고 하는 게임 있잖아요. 사람들은 순번을 정해 돌아가면서 모래를 뺏고, 마지막에 결국 작대기를 넘어뜨리는 사람이 지는 거죠. 그러니까, 이 잔은 이미 이전의 직원들이 숱하게 깨뜨렸던 거고, 당신은 단지 재수가 없었던 것뿐이에요."

그녀가 내 말을 잘 이해했는지 어쨌는지는 모르겠다. 그러고도 한

동안 그녀는 잔뜩 긴장해서 설거지를 하다 잔을 몇 번이고 미끄러뜨리고는 했다. 내 말은 어떤 면에서는 단지 그녀를 위로하기 위한 거짓말이었지만(왜냐면 앞서 말했듯이 그녀가 깨뜨린 잔은 사온 지 얼마 안 된 잔이었다), 한편으로는 나는 진심으로 그렇게 믿고 있었다. 모든 잔은 언젠가는 깨진다. 그것이 깨질 때 그 잔을 마지막으로 쥐고 있었던 사람은 재수가 없었을 뿐이다.

그녀가 카페를 그만둔 이유를 우리는 잘 알 수 없었다. 아무 말 없이 갑자기 카페에 나오지 않은 사람들은 꽤 있다. 하지만 사장 형도 매니저도 입을 모아 그녀는 그렇게 그만둘 사람처럼 보이지 않았다고 말했다. 나 역시 마찬가지였다. 우리는 꽤 친하게 지냈다. 그녀는 자신의 남자친구 얘기를 내게 했고, 집안 얘기도 언뜻언뜻 했다. 남자친구 얘기는 즐거웠지만, 그녀의 가족 얘기는 그렇지 않았다. 내가 뭐라 대꾸할 말을 선뜻 찾지 못하는 얘기도 더러 끼어 있었다. 나는 그저 앞으로는 나아질 거라고 말했다. 누구에게나 힘든 시절은 있다고 말했다. 그건 결코 너에게만 일어나는 특별한 일이 아니다. 하지만 그런 내 말은 결코 그녀에게 힘이 되어주지 못했을 것이다. 나는 누군가를 위로하는 데 능숙하지 못하다.

내가 처음 이 카페에서 일하던 시절에 사귀던 여자친구에게도 그랬다. 알게 된 지 얼마 안 됐을 때 그녀가 이 카페를 직접 찾아온 적이 있었다. 나는 아직도 이 카페의 출입문을 볼 때마다, 그날 까만색 정장을 입은 그녀가 카페 문을 슬며시 열고 들어오던 모습을 떠올리고는 한다. 그 얘기를 그녀와 멀리 떨어져 있던 시절에 보낸 편지에도 나는 썼다. 일을 마치고 그녀를 데리고 카페를 나오면서 정장이 잘 어울린다고 나는 그녀에게 말했다. 그녀는 아버지가 자신이 정장 입는 걸 좋아한다고 말했다. 지금 입고 있는 이 옷도 아버지가 사주신 거예요, 하고 그녀는 덧붙인다. 하지만 그녀 자신은 정작 검은색 정장을 좋아하지 않았다. 그녀는 좀더 캐주얼하고 밝은 계열의 옷을 즐겨 입었다. 아버지와 사이가 좋지 않았고, 집을 나오고 싶어했다. 나는 진심으로 내가 대학을 졸업할 때까지만 잘 참아달라고 말했다. 그후로 많은 일들이 있었고, 그때마다 나는 조금씩 나 자신이 그녀에게 아무런 힘도 되지 않는다는 사실을 깨달았다. 그리고 그건 내가 문제였다. 내가 하려고만 했다면 어쩌면 할 수 있었을 것이다.

그녀와 방을 보러 다닌 적이 있었다. 낮부터 낯선 동네를 많이 돌아다녔다. 어느 오층 원룸 건물 앞에서 부동산 아주머니가 열쇠를 받아오길 기다렸다. 큰길에서 많이 들어간 한적한 골목이었는데, 주변에는 높은 건물이 하나도 없었고, 건물 앞에는 꽤 널찍한 주차장이 있었다. 그리고 잎이 가늘고 뾰족한 나무 한 그루가 서 있었다. 눈 깜박할 새에, 주위는 어두워진 것 같았다. 그녀의 얼굴이 희미하게 보였다. 하늘에는 아직 밝은 빛이 남아 있었지만, 지상은 서서히 꺼져가는 것처럼 느껴졌다. 우리는 손을 잡은 채였는데, 한순간 대화가 끊겼다. 하지만 그게 우리를 불편하게 하지는 않았다. 나는 그런 시간들이 진짜라고 생각했지만, 완전히 틀린 생각이었다. 우리는 그 방을 계약하지 않았다. 부동산 아주머니가 열쇠로 문을 열었고, 우리는 아주머니를 따라 주인 없는 방으로 들어갔다. 기다란 형태의 방이었는데, 문 옆에 곧바로 싱크대가 있었고, 그 맞은편이 화장실이었다. 침대가 놓인 안쪽에, 원룸치고는 꽤 넓은 창이 있어서 햇볕이 잘 들 것 같았다.

우리는 그런 창 앞에 나란히 서서, 조금 전까지 우리가 서 있었던 자리를 내려다보았다. 이제 그곳에는 아무도 없었다. 그곳에 비가 내리거나, 햇볕이 내리쬐거나, 저녁이 들거나, 또 계절이 바뀌는 걸 볼 수 있을지 모르겠단 생각이 들었다. 잠시 후 우리는 그 방을 나왔고, 아주머니가 마지막으로 불을 끄고 문을 닫고 열쇠로 잠갔다. 우리는 그 모습을 가만히 지켜보았다.

설거지를 마치고 그릇의 물기를 행주로 닦아내 원래 있던 자리에 올려놓았다. 사실 대부분의 잔들은 놀랍게도 깨진 채로 발견된다. 바닥에 떨어뜨려 산산조각을 내는 경우는 거의 없다. 또한 설거지를 하다가 깨뜨리는 경우도 예외적인 일에 속한다. 아무도 잔이 언제 깨지는지 알지 못한다. 왜냐하면 잔이 깨지는 순간, 그것은 언제나 너무나 하찮은 부딪침이기 때문에 미처 깨졌다고는 생각지 못하고, 자세히 살펴보지 않는 것이다. 그리고 그것을 천연덕스럽게 제자리에 돌려놓는다. 그렇게 해서 숱한 잔들이 깨진다. 그리고 누구도 그 책임을 추궁당하지 않는다.

해설

꿈은 사라지고의 역사

권희철(문학평론가)

1. “그것은 이미 사라지고 없다”

우리 가운데 누구도 아직까지 진실로 살아본 적은 없다. 눈에 너무 가까이 있는 것일수록 오히려 그것을 똑바로 알아볼 수 없는 것처럼, ‘지금’의 삶이 우리에게 가장 가까이 접근한 순간에는, 오히려 그것을 제대로 붙들 수 없다. 우리 앞의 대상들이 저 자신인 채로 있을 때의 충만함, 그러한 대상들 안에 이미 고여 있는 내밀함, 그러한 충만하고도 내밀한 대상들에 둘러싸여 있다는 뿌듯함 같은 것들, 그것들을 소유하면서 결국 우리 자신의 존재 또한 충만하고 내밀하고 뿌듯하게 만들 수 있는 매 순간의 기회들은 그때 그 순간에는 거의 감지되지 않는다. 너무 가까이 있을 때는 그것들이 너무 미묘하고 여리고 희미해서 하찮은 것처럼 느껴지기 때문이다. 그것들은 우리를 스쳐지나가고 사라져버린 뒤에야 안타까움과 함께 되새겨질 뿐이다.

우리에게 말을 걸어오는 그리고 우리가 말 걸어주기를 기다리는 사람들 혹은 사물들과의 오래되거나 새로운 관계들, 그 떨리는 시작과 지속의 순간들을 우리는 얼마나 많이 놓치면서 우리 자신의 손으로 틀어막고 망가뜨리면서 살아가고 있는 것일까. 중요한 모임이 끝나고 나서 그때 그렇게 말해서는 안 됐었다는 것을, 상대방의 표정에 어떤 암시가 있었다는 것을, 정작 준비한 말을 꺼내지도 못했다는 것을 뒤늦게 깨닫는 일이 우리의 일상에는 너무나 많다. 그런 기회의 순간들이 흔적도 없이 사라지고 말았다는 사실조차 모든 것이 깨뜨려지고 커다란 파국으로 드러난 뒤에야 너무 늦게 깨닫게 된다. 마치 커피잔이 깨지는 원리처럼. "잔은 한 번의 충격으로 깨지는 것이 아니다. 이전에 이미 숱한 충격들이 가해졌고, 그때마다 잔은 조금씩 깨졌지만 단지 겉으로 드러나지 않을 뿐이다"(312쪽), "아무도 잔이 언제 깨지는지 알지 못한다. 왜냐하면 잔이 깨지는 순간, 그것은 언제나 너무나 하찮은 부딪침이기 때문에 미처 깨졌다고는 생각지 못하고, 자세히 살펴보지 않는 것이다"(「커피잔은 어떻게 해서 깨어지는가?」, 315쪽). 이미 우리 자신의 손에 의해 어느 정도는 깨져버린, 그러나 깨져버렸다는 사실조차 알아차리지 못한 커피잔 혹은 우리 자신의 삶.

혹은 "그녀의 그 대답은 슬프게 들렸다. 하지만 그때는 잘 알지 못했다"(41쪽), "때로 삶에 대해 진지하게 고민한 적도 있다고 착각했지. 하지만 그건 삶이 아니라, 삶을 흉내낸 어설픈 '무엇'에 불과했고, 막상 지금의 나에 대해, 그리고 앞으로의 내 미래에 대해 생각하면, 흉측하게 부패된 고깃덩어리를 바라보는 기분이야. 뭘 좇는지도 모르고, 뭘 잃어야 하는지도 몰라. 물론 나는 계속해서 잃고 있는 거겠지. 내가 의식하기 전부터 나의 존재에 달라붙어 있던 소중한, 혹은 소중할지도 모르는 여러 부착물 같은 의미들(……)을 계속해서 잃고 말겠지"(「신호 대기」, 46~47쪽, 이하 강조는 인용자). 혹은 "알 수 없는 일은, 그것이 완전히 사라지는 그 순간을 나는 언제나 놓치고 만다는 것이다. 아직 남아 있다고 생각했을 때, 그것은 이미 사라지고 없다"(「그녀는 거기에 있을 것이다」, 27~28쪽). 혹은 "아니, 대체 인생이란 게, 우리가 뭔가 판단을 내릴 수 있도록, 우리 앞에 놓여 있기라도 한 걸까? 그게 보이기라도 하나?"(「과천, 우리가 하지 않은 일」, 75쪽).

그런데 만약 진정한 삶이란 것이 매 순간들이 품고 있는 그 미묘하고 여리고 희미한 기미들을 처음부터 끝까지 남김없이 모조리 향유하는 경우에만 완성된다고 한다면, '지금'을 향한 완전한 열림 없이 그저 지나간 것들에 대한 씁쓸한 '뒷맛'과 무엇인가가 다가올지도 모른다는 어렴풋한 '예감'만으로 이루어진 것은 결코 삶이 아니라 "삶을 흉내낸 어설픈 '무엇'" "흉측하게 부패된 고깃덩어리"라고 한다면, 우리들 가운데 그 누가 진실로 산 적이 있다고 할 수 있을까.(에른스트 블로흐, 『희망의 원리2』, 박설호 옮김, 열린책들, 2004, 604~605쪽 참조) 살아가는 것처럼 보이는 우리의 인생이란 오히려 삶을 끊임없이 조금씩 깨뜨리고 잃어버리는 과정이 아닐까. 그렇다면 삶은 우리에게 주어지는 순간 우리를 스쳐지나가버린다는 점에서 허망한 꿈과 조금도 다를 바가 없겠다. 모든 삶은 그 자체로 사라져버리는 꿈과 같은 것. 꿈은 언제나 사라져가는 것이고, 그러한 사라짐의 연속이 인생인 것이다. 인생, 꿈은 사라지고의 역사.

이 붙잡을 수 없는 꿈-삶을 바라보는, 무기력, 체념, 상실감 그리고 어렴풋한 슬픔이 매번 다른 비율로 뒤섞이며 서로에게 번져가고 있는 무늬가 김종옥의 소설을 감싸고 있다. 그러나 삶을 잃어버린 자가 자기 연민에 빠져 그러한 무늬들을 조심스럽게 매만져보는 것이 김종옥 소설의 전부는 아니다. 그것은 말하자면 출발선 같은 것이다. 그러한 매만짐 속에서 어떤 회상이 시작된다. 회상을 통해 접혀 있던 삶의 주름들을 펼치며 이제는 사라진 것들을 다시 불러와 그것을 감촉하는 것, 혹은 기억 안에서나마 잃어버린 삶을 다시 살아내면서 그것이 삶 안에서 없는 것은 아니었다는 사실을 절박하게 증언해내는 것, 혹은 그러한 증언들을 통해 삶 그 자체를 보충하는 것, 그것이 김종옥 소설의 남성 화자들이 매번 시도하는 것이다. 만약 '시라는 선물이 주어진 덕분에 너무도 빈약한 언어를 보완할 수 있듯이, 소설이라는 선물이 주어진 덕분에 너무도 사라져가는 인생을 아주 조금 되찾아올 수 있다'는 명제가 성립할 수 있다면, 나는 이 명제를 입증하는 사례 모음집 어디쯤에 김종옥의 소설을 끼워넣고 싶다.

2. "커피맛에 대해 더 신경을 써야만 했던 게 아닐까"

너무도 사라져만 가는 인생을 아주 조금이라도 되찾아오려는 김종옥 소설 속 화자의 생리는 이를테면 이런 식이다.

다만 한번 생각하기 시작하면 멈추기가 어렵다. 옛일을 떠올리는 것

말이다.(「과천, 우리가 하지 않은 일」, 62쪽)

회상을 한다기보다 거의 회상 속으로 떠밀려들어가는 것, 혹은 회상이 자기 안으로 쏟아져들어오도록 정신의 어떤 부분을 열어버리는 것. 이 때문에 김종옥의 소설은 자주 서사의 조밀함을 포기하게 된다. 종잡을 수 없는 회상의 리듬을 따라 느슨하게 연관된 장면들이 병치되고 독자들은 그 사이에서 약간은 어지러움을 느낀다. 그런데 그러한 어지러움이야말로 자기 안으로 쏟아져들어오는 회상의 실제 체험에 가까울 뿐 아니라, 그러한 어지러움 속에서 우리의 의식이 길을 잃을 때에만 평범한 기억 속에서는 찾아볼 수 없었던 무엇인가가 떠오르고, 증언되며, 되찾아진다.

「신호 대기」의 구조가 회상의 그 미로와도 같은 형상을 '좁고 긴 낯선 골목길'로 간결하게 요약해놓고 있다. 「신호 대기」의 화자는 지정된 장소에 어떤 물건들을 납품하는 일을 이 년째 해오고 있다. 그는 이 년 동안 같은 길을 수백 번 오갔으므로 "도로의 요철이나, 길가 상점들의 계절별 쇼윈도 장식까지 손금을 보듯 훤했다"(31~32쪽). 그러나 그가 그 길을 모조리 안다고 생각하는 한에서, 그가 수백 번 오간 그 길에도 모르는 골목이 이미 거기에 있었다는 사실을 깨닫지 못하는 한에서, 이 소설이 들려주려는 이야기는 시작될 수조차 없다. "하지만 골목을 보게 된 건 이번이 처음이었다."(32쪽) '오늘' 신호대기에 걸려 '우연히' 잠깐 멈춰 있는 '이 자리'에서 좁고 긴 낯선 골목길이 '문득' 눈에 들어왔다. 정확히 이 자리가 아니면 다른 건물들에 가려 볼 수 없었기 때문에 오늘에야 우연히 볼 수 있게 된 골목길.

이 우연에 의지해서, 신호등이 파란불로 바뀌기를 기다리는 그 잠깐 동안, 그는 눈으로 골목길을 따라 언덕 꼭대기를 오르면서, 그의 생각도 옛일의 감춰진 골목을 따라 오른다. 그는 아파트 단지에서 나고 자란 탓에 골목을 돌아다녀본 적이 없었다. 그는 재수 시절에야 학원 근처의 골목길을 배회하면서 혼자 시시한 일들을 하며 시간을 죽이는 일의 소소한 즐거움을 알게 됐다. 그리고 그 학원에서의 인연으로 오래전에 어떤 여자를 사귀게 되었다. 그는 조금 있다 이 신호 대기가 끝나고 다음번 신호 대기에 걸리면 풍선으로 장식된 허니문 카를 보게 될 것인데, 그의 옛 애인도 곧 결혼을 할 예정이거나 얼마 전에 결혼을 했을 것이다(이 소설의 끝에서 "축하해요, 축하합니다"고 했다가 다시 "축하해"(54쪽)라고 덧붙일 때 이 반말로 된 인사는 낯선 신혼부부가 아니라 옛 애인을 향한 것으로 읽을 수밖에 없다). 이런 연상들의 틈에 끼여 마치 "솜씨 좋게 연결되어 있지 않고 미로처럼 얽혀 있으며, 그 끝은 자주 가로막혀 있"(33쪽)는 좁고 긴 낯선 골목길을 걷는다는 듯이 그는 이제 옛 애인이 등장하는 몇몇 장면들, 이미 겪었지만 자세히 들여다볼 틈도 없이 놓쳐버렸던 그 장면들과 재회한다.

어쩌면 이 소설은 너무나 시시하고 맥빠진 이야기인지도 모른다. 이 안에는 어떤 극적인 연애사건도 없기 때문이다. 이 커플은 단지 칠 년 동안을 지지부진하게 시간만 끌어왔을 뿐이다. 이 소설은 어떤 인상적인 사건들을 만들어서 이 둘의 관계를 강렬하게 만드는 데 대해서라면 완전히 무관심하다. 이 소설은 단지 과거에 덧없이 흘려보냈던 어떤 미묘하고 여리고 희미하고 하찮은 것들을 회상 속에서 다시

끄집어내고 그것을 다시 한번 살아보는 것으로 삶 그 자체를 아주 조금 되찾기를 바랄 뿐이다. 그렇기 때문에 우리가 흔히 기대하는 연애담의 로맨틱한 사건들은 거의 나와 있지 않고, 대신에 연애담과는 별 관계가 없는 듯한 그 당시의 날씨나 신체적인 사소한 감각들을 클로즈업할 뿐이다. 예컨대 이런 장면들.

유리창은 오후의 햇살로 반짝거렸고, 발밑에서부터 따스한 지열이 올라왔다. 마침내 학교 정문에 이르렀을 때, 우리는 이마에 맺힌 땀방울을 닦아야 했다. 그녀는 하늘색 카디건을 벗어 한 팔에 걸치고 있었고, 나는 양쪽 소매를 팔꿈치까지 걷어올리고 있었다. (……) 눈을 감자 풀냄새와 함께 그녀의 냄새를 맡을 수 있었다.(41쪽)

그날 그녀는 회색 후드티를 입고 있었다.

"미안한데, 이 옷 좀 벗을게" 하고 그녀가 말했다. 나는 상관없다는 뜻으로 고개를 끄덕였다. 어째서 그녀는 그때 실내가 더워서 겉옷을 벗는 것까지 내게 물어봤던 걸까? 그녀는 모자가 달린 회색 후드티를 벗었다. (……) 여러 가지 기억들이 혼동되어 있다. 하지만 나는 그녀가 벗었던 회색 후드티를 통해, 결국 일이 어떻게 되었는지 기억해낼 수 있다. 그러니까 그건 봄이었다. (……) 밤공기는 싸늘하게 식어 있었고, 거리에는 인적이 드물었다. (……) 술잔을 만지작거리는 그녀의 손가락, 그녀의 옆자리에 놓여 있는 회색 후드티. 내가 기억하고 있는 건 그 정도일 뿐이다.(51~53쪽)

햇살의 반짝거림, 발밑에서부터 올라오는 따뜻한 기운, 걷어올린 소매가 팔꿈치께를 조여오는 느낌, 일교차가 큰 날의 싸늘함과 끈적거림 그리고 거추장스럽게 입었다 벗어야 하는 옷 등등. 어떤 의미에서는 너무 하찮지만 매 순간을 가득 채우면서 결국 어떤 의미를 만들어내는 것은 그런 미묘한 감각들과 기미들이다. 그는 회상 속에서 그것들을 되찾아와 하나하나 만져보는 중이다(두번째 인용문에서 그날 그들을 감싼 그 일교차의 조금 거추장스러운 느낌들은 사실 그들의 연애사 전체의 일교차에 대한 상징이 되고 말았던 것일까? 더워서 겉옷을 벗으려는 그 사소한 일에서도 남자의 허락을 구해온 여자는, 그러니까 남자가 좀더 여자의 삶에 적극적으로 개입해 들어와주기를, 어떤 결정을 내리고 행동을 해주기를 바라는 마음을 은연중에 드러냈던 것일까? 남자가 이 모든 미묘한 암시들에 대해서 끝내 생각해본 적이 없기 때문에, 그것이 무엇이었을지를 너무 늦게 생각했기 때문에 그 관계는 언제 끝이 났는지도 모르게 끝이 나버린 것일까?).

그러나 곧 파란불이 들어와 신호 대기중이던 그의 차는 출발해야만 하고 그의 좁고 긴 낯선 골목길 산책-회상도 끝이 난다. 그때 그는 생각한다. "골목 끝까지 올라가봤자, 거기에는 아무것도 없을 것이다. 내가 그렇게 만들었다. 그녀도 이제는 없다."(54쪽) 이 마지막 장면의 쓰라림은 너무 담담하게 말해져서 잘 감지되지 않지만, 이 쓰라림이야말로 김종옥 소설이 반복해서 표현하는 감각이다. 만약 소설에도 주제 같은 것이 있을 수 있다면, 이 쓰라림이야말로 김종옥 소설의 두드러진 주제인 것 같다. 미로를 헤매는 회상 속에서 삶은 아주 조금 되찾아지는 듯도 했지만 그것은 결국 회상 속에서일 뿐이다. 우리는 우리의 삶을 진정으로는 단 한 번도 살아본 적이 없고 꿈은 사라지고, 회상을 통해 그것을 잠깐 되찾는 듯했다가 그것이 사라졌다는 사실만이 더 쓰라리게 확인될 뿐이다. 골목의 끝에는 아무것도 없고, 그녀도 '지금'은 없는 것이다. 왜 그렇게 됐는가? 다른 무엇의 그 누구의 탓도 아니고, 삶을 온전히 살아내지 못한 내 탓일 뿐이다. 내 삶에서 그 모든 감각들과 기미들을 헛되이 흘려보내고 망쳐버린 것이 내가 아니라면 누구란 말인가. 꿈은 사라진 줄도 모르는 사이 사라졌을 뿐 아니라 그렇게 된 것이 전적으로 내 탓이라는 사실이 이 쓰라림을 배가시킨다. 이 점에 대해서 다른 소설의 화자는 좀더 직접적으로 이렇게 한탄한 적이 있다.

> "(……) 나는 커피맛 같은 건 상관하지 않고 살아왔던 것 같아. 커피맛쯤이야 중요하지 않은 일이라고 생각했지. (……) 분명히 우리는 수없이 많은 카페를 들락거렸고, 그만큼 자주 커피를 마셨지. 근데 잘 기억이 나지 않아. 그때 마신 커피맛이 어땠는지 말이야. 그래서 생각이 났지. 아마 우리는, 아니 적어도 나는 커피맛에 대해 더 신경을 써야만 했던 게 아닐까. 그게 맞을 거야. 정말로 맛있는 커피를 마시게 되면, 맛있다고 말하고, 맛이 없으면 맛이 없다고 말해야 했어."(「그녀는 거기에 있을 것이다」, 23~24쪽)

그가 커피 애호가가 아니라서, 단지 시간이 남고 딱히 할 일이 없기 때문에, 순전히 대화를 위한 곁들임으로 커피를 마셔왔던 것이라고 하더라도 커피맛에 대해 더 신경을 써야만 했다. 그 하찮은 것들이야말로 우리 삶의 가장 많은 부분을 차지하는, 어쩌면 우리 삶의 거의 전부이기 때문이다. 그러나 그는 그런 것들을 무심히 흘려버렸고, 그것 때문에 함께 커피를 마시던 그녀와의 관계도 모두 사라지고 말았다. 인용한 소설의 제목은 '그녀는 거기에 있을 것이다'지만, 그녀는 '거기'에 있을 뿐 여기에는 없다. 소설 속의 화자는 어딘가로 날아가는 비행기를 보면서 달콤한 상상에 젖는다. 비행기를 타고 어디 먼 곳으로 가면 그녀가 거기에 있을 것이라고. 거기에서 그녀를 만나 함께 행복해질 수 있다고. 그러나 그녀는 다만 '거기' 상상 속에 있을 뿐이다. 그녀는 '지금 여기'에는 없다. 그녀가 '거기에 있을 것이다'라고 말할 때, 그것은 어떤 위안처럼 느껴지기도 하지만 거기에는 쓰라린 뒷맛이 강하게 남아 있다. 살아 있는 것처럼 보이는 우리에게서 삶이 빠져나가버렸다는 쓰라림.

3. 거기에 없는 장소로 데려다줄 버스를 기다리며

「과천, 우리가 하지 않은 일」은 「신호 대기」에 비해 좀더 어지러운데 그것은 이쪽이 보다 회상의 실재에 가까운 형식으로 되어 있기 때문이다. 이 소설을 촘촘하게 채워넣고 있는 여러 에피소드들은 서로 별다른 연관성도 없이, 딱히 서사적 인과관계도 없이 매우 산만하게 흩어져 있다. 이 소설의 줄거리를 이런 식으로 요약해볼 수도 있겠다. "대체 내 인생은 왜 이렇게 되었을까?"(61쪽)라는 한심한 생각에서 벗어나지 못하는 지지부진한 어떤 남자가 버스정류장에서 무리지어 있는 여학생들을 보며 버스를 기다리고 있다. 한번 옛일을 떠올리기 시작하면 멈출 수 없는 이 남자는, 여학생들을 보며 학생 시절을 거쳤을 옛 애인들을 두서없이 떠올리기 시작하는데 옛 애인들은 과천에 산 적이 있거나 과천에서 그를 만난 적이 있다. 그러다 그는 문득 이런 생각이 든다. '나는 지금 과천으로 가는 버스를 기다리는 걸까?'

그런데 왜 하필 '과천'일까. 이 도시에 있는 유명한 놀이공원의 이름에 대한 엉뚱한 생각이 그 답이 될 수 있을 것 같다.

> 과천에 있는데 왜 그 공원의 이름은 서울랜드일까? 그때 내가 떠올린 대답은 그것이 과천에 있기 때문이라는 것이었다. 즉 그곳이 서울이 아니기 때문에, 서울랜드라고 이름을 붙인 거라고.(71쪽)

물론 과천은 서울이 아니다. 서울이 아닌 탓에 과천은 서울이 되고자 하는(보다 크고 미래적이며 중심의 도시가 되고자 하는?) 경향 같은 것으로 자신의 일부를 채색할 필요가 있었는지도 모른다. 그것이 '과천 서울랜드'라는 이상한 이름이 만들어진 이유가 될 수도 있겠다. 그런데 서울이 되고자 하는 경향으로 채색된 그 부분은 어떤 의미에서 더이상 순수한 과천은 아니다. 서울이 아닌 것은 분명하지만 과천도 아니고자 하는, 자기 자신을 잃어버린 장소로서의 과천. 물론 이것은 실제 과천이라는 도시의 속성이나 거기에 살고 있는 사람들의 생활양식과는 아무런 상관도 없는, 말하자면 알레고리 같은 것이다. 장소를 잃어버린 장소의 알레고리. 그곳에 없는 장소의 알레고리. 그곳이 거기에 없다는 이상한 감각의 알레고리(그러나 수도

가 아닌 이 도시에 1982년에 정부종합청사가 들어섰다가 2012년에 세종시가 만들어지면서 이곳의 여러 기능과 많은 사람들이 빠져나가게 됐다는 사실이 이 알레고리와 실제 도시의 어떤 분위기를 더 근접하게 만들기도 한다).

다른 소설들에서 '과천' 대신에 '먼산'(「먼산에 내리는 눈」), '유령의 집'(「유령의 집」), '지구'(「추석 전야」) 등으로 변형된, 그곳에 없는 장소의 알레고리가 환상적인 분위기를 만들어내기도 한다.

「먼산에 내리는 눈」의 경우. 오래전 전방의 한 부대에서 경계 근무를 서던 중 먼산에 내리는 눈을 오래 보다가 그는 이렇게 생각한 적이 있다. '저 눈은 사실 나를 위해 내리는 것이고 나는 마땅히 그곳에서 그 눈을 맞아야만 하며 그보다는 사실 나는 저곳에서 눈을 맞고 있고 지금 여기 있는 나는 내가 아니다.' 그때 어디선가 환청처럼 총성이 들렸고 그 총에 맞아 눈을 맞고 있는 진짜 나는 더이상 존재하지 않게 된 것이라는 생각이 뒤이어 떠올랐다. 그는 애인에게 이 이야기를 들려주고 그녀와 곧 헤어지게 되리라 예감하면서 소설은 끝이 난다. 소설은 거기서 끝나지만 소설의 마지막 문장을 읽으면서 독자들은 그가 나중에 먼산에 내리는 눈을 회상하듯 이 순간을 다시 회상하게 되리라고 예감하게 되는 게 아닐까. '그녀는 나를 위해 거기에 있었고 나는 마땅히 거기에서 그녀와 함께 있었어야만 하며 그보다는 사실 진짜 나는 거기에 그녀와 함께 있었고 지금 여기 있는 나는 내가 아니다'(이 소설은 거의 끝나가는 커플이 어느 날 밤 모텔에서 정사情事에 실패한다는 이야기를 담고 있다기보다 그 모텔에서 격발된 적 없는 총성의 환청을 담고 있다고 주장하고 싶다).

「유령의 집」의 경우. 그는 오래전 도심에 위치한 무허가 판자촌에 가본 적이 있다. 거기서는 어떤 소리나 냄새도 느껴지지 않아서 마치 사람이 살지 않는 것처럼 느껴진다. 지금은 너무 이른 시간이라 그렇고 저녁이 되면 주민들이 어디선가 돌아와 소리와 냄새가 다시 채워지게 되는 것일까? 그런 생각을 하자 그 생각이 너무 선명하게 그의 눈을 엄습해온다. 눈에 보이지 않는 마을 주민들이 유령처럼 그의 곁에서 웃고 떠들고 돌아다니는데 이번에는 그들이 그가 보이지 않는 듯 행동하고 있어서 오히려 그의 존재가 지워져버린 듯하다. 그가 존재할 때는 그들이 지워지고 그들이 존재할 때는 그가 지워진다. 도대체가 그와 그들이 동시에 존재할 수는 없다. 그때를 회상하자 이번에는 지금 그와 함께 있는 여자의 존재가 지워져버릴 것만 같아서 그는 조바심이 난다.

「추석 전야」의 경우. 친구들과 함께 가벼운 일탈을 즐기려고 했지만 모든 것이 뜻대로 되지 않았던 어느 추석 전날 밤, 그는 하늘을 올려다볼 때마다 달이 점점 작아지는 듯한 기분이 든다. 어느 때보다 밝고 풍요로워야 할 추석 전날 밤의 달이, 날이 흐린 것도 아닌데 마지막에 가서는 사라져버린 것 같다. 그는 생각한다. '그러니까 내가 있는 이 지구가 달로부터 너무 멀리 떨어져서 보이지 않게 된 것이 아닐까? 그러니까 나는 그리고 나를 감싸고 있는 이 세계 전체는 어딘가 잘못된 곳으로 흘러와버린 게 아닐까?' "내가 있는 이곳이 어디지? 나는 여전히 같은 곳에 있는 걸까? 그렇다면 설명할 수 없는 게 너무나 많다."(145쪽) 달도 없는 마당에 아무렇지도 않은 듯 도시를 비추는 모든 불빛들이 그를 지나치게 피로하고 불편하게 만든다. 주위의 모든 것들이 아무 일도 없다는 듯 무심하게 그저 제자리에 있는 것처럼 보이지만 실상은 모든 것이 완전히 잘못된 채로 무엇인가가 어긋난 자리에 옮겨져 있는 것만 같다.

장소를 잃어버린 장소, 그곳에 없는 장소의 사례들을 이렇게 요약해볼 수도 있겠다. '내가 진정으로 살아 있는 삶을 감촉할 때 나는 이곳에 존재하지 않는다. 내가 이곳에 존재할 때 나는 진정으로 살아 있는 삶을 감촉하지 못한다.' 한번 더 요약하자면 '실존과 삶의 결렬'이라고 해야 할까(이 어긋나 있는 장소의 어긋남이 극적인 슬픔과 함께 가장 환상적으로 드러난 것이 「방학식」이다. 이 점에 대해서는 다음 장에서 다시 다루기로 하자).

「과천, 우리가 하지 않은 일」의 그의 옛 애인들은 모두 과천과 이러저러한 방식으로 연관되어 있는데 그것은 그녀들이 말하자면 '그곳에 없는 장소'의 인격화에 해당하기 때문이다. 그녀들은 한동안 그가 맹렬히 몰두하게 했지만 그가 그녀들과 완전히 함께 있었던 것은 아니다. 시간은 자연의 섭리에 따라 흐르는 것이 아니라 오직 그녀들과 함께인 한에서 매시간이 어떤 내용을 가질 수 있었던 것이지만 그가 그 내용물을 완전히 소유했던 것은 아니다. 말하자면 그녀들은 '그때 흐르고 있지 않았던 시간'이고 그의 인생 안에는 그와 같은 정지된 시간들, 더이상 시간이 아닌 시간들이 들어 있기 때문에 그의 인생은 전반적으로 무기력하고 지지부진하게 되어버린 것이다. "대체 내 인생은 왜 이렇게 되었을까?" 그 장소가 실은 그곳에 없기 때문에. 그 시간이 실은 그때 흐르고 있지 않았기 때문에. 결국 그의 인생이 텅 비어버렸기 때문에. 어떤 의미에서 그는 살아 있지 않기 때문에.

그래서 그는 지금 오지 않는 버스를 기다리는 것일까? 과천으로 가는? '그곳에 없는 장소'에 데려다줄? '그때 흐르고 있지 않았던 시간'으로 그를 옮겨놓고 다시 그 시간이 흐르게 할? 하지만 그 생각은 틀린 것이라고 말하고 싶다. 그는 그 버스를 기다릴 필요도 없고 그것을 탈 필요도 없다. 그의 두서없는 회상들이야말로 과천행 버스이기 때문이다. 회상 속에서 그는 결국 과천을 여러 차례 들렀던 것이기 때문이다. 회상으로 꽉 채워진 이 소설은(그리고 이것이 김종옥 소설의 기본형인데) 그 자체로 과천행 버스이고 과천의 골목골목을 뒤지면서 이제는 없는 너무나 소중한 하찮은 것들을 감촉하면서 아프게 매만지고 있는 것이다.

> 나는 그날 그녀가 입었던 옷까지 선명하게 기억난다. 바싹 말린 나뭇잎 같은 재질의 원피스로 가을 산처럼 울긋불긋한 색깔의 무늬로 덮여 있었다. 나는 그 촉감이 너무 좋았다. 물론 그 안에 있는 맨살의 촉감보다는 덜했지만. 이런 기억이 떠오르면 내 가슴은 터질 것처럼 아파온다. 아무도 믿으려 하지 않을 것이다.(78쪽)

그러니까 우리는 다시 한번, '커피맛에 대해 더 신경썼어야만 했다'는 김종옥 소설의 격률을 반복해본 것일 뿐일까. 아니다. 그것이 전부는 아니다. 그때 흐르고 있지 않았던 그 시간들과 그곳에 없었던 장소들을, 그의 인생에서 모두 빠져나가 더이상 없는 그것들이 그러나 그때 그 자리에 있었다는 절박한 증언을 스스로에게 선물하는 것이 전부는 아니다. 「과천, 우리가 하지 않은 일」에는 회상 위에 유령적인 차원을 덧붙인다. 이 소설은 그녀들과 함께했던 것이 분명한 어떤 일들을 무차별적으로 떠올릴 뿐만 아니라, 일어난 적이 없기 때문에 그것이 무엇인지 알 수는 없지만 그 일어나지 않은 일들까지도 함께 더듬거리고 있다.

소설 속의 그가 생각하는 이상한 이론을 따라가보자. 만일 어떤 일이 그전에 일어난 다른 일의 결과라면, 그 앞의 일 또한 그것의 앞의 일의 결과일 것이고 그런 방식으로 세계의 모든 일들은 처음부터 끝까지 연결되어 있을 것이다. 최초의 원인으로부터 세계의 종말까지 완전히 꽉 짜인 인과관계의 사슬. 그런 옴짝달싹할 수 없는 세계를 그는 받아들일 수 없다. 그래서 그는 새로운 이론을 제시한다. 어떤 일은, 어떤 일어나지 않은 일 때문에 일어난다. 이 앞에서 어떤 일이 일어났더라면 지금의 이런 일은 생겨나지 않았을 텐데, 그게 뭔지는 알 수 없지만 어떤 일이 일어나지 않은 바람에 지금의 이런 결과가 생겨난 것이다. 일어나지 않은 그 일이 지금의 원인이다. 그는 왜 그녀들과 모조리 헤어질 수밖에 없었는가? 그가 어떤 잘못된 행동을 '해'버렸기 때문이 아니라, 그가 어떤 행동을 '하지 않았기' 때문이다. "나는 그녀에게 이렇게 말했다. 아마 우리가 헤어진다면 우리가 서로에게 한 일 때문이 아니라 하지 않은 일 때문일 거라고."(77쪽)

갑자기 지은이 몇 발짝 앞으로 나아가더니 뒤를 돌아보며 말했다. "따라오지 마요." "응?" "쫓아오지 말라고." 나는 웃었다. "아니. 나는 평생 쫓아다닐 건데."

하지만 나는 그러지 않았다. 나는 그 자리에서 꼼짝도 하지 않았

다.(80~81쪽)

그녀는 낮에 때때로 내게 전화해서 뭐하느냐고 물었다. 나는 "아무것도 안 해. 그냥 집에 있지"라고 대답했다. 그런 전화를 끊고 나면, 마치 나 자신의 일부가 조금씩 사라지는 것 같은 기분이 들었다.(81쪽)

"대체 내 인생은 왜 이렇게 되었을까?" 이번에는 다른 답변을 시도해보자. 그가 무엇인가를 하지 '않았기' 때문이다. 그가 그녀와 함께 나눈 순간들이 이제 더이상 없다는 사실만큼이나, 아니 어쩌면 그보다 더, 그가 그 순간에 그녀와 함께 '하지 않은 무엇인지 모를 일'들이 그에게는 더 쓰라리다. 이제 그의 회상은 그가 충분히 소유하지 못했던 그 순간들을 그에게 조금 되찾아줄 뿐 아니라, 그가 결코 소유하지 않았고 결정하지 않았고 행동하지 않았던 어떤 여백 같은 것들도 조금 되찾아준다. 그는 회상을 통해 공허한 삶을 충만한 삶으로 보충하는 것이 아니라 삶 그 자체를 더 커다란 것으로 부풀려놓으려고 한다. 하지 않은 일들로 가득하게 부풀어오른 것으로. 하지 않은 일, 일어나지도 않은 일, 그러나 완전히 텅 빈 공허는 아닌 어떤 것들로 가득하게. 그러므로 우리 가운데 그 누구도 진실로 산 적은 없었다고 말하는 데서 그쳐서는 안 된다. 우리 가운데 그 누구도 자신에게 주어진 인생을 함부로 행동하느라 완전히 소모시킬 수는 없으며 회상을 통해서 사후적으로라도 그것을 완전히 채워넣을 수도 없다. 우리의 삶에는 언제나 하지 않은 일들의 유령적 차원이 덤으로 덧붙여져 있기 때문이다. 이 소설의 어지러운 회상-과천행 버스가 그런 차원을 아주 조금 엿보게 해주고 있는 것이 아닐까.

> 우리는 하지 않은 일을 후회할 수 있다. 하지만 결코 우리는 우리가 하지 않은 일이 뭔지 모른다. 정확히 말하면 우리가 하지 않은 일이 너무 많은 것이다. 그것을 생각할 때, 그 무한한 일들을 떠올려볼 때, 나는 오히려 이상한 안도감을 느낀다. 마치 밤하늘의 무수한 별을 올려다볼 때처럼. 아무도 저 별들 사이에서 길을 잃을 수는 없다. 아예 길이란 게 없으니까 말이다.(84쪽)

그래서 이 소설은 삶을 우리가 생각하는 것보다 더 커다란 것으로 부풀려놓고 있기 때문에 어떤 포만감을 주는 것일까? 아니면 그만큼 되찾을 수 없는 것이 무한대로 많다는 사실을 확인시키고 있기 때문에 더욱 쓰라린 허기를 안겨주는 것일까? 어느 쪽도 아니라면, 포만감도 허기도 모두 우리가 제멋대로 가치를 부여하는 것일 뿐이고, 삶은 본래 중립적인 채로, 길도 없는 "밤하늘의 무수한 별"과 같이 무한하니 그것을 후회 없이 성숙한 체념 속에서 있는 그대로 받아들여야 한다는 것일까?

4. "누군가는 항상 그 숫자를 세어두지 않았을까?"

이런 질문들에 「과천, 우리가 하지 않은 일」이 분명한 답을 제시하는 것 같지는 않다. 답을 제시하지 않았다기보다 저 질문들을 던져보는 것이 이 소설이 한 일인 것 같다. 그런데 「방학식」과 「거리의 마술사」가 이 질문들에 대한 답을 암시한다고 읽어볼 수는 없을까.

우선 놀라운 환상소설인 「방학식」을 재구성해보자면 이 작품은 죽음의 순간에 한 소년이 다른 유령적 존재들을 만나는 장소, '과천'의 다른 버전을 구축해놓은 듯하다. 이야기는 이렇다. 예고도 없이 어떤 여자가 소년을 찾아와 소년이 집에 혼자 있다는 사실을 확인한 뒤 이렇게 말한다. "(……) 갑자기 죽음이 너한테 다가와. (……) 그때 너한테는 누가 있겠니? 너는 혼자란다. 그건 너만이 볼 수 있는 거고, 너한테만 관심이 있어. 그게 죽음이란다. 그게 혼자라는 것의 의미야."(238쪽) 그 말을 듣고 나자 "소년은 갑자기 그녀가 두려워졌다. 그녀의 목소리에는 소년이 두려워할 만한 어떤 이상한 떨림이 존재했다"(239쪽). 죽음은 혼자라는 것의 의미이고 죽음을 마주한 사람에게만 보인다는데, 이 여자는 혼자 있는 소년을 찾아왔고 소년의 눈에만 보인다.(""여기 어떤 아줌마 한 분 계시지 않았어요?"/아버지는 못 봤다고 말했다."(251쪽)) 위험으로부터 보호해주겠다며 소년에게 집밖으로 나오라고 말하는 이 여자가 죽음의 사자使者가 아니었을까. 세계는 온통 잘못되어 있으며 만약 그렇지 않다면 소년이 심각하게 잘못된 존재라면서, 이 모든 잘못으로부터 꺼내주겠다고 자신을 따라오라고 말하는 이 여자가 죽음의 사자가 아니었을까. 하지만 소년은 여자를 따라나서지 않는다. 물론 세계가 잘못되었을 수도 있다. 혹은 소년이 잘못된 존재일 수도 있다.

"(……) 하지만, 그렇다 하더라도 아줌마의 말처럼, 그 두 가지 모두를 포기할 순 없어요. 아시잖아요. 그건 그냥 그렇게 할 수 없는 거예요. 둘 중의 하나를 선택해야만 하죠. 선택 그 자체를 포기하는 것은 불가능해요. (……) 나는 집에 있어야 해요. 나는 그것(두 사람의 논쟁에서 문제가 되고 있는, 이 세계 안에서는 존재할 수 없는 책, 『탐구생활』을 가리킨다. 소설 속 설정상 이것을 찾고 나면 세계가 잘못된 것인지 소년이 잘못된 존재인지를 확인할 수 있다—인용자)을 찾아봐야만 해요."

"왜 그래야만 하지?"

"왜냐하면 그건 내 책임이니까요."(249쪽)

인생은 잘못된 세계 안에서 살아가거나 잘못된 존재인 채로 살아가거나 둘 중의 하나를 선택해야만 하는 것인지도 모른다. 하지만 소년의 주장에 따르면 그 둘 가운데 어느 하나를 고르는 선택 그 자체를 포기하는 것은 불가능하며 포기하는 것이 불가능한 바로 그 일을 하는 것이 소년의 책임이다. 잘못된 세계 안에서든, 잘못된 존재인 채로든, 살아가야만 하는 것이다. 그러므로 죽음의 사자가 찾아오는 것을 막을 수 없다고 하더라도 소년이 제 발로 죽음의 사자를 따라나설 수는 없다. 아무도 없는 집에 혼자 남겨진 소년은 그렇게 해서 소설의 바깥에서 남은 인생을 얼마간 더 살았을지도 모르겠다. 하지만 남은 인생도 결국 시간이 모두 다하고 어른이 된 소년이 죽음의 순간에 이르렀을 때, 그의 의식이 소설 속의 어딘가 어긋나 있는 듯한 '혼자만의 집'으로 되돌아와 이상한 여자의 방문을 받는 것 같다. 그렇기 때문에 집밖으로 나오라는 여자의 요구를 거절하자마자 소년이 뛰어놀던 소파는 어떻게 할 수 없을 만큼 완전히 망가지게 되고 소년은 순식간에 나이를 먹어 (아마도 죽음에 임박한) 어른이 된 것이리라. 시간을 뒤틀어 압축해놓은 듯한 이 환상적인 공간에, 뒤이어 죽은 아버지의 유령이 찾아오고 이 유령의 방문이 지금까지 여러 차례 반복되었다는 사실도 드러난다. 어린 시절의 소년에게 일어났던 이해할 수 없는 이상한 일들이 죽음의 순간에 이르러 다시 한번 살아지면서 죽음의 사자의 방문과 유령의 방문으로 이해되고 그렇게 해서 이 순간들이 이제야 소년의 소유가 되는 것일까. 다시 말해서 한 번도 산 적이 없는 소년의 삶을 이제야 소년은 살게 된 것일까? 죽음과 함께? 그러나 죽음은 혼자 남겨지는 것이므로 죽은 아버지와 언제까지나 함께 있을 수는 없다. 소년은 아픔을 느끼며 아버지를 바깥에 둔 채 문을 닫아야만 했다.

아마도 「방학식」의 묘미는 방학을 맞아 기분이 좋아진 한 소년의 일상을 엿보는 듯하다가 갑자기 유령적 존재들을 만나는 환상을 맛보는 신선함에 있는 듯하다. 그리고 어쩌면 모든 인간들이 저마다 홀로 죽음을 맞이해야 한다는 서글픈 쓸쓸함도 환상의 신선함만큼 결정적인 듯하다. 하지만 거기에는 어떤 의욕과 소망 같은 것도 함께 들어 있다고 말하고 싶다. 이 세계가 잘못된 것이라고 해도, 혹은 나 자신이 완전히 잘못된 존재라고 해도 결국은 삶을 선택할 수밖에 없다는 의욕 같은 것. 그 의욕의 끝에서 맞이하게 되는 죽음 앞에서 우리가 저마다 홀로 남겨질 것은 분명한 일이지만 죽음의 순간에 우리 인생의 어떤 부분들을 다시 살면서 그것들을 간직한 타인의 눈동자를 서로 들여다볼 수 있는 신비한 공간이 주어지기를 바라는 소망 같은 것. 그것은 기억을 초월하는 회상에 대한 소망처럼 보이기도 한다. 서로를 바라보는 유령 부자의 눈동자들에 그런 것이 담겨 있는 것은 아닐까.

> 아버지는 소년을 바라보았다. 그 눈 속에는 그 아이가 태어난 순간부터 죽는 순간까지, 전 인생의 모습이 담겨 있었다. 그런 아이를 그냥 혼자 두고 떠나는 것이 아버지에게는 가장 후회스러운 일이었다. 소년도 아버지를 보았다. 마치 이 세상에서 가장 불행한 한 사나이를 보듯이. 마치 이 세상이 찢기고 망가지고, 완전히 실패한 어떤 지점을 보듯이. 문이 닫히자 소년은 하나의 세계가 완전히 사라졌다는 것을 알았다. 하지만 그것은 아주 작은 일부분이었다. 적어도 그 전부는 아니었다. 소년은 그렇게 해야 한다는 것을 알고 있었다. 그렇다 하더라도 마음이 아픈 건 어쩔 수 없었다. 소년은 문을 잠갔다. (……) 소년은 눈물을 흘렸다. 하지만 그것은 보이지 않았다. 소년은 아무도 자신을 발견하지 못하리라는 것을 알았다.(255~256쪽)

「거리의 마술사」가 의외로 그런 소망을 분명히 말하고 있는 것이 아닐까. 이 소설은 김종옥 소설치고는 드물게도 어떤 사회적 문제를 겨냥하는 것처럼 보인다. 학교 폭력과 '왕따' 문제를 다루면서 한 학생의 자살 혹은 사고사의 주변을 파헤치고 있기 때문이다. 그런 내용이 이 소설의 대부분을 차지하고 있지만 「거리의 마술사」가 현장 보고형 소설이 되고자 하는 것 같지는 않다. 남우의 죽음을 되짚어보는 희수의 관념들이 보다 결정적이다.

희수는 이렇게 말한다. “저는 종교가 없지만, 신이 있다고 믿어요.”(201쪽) 어떻게 그럴 수 있는가. 어둠이 내려 운동장에서 뛰어놀던 아이들이 하나둘 집으로 돌아가자 마치 세계 안에서 아이들의 일부가 영원히 사라진 것처럼 보였다. 하지만 그것은 물론 착각일 뿐이다. 아이들이 사라지지 않았다는 것은 너무도 분명하다. 마치 신이 있어 아이들의 숫자를 항상 세어두고 그 숫자가 조금도 줄어들지 않게 돌보고 있다는 듯이. 아이들은 세계 안에 무사히 있다. “누군가는 항상 그 숫자를 세어두지 않았을까? 그 숫자를 기억하는 누군가가 항상 어딘가에 있지 않을까?”(202쪽) 그런데 그 신은 어디에 있는가? 이 소설은 부조리한 사회현상의 한 대목에 절망한 나머지 난데없이 신의 존재를 요구하는 것일까? 전혀 그렇지 않다. 희수는 자신이 신의 존재를 믿는다고 말했지만 그녀가 실제로 믿는 것은 기억의 존재이기 때문이다. 신의 역할이란 아이들의 숫자를 세고 그것을 기억하는 것인데, 바로 그 역할의 일부는 희수 자신이 수행하고 있다. 희수는 사진에도 찍히지 않은 남우의 표정과 그 사진 속에서 어릴 적 둘이서 함께 봤던 어떤 풍경들을 기억하고 있다. 거리의 마술사가 희수를 매혹시킨 공연의 마지막은 마치 그 기억을 영원히 기록한다는 듯 남우의 이름을 마술사의 맨살에 새겨넣는 것으로 되어 있다. 그런 기억들은 현실적으로는 완전히 무력한 것일까. 그럴지도 모른다. 하지만 그런 방식으로 기억하는 데에 동참하지 않았기 때문에 다른 아이들이 남우가 죽음에 이르도록 그들의 시간을 모조리 망쳐버렸던 것이라면 어찌할 것인가.

아마도 어떤 존재가 우리들의 숫자를 세고 있을 것이다. 그러나 그러한 셈법은 신과 같은 초월적 존재가 우리와는 상관없는 곳에서 수행하는 것이 아니다. 우리들의 숫자는 우리들의 기억의 다발 안에서 오직 우리들 자신에 의해서만 세어지고 기억된다. 혹은 우리가 그것을 세고 기억해야만 하는 것이다. 남우는 사라져버렸지만 그에 관한 기억이 희수에게 남아 있는 한 모든 것이 완전히 사라졌다고 말할 수는 없는 것이 아닐까?("나는 뭐가 남아 있을 거라고 생각해요."(「방학식」, 248쪽)) 그런 방식으로 희수의 어떤 것도 또다른 누군가의 기억 속에서 완전히 사라지지는 않게 되는 것이 아닐까? 그러기를 바라면서 우리가 그 기억에 동참하는 수밖에 없다. 그것을 선택하지 않는다면 우리는 저마다의 죽음 앞에서 각자 고독사하게 될 것이고 뿐만 아니라 타인들의 고독사를 재촉하게 될 것이기 때문이다. 그것이 희수와 남우가 발명한 '마술'이었던 것 같다. 마술, 그것은 "일어날 수 없는 일을 일어난 것처럼 보이게 만드는" "속임수"(211쪽)일지라도, 그것이 그들에게, 또 우리에게 필요했던 것 같다.

충만한 삶, 그것은 이미 사라지고 없다. 우리는 커피맛에 대해 좀 더 신경썼어야만 했던 것이다. 그러나 너무 절망할 필요는 없다. 회상이 우리를 '그곳에 없는 장소'로 데려다줄 수 있기 때문이다. 그렇게 하면서 우리의 삶을 아주 조금 되찾아줄 수 있기 때문이다. 되찾아주지 못한다고 해도, 적어도 그것이 그때 그 자리에 있었음을 혹은 있을 수도 있었음을 증언해주기 때문이다. 회상이 우리에게 쏟아져들어올 때, 우리는 심지어 우리가 실제 살아온 삶보다 더 커다랗게 부풀어오른, 유령적 차원의 시간과 장소까지 더듬게 될지도 모른다. 그것이 결국 우리에게 격렬한 쓰라림만을 남길지라도 그 격렬함이 삶의 어떤 부분을 충전하고 있는 것이 아닐까. 회상을 통해 그런 일들을 해낼 수 없을까봐 겁먹은 나머지 이런 관념들을 비웃을 필요는 없다. 회상의 마술적 유혹에 속지 않겠다는 명민한 정신이 오히려 속지 않았기 때문에 고독사하게 될지도 모른다. 혹은 타인들의 고독사를 재촉하게 될지도 모른다. 어떤 경우는 현명한 사람들이 유혹당하는 것이다. 이 시시하고 맥빠진 것처럼 보이는 연애담들이 현명한 사람들에게 보내는 유혹의 손짓에 넘어가기를 권하고 싶다. 그것이 우리들 각자의 과천행 버스를 타는 일이며, 우리들 각자가 신의 셈법에 동참하는 일이 될 수 있기 때문이다. 그것이 우리가 저마다의 삶을 보충할 수 있게끔 하는 자극제가 될 수 있기 때문이다.

---

* 이 글의 제목은 윤대녕의 단편소설 「꿈은 사라지고의 역사」(『대설주의보』, 문학동네, 2010)의 제목을 그대로 가져온 것이다. 이 소설의 1장에는 다음과 같은 문장들이 있다.

〈꿈은 사라지고〉는 1960년대 영화배우이자 가수인 최무룡이 부른 노래다. 1959년 노필 감독이 동명의 영화를 만들었는데, 남자 주인공으로 출연한 최무룡이 영화의 주제곡으로 부른 것이다. 한편 카바레 여급으로 나온 여주인공 문정숙도 〈나는 가야지〉라는 노래를 불렀는데 〈꿈은 사라지고〉만큼 인기를 끌지는 못한 것 같다. 나는 〈꿈은 사라지고〉를 1968년 여름에 처음 들었고 〈나는 가야지〉는 1982년 봄에 학교 앞 술집에서 우연히 듣게 되었다.

1968년이면 내가 일곱 살 때다. 그러므로 인생에 대해서는 백지상태나 마찬가지였다. (……) 내게 〈꿈은 사라지고〉를 들려준 이는 아버지의 바로 아랫동생인 삼촌이었다. (……) 집으로 돌아오는 동안 삼촌은 꿈결처럼 노래를 부르고 있었다.

"〈꿈은 사라지고〉는 내가 옛날에 자주 부르던 노래. 내가 〈꿈은 사라지고〉를 부르면 옆에서 누군가 기타를 치며 〈나는 가야지〉를 불렀지. 그러나 지금은 모두 지난 시절의 이야기."

삼촌은 대문 앞에 당도할 때까지 계속 〈꿈은 사라지고〉를 되풀이하고 있었다. 그래서 나는 그 노래의 가사를 그날로 모두 외워버렸다.(125~130쪽)

내가 보기에 이 소설은 〈나는 가야지〉와 짝을 이루는 〈꿈은 사라지고〉라는 노래를 반복해서 듣고 불러온 한 소년이 나중에 커서 그 노랫말을 실제 삶에서 자신만의 방식으로 체험하게 된다는 이야기다. 꿈은 사라지고 이제 그 꿈으로부터 떠나야만 하는, 이것은 어떻게 해볼 수도 없이 슬픈 이야기다.

두 노래의 노랫말을 순서대로 옮기면 다음과 같다.

나뭇잎이 푸르던 날에
뭉게구름 피어나듯 사랑이 일고
끝없이 퍼져나간 젊은 꿈이 아름다워

귀뚜라미 지새울고 낙엽 흩어지는 가을에
아, 꿈은 사라지고, 꿈은 사라지고
그 옛날 아쉬움에 한없이 웁니다

—〈꿈은 사라지고〉

겨울이 가고 따뜻한 해가 웃으며 떠오면
꽃은 또 피고 아양 떠는데,
노래를 잊은 이 마음
비가 개이고 산들바람이
정답게도 불면 새는 즐거이 짝을 찾는데
노래를 잊은 이 마음

아름다운 꿈만을 가슴 깊이 안고서
외로이 외로이 저멀리 나는 가야지
사랑을 위해 사랑을 버린 쓰라린 이 마음
다시는 못 오는 머나먼 길을 말없이 나는 가야지

—〈나는 가야지〉

꿈은 사라지고, 나는 가야지.

작가의 말

예전에 누군가로부터 내 소설에는 '소설적'인 부분과 '비소설적'인 부분이 한데 섞여 있는 것 같다는 얘기를 들었다. 미처 생각지 못했는데, 듣고 보니 그럴듯했다. 분명히 새겨들을 만한 얘기였다. 하지만 심각하게 받아들이지는 않았다. 그게 문제가 아니라기보다는, 그게 문제라면 '다음번'에는 다르게 쓸 수 있다고 생각했기 때문이다. 그리고 무엇보다 나는 그 소설—그가 그렇다고 한 소설이 무척 마음에 들었다. 하지만 그것은 나의 착각이었다.

오래전부터 소설가가 되고 싶었다. 그게 뭔지도 모를 때부터. 그러니까 그게 직업인 건지, 아니면 박사나 교수처럼, 또는 발명가나 모험가처럼 어떤 자격이거나 단순히 살아가는 방식에 불과한 건지 말이다. 그냥 이야기가 좋았다. 어떤 이야기에 빠지면, 하루종일 그게 머릿속에 빙빙 돌았다. 잠들려고 침대에 누워서도 습관처럼 그냥 이야기를 떠올렸다. 낮 동안 까먹고 있다가도, 다시 침대에 누우면 어젯밤이야기가 생각났고, 자연스럽게 그 뒷얘기를 이어갔다. 거기에는 뭔가 아주 두툼한 것이, 그러니까 뭔가 풍부한 것이 있어서, 계속 파고 들어갈 수 있을 것 같았다. 그때는 쓴다는 것이 부차적인 문제였다. 물론 언젠가는 쓸 것이다. 언젠가는 자연스럽게 소설가가 될 것이다. 자연스럽다. 바로 이거였다. 내가 소설가가 되고 싶었던 이유가. 사실 이렇게 치면 나는 소설가가 되고 싶었다기보다, 그냥 그렇게 될 거라고 믿었던 것 같다. 그렇다고 어려서부터 내가 '글짓기'에 특출한 재능을 보였다고 짐작해선 안 된다. 상을 받은 적도 거의 없다. 그럼에도 나는 내가 굉장히 잘 쓴다고 생각했다. 아니다. 정확히 말하면 잘 쓰게 될 거라고 생각했다. 물론 이번 것도 괜찮다. 나쁘지 않다. 하지만 다음번이 진짜다. 때로 그 다음번을 쓰게 될 때까지 오랜 시간이 걸리기도 했다. 하지만 그 시간 또한 헛되이 버려지는 것은 아니었다. 어쨌든 내가 쓰고자 하는 것은 소설이고, 내가 되고자 하는 것은 소설가가 아닌가? 회계사가 아니다. 경험이 중요했다. 이것도 내가 믿었던 것 중의 하나다.

그런 믿음이 최초로 흔들렸던 건 내가 대학 졸업반 때였다. 그해 봄에 나는 대학주보에서 공모하는 소설상에 응모했고, 예심도 통과 못하고 보기 좋게 떨어졌다. 그때 내 나이가 스물일곱이었다. 그 나이에 등단은 아니더라도 그 정도 규모의 상은 하나쯤 받아야 하지 않는가? 아니, 적어도 예심은 통과했어야 했다. 이쯤 되면 견디기가 어렵다. 그것이 증명하는 것은 나한테 소설가적 자질이 없다는 게 아니었다. 그냥 기본적으로 내가 틀려먹었다는 것이었다. 이제 나는 뭘 하며 살아가나? 그때 나는 일학년 때 들었다가 그만뒀던 '소설창작학회'에 다시 들어가 있었고, 나이가 나이이니만큼 이제 진지하게 소설을 써봐야겠다고 생각했었다. 그러니 열심히 노력하지 않았다는 변명도 통하지 않았다. 수상자가 그 학회에 속했던 내 동기였다. 축하하는 술자리가 있었고, 일차에서 이차로 옮겨갔다. 나는 일행과 좀 떨어진 채 혼자 걷고 있었는데, 그냥 거기서 사라져도 아무도 날 찾지 않을 것 같았다. 그러기에 아주 적당한 타이밍이었다. 그러나 나는 이차 술집에 따라 들어갔다. 내가 뭔가를 결정하기 전에, 그들이 너무 빨리 술집을 찾아냈기 때문인지도 몰랐다.

그후로, 그러니까 다음해 대학원에 진학해서 석사과정을 마칠 때까지 이삼 년 동안 나는 비교적 소설을 열심히 썼다. 나는 계속 그 '소설창작학회'에 남았고, 거의 매주 소설 합평을 나갔다. 이제 생각하면 그 시절이 나의 소설 인생—이런 표현이 가능하다면—에서 매우 중요한 시기였고, 또한 즐거웠던 시기이기도 했다. 여러 사람을 만났고 그들로부터 좋은 영향을 받았다. 내가 '소설'과 '비소설'에 관한 얘기를 들은 것도 이때였다. 돌이켜보면 참 여러 일들이 있었다. 그리고 그 일들의 마지막은, 등단, 그러니까 내가 진짜 소설가가 되는 게 될 거라고 생각했다. 지금 생각해도 일이 그렇게 진행되는 게 가장 좋았다.

따져보니 거진 십 년이다. 그 마지막 일, 그러니까 내가 소위 말하는 등단작가가 된 건, 그로부터 거진 십 년이 지나서였다. 나는 그게 그렇게 오래 걸릴지 몰랐다. 아니, 십 년이 지나서까지 내가 계속 소설가가 되리라는 꿈을 갖고 있을 줄 몰랐다. 그 십 년 내내, 내가 매주 소설 합평을 나가던 그 시기처럼, 소설을 열심히 쓴 것은 아니었다. 다른 일을 하기도 했었고, 그 일이 잘 안됐을 때, 다시 주섬주섬 소설가의 꿈을 챙기고 뭔가 써보려고 노력하기 시작했을 때도, 나는 거의 쓰지 못했다. 그때도 여전히 나는 믿고 있었을까? 내가 언젠가는 소설가가 될 거라고, 그것은 매우 자연스런 일이라고 믿었을까? 만일 믿었다면, 그것은 내가 얼빠진 놈이라는 사실 외엔 아무것도 아닌 것 같다. 그리고 보다시피 그게 맞다. 심지어 소위 등단작가가 되지 못해도, 어쨌든 소설을 쓸 수 있다면, 쓴다면 그것도 소설가가 아닌가라는 좀 미친 생각도 했다(물론 그것도 소설가가 맞지만). 아마 그즈음 언젠가부터 바로 그 '소설'과 '비소설'에 관한 얘기가 떠올랐던 것 같다. 그리고 그때 내가 생각했던 것, '다음번'에는 다르게 써야겠다고 생각했던 게 떠올랐다. 정확히 말하면 뭐가 소설적이고, 뭐가 비소설적인지 정말 아무것도 모르겠다는 생각이 들었다. 그러던 어느 날에, 그러니까 어느 날 밤에 침대에 누워서 나는 내가 어떤 이야기도 떠올리지 못한다는 사실을 깨달았다. 두툼한 무언가가 사라졌다. 그건 마치 물리적으로 내 머리통 위편에, 마치 무슨 뭉게구름처럼 둥둥 떠 있는 것 같았는데, 그게 완전히 사라졌다. 거기에는 바싹 마른 공기밖에 없었다. 그거라도 있으니 내가 살아 있는 거겠지만. 항상 소설을 쓰는 것보다 살아가는 일이 더 중요하다고 느꼈다. 잘 살아야만, 그러니까 두 눈을 똑바로 뜨고 통찰력을 가지고 주변과 자기 자신을 주의깊게 바라보고, 그리고 인생 그 자체에 충실해야만 좋은 소설을 쓸 수 있는 거라고 믿었다. 그러니까 그날 밤 내가 느낀 건, 내게 어떤 이야기도 남아 있지 않다는 것뿐만 아니라, 내가 잘못 살아왔다는 것이었다. 요컨대, 나는 항상 내가 좀더 나아질 거라고 믿었다. 언젠가는 다른 내가 될 수 있다고 믿었다. 어떤 의미에서는 그게 소설가였는지도 모르겠다. 내 마음속에서 소설가란 그런 거였는지도 모르겠다. 소설을 쓰는 사람이 아니라, 후세에 남을 어떤 멋진 이야기를 쓰는 사람이 아니라, 그냥 그런 것. 미래의 나 자신. 하지만 그날 깨달았다. 지금의 내가 최종적인 나다. 다음번은 없다. 지금의 나 이외에 다른 내가, 나는 결코 될 수 없다. 하지만 그런 나를 나는 결코 좋아할 수가 없었다.

며칠 전에 예상치 못한 시간에 집밖에 불려 나간 적이 있었다. 약속 장소로 차를 몰고 가면서 하늘을 봤다. 구름 모양이 예뻤고, 해가 질 무렵의 하늘 색깔도 무언가 마음을 건드리는 부분이 있었다. 창을 열었더니 바로 그런 냄새가 났다. 언젠가 내가 맡았던 냄새, 하지만 언제나 처음인 것 같은, 그러니까 오랫동안 까맣게 잊고 있었던. 갑자기 대학교 일학년 때 일이 떠올랐다. 지금도 있는 건물이지만, 좀 이상한 건물이 하나 있었다. 칠층인가 팔층인가 되는데, 엘리베이터가 없었다. 그 층에 전산실이 있었다. 다른 건물에도 전산실이 있었지만, 나는 그 건물에 있는, 그러니까 엘리베이터도 없는 건물의 꼭대기층에 있는 바로 그 전산실이 좋았다. 말할 것도 없이, 수업이 없다면 아무도 그곳에 올라가려 하지 않았기 때문이다. 그날 나는 저녁에 있는 '소설창작학회' 모임에 가져갈 소위 '묘사 연습'을 쓰려고 그곳에 올라갔다. 그 높은 데까지 내가 뛰어서 올라갔을 리는 없지만, 어쩐지 나는 굉장히 신나는 마음에 뛰어올라간 것 같다. 분명히 뭔가 대단한 얘깃거리가 머릿속에 있었기 때문이리라. 사람들을 깜짝 놀라게 할 만한. 고작 묘사 연습으로, 원고지 열 매도 되지 않는 문장으로 그럴 수 있겠느냐마는, 그건 아직 나의 실력을 못 봐서 하는 말이다. 어쨌든 나는 숨을 헐떡이며 전산실 문을 열었는데 예상대로 그곳에는 아무도 없었다. 누가 창을 열어놓고 나갔는지, 커튼이 안쪽으로 밀려들어와 크게 부풀어 있는 게 보였다. 그런데 그 커튼이 묘하게도, 노랗게 빛을 발하는 것 같았다. 금방, 속이 비치는 하얀색 커튼이 오후의 강한 햇빛에 물들어서 그렇다는 것을 알았지만, 그래도 꽤나 신비로운 광경이었다. 나는 조심스럽게 그 부풀어오른 커튼을 향해 다가갔다. 마치 들키기라도 하면(누구한테 들킨단 말인가?) 금방 커튼이 꺼져버릴 것처럼. 그 빛과 함께 말이다. 그러고 커튼에 닿지 않도록 조심하면서 쪼그려앉아 아래쪽에서부터 그 너머로 머리를 밀어넣었다. 완전히 일어서서 바깥을 내다봤는데, 물론 거기에는 내가 방금 걸어왔던 건물 앞 익숙한 풍경밖에 없었다. 그리고 칠층인가 팔층인가 되는 높이에서 바라보이는 하늘. 그리고 냄새. 그뿐이었다. 그렇다 해도 나는 문득 내가 무언가를 정말 좋아한다는 것을 알았다. 진심으로 내가 바라보는 무언가에, 좋아하는 마음을 갖고 있었다. 그게 너무 좋아서 가슴이 터질 것 같은 기분이 들었다. 물론 그때와 똑같지는 않다. 차를 몰고 가면서 바라본 하늘이 결코 그때와 똑같을 수는 없었다. 그리고 이제 그때처럼 뭐가 좋아서, 단지 쓰는 게 좋아서, 미친듯이 어딘가로 뛰어올라갈 것 같지도 않았다. 그 아이는 어느 날 밤에, 언제나 영원히 내 머리통 위편에 있을 것 같았던 그 이야기들과 함께 완전히 사라졌다. 그래도 좋아하는 마음이 있었다. 나를 좋아하는 마음은 분명히 덜해졌지만, 그것만은 있었다.

뭐가 소설적이고 비소설적일까? 물론 이런 구분은 무의미할 수 있다. 물론 그때의 말은 그냥 소설이 후지다는 것 외에 아무 말도 아닌지 몰랐다. 하지만 이 질문은 여전히 중요하다는 생각이 든다. 적어도 나한테는 말이다. 고백하자면 여기 실린 소설 몇 편이, 아니 여러 편이, 바로 그때, 내가 앞서 말한 대학원 시절에 쓴 것이다. 어쩌면 이런 고백은 하지 말아야 하는지 모르겠다. 등단하고 나서도, 여전히 내가 많이 쓰지 못했다는 걸 증명하는 게 될 테니까. 그건 무척 부끄러운 일이다. 그 소설들에 대해 부끄러워하는 마음도 있다. 하지만 이런 얘기는 이걸로 됐다. 다만 나는 그 소설들을 여기에 실으면서, 그것들을 다시 읽으면서, 문득 나 자신이 다시는 그렇게 쓸 수 없다는 걸 알았다. 그렇게 쓰고 싶지 않다는 게 아니라, 써서는 안 된다는 게 아니라, 그냥 그렇게 쓸 수 없다. 이런 생각이 들면 조금 울컥하는 마음이 된다. 이 소설집을 읽는 누군가에게 그런 마음이 조금이라도 전달됐으면 좋겠다.

소설집을 내면서 감사해야 할 사람이 너무 많다. 무엇보다 가족들에게 감사드린다. 예전에도 비슷한 말을 했던 것 같은데, 아버지와 어머니의 믿음이 없었다면 결코 이런 글, '작가의 말'을 쓰는 내가 될 수 없었을 것이다. 예전에는 잘 느끼지 못했는데, 정말 그렇다. 그분들의 믿음은 내가 잘 이해할 수 없는 영역에 있다. 물론 그것을 설명하려고 한다면 할 수도 있겠지만, 그래봤자 그것은 말에 지나지 않는다. 그런 이해할 수 없는 마음들이 정말 중요하다는 것을 나이가 들면서 더 잘 알게 된다.

해설을 써준 권희철 평론가에게도 감사의 말을 전한다. 단지 해설 때문이 아니라, 예전부터 내게 참 좋은 말을 많이 해줬다(심지어 팟캐스트 방송도 해줬다). 다만 자기는 내 소설이 재밌는데 다른 사람은 그렇지 않은 것 같다는 말을 두어 번 한 적이 있는데 그게 칭찬인지 뭔지 몰라서, 항상 곤혹스러워했던 것 같다.

김내리 편집자에게도 감사드린다. 다른 편집자를 겪어보지 않아서 모르겠는데, 놀이공원의 휴무일이나 논산훈련소 입대 요일 같은 것을, 직접 관련된 곳에 전화까지 해서 확인하는데 조금 놀랐다. 하지만 여전히 그게 그렇게 중요한가라는 생각도 든다. 그렇다 해도, 또 내가 뭔가 소설집 같은 것을 묶어 낼 수 있다면 그녀가 다시 편집을 맡아줄 수 있다면 좋겠다는 생각을 한다. 그럼 좀 맘 편히 아무렇게나 쓸 수 있을 것 같다.

그리고 마지막으로 '봄'에게 감사드린다. 아마 내가 뭔가 정말 좋아하는 마음을 느꼈다면, 앞서 말했던 것처럼, 어딘가로 차를 몰고 가면서 정말로 소중했던 그 마음을 다시 느낄 수 있었다면, 그건 내가 그녀에게 가는 길이었기 때문이었을 것이다. 항상 그녀는 그렇게 내 목적지에 있다. 그게 결코 쉬운 일이 아니란 걸 알기 때문에, 감사하다는 말 이외에 다른 말을 써야 할 것 같다. 세상에서 가장 좋은 말을.

2015년 여름

김종옥

| 수록 작품 발표 지면 |

그녀는 거기에 있을 것이다 …… 한국소설, 2012 7월

신호 대기 …… 한국문학, 2014 가을

과천, 우리가 하지 않은 일 …… 창작과비평, 2014 여름

유령의 집 …… 문장 웹진, 2014 2월

추석 전야 …… 문학동네, 2012 겨울

간빙기의 밤 …… 현대문학, 2015 2월

먼산에 내리는 눈 …… 문학 에스프리, 2012 가을

거리의 마술사 …… 2012 문화일보 신춘문예 당선작

방학식 …… 현대문학, 2012 4월

크리스마스 포커 …… 미발표작

리와인드 …… 미발표작

커피잔은 어떻게 해서 깨어지는가? …… 『2012 신춘문예 당선자 새소설』, 문학나무, 2012

문학동네 소설
과천, 우리가 하지 않은 일

초판인쇄 2015년 6월 17일
초판발행 2015년 6월 26일

지은이 김종옥
펴낸이 강병선
책임편집 김내리 | 편집 김고은 정은진 황예인
디자인 김현우 유현아 | 마케팅 정민호 나해진 이동엽 김철민
홍보 김희숙 김상만 한수진 이천희
제작 강신은 김동욱 임현식 | 제작처 영신사

펴낸곳 (주)문학동네
출판등록 1993년 10월 22일 제406-2003-000045호
주소 413-120 경기도 파주시 회동길 210
전자우편 editor@munhak.com | 대표전화 031) 955-8888 | 팩스 031) 955-8855
문의전화 031) 955-3576(마케팅) 031) 955-8864(편집)
문학동네카페 http://cafe.naver.com/mhdn | 트위터 @munhakdongne

ISBN 978-89-546-3662-9 03810

* 이 도서의 국립중앙도서관 출판예정도서목록(CIP)은 서지정보유통지원시스템 홈페이지(http://seoji.nl.go.kr)와 국가자료공동목록시스템(http://www.nl.go.kr/kolisnet)에서 이용하실 수 있습니다.(CIP 제어번호: 2015015109)
* 이 책은 서울문화재단의 2013년 예술창작지원을 받아 출간되었습니다.
서울문화재단

www.munhak.com